当代作家精品·长篇小说卷　主编　凌翔

向海，向海

高寒　著

北京燕山出版社

图书在版编目（CIP）数据

向海，向海 / 高寒著 . — 北京 : 北京燕山出版社，2023.2

ISBN 978-7-5402-6329-4

Ⅰ. ①向… Ⅱ. ①高… Ⅲ. ①长篇小说—中国—当代 Ⅳ. ① I247.5

中国版本图书馆 CIP 数据核字（2021）第 273312 号

向海，向海

XIANGHAI, XIANGHAI

著　　者：高　寒
责任编辑：杨春光
装帧设计：邓小林
出版发行：北京燕山出版社有限公司
社　　址：北京市西城区琉璃厂西街 20 号
邮　　编：100052
电话传真：86-10-65240430（总编室）
印　　刷：北京军迪印刷有限责任公司
开　　本：710mm × 1000mm　　1/16
字　　数：250 千字
印　　张：19.25
版　　次：2023 年 2 月第 1 版
印　　次：2023 年 2 月第 1 次印刷
ISBN 978-7-5402-6329-4
定　　价：85.00 元

风亭，是个小镇，方圆160平方公里，地处闽南沿海地带，属于真正的弹丸之地。这巴掌大的土地并不平坦，属于丘陵地貌，几十米高的小山丘、小山头点缀其中，把狭小的地儿搞得凹凸、逼仄，这直接导致耕种土地极其稀缺。土地稀少是一回事，土地贫瘠又是一回事，当地百姓把这土地叫“风头水尾漏沙地”，只能种植花生、地瓜（闽南称为番薯）等农作物。这地儿靠海，往外就是台湾海峡，终年吹着咸涩的海风，夏季更是台风肆虐，一场又一场赶趟儿似的频繁光顾。台风过境，小则刮风下雨搞点小动作，大则摧枯拉朽般地搞破坏。这样一描绘，这地方的地理环境、自然条件，立马鲜明起来，简单地说，就是环境恶劣。加上人多地少，生存艰难，据说，唐朝便有先民冒着生命危险漂洋过海外出谋生。慢慢地，这片贫瘠的土地便有了一个光鲜的称呼：侨乡，靠外面寄侨汇过来供养、滋润的地方。

湖后村是风亭镇的一个自然村，位于中心地带，因在一个大湖泊的后面，故称为湖后村。湖后村很小，不过两百多户人家，是有名的贫困村，贫困原因除了地少、贫瘠，还因为不靠海。村民大多是面朝黄土背朝天的农民，代代村民靠那几亩薄田度日子。但是，再怎样贫困的地方，也有富裕人家，而富裕无外乎出外打拼当华侨，他们是湖后村最光鲜、最令人羡慕的人家。于是，一批又一批的青壮年为了这光鲜的身份，通过海洋闯荡出去，前赴后继、继往开来，谱写了一曲又一曲谋求生存与发展的悲壮之歌。按有据可查的史料记载，他们这个村最早外出打拼是在明朝，那是父子三人，穷得无计可施，只好逃难去了。这就诞生了湖后村第一批华侨。

多年后，这父子仨为了延续老家这一脉的香火，就送一个男丁回来，并令其在本地结婚生子，鼓励其多生多育，以便繁衍生息，这就诞生了湖后村第一代侨属。为了弥补其独守家乡的苦楚，家族中人便纷纷倾囊相助，于是留守老家这一户的财富逐渐积累，不事农耕却仍然富裕起来。他们大兴土木，盖起一座典型的闽南"皇宫起"的大厝，大厝由大厅、双小厅、双后房、双护廊、双厢房、深井、前埕、后花园等组成，用一人高的围墙围着，占地近三亩，规格完备、规模庞大、气势宏阔，因建得中规中矩、方方正正，故曰：中正房。

历史风云变幻、跌宕起伏，家族亦然，所谓富不过三代，中正房也经历由盛到衰的发展命运。家族衰败后，人丁也分枝散叶，逐渐繁衍派生出去，一代又一代之后，关系便从堂亲（闽南的叫法，即同一祖父的人）到亲堂（同一曾太祖父及更多层的，俗称五服内）演变。后代子孙有能力的便陆续搬出中正房，曾经显赫一时的中正房萧条、破败下去。但是无论如何发展演变，这个房号、这个支派的称谓，一直沿用下来。而在外的那些后代，历经三代后，便完全与故乡失去联系，完全融入当地，像一滴水汇入大海，再也找不到踪迹。在家的中正房后代在繁衍发展中又开始面临生存的危机，于是又沿着先祖的足迹，外出打拼，向海进发，谋求生路。历史就这样有序地轮回着、重演着。

到了20世纪30年代，中正房已发展到第15代。整个支派繁杂，人口倍增，关系复杂，发展也参差不齐，有的蒸蒸日上、煊赫势焰，有的苦苦支撑、衰弱颓败。当官做宰的有之；做书生文人的有之；做贩夫走卒的有之；做工人农民的有之；出外当华侨的也有之。其中五公二房势头最猛，丁多财旺；二公三房最弱，仅一男丁维系香火，势单力薄。所谓"五公二房""二公三房"等等，均是中正房的支派称呼。

闽南地区，特别重视这种宗族传承，可视为文化，也可视为精神，甚至可视为一种信仰。因为这不仅是一个家族，也是一个地方在历史长河中的发展轨迹。

一

花开两朵，各表一枝。我们的故事便从这最弱的中正房子孙讲起。

话说这最弱的二公三房，不仅无财，还人丁稀少。不仅如此，作为顶梁柱的男主人居然早逝，这无疑是最致命的打击。当然反过来说，这也是人丁稀少的最主要原因。失去经济来源的家庭，苦苦支撑，风雨飘摇，这个宝贝疙瘩似的儿子，18 岁那年便随亲堂去了菲律宾，留寡母龚乌谅一人守着空壳似的家。这男丁叫王康泰，名字寄托着父母乃至家庭的所有期许。

王康泰的母亲龚氏是附近农村穷苦家庭的女儿，上有哥哥下有弟弟，因是家中的独女，颇受父母疼爱，又长得好看，17 岁那年父母便接受媒妁之言，做主将她嫁入中正房。丈夫回乡娶她，婚后一个月便回菲律宾，龚氏苦守五年，终于盼到丈夫回家，这一趟丈夫没有再度下南洋，因为回乡不久，他便一病不起，不久去世。据说，这病是船上感染上的。他去世时，龚氏已怀孕，这孩子出生后便成了遗腹子，即王康泰。康泰出生不久，操持整个家庭的奶奶也油尽灯枯，走到人生尽头，撇下一年轻女子、一襁褓婴儿，走了。

龚氏缠脚，做姑娘时不事劳作，如今带着一个年幼的儿子独自生活，其中艰辛不说也罢。没有丈夫可依靠，日子仍然得继续下去。她只好抛头露面，上山下海，生活磨炼让她行动如风，成为劳动好手。娘家自然而然也成为她的靠山，遇到重活累活，她一出声，父亲、兄弟马上出现。就这样，她含辛茹苦把宝贝儿子养育成人。中正房是一个人多嘴杂的地方，也是一个势利复杂的环境，孤儿寡母相依为命的日子，其中的辛酸艰难，难以言表。这也是娘家一直在背后默默支撑龚氏的原因。龚氏的父母去世前一再忏悔，并告诉儿子，自己做错了事，做主这桩婚姻，害了龚氏一生，要求儿子在他们百年之后一如既往地帮助龚氏。就这样，日子在苦水中熬过去，熬到康泰长大。

康泰早就期盼着像家族中其他人一样，去吕宋打拼。吕宋是菲律宾北部的岛屿，菲律宾首都马尼拉就位于该岛。吕宋是菲律宾三大政区之一，西班牙统治时期，华人称该岛为“小吕宋”，称整个菲律宾为“大吕宋”。但是在闽南地区，无论哪一个小岛或地区，都统称为“吕宋”。

18 岁那一年，龚氏终于放手，让康泰如愿以偿。康泰一去三年，居然杳无音信。龚氏盼星星盼月亮，既没收到一分钱侨汇，也不见儿子的踪影，急得心都纠结成一团，头发白了一茬又一茬，只好委托同支派的族人，回吕宋后动员他回来一趟，美其名曰：成家完婚。在千呼万唤的焦急招引下，康泰终于回到阔别三载的故乡，但除了一身皮囊，他没有带回什么积蓄。

龚氏望着长高、长壮，完全成熟成大人的儿子，百感交集。毕竟就只有这么个独子，看到他毫发无损地回来，哪个母亲不高兴？但是看到儿子囊空如洗地回来，她又有一肚子难以倾诉的苦水，一种无法掩饰的难堪、失落。放眼王氏二公这个小族群，多少人睁着眼睛在看他们的笑话，多少人在背地里窃窃私语。但现实需要她忍辱负重，家族这么庞大，人丁这么庞杂，这个面子是无论如何都要硬撑的，不然以后如何抬起头，在族群里生存？

看到儿子混得这般落魄，失望归失望，伤心归伤心，龚氏也只好藏着掖着，强装欢颜。龚氏认为儿子应该是时机未到，不然不至于如此潦倒。都说遗腹子命好，即使不能大富大贵，也不至于穷困落魄。她坚信这种民间说法，也坚信自己的苦守能修成正果。眼前，她无法过多表现出失望与失落，迫在眉睫的是想办法解决问题。既然以结婚为借口把他骗回来，那就赶紧解决这婚姻大事。她回娘家与兄弟商量，她深知只有娘家人会真心帮她。虽然这时兄弟都已成家，子女成群，经济上也困难，但她还是开口了：一来依赖惯了；二来，兄弟、哥嫂、弟媳都是农村人，善良质朴，都同情苦命的她。

大哥首先表态，豁达地安慰龚氏："回来就好，健康就好！赚钱有早有晚，很多人都是先成家后立业，结婚后一切就顺溜起来了。"小弟也表态："众人拾柴火焰高，大家同心协力，有什么婚结不成的？"

龚氏一把眼泪一把鼻涕地哭诉："我不知这三年他在那里是怎样混的，问他，也不回答，多问几句，就发脾气。当初也是他自己要去的，又不是我逼他，没赚钱回来，倒像是我的罪过。我这是什么命呀！"二哥劝道："现在不是哭的时候，他年龄大了，你对外又说他是回来结婚的，所以这婚无论如何一定要结。还不能对外说他空着双手回来结婚，不然找不到对象。"龚氏擦着眼泪，为难道："我手里就当年结婚时他家给的那一点儿金子，无论多困难都舍不得拿出来毁掉，再来就是这把骨头了，榨不出一点儿油水。"大哥豪爽地说："这就好办了，我们有钱出钱、有力出力，共同帮他把这婚结了。"龚氏听后，感激涕零："王家这一房就他这根独苗，你们帮我，他们列祖列宗都会感激你们的。怪就怪他那没良心的狠心的父亲，早早把他给扔下不管。"

大哥道："一家人不说两家话。咱们是农民，大老粗，虽然没什么能耐，就这点儿死力气，但也不至于被这事难倒。"小弟媳也表态了："我饲养的猪也长膘了，你先牵过去办酒桌用，明年你抓一只小猪崽还我，我再慢慢养。"龚氏激动得说不出话："这……这咋成？"小弟媳也是爽快人："我们孩子小，不急，你先牵去办酒桌。一家人，就该帮来帮去，不然叫什么一家人？"龚氏看到娘家人这么慷慨，知道有他们帮忙撑着就没有办不成的事，心情畅快了许多，便道："我龚乌谅何德何能，让你们这么关心！下辈子做牛做马也要报答你们！”

回家后，龚氏有了底气，放声要帮儿子找对象。她心里清楚：自己走的是险招，充其量就是打肿脸充胖子，唯求女方贤惠乖巧，这日子才能和和顺顺过下去。她不敢去要求什么对方的家庭门第、相貌嫁妆，唯求女德第一。

中正房的华侨子孙回乡娶亲，这一消息不胫而走，很多好事者奔走相告，媒婆也积极行动起来，纷纷拿出手中王牌，登门拜访，有女儿待字闺中的家庭也纷纷托人介绍。龚氏没有被眼前这热闹景象冲昏头脑，她始终清醒、冷静，因为她知道：这过门的儿媳妇，可能要跟着自己吃苦，还要常年守空房，不找个贤惠的姑娘不行。但是，谁会说自家姑娘不乖、不好？哪个媒婆不是把自己手中货色夸得天上少有、地上少见？她想起闽南有句谚语：娶某（老婆）等于娶祖。确实，娶一个好媳妇，幸福三代人，这就全凭自己的眼力与运气了。很快，她从众多的待选对象中物色出一位姑娘来。

康泰看了照片也首肯，他更多是尊重母亲的意愿，一副事不关己高高挂起的态度。对象确定后，一片哗然，有的说女方姿色不错，就是太瘦小，没有福态，更多人则认为“门不当户不对”，因为她的父亲是个厨师，还是土厨师，就是佛生日、普度、嫁娶请到家里来办酒席的乡村厨师。但龚氏还是毫不动摇地敲定了这门亲事，让她斩钉截铁的理由是：她打听到这个姑娘是出了名的乖巧、懂事。不知她的名字是否为自己的终身大事加分，或者为龚氏选择她做出了贡献，这姑娘芳名淑端，姓蔡，凤亭镇的第一大姓。龚氏认为大姓好，族人多、力量大，别人不敢欺负。自己孤儿寡母的，就是要傍大姓。

有了对象之后，便是谈婚论嫁的一整套烦琐程序。康泰没有异议，虽然他走出去了，但他知道闽南还是封闭又封建，根本不可能进行什么婚前的接触、了解，一代又一代人均是见一次面，觉得上眼就定下终身的契约，完全属于“媒妁之言父母之命”。

结婚是人生大事、家庭大事，闽南更是重视，自古便有一大套的繁文缛节。龚氏赶快请来亲堂叔伯、妯娌，一起处理结婚事宜。娘家人早把地里生产的农产品挑来，家里养的鸡鸭装在笼子里挑来，长膘的猪也赶来。就这样，在众人全力以赴的支持下，戴戒指、订婚、挑盘、搓丸子、结婚、双人返……结婚一整套的礼仪有条不紊地进行下来。

虽说这婚姻是靠媒妁之言合成的，但淑端对这桩婚姻是满意的、充满喜悦与期待的。在闽南地区，能嫁给吕宋客、香港客，叫做贡老番，是命好的象征与表现。贡，类似古代“进贡”一词，把好东西向上进献之义。闽南女孩贡老番的首要条件是：要有姿色。人们约定俗成似的，看到一个漂亮的女孩，都会自然而然联想到：这个水查某（漂亮姑娘）将来可以贡老番。因为贡老番后，就是番客婶，就不用再从事繁重的体力劳动，可以坐在家里优哉游哉地吃侨汇，不用担心风吹日晒，不用出力流汗，不用靠天吃饭，所以番客婶被视为娇贵人、好命人、悠闲人、人上人。外人是无比羡慕的，家里人一般也会觉得喜悦、自豪、脸上有光。在闽南地区，贡老番的姑娘一般都有荫庇娘家的传统与习惯，这也就形成了“一人得道鸡犬升天”的现象，即一人贡老番，全家光荣、得利、享福，很多家庭也从此摆脱贫困、改变命运。在这一思想的熏陶之下，淑端自然对这桩婚姻非常满意。更何况丈夫年轻、英俊、仪表堂堂，让身材不出挑的她时常自惭形秽，觉得自己真是得到上苍特别的眷顾，心里雀跃不已。短暂的时间里，她对丈夫便产生深深的爱恋，对婚姻也充满憧憬。而康泰，既然特意从菲律宾回来结婚成亲，得到一个美娇娘，自然也是满心喜悦的，所以短暂的相处，夫妻确实是新婚燕尔，琴瑟和鸣。

日子在甜蜜静好中倏忽而过。

儿媳娶进家门后，龚氏才发觉这个儿媳妇是半缠足的，即裹足后放开，双脚小而畸形，虽不妨碍走路，但还是影响劳作。龚氏心里暗自叫苦：我一个缠足女人，如今又来个半缠足的，当时真是看走了眼呀，将来两个女人一起生活该多不便！

婚后不满一个月，康泰决定返回菲律宾，他把这决定告诉了母亲。龚氏有点于心不忍："还未满月呢，让她年纪轻轻的就守空房……"

"前天出去，听说村里几个年轻人打算过去，也是到厦门，搭乘'十三桅杆'的帆船过去，难得有伴。"

"都是些什么人？你这是出洋呢，何必招兵买马？"

"还不是找不到出路、不想饿死的，我们这里历来还不是人带人出去？"

"这前途是好是歹，还不知道呢，你这责任太大了。"

"有什么责任？不过路上做个伴，一到那里，各人投亲靠友去了。至于以后，谁担保得了？所谓生死由命、富贵在天。"

龚氏便不再言语，毕竟男儿志在四方，独子更该支撑门户。

临行前，龚氏把儿子叫到自己房里，关上门，轻声又严肃地说："如今，你是结婚的人，也就是成年人了。要担起家庭的责任，以后要学会赚钱，也要养家了。我和你媳妇就在这老宅子里等你，你可要有良心呀。我熬了大半辈子就熬出你这个独苗，你可要长志气，千万得给你那没良心的父亲争口气啊！"

康泰凝重地点头答应。龚氏又叮嘱道："你舅舅、舅妈对咱们这么好，你都亲眼看到了，要记在心里。我不要求什么滴水之恩涌泉相报的，但也不能忘恩负义。我在唐山，不知你在吕宋过得怎样，无法强求你回报他们。但是回来一趟，带点肥皂、针线什么的，总有这能力吧？这样我也有点脸面，可以面对这些帮助咱们的亲戚。"康泰红着脸，诺诺答应。龚氏又道："这次你应该也看清楚王家人的真面目了，表面上客客气气、和和睦睦、亲亲热热的，其实都是势利眼、富贵心。咱们穷，没有人帮一把，只在背后看笑话，你可要争气了。你看，大房、二房好几祧都嫌这房子破旧、拥挤，到外面建新厝，搬迁出去了，剩下这几户住在这里，都是老弱病残的，这房子看来撑不了几年也会倒塌的，你可要打拼，咱们争取也建几间遮风避雨的所在。人道是：人要人皮、树要树皮。三房就靠你了，你可要懂事、争气啊！”康泰再次不住地点头。

行程一到，康泰在母亲、妻子婆婆的泪眼中踏上了返回菲律宾的路途。

二

20世纪30年代，交通极其不发达、不便捷，闽南往菲律宾，是一段曲折、漫长甚至充满凶险的旅途。

清晨，天刚蒙蒙亮，康泰就出发了，送行的除了母亲、妻子，还有亲堂、舅舅舅妈，场面浩浩荡荡。在依依惜别中，康泰含泪离开了家，和村里七个少年家会合，披着迷茫的薄雾出发。

闽南的冬天，并不寒冷，但天空下一片灰暗。道路两旁是农田，种着地瓜、蔬菜，由于干旱缺水，萎萎蔫蔫的，毫无生气。康泰抬头远眺，那座宋代石塔静静地矗立在宝盖山之巅。这是古代的灯塔，是海上航行的路标，是故乡的象征，是乡愁的载体。他心底涌起一阵阵的惆怅：何时才能再见到这座有着凄美传说的姑嫂塔呢？他知道这个传说讲的就是下南洋的故事，因为这传说在闽南侨乡几乎家喻户晓。

据说，很久以前，宝盖山下住着一对年轻的穷夫妻还有一个妹妹，一家三人，生活困苦。迫于生计，大哥只好离别年轻的妻子和懂事的妹妹，孤身一人往南洋谋生去。大哥去了南洋，几年没有回家，也没有寄来一分钱、一封信。他到底是死是活、是好是坏，叫姑嫂两人牵肠挂肚、日夜思念。她们经常登上宝盖山顶，对着大海远眺，可是每次只能看到灰蒙蒙的大海。她们一次又一次地扛来石头，堆叠起来，年久月深，成为一个高高的站台。她们站在石台上，不停眺望，可一年又一年过去，她们仍没有看到亲人的身影。有一天，姑嫂俩看到孩子们放风筝，就想：我们写封信，绑在风筝上，让它随风飘到南洋去吧。于是剪下自己的长发，搓成绳子。这系着家信的风筝，随风飘了起来，越飘越远……飘到南洋的上空，落到沙滩上，被番客捡到，终于传到大哥手里。原来，大哥到南洋后没有找到好出路，便不敢写信回家。如今，他读了妻子、妹妹这血泪写成的家信，悲痛万分，急忙收拾行李，赶回唐山。这日，天气晴朗，姑嫂两人又登上站台，对海眺望。一会儿，她们看到大哥正驾驶着小船回来，船儿越驶越近，亲人相聚就在眼前。可是，一刹那间，狂风大作，海浪滔天，一个浪头打上来，小船翻沉到了海底。姑嫂眼睁睁看着即将相会的亲人葬身大海，呼天抢地地号哭几声，也相抱着跳崖自尽。后来，乡亲们为了纪念这对姑嫂，在她们叠石堆台的地方，建筑了一座石塔，叫姑嫂塔，塔内还雕刻着姑嫂的石像。这个凄美的故事，其实也就是当年番客下南洋的生动写照与缩影。

康泰想起这个代代相传的故事，心里涌起无限的悲哀与无奈。虽然故事以悲剧结尾，但是侨乡人并没有停下远涉重洋的脚步，就如此时此刻的他，也是万不得已，必须出去打拼，因为故乡太穷了，他必须出去寻找出路。

他们步行来到镇上。小镇很小，但很热闹。所谓麻雀虽小五脏俱全，街道纵横交错，商铺林立，商贸繁荣。凤亭镇上东边有座简陋破旧的汽车站，候车室里放着几排漆成淡绿色的长条靠背木椅，绿色漆已经褪色变淡，脱落得斑驳不堪，脏兮兮的，粘黏着一层又一层的各种污秽。候车室东边用薄薄的木板隔成一间小木屋，里面时常坐着两个表情冷漠、口气凶煞的售票员。候车室西面是一间极其简陋的厕所，男女各一间，门板早已不知去向，里面垃圾成堆、尿粪快要溢出来、臭气熏天。车站的班次很少，其中有一班到安海，一天一个班次，一辆老爷车气喘吁吁地奔波运输着。

买了车票，一行人都舒了一口气。要是赶不上就麻烦了，只能等待第二天的汽车。

汽车在坑坑洼洼的土路上颠簸了两个多小时，中午才到达安海，他们已经饥肠辘辘。早上按风俗，吃的是面线、鸡蛋，虽吃了两个鸡蛋，但细如丝的面线不实在、容易饿，大男人消化又快，一两个小时肚子就干瘪了。他们在车站外找到面食摊，便一人要了一碗面条汤，捧着大粗瓷碗蹲着就吃开了。汤面油水不多，几片薄得近乎透明的肉片、几叶蔬菜、几点葱花，但面条很筋道，滚烫的汤水下肚后，大伙精神振作了许多，嘴巴一抹，赶紧过五里桥，出安海镇。

时值涨潮，碧蓝碧蓝的海水一波又一波地涌进来，拍打着岩石、激荡着桥墩，人走在石桥上，有点晃晃悠悠的错觉。过了这座被誉为“天下无桥长此桥”的宋代石桥，便来到一个大镇。所谓的大镇，是相比于上午那个小镇而言。这个大镇有个码头，每天有一班客运的小轮船开往厦门。到达码头时，他们不敢怠慢，赶紧去售票处，一问，还有船票，不禁又是一阵窃喜。买了船票，挤在简陋的候船室等待，两个多小时后，终于到了上船的时间。

轮船缓缓地从嘈杂的码头出发，驶向大海。康泰坐在拥挤的船舱里，望着波涛汹涌的大海，心情也起伏不平：自己离故乡越来越远了，何时归来是个未知数，到菲律宾也是前途渺茫，这人生路该如何走？像这样随波逐流，眼前苍茫一片？还是如母亲所安慰的，婚后一切都会顺利起来？想着想着，两行清泪滚落下来，他赶紧低头悄悄拭去。

黄昏时，小火轮到达厦门港。客人们提起行李纷纷下船，匆匆离开码头，四下投宿去了。

厦门港是一个美丽的港湾，热闹而繁忙。每天轮船往来穿梭、忙忙碌碌，北上至上海、青岛、烟台、天津，南下菲律宾等南洋各埠。而厦门是个美丽的滨海城市、花园般的港口城市，商铺林立、经济繁荣、商贾往来络绎不绝，它还有一个美丽的小岛——鼓浪屿，像一颗璀璨的夜明珠，镶嵌在碧蓝的海湾里，岛上建有颇具风格与特色的别墅群，像一座建筑的博物馆，住着很多外国大使。也就是说，30 年代，厦门已然是一个城市的雏形了。

但繁华与康泰他们无关，命运注定他们只是匆匆的过客。康泰和伙伴们找了一个多小时，才找到一家便宜又干净的旅馆，安顿了下来，内心的惆怅稍微有所舒缓。一打听，到菲律宾还得等三天才有船票，不禁又烦躁、愁闷起来。三天的食宿是一笔不小的开销，困在简陋的旅馆里也极其无聊。怎么办？想一想，还是既来之则安之。这也是无可奈何之策，返回家，不仅折腾还浪费车票、船票；族人问起来，脸上也挂不住，一定有人说闲话，笑话他恋家、舍不得新婚妻子。

这三天，他们理发、照相，托旅行社办证，闲时游了几个著名的景点，如日光岩、南普陀寺等，逛了繁华的中山街，买了馅饼、橘红糕、花生酥等厦门土特产，准备船上当干粮，简单方便、保质期长。登上轮船时，康泰突然感慨又不解地反问伙伴："其实在厦门打工，应该也是个不错的选择，为什么大家要纷纷出去谋出路呢？难道只有这条路可走？"其中一人响亮地回答："哪能一样？我们这是下南洋，出外做番客！"其他人纷纷点头赞成，康泰也就无言了。

轮船起锚了，渐渐离开内湾，向辽阔的大海前进。

三

轮船驶入大海，风浪大起来，船也开始不停地剧烈地摇晃。因湖后村不靠海，康泰 18 岁之前没有坐过船，看到水就发晕，更何况船只在海上这样漂流。他大多时间躺在船舱里，任其摇晃，除了吃喝拉撒。他也不喜欢跑到甲板上，大海没什么好看的，除了海水还是海水，一望无际，莽莽苍苍。其实不喜欢是一回事，不能是另一回事，他晕得浑身乏力，哪里顾得上什么风景？船舱非常拥挤，一个人也就一个仅仅可以容身的地方，船一摇晃就会挨到旁边人身上去。这还不要紧，出门在外，谁也不会计较那么多，即使身边是女性，也不存在吃豆腐之嫌。最可怕的是晕船导致的呕吐，有的控制不住，一不小心就吐到旁人的衣服上，有的胃酸、胆汁都吐出来了，有的吐到哭爹喊娘。原来不会晕船不会呕吐的，看到了也条件反射似的跟着吐。吐得船舱一片恶臭，又因为船舱密封着，恶臭驱散不了，再加上尿臊味等等，缺氧似的令人窒息，令人浑身发软没劲，嘈杂不堪的船舱弥漫着让人生不如死的乌烟瘴气。

康泰也是吃了吐、吐了吃，肚子饿，扛不住，明知吃了还会吐，还是坚持吃。同行的几个青年人本以为年轻力壮，一点儿风浪哪有什么可怕的，没想到也是吐得手脚发软、四肢乏力。旁边一位上了年纪的老阿伯很有经验似的，告诉他们："吐了还是要吃，人要有五谷气，才能撑下去。肮脏不要紧，死了就被扔进大海喂鱼，小命不想报销就必须忍受。吃吃、吐吐，也就适应了。"

康泰听后拿出馅饼，咬了一口，硬是吞不下去，口干舌燥的，津液好像都吐干了，呛得咳嗽不止，馅饼屑喷得满地都是。

老阿伯给他一杯水，拿出自己的干粮：“你吃点甜粿吧。以后记得带甜粿，这是吉祥的东西，当年就是这甜粿救了一船人的命，我们闽南华侨跟这东西有缘，我每次回去都带它，每次都能挺过去。”

康泰当然听过甜粿的传说，但没想到有人居然如此深信不疑。记得小时候，他就听村里积古老人讲过这个故事，话说塘头村有一户贫穷人家，日子过得非常艰难，某一年又遇到旱灾，颗粒无收，家乡实在待不下去，这个名叫王义兴的男人便打算下南洋去谋生。家中空空如也，妻子苦于一贫如洗，无法帮他准备路上干粮，碰巧姑妈送来一袋糯米，姨妈送来一点红糖，义兴的妻子心灵手巧，便把糯米浸泡软了，磨成粉，把红糖熬成糖浆，把两者混合在一起，拿去蒸，蒸熟后装在袋子里让义兴带到船上吃。船行不久，就遇到狂风巨浪，船只迷失方向，只好躲到一座荒岛上避难，准备等风浪过后再前行。因漂泊时间太长，大家带的干粮都吃光了，只有义兴带的品相不好看的甜粿还有很多，他便分给大家。饥饿中的人哪里讲究品相，都说好吃。吃甜粿经得起饿，全船的人最后靠着这一袋子甜粿活了下来，顺利到达目的地。

老阿伯看到康泰狐疑的眼神，便说：“咱们下南洋的要信这个，它可以保证我们一帆风顺的，每次我都靠这东西活命。有一年回乡，夏天回去，船上有人又吐又泄，导致霍乱，死了很多人，我居然活了下来。我相信，就是这东西保佑的。这是我老婆自己做的，蒸熟后敬观音、城隍爷，再让我带上路，有神灵保佑，效果特别好。如果自家没有蒸，也可以到镇上买，糖房街长期有人在卖，卖的就是正宗的塘头甜粿，在船上一个多星期，都不会变质。马尼拉的王彬街也有人经营‘义兴甜粿店’，非常正宗，以后你要回去，要记得买，带着路上吃，保管你平安无事。”

康泰听后一阵感动，忙接过来，往嘴巴送，甜糯绵软，确实无须太多水分就可以下咽。

吃过甜粿之后，果然不再吐了，他进入浑浑噩噩、虚幻迷糊的睡梦中，醒了睡、睡了醒，时间一久，也就混乱了、糊涂了，无所谓昼与夜，无所谓饿与饱。那身笔挺的西装搞得皱巴巴、脏兮兮，完全变形了，套在日渐消瘦的躯体上，摇摇晃晃。康泰这才想起有人形容下南洋的人为猪猡，虽然带轻蔑性的侮辱，但此刻自己的形象确实与之相差不远。

轮船在海上漂泊了十天，终于到岸了，大家欣喜若狂，浑身乏力地走出船舱，踉踉跄跄地上岸，其心情犹如黑暗中见到光明，夹缝中获得新生。

四

婚后两个月，淑端发现月经没有来，又观察了一个月，还是不见红，这才悄悄告诉婆婆龚氏。龚氏一听，喜出望外，双手合十，对着蓝天惊喜道："入门喜，入门喜！苍天保佑，我们王家有后了！如果生个孙子，我们这房有后，我也算功德圆满了！"

十月怀胎，一朝分娩。出生的是个女孩，龚氏像霜打的茄子，一下子萎蔫了。待在产房外，静静地站了好几分钟，头脑一片空白，随后急切地哀求道："阿婆，求求你再仔细看看，刚才是不是看错了？"接生婆生气道："怎么可能看错？这么明显，我还不至于老到看不出小孩带把还是不带把的。"

龚氏一听，默默地掉转头，深一脚浅一脚地回到自己房间，前脚踏进房门，后脚就把门反锁，躺到床上，捂住嘴痛哭。但闽南古大厝房间的墙壁是木板的，强行压抑住的哭声还是传到隔壁儿媳的房间来。

接生婆听到龚氏的哭声，摇头叹息道："真是重男轻女。"淑端也悄悄淌下热泪，叹道：“孩子，你投错胎了，一辈子可怜了！”

“新人（对新婚女性的称呼），不要这样说，孩儿一出生，很多大人一时想不开，反应过火、过激，过一段时间就接受了。自己的孩子要自己珍惜。这个世界就两种人，男的、女的，没有女人，世界最后也就灭绝了。咱们都是女的，就更不应该嫌弃女孩。”

“她父亲是独子，老人家想抱孙子，可以理解的。再说，整个家族这么多房祧……怪只怪我的肚皮不争气。”

“不要紧，会生女孩，就会生男孩。女人生孩子跟鸡母下蛋一样，有什么难的？说不定以后就生出一大堆男的。”

“但是她父亲去吕宋，不知什么时候才能回来……”

“生男生女，命中注定的，她投胎到你肚子，这是缘分，上天的旨意。或许，你这辈子还要靠她呢。放宽心，你这么年轻，只要男人能回来，还可以生一大堆呢。”

一会儿，龚氏过来了，已换上一副笑容，她塞给接生婆一个红包，微笑着把她送出家门。随后给淑端煮了两颗糖水鸡蛋，端到儿媳面前：“趁热吃了吧。”

“娘，不好意思，生了一个赔钱货！”淑端无限自责地流着泪，为难道。

“算了，肚子里的事，谁主宰得了？这是命，咱们认了。有个孩子也好，我们娘儿俩才有事可干，日子好打发，免得你看我、我看你，大眼瞪小眼，一天几十个小时似的漫长。记住，咱们的孩子咱们疼惜，别人就不敢嫌弃。我这辈子就生个儿子，没有女儿，生个孙女也是补偿啊。”淑端听后，无限感激，眼泪流得更汹涌了。

龚氏轻轻摸了摸孩子软软的头皮，叹道：“女孩子苦呀，一辈子吃的苦往往比男孩多，咱们更该疼惜她。”

淑端听后，心想：就冲她这番话，我一辈子也该无怨无悔地孝敬她。

龚氏亲自照顾儿媳坐月子，期间，她还特意赶了一趟镇上，请字馆代写书信的老先生帮忙写了一封信，把淑端生女儿的消息告诉远在菲律宾的康泰。

不久收到从菲律宾汇过来的两百元，这是康泰去菲律宾后寄来的最大一笔钱。龚氏收到汇款后，笑吟吟地对儿媳说："这个孩子好脚迹印，荫庇咱们了。"淑端听后，也非常高兴、自豪，两百元可是一笔不小的钱，说明丈夫重视、疼爱这个女儿，不嫌弃这个女儿。婆媳两人视这个漂亮的女孩如掌上明珠，便直接用明珠给这女孩命名。

因自己有一个大家庭需要照料、打理，琐事繁杂，淑端的母亲无法留下来帮忙照顾女儿的月子。但她很是重视与慷慨，三天两头就杀鸡、宰鸭送过来，炖给淑端吃，鸡蛋、鸭蛋更是一篮子一篮子地送过来。她还说："坐月子不能吃番薯、番薯干，会胀气、寒胃，吃坏了身子，一辈子就无法医治。"所以她又让大儿子驮过来一袋大米，非常尽心尽力。确实，她内心非常高兴，女儿能生个一男半女的，在婆家才算稳定下来，否则，过个三年五载的，她婆婆必然到外面抱个孩子让她养。这种例子在侨乡太多、太普遍了。

在闽南，一个家庭有个媳妇坐月子，左邻右舍、亲戚朋友，往往会送点补品或药品。补品是鱼类、肉类、蛋类，桂圆、红枣、红糖、麻油等；药品是人参、党参、枸杞等。有的人家里穷，拿不出像样的东西，就送几块老姜。而送鸡蛋，往往是最普遍的，基本都在一个贫穷线上，有的确实拿不出贵重的东西，八个鸡蛋就是一个最常见的礼数。这样的人情往来，让媳妇的月子坐得热闹又富足，连龚氏都说自己傍儿媳坐月子，很有吃福，人都吃胖了。

康泰寄来的两百元，龚氏自然舍不得乱花，便给孙女操办了一场热闹、喜庆的满月：请剃头匠来家里给小孩剃头，赠送亲戚、左邻右舍以剃头红蛋。淑端娘家也按礼俗（俗称吃满月），送来被单、衣帽、银手链、长命缕，龚氏则以姜饭、红桃、龟粿答谢。中午龚氏准备了香饭、荤素菜孝敬床母、七娘妈，以求保佑孩子健康平安。前来祝贺的亲戚、亲堂吃着香饭配菜汤，热热闹闹又欢欢喜喜的。有的妇女便说："华侨家庭连女孩都值，出生也要出生对地方呀。"龚氏忙解释道："康泰出外，能回来几趟，能生几个？所以男孩、女孩都一样，一条血脉才能延续下来。"大家听龚氏这话说得合情合理又非常硬气，便不敢酸溜溜发表感慨。淑端特意抱着女儿走出家门，绕房屋走了一圈，嘴里念叨道："阿依心肝（昵称），今天阿母抱你绕屋一周，这叫作见世面，你将来要走远一点，去吕宋找你父亲，吃洋饭、穿洋装、住洋楼，过好日子。"

带着多少美好的期许，她们三代三个女性，和和睦睦、平平静静生活在一起，日子在平静又忙碌中缓缓而过。

五

抗战爆发了。中原大地沦陷在日寇的铁蹄之下，中华民族陷入水深火热之中。闽南大地也不能幸免，日机时常低空巡逻、扫射，扔下炸弹，然后驾机嚣张而去。日机低空巡视，一旦发现高大的建筑物就扔弹炸毁。这些建筑物多为华侨回国建设的洋楼，多年的心血瞬间化为灰烬。日军偶尔还从海岸线登陆，对沿海村落进行疯狂的烧杀抢掠，放火烧毁房屋、商铺、船只，被烧毁的房屋多为洋楼或大厝。所以，一听说日寇进村，大家纷纷往山上跑、往破屋躲藏。

有一天，日寇偷偷来袭，因交通不便、乡村闭塞，听闻消息时，日寇已偷偷摸到村子外，全村百姓便弃一切于不顾，没命地逃跑，家家户户大门洞开，任凭鬼子胡抢乱砸，能搬的、能吃的、能用的，悉数不留，贫穷的山村被抢劫得更加空空如洗。湖后村口有口大水井，井水清冽甘甜，水源很足，取之不尽用之不竭似的，是百姓的生命之泉，这天却成了充满血腥的屠宰场。日寇集聚在水井旁，把抓来的鸡鸭猪狗等一众牲畜屠杀、清洗，在路旁架起铁架，砍来树枝，大肆烧烤、蒸煮，搞得烟熏火燎的，烟火冲天、火光刺眼。打仗的人难得遇到肉类食物，看到这些牲畜，眼睛都冒光发亮，个个狼吞虎咽，填饱肚子后，便把剩余的打包装上行军车。

单纯这样没有人道的烧杀抢夺，已经令人发指；最没有人性的是，见到女性，只要不太老，就进行奸污。当人们落荒而逃时，一个十八九岁的黄花闺女，逃难不及，被日兵捉去，轮番进行玩弄。日寇撤离时将她赤身裸体抛在水井旁，姑娘靠那一点点残留的牲畜之血和未干涸的井水，足足撑了三天两夜，直到村民回来发现了才急忙将奄奄一息的她送到镇上的卫生院。姑娘的命是保住了，却精神崩溃，落下终身残疾。

这姑娘家离王家不远，时常听到姑娘歇斯底里的哭叫声，那声音令人毛骨悚然。龚氏、淑端听后总是惋惜又心疼，回想起那段惊心动魄的经历，两人都心有余悸，庆幸自己劫后余生，更痛骂那些没有人性的强盗。

王家跟其他家庭一样，除了家禽、牲畜一只不剩，连挖回来的番薯也被抢走。赖以生存的粮食没了，龚氏、淑端婆媳只能一天吃一顿饭，还是那没长熟的根状的番薯。明珠的外公外婆看她们实在可怜，赶紧送来一点儿稻米，婆媳宝贝似的珍藏着，慢慢熬粥给明珠吃。

此后，日寇、国民党兵又来骚扰几次，一旦得知信息，大家便没命地往山上逃，躲到山洞、废弃石窟、墓穴里，等兵丁走后，他们再下山来。时局动荡混乱，战火逐渐蔓延下来，时态如何发展，这是没有人能预测与把控的。所以，大家都忧心忡忡地过日子。

第二年，村里居然来了一群华侨，他们冒着生命危险跑回来了，这群人中就有康泰。他的到来，让大家喜出望外。没有什么比战乱中亲人团聚更让人兴奋了。

康泰回到家，看到会走会跑的女儿，激动极了，把女儿紧紧抱在怀里，毕竟这是自己的骨肉呀。他看到女儿娇小乖巧、腼腆可爱，喜爱之情汩汩涌出，抱着女儿四处玩耍，成为最大的乐趣。女儿也懂得跟他亲近，进进出出的，总喜欢跟在他屁股后面。婆媳二人看到他们父女如此亲密，也欣喜不已。

一天，康泰托着一粗瓷大碗的地瓜到村口吃饭。农村人闲时无聊，喜欢聚集在一起闲聊。湖后村最主要的聚集地是村口，除了那口大井，20 步开外还有一棵 500 多年的大榕树，枝繁叶茂，浓荫密布，树下围着一圈石板块，日久天长的，石头光滑冰凉，村民喜欢到那里乘凉，久而久之，村口榕树下成为新闻发布地，也是小道消息的来源地。这一天中午，几个中老年男人，一人托着一海碗的地瓜，大碗下面夹着一小碟的酱菜瓜、豆豉或咸鱼干，或蹲或坐或站，配着闲话、粗话、野话，解决肚子问题。这时，有个名叫阔嘴的打捕（男人）说：“康泰，你又没有出丁，出洋打拼个屁，血汗钱将来还不是给女儿做嫁妆？”便有人很刻薄地说：“你们这一房无后了，看来要断子绝孙了。”康泰气得眼睛冒火，想发作又不敢，恨得脸都扭曲成疙瘩。那人生了九个儿女，五男四女，儿子个个长得人高马大的，随便一个都可以轻易把自己撂倒，自己奈何得了他们？这时，一个名叫福鼎的打捕赶紧打破尴尬，劝和道：“抱养一个吧，要不要？我老家有个远亲，生了一大堆孩子，家里太穷了，养不起，有个三岁的男孩正想送人，我前些天回去，把他带来了，正愁多一张嘴吃饭呢，送给你当儿子吧？”阔嘴的笑道：“不会像你老婆那样丑吧？”众人一下子哄笑起来。大家都知道：他老婆是村里最丑的女人，丑到嫁不出去，只好招他入赘。他是家里穷、兄弟多，活不下去才出来入赘的。入赘的人没有地位，招人歧视，他明明有名有姓，但湖后村人就是不叫他名字，用他的家乡福鼎作为名字来称呼他。福鼎听后脸涨得通红，艰难地解释道："那是我老家那边亲戚的孩子，与她没什么关系！"

康泰静静地把碗里的地瓜吃完，一点儿汤也不剩，然后把大碗举到头顶，一字一顿道："大家做证，这块碗摔下去，如果没破，我就抱那孩子回家，当儿子养。"大家顿时安静下来，睁大眼睛看着他。康泰慢慢放开双手，粗瓷大碗在众目睽睽之下飘然坠落下来，咚的一声，碰触到硬实的土地，摇晃了几下，便静止不动了。大家紧张地一看，完好无损，便一下子炸开了锅。有的说："君子一言驷马难追，要回去养吧。"有的感慨道："这是缘分，天注定的。"有的摇头叹道："太神奇了！这地儿虽是土的，但太硬了，碗居然没破，那个孩子注定入你们家门，吃你们的饭。"另有人说："你们中正房旺财不旺丁，出了一大群番客婶，都是会啼不会生蛋的，向外讨来的男丁不少于十个吧？这是风水啊。"纷纷扰扰之后，大家怂恿道："走，马上去抱孩子！"

康泰在一大堆人的簇拥下，到了那户人家。那是一座低矮破旧的老房子，里面挤满了黑乎乎、瘦巴巴的孩子，高高低低，参差不齐。康泰一看，有点眩晕。福鼎从孩子堆里拉出一个小男孩，大家一看，小男孩面黄肌瘦的，但长得很清秀，正睁大眼睛怯怯地望着突然出现的他们。康泰心里顿生一阵感慨，蹲下身子，温和地问："你和我回家，当我儿子，要吗？"那男孩静静地点了点头。众人感慨不已，康泰抱起男孩就往家里走去，其他人也都拿着碗筷自觉地散了。

回到家，母亲、妻子都迷茫、疑惑地看着康泰，更主要的是紧张地看着他怀里的男孩。康泰故意用特别平缓的语气把事情复述了一遍。龚氏艰难地说："这孩子来得不是时候……"康泰说："怎么不是时候？这是天意。"龚氏解释道："现在这么困难……"康泰道："不要紧，困难会过去的。他现在就是我的儿子、你的孙子了，我有儿有女了。我们吃饭，他就吃饭；我们喝粥，他跟着喝粥。”

龚氏终于点点头，把可怜巴巴望着自己的男孩搂在怀里，含着泪说：“不是一家人不进一家门。孩子，以后你就叫我阿嬷、叫她阿母吧。”

淑端站在一旁，手里牵着女儿明珠，含泪看着眼前这一切。听到婆婆这样说，马上点头应允。

龚氏摸摸男孩子的头：“说不定你好脚迹印，还能招弟，让我们王家人丁兴旺起来呢。”又转向康泰问：“福鼎没提要求？”康泰摇头道：“没有，我们要他，他高兴还来不及呢，他老婆为此事一直跟他吵闹打架，要死要活的，就差没有把屋顶掀下来。福鼎说这孩子命好，到咱们华侨家庭来，不知是几辈子修来的福气。他只要求，孩子身上这身衣服是他儿子的，那天他带过来，他父母找不出一套像样的衣服让他穿上，带过来后，没换洗衣服，只好换他家老幺的，害得他孩子没衣服换，整天欺负他，打他骂他。”

龚氏一听，心疼地摸了摸男孩单薄的身子，叹了一口气：“可怜见的。从今天开始，你就是这个家的人，我的孙子，我和你阿母下午就改两件你父亲的旧衣服给你穿。”

小男孩马上露出稚气又灿烂的笑容。淑端拉着明珠走过来，蹲下身子，告诉他：“这是你姐姐，以后你们就一起玩。”然后告诉明珠：“这是你弟弟，你以后要好好照顾他、疼他、爱他。”明珠乖巧地点了点头。淑端一手拉着女儿，一手拉着儿子，幸福地笑了：闽南人说的，有儿有女，组成一个“好”字。

就这样，这个小男孩成为湖后村中正房的一个男丁。龚氏请村里有学问的老先生给这个男孙命名，老先生思考了一会儿，说：“那就叫王子儒吧。”龚氏皱着眉，问：“这名字什么意思呀？能不能好听一点、吉祥一点的？”老先生慢条斯理地说：“古人说，学而优则仕。子儒，就是说，这个男孩可以读书成才，给王家带来希望、带来名声。”龚氏听了还是不甚满意：“为什么用一个‘子’字，不是成为大家的‘子’了？咱们农村人口无遮拦，喜欢给人取绰号，这个‘子’字会给人留下把柄的。”老先生摇摇头，说：“非也，非也。‘子’有非常的含义，古代称‘子’，是尊称，表示‘您’‘先生’的意思，孔子不是这样叫的？”龚氏听完老先生的解释，终于明白了，笑得合不拢嘴：“好，好，那就叫子儒。”

六

战火逐渐往南蔓延，更多的版图沦为战场，百姓在战火中流离失所或无辜丧命，时局不容乐观。湖后村这群华侨看到形势不妙，都赶紧回菲律宾，康泰也回去了。

生活又回归到原来的轨道上，但是战争带来的伤害日益严重，农村满目疮痍，凋零破败，农业生产遭到空前的破坏，民不聊生。对华侨家庭来说，毁灭性的灾难很快就来了，交通中断，通信受阻，外汇断绝了。

一下子断了经济来源，很多华侨家庭陷入困顿之中，饱受贫困的折磨，饥馑成为每天睁开眼第一个折磨人的问题。龚氏带着儿媳、孙女、孙子组成的一家人艰难度日，她经常无奈地望着苍天诘问：“老天呀！两个缠足的妇女、两个年幼的孩子，这可如何活下去？”

家里能变卖的都变卖了，一日三餐还是不济，饥一顿饱一顿的。家里原有两亩薄田，属于典型的风头水尾漏沙地，过去经济上过得去，让亲堂借去耕种，现在只好要回来，种下番薯苗。如何耕种，龚氏也是一筹莫展，只好雇人挑粪灌溉；此外，自己打理；不会的，请教学习。华侨妇女下田地干活，成为一大景观，同情的有之，挖苦讽刺的也有之，看笑话的更有之。但有什么办法？要活命就得放下身段，向生活低头，接受生活的挑战。淑端干不了重活，只能忙家务、带小孩，向大自然乞食的苦活儿只能靠龚氏了。看着孙儿、孙女嗷嗷待养，她咬紧牙关，苦活累活都干。纵是这样，一天三餐，不是番薯汤就是番薯干熬汤。天天如是，日复一日。好在两个年幼的孩子非常懂事，捧起碗筷，看着可以照出人影的汤水，流着泪，也不敢说个不字，泪水和汤水一起往下咽。

如何生活下去？龚氏只好加入几位番客婶的队伍，跟着她们一起到西岑盐场，挑海水晒盐巴，然后挑到安海、厦门去卖。肩上一担盐巴，靠两条腿一寸一寸丈量土地，一步一步挪动，风和日丽时都苦不堪言，遇到寒暑季节，更是苦上加苦。披星戴月，走上一趟，少则三四天，多则五六天，赚的钱微乎其微。龚氏走一遭，回家就病倒一次，实在撑不住，最后她只好放弃。

天无绝人之路，庆幸的是三公里之外有个接济站，那就是淑端的娘家。她娘家在水尾村，是临海渔村，村子的土地是水田，可以种水稻，有大米吃。淑端有两个弟弟，都是老实勤快的庄稼人，他们是家庭的主要劳动力，除了种植水稻，他们还在田中薅草，养了一百多只鸭子。这样，鸭子生蛋，就拿去出售，便可维持家庭的日常用度。在两个小孩子的记忆中，能吃到的大米、鸭蛋，都是外公、舅舅送来的。淑端的父亲是出名的土厨师，周围乡村婚丧喜庆、佛生日、普度等，总是请他去掌勺。他每每会拿些剩饭剩菜回家，不仅自家可以改善伙食，两个饿得眼睛发绿的外孙、外孙女更是雀跃，这是他们打牙祭、润肠胃的唯一机会。等到长大一点，俩姐弟就不等外公、舅舅送上门，经常徒步去外公家，一住就是好几天。龚氏与淑端知道孩子是逃命去了，无奈之下，只好听之任之。有时住几天，淑端会觉得拖累娘家，过意不去，跑回去赶他们回来。父母总是挽留："不差两张嘴，孩子挺可怜的，由他们住吧。"去外公家，成为姐弟最向往的事；在外公家的日子，成为留在两人记忆中最美好、最幸福的时光。

日子缓慢而艰难，几年晃晃悠悠过去了。明珠、子儒到了上学年龄，但还是读不起书。这时，他们要帮忙干活了，明珠上山捡柴、撩草，子儒则和奶奶挑水浇灌番薯。奇怪的是，每次上山劳动，他的鼻子就会出血。找村里的赤脚医生看，说是孩子还太小，力气不够，劳累的。但有什么办法？不浇水，番薯长不出来，一家子就没有口粮，只能等外公家接济。淑端看了很心疼，总是把他拉到井边，让他仰着脸，用清水拍打他的额头，这样拍打一会儿，鼻血就止住了。过几天，这一幕再次上演，周而复始。淑端有时会边拍打边流泪："孩子，你命真苦呀，两次都投错人家了。"子儒会懂事地安慰母亲："你放心，等我长大，有力气了，自然就不流了。"淑端看着懂事的儿子，怜惜道："整天就吃这些番薯，身体有几滴血？哪经得起这样三天两头流呀！"子儒勇敢地安慰道："你放心，我不会死的。"说得淑端泪流不住，这也是淑端后来巴不得儿子去外公外婆家蹭饭的理由：儿子必须吃点好的，才能活下去。

龚氏看了，总会感慨地对淑端说："咱们婆媳同命呀，当初我也总是拖累娘家。"淑端回答："能活下来就好，这是没有办法的办法。亲戚间相互帮扶是应该的。"

青黄不接时，地里真的搞不到吃的东西，龚氏只好走海路了。她利用涨潮退潮的规律，到沙滩上捡海带、扒小虾小蟹、敲海蛎。姐弟俩有时不吃，特别是子儒不会吃，经常被刺伤，流血不止，所以看到奶奶、母亲又把小螃蟹端出来，他立马放声大哭，闹着不吃，龚氏便拿出竹鞭，押着，说："不吃也得吃！刺死总比饿死舒服。吞不下去，咀嚼几下吐出来，也可以吸收一点营养，有一点儿力气。"

日子实在太难，龚氏迫切希望康泰来拯救他们于水火之中。每日煮了番薯，她总要拿一个陶瓷的小钵，里面装些成块番薯，然后偷偷拿去供神灵，求康泰早日回来。她实在没有什么像样的供品可拿去供奉神灵，唯有番薯了。每次遇到外人，她都会很尴尬，因为有好事者会故意问她供什么好东西，有的还故意打开钵盖瞧个究竟，让龚氏无处逃遁。后来龚氏干脆不遮掩，直接坦白："公妈跟子孙，神佛随弟子，敬的是心，我一心诚敬就灵验了。"

看到家里柴草房堆有柴草，地里灌溉了水，姐弟俩就徒步去外公家。日子在来来回回中，悄悄而过。

一个夏天的傍晚，子儒帮着舅舅把鸭子赶到海埭放养，这时天色快速暗了下来，一会儿乌云密布，便下起倾盆大雨。海水跟着涨潮，灌进海埭来，鸭群顺着海水向大海游去。子儒赶紧往回赶，鸭子不听指挥；吹口哨，鸭子也不听呼唤。水势越来越大，鸭子顺着潮水往外涌，子儒顾不得许多，涉足往海水里去。他想：拼命也得把鸭子拦住，如果鸭子没了，回去还怎么交代？外公家的日子怎样过下去？他拼命吹口哨、大声哭喊，大雨狠狠地刮下来，打在他身上、脸上，他分不清海水、雨水、泪水，身子也不由自主地顺着水势往外冲。千钧一发之际，两个舅舅赶到了，揪住他的破衣服，终于把他从深水区拉上来。鸭子拦住了一些，另一些眼睁睁看着被汹涌的海水漫卷而去了。

三人都成了落汤鸡。子儒看到损失这么惨重，痛哭不已。大舅气愤地骂他："哭，还哭！你不知道你差点没命了？赶鸭子赶个鬼呀！"子儒哭着说："但……鸭子没了……""鸭子没了，咱们再孵，一个月就有鸭苗。人如果没了，还要鸭子干什么？"小舅也教训道："爱干活，是好事，但以后这么不长眼睛，看我不揍你！"

大雨滂沱，三人艰难地把剩下的鸭子赶回田里，把鸭圈弄牢固。回到家，两个舅舅把当时的情形告诉了父母，外公一个巴掌掴过来："妈的，你死了，我怎么向你父母交代？这些年，我的粮食不都白糟踏了？"外婆一把将子儒揉进怀里，心疼地抚摸他发热的脸颊，对外公吼道："八九岁的孩子，已经很不容易了，他这么可怜，你还打他，你也下得了手？"子儒扑在外婆怀里，再次放声痛哭。

经过这场惊吓，又遭遇风吹雨淋，子儒发起高烧，病倒了。母亲、奶奶连忙赶来把他带回家，细心照顾。第二天，外公提着一篮子鸭蛋过来，很内疚不安的样子。奶奶热情地招呼亲家公坐下，端茶送水，对亲家公的慷慨接济再三表示感谢，并婉拒道："损失那么多，这些蛋拿回去孵吧，早日再养一群出来，才高兴着呢。"外公笑道："放心吃吧，这些是无形的，有形的已经留下，准备孵小鸭了。"龚氏笑着对子儒说："你这么娇气，快点好起来，再帮外公放鸭子去。"

子儒高兴地点点头，也开心地笑了。

七

战争同样蔓延到了菲律宾国土上。因美国在菲律宾的克拉克和甲米地建有亚洲最大的空军、海军军事基地，构成日军南进的障碍，日军企图攻占菲律宾群岛，夺取美国军事基地，控制日本与东南亚之间的海上交通线，为进攻荷属东印度创造条件。

1941 年 12 月 8 日，日本摧毁美军在菲律宾陆地上的一半重型轰炸机和三分之一以上的战斗机，为登陆创造了条件；9 日，日军攻占吕宋岛以北的巴坦群岛，夺取制空权；10 日，派先遣部队分别在吕宋岛北部的阿帕里和维甘登陆并占领机场。太平洋战争爆发。

这场旷日持久的抗日战争，遭殃的不仅是中国人民，东南亚一些国家与地区也深受其害、饱受摧残，整个菲律宾就是一个硝烟弥漫的战场，人民的生活同样处于水深火热之中。

康泰也跟菲律宾人民一样，在这场战争中饱受侵略之苦。首先是杂货铺（菲律宾人称"菜仔店"）被抢劫一空，这杂货店其实是他所有的家当与财富，是他赖以生存、养家糊口甚至振兴家族的唯一依靠，日寇一来，能吃的、有用的就抢走，不想要的就砸烂，菜仔店瞬间成为废墟，多年努力、苦心经营的一切成为泡影，他又回到了刚到菲律宾时的状态：一无所有。更不堪的是，日军入侵后他如丧家之犬，到处逃亡。战争最惨烈的那个阶段，他只好跟着灾民逃亡山顶，跟山顶上的土著人一样，过着几乎原始的生活，睡草棚、草寮，吃野菜、野果，捕杀野生动物，使用竹子的碗筷、器皿，用手抓饭吃……这时，他也只是苟且偷生，完全没有能力顾及唐山的亲人。每每这时，他就非常后悔，把家中老少三代人放置于战火之中，自己糊里糊涂跟着大伙赶回来。倘若没有回来，至少一家人还在一起，有问题还可以帮她们扛一扛。想当年，一无所有的自己刚到菲律宾，人地生疏，经朋友介绍寄身于菜仔店当学徒，从最基本的杂活做起，扫地、砍柴、煮饭、洗衣服、当跑腿、为老板倒尿壶……几乎无所不干。经过严格的考验，才被头家信任并赏识，最后推到柜台，站最高尚的岗位，学习做生意，自己也慢慢积累起资金。后来头家和朋友合伙做大生意，急于脱手，便把菜仔店盘给他，他手头紧钱不够，头家还让他欠着，慢慢偿还。等到终于熬出头，菜仔店属于自己，自己当上头家，日寇却来了……每每想起这些，康泰就无比沮丧、愤慨，也深感无助与无奈。

康泰亲眼看到有一大家子人，在逃亡路上，被日军逮住，那位怀抱小男孩的老妇人赶紧让其他人先撤，自己挡住日军。只见日本兵夺走她怀里的小男孩，那小男孩可能只有五六个月，长得白白胖胖的，非常可爱，他居然不哭不闹，只是拼命乱蹬着胖乎乎的腿脚，他确实不知道将要降临到他身上的是什么命运。那位仪表不凡的老妇人不慌不忙，掏出背包里的一尊观音铜像，放在地上，双膝跪下，对着观音像膜拜起来。一会儿，日本兵把男孩还给老妇人，老妇人赶紧站立起来，抱紧孩子。日本兵又扑过来，再次把孩子夺走，老妇人也不争抢，只是再次跪在观音铜像面前，又虔诚地祈求起来。整个世界悄然无声，僵住了，又极其危险与微妙。一会儿，日本兵轻轻地放下男孩，走了。老妇人抱起男孩，把观音铜像收入背包，泰然自若、镇定自如……那时，康泰来不及逃远，正爬在一棵高大的树上，看到这一幕，自己被深深震撼住了，这是战争留在他记忆深处最不可思议的一幕。后来，他才听说，这一家子人也来自闽南，也是凤亭镇的人，而且跟他还是同宗，姓王。故乡唐山居然出现这样的奇女子，让他内心折服，肃然起敬。他还听说，这一家子在菲律宾属于富商，他们在王彬街开的金行、参茸行、布店、米行、电器行均被日军洗劫一空，布行被日军放火烧毁。一夜之间，空空如也。

在山顶上，康泰亲眼看到亲堂家一个六岁的女孩因吃了有毒的野果，上吐下泻，因困在山上，没有医生、没有解药，也无法下山来，父母束手无策，最后看着小女孩痉挛而死。那是一个活泼可爱、聪慧美丽的小姑娘。女孩过世后，她父亲经常无缘无故地大哭一场，呆坐着自言自语、絮絮叨叨，神志有点恍惚。后来，这位亲堂听到他在南部的粮仓全部被日军烧光，他终于扛不住，疯了。康泰感到万分可惜，这位亲堂是他们这一大族在菲律宾生意做得最好的，也是最有实力的，他做大米生意，粮仓很多、很大，结果在战争中付之一炬，多年心血付诸东流。

等到战争接近尾声，大家纷纷下山，康泰也跟着下来，重新整理店铺，从零开始。而那位亲堂，被家人送到医院治疗，可惜已经挽回不了了，精神彻底崩溃，家人只好把他关在家里。

当然，康泰乃至以上这些人的经历都只是普通的案例，康泰还算是比较幸运的案例，因为他存活了下来。在整个菲律宾的对日战争中，死伤是非常惨烈的，损失也是极其巨大的，很多华侨几代人辛苦打拼创下的江山、积累的财富都化为乌有，也有很多无辜者丧生于这场战争中，成为冤魂。

八

1945年8月，漫长而又艰苦的八年抗战终于结束。不久，唐山与菲律宾又联系上了，八年的分离，很多华侨纷纷在通航后的第一时间赶回来，龚氏、淑端也满怀期待，翘首以盼。但康泰没有回来，只是侨汇又来了，他没有按月汇款，而是一季度寄一次，非常少，但总算有点儿收入。这是失望之余的希望，一方面说明人平安无事，另一方面，有总胜于无吧？外人问起来，也可以理直气壮地做肯定的回答。龚氏、淑端不清楚，其实这时的康泰正处于重新起步的状况，能力有限，这点儿钱还是硬挤出来的。而整个菲律宾也处于百废待兴的状态，百姓极端困难，真可谓哀鸿遍野、饿殍遍地，所以赚钱非常不容易。

战争结束了，日子安定了，薄田里有点收成，还多少有点儿外汇，龚氏便与淑端商量，决定让明珠、子儒姐弟上学去。姐弟俩听后，甭提有多高兴。从此，姐弟一边上学，一边帮忙家务、干点农活。学校的师生很快认识了这两个姐弟，一方面是他们年龄比其他同学大，另一方面是姐弟俩会吃苦、懂事，成绩也很好。

子儒的班主任是个退伍军人，知道他家里贫穷，但看他比较成熟，悟性又高，就经常鼓励他，要他珍惜机会加倍努力学习。子儒总是感激地点头答应，他知道自己能背上书包，是多么的幸运与难得，唯有好好把握，才不辜负家人的期望，也不负韶华。一天，风雨交加，子儒听说村里驻军营里一位士兵因冒雨牵电线，不慎触电身亡，他很是惋惜、悲伤，便在作业本子上写了一首打油诗："天泪潇潇空自落，军人无畏风雨稠。英年早逝真可惜，留有光明在人间。”班主任语文老师看了，激动地在班上表扬他。很快，这首打油诗传遍村子，村里人大多数都是文盲，看不懂，但都很惊讶，说村里出现诗人了。有些老人看到龚氏便夸个不停：“子儒才进学不久，水平就这么高，那还了得，将来出大秀才喽！”龚氏听后，美滋滋的，经常拿这事为子儒打气，要他不负众望，争取将来学有所成。淑端也是非常欣慰，总是唠叨着：“有子儒，是我的福气，也是王家的福气呀！”

1948 年的冬天，康泰终于回来了，他仍然是和村里的乡亲一起回国省亲的。一家子看到他，仿佛看到天外来客，甭提多激动、喜悦。已经 13 岁的明珠，长得像花骨朵似的，清新娇嫩又美丽。她看到父亲回家，非常高兴，羞涩地打过招呼就独自往外跑，说是要到外公家报喜，全家人都笑了。

傍晚时分，她又跑回来了，气喘吁吁的，大家看了都心疼她，龚氏、淑端笑吟吟地责怪她：“你不能慢慢走？这样跑多累呀。”晚上，她吃不下饭，就上床去了，大家以为她是累的，休息一个晚上就好了，也没有十分在意。半夜，她忽然发高烧，全身滚烫，躺在她身边的龚氏担忧地问她：“你去外公家，走哪条路呀？”“万人坟。”龚氏责怪道：“怎么走那一条路？”明珠喘着气，说：“那是近路，快点。”龚氏以为她遇到了肮脏东西（指鬼魂之类的），忙起床用“生喜车”帮她改替，以为迷信一下就好了。可是改替后，还不见好转，高烧仍然不退，嘴里还一遍遍地说：“我父亲从南洋回来了……”龚氏觉得很异常，赶忙叫醒大家，让淑端、康泰看着明珠，自己赶紧叫上子儒，提着昏暗的煤油灯，去请村里的赤脚医生。赤脚医生来后看了，摇摇头，无力地说：“染上鼠疫了。”大家一听，犹如五雷轰顶，顿觉天昏地暗，哭成一团。第二天，大家不死心，赶紧借了一辆手推车，推到镇上医院去。医生看了也是摇头，让他们赶快拉回去。

晚上，明珠走了。这个13岁的小姑娘，勤快、善良、可爱、美丽的小姑娘，就这样离开了人世，带着对这个世界懵懂的眷恋、对亲人无比的依恋，凄然地走了。

大家陷入极度悲痛之中，整日以泪洗面，团聚的欢乐顿时被悲伤淹没。龚氏、淑端更是悲痛，经常捶胸哀叹："孩子命苦呀，出生到现在没有过上一天好日子、穿上一件漂亮衣服……"

康泰时常低着头，悲伤地自责："我十来年没有返家，一朝回来，女儿却不幸地走了，这是怎么回事呀？我们父女缘分为什么这么薄？一条活生生的生命就这样没了？在眼前倏地消失了？"特别是想到八年抗战，女儿没有死于战乱，没有死于饥馑，反而是迎来了胜利，却在团圆之际就倏然离世，康泰更是无限惋惜与悔恨。任凭亲戚、族人怎么劝解、安慰，他整日都郁郁寡欢的。

康泰这次回家是准备建造房子的，他便抓紧时间，向村里买了地，就选在大房、二房的右边。地皮买好后，他便决定提前回去，任凭家人、亲戚、族人怎么挽留，还是牵不住他执意回去的心。走之前，他把带来的钱全部交给母亲，让母亲全权负责，建一座房子。他说："抗战期间，那边赚钱也不容易，战后经济才慢慢恢复。我把钱都攒起来，平时也省吃俭用，这次带回来建座房子，虽然离光宗耀祖还太远，但总算对得起良心，也对得起您的教养。"龚氏捧着钱，手一直颤抖着，不敢相信这是事实。康泰遗憾地说："只是……再多的钱，也买不回明珠的命了……"龚氏一听，一下子泪流满面，这是她心头最大的痛呀。康泰告诉母亲："就把他们建房的图纸要过来，依样画葫芦，跟他们建一样的吧。"龚氏惊呼："他们那是两层楼房呀！"康泰安慰道："钱不够不要紧，房子不是一天建成的，我回去赚了就寄过来。"龚氏流着泪，为难道："我跟你媳妇都不认识字，我又老了，淑端这么古意，也没主见，这房子怎么建，我没把握呀！"康泰一听，也蒙了，三人商量后，决定请一位名叫王仁善的亲堂帮忙，把建房的事托付给他。因他当过国民党的保长，不能去菲律宾，赋闲在家多年，平时能说会道的，很精明能干的样子。

康泰走了之后，淑端惊喜地发现自己怀孕了。她不仅惊喜，还感到不可思议，认为是女儿重新投胎来了，所以对这新的生命特别期待，这多少缓解了失去爱女的悲痛。

十月怀胎，一朝分娩。这次，淑端生了一个男孩。大家欢天喜地的，毕竟这是正宗的王家血脉。

子儒对奶奶、母亲说："弟弟就叫子侨吧。"龚氏与淑端忙问："什么意思呀？"子儒说："弟弟是华侨的儿子，将来也出去当华侨啊。"龚氏、淑端连声说好，就这样，这个正宗血脉的男孩，就由十来岁的哥哥给命名了，没花一分钱。孤陋寡闻的农村人听说此事，惊为天人，都说子儒将来一定能名副其实，成为大文人。

龚氏赶紧雇人写信寄到菲律宾，告知康泰这个好消息。康泰得信后非常高兴，回信要母亲、妻子照顾好这个宝贝儿子，也再三嘱咐要把房子建起来，并表态自己会加倍打拼，努力赚钱，为这个儿子创造好的生活条件。

九

天有不测风云，一天，子儒的大舅慌慌张张地跑来，说外公突然不行了，让淑端赶紧过去见上最后一面。淑端惊愕住了，怎么也不相信："前几天不是还去煮酒桌了吗？"大舅急道："可能吃什么坏东西了……"淑端拔腿就往外冲，子儒听说也跟着跑。一路上，淑端跌倒了又爬起来，爬起来又跌倒，一把鼻涕一把泪的，悲痛欲绝。她怎么也不相信，好端端的父亲会忽然不行了，他才五十多岁呀！子儒想到外公的种种好，想到外公对自己的关心、疼爱，也是非常伤心，跟着母亲一路痛哭。

赶到时，外公已躺在大厅旁，他喘着粗气，看到他们，却说不出话来，一会儿，便睁着眼睛很痛苦地离开了。父亲的去世，让淑端再次陷入痛苦的深渊，心里的伤口还没愈合，灾难再次降临了，让她如何承受？想到这些年父亲对她诸多关心、照顾，而自己总在拖累他，还没有能力回报他，他就这样猝然离世，她怎么能接受呢？所以丧礼之后，她愈发沉默寡言，晚上时常偷偷伤心流泪。

子儒也常常陷入沉思：人为什么会死亡？死去的亲人去哪里了？他们会见面，聚在一起吗？比如，大姐会找到外公吗？外公在天上会像在地上一样，疼爱大姐、照顾大姐吗？他多么渴望这些亲人都能去天堂，无忧无虑地生活在一起。看到母亲伤心落泪，他总是劝慰她："阿母，你不要伤心，外公去了，一定会去找大姐，大姐就有人照顾了，你该放心才是。"淑端听子儒说出这么懂事的话，明知儿子是在安慰自己，也只好点头称是。

房子的建设，前期还比较顺利，因为钱放在龚氏手上，付工钱、付材料费，都经她手出去，有建筑材料，工人能拿到工钱，自然按进度进行。看到房子慢慢成形，一家人充满了期待与兴奋。后期的建筑款项，康泰便直接寄到王仁善手上，他的观点是：用人不疑，疑人不用。当初交代他，就要完全地信任他，何必寄到母亲手上再转呢，不是多一道程序？

当建筑工人拥到家里，伸手要钱时，龚氏、淑端还一脸茫然，一问，才知道他们多日没有领到工钱，没钱开伙了。龚氏张大嘴巴，不相信道："怎么可能？钱都寄存在他手上呀。"

龚氏只好去找王仁善，他也装出一脸茫然："没有呀，我哪只手收到钱了？你们哪只眼睛看到我收到汇款了？"龚氏据理力争："我手上有康泰的信呀，他一五一十，每一笔钱什么时候寄的，都写得清清楚楚。”王仁善还是慢条斯理道：“他说他有寄，我说我没收到，你们找谁对证呀？”龚氏气得直打哆嗦，但也无可奈何，知道自己不是对手，气得摇摇晃晃地回到家之后便病倒在床。

王仁善还对外人诉苦起来：“她那儿子是畅仙子（纨绔子弟），哪有心思赚钱，如今没钱寄来了，房子建不下去，反而倒打一耙，诬陷好人、恩人，说我把钱占为己有。我辛辛苦苦帮他们白忙了一两年，没有功劳也有苦劳，他们没给我一分钱买茶水，还敢登门入室来要钱，真是不可理喻啊！一种米饲百样人，居然还有这种没人情味又贪婪的人，我今日算是见识了。”

龚氏、淑端听后，觉得遇到地痞流氓加恶棍，自己是妇道人家，对付不了，只好找自家人帮忙。大房有六个儿子，已分成六祧，二祧、六祧留在湖后村，支撑门户。他们摇头说：“当初你们有钱要建房，怕我们贪了你们钱财不是？也不交代我们处理。如今出了事才想起我们，让我们去当打手，我们哪是他的对手，不是白白送死？要从他那种人手里要出钱来，跟与老虎谋皮有什么区别？得罪这种人，以后还有安宁？”龚氏碰了一鼻子灰，悻悻地告辞，灰溜溜出了中间的大厝，来到二房这边，他们四兄弟，只有老幺留了下来，他也是摇头：“你看，就我一个男人领着这一大堆妇女，带着这一大堆孩子，谁敢去惹他？他敢当国民党的保长，还有什么不敢的？我们躲他还不及，还敢去招惹他，不是找死？”龚氏听后，像泄气的皮球，一下子蔫了。老幺又道：“我真不知你们当初是打什么算盘，居然去找他帮忙盖房子？”龚氏无力地解释道：“康泰说，和他是同学，又是亲堂，他虽然当过保长，但人聪明，有能力……”老幺抢白道：“你们会算计，那就自己去找他吧！”龚氏默默地走出二房，一踏出大门，眼泪哗哗而下。

工人、材料商要不到钱，干脆驻扎下来，在他们家吃喝拉撒，有的睡小厅，有的睡厢房，有的睡走廊，几乎占据所有地盘，赶也赶不走，淑端只能带着两个儿子挤到龚氏的卧室，打地铺睡觉。龚氏煮番薯，他们抢先盛去吃，煮番薯干，他们也倒去吃，连一点儿汤水也不剩，害得他们一家四口整天挨饿。更让人心惊胆战的是，这些人一个个饿狼似的，眼睛睁得老大，瞪着她们婆媳看，看得她们心里发毛。淑端感慨万端，时常伤心落泪，心想：父亲死得早，倘若他健在，或许他们就不会遭人欺负了。虽说有两个弟弟，但都已结婚生子，当初自己不敢提议让他们来帮忙，现在遇到问题找他们出面，自己都说不出口。更何况，两个弟弟也是老实巴交的农民，笨嘴笨舌的，如何对付得了他？

龚氏对子儒说："乖孙呀，你不是会写诗吗？赶紧写一封信给你父亲，把实情告诉他，求他寄钱来，不然咱们早晚都得饿死。"

但是，菲律宾书信往返再快也要一个多月，就是康泰身边有钱马上寄来，也得等这么长时间。怎么办？走投无路了，龚氏只好去借高利贷，把工人的工钱结了，把材料费也付了，赶紧打发他们离开。这样，一家子总算安全了，过回了宁静的日子。

收到菲律宾的钱款，龚氏马上去还高利贷，不承想，又多出了可观的利息，龚氏听到那庞大的数目，一头撞墙的心都有了。她踉踉跄跄回到家，骂了一声"断子绝孙的黄世仁"，便放声痛哭。骂归骂、哭归哭，都于事无补。高利贷是利滚利的，唯一的办法就是咬紧牙关还债务，房子只好停下来，特别是当时还设计了二楼，更没有能力建了，一家人从建房初期的憧憬、期待到现在的悲愤、忧伤，但也无力挽回。远在菲律宾的康泰很生气，写家信来，措辞很严厉、愤慨，其中几句这样写道："我赚钱不容易，你们那么笨、那么软弱，任由别人欺负，托付不了重任，实在让人大失所望也！"淑端听子儒念着来信，悲哀地轻声道："阿儒呀，你父亲灰心了，我们这房子建不成了，这辈子没那命住新厝了。"说完，用手捶打着胸膛，眼泪簌簌而下。

果然如淑端所料，从此，康泰不再提建房子的事，也不再寄钱回家。

龚氏、淑端觉得如晴天霹雳一般。断了外汇，不是等于回到抗战时期？只好让子儒写信给父亲，一封又一封，措辞尽量诚恳，说得尽量可怜。但是，家信石沉大海般，不见康泰回复片言只语。龚氏只好经常安慰子儒："咱们不能放弃，他一年不回，我们写两年，两年不回，写三年，人心是肉长的，他总不至于看到母亲、老婆、孩子饿死吧？"子儒点头称是，只恨自己词汇贫乏，翻来覆去都是那些话，父亲可能看得麻木了。

龚氏有时便恳请亲堂或书馆先生帮忙写信，也是在表达歉意、恳求康泰回心转意，乞求他继续照顾家庭。但是，无论出自何人之手，康泰一概置之不理。

家庭再次陷入困境，再次在穷困中挣扎。

十

解放了，全国解放了！中华人民共和国成立，神州终于换了天地。凤亭解放的那天，百姓敲锣打鼓，没有锣鼓的，便把家里的锅碗瓢盆拿出来敲打。大家狂喜地冲出家门，奔走相告，很快就汇成游行队伍，一路喊口号、放鞭炮。各村的游行队伍不约而同地走到镇上，跟镇上的游行队伍会合，走街串巷，四处游行，并在劳动广场上日夜狂欢。庆祝解放的活动，整整热闹了一个星期。大家浑身沾满喜气似的，觉得苦日子终于结束了。子儒也跟着村里的队伍游行到镇上，观看群众的庆祝活动，回家后把看到的情景一五一十地告诉祖母、母亲，家中两位妇女也非常高兴，但生活什么时候发生变化、得到改善，才是她们最关心、最期待的问题。

多少华侨纷纷回国，康泰仍然没有回来，家里人可谓望穿秋水了。一天，龚氏对子儒说："你写信告诉你父亲，旧社会过去了，我们翻身得解放，当家做主了，不会受欺负了，叫他回唐山看一看吧。"这一封信寄过去照样没有激起任何涟漪，龚氏有点儿死心了，经常哀叹自己命不好。子儒忽然想出一招："阿嬷，不然我另写一封信，告诉他，这老房子太破旧了，不能遮风避雨，咱们准备搬到新房子住，请他回来一趟，举行一个简单的落成、乔迁仪式。"龚氏一听，疼爱地拍了拍子儒的脑袋，欣慰地说："憨孙开窍了！这厝才是他心里的疙瘩，他听说可以住，一定非常高兴，说不定就回来了。"

龚氏心存最后一丝希望，只要康泰回来，看到家里这样的生活状况，或许会心软，会原谅她们，再按期寄生活费来，那么，一切就有了转机。信寄出去后，他们天天祈祷、企盼，康泰终于回信，其中有八字是"忙于生意，无暇回家"，冷冷地砸在一家人的心头上，比寒冬更加冷酷。龚氏、淑端一时陷入失落、沮丧、忧伤的深渊，知道再也无法挽回康泰的心。龚氏抹泪道："疼仔不孝呀。我这辈子就守着他，他居然狠得下心来，让我这个当母亲的忍饥挨饿的，可见有多冷酷无情。这人心还是肉长的吗？我一辈子也没有作什么恶、造什么业障，为什么遭此报应，生了这么一个铁石心肠的儿子？"淑端也跟着流泪，只好安慰婆婆："阿娘，您还有我，还有两个孙子呢，他靠不住，咱们靠这两个孩子。只要地球会转，再苦的日子也会过去。"龚氏拉着淑端枯瘦如柴的手，感慨万千："你比从我肚子里爬出来的人，还有孝心呀！可能咱们前世有缘，你这辈子是来报恩的。"淑端听后，感动得眼泪汹涌而下，只好赶紧擦干，苦笑道："阿儒是读书人，认识字了，咱们借一本日历，叫他查看一下，选个黄道吉日，悄悄搬进去，算是搬家了。"龚氏点头赞成："我今天才知道，你太善良了，不是没主见，只是太孝顺，凡事顺着我。夭寿儿没福气，不懂得惜福，让这么好的老婆吃苦。"淑端说："阿娘，这是命，怨不得别人。你是这个家的主心骨，我们母子仨都依赖你呢。”龚氏感到无比安慰，振作起精神，说道：“天无绝人之路，他不管咱们，咱们的日子还得过下去呀。”淑端无语地点头。

终于，他们在年底偷偷搬进新家，无非几件破旧家具、几个箩筐等厨房用具、几件换洗衣服。收到的唯一贺礼是：淑端的娘家弟弟合买来的一条绣着福禄寿三星的彩带、一对红蜡烛、一串鞭炮。龚氏和淑端把彩带悬挂在大门上，在大厅的桌案上点上那对红蜡烛，放了鞭炮，就算是乔迁新居了。

大房、二房早在几年前都住进建好的新厝，这样，连同他们这一房，三座房子均坐北朝南，一字排开，中间留着窄窄的小巷。老大居中，老二居左，老三居右。外人称新中正。

过了年，大房的老二来通知，说是要召开大家族会议。龚氏对淑端说：“我去吧，你太斯文了，说话像蚊子咬，在外人面前话没说出口就先红脸，应付不了。”淑端羞愧地说道：“我和孩子拖累你了，让你这么辛苦。”龚氏道：“没有你们，我活着就没有意思了，特别是有这两个孙子，我才有奔头呢。”淑端纳闷道：“不知开什么会？好事还是坏事？”龚氏也狐疑道：“是呀，第一次听说家庭还要开会呢。旧式人走什么新式步呢？我倒要去看看究竟。”

会议在大房的大厅上召开。老二开门见山：“如今，咱们王氏家族三大房三座大厝均已建好，大家有一个意愿，把屋前的空地用石条铺成大埕，用围墙把三座大厝圈围起来，成为独立又完整的建筑群。这样，外面看着气派、势焰，咱们住着也安全。不知这意见如何？大家赞成吗？赞成的举手。”大家纷纷举手，表示赞同。龚氏站起身，急忙道：“人道是，无力假不了，没钱也假不了。既然是一家人，说句不怕见笑的话，不怕你们瞧不起，我们的房子目前还没建好，确实是没有钱才建一半的。现在连喝番薯汤都困难，哪来的钱修大埕、建围墙？”大房的老六轻松地说："克服、克服一下，钱就挤出来了，谁家有闲钱等着用？"龚氏说："确实克服不了，没地方可以克服出钱来的。"二房的老幺也说："这是家族的大事，要有大局观念，不能因为你们这一房而受阻建不下去。"龚氏无可奈何道："我怎么不想修大埕建围墙？我一个妇道人家没有能力呀，我只有这把老骨头，这把骨头又不是金子做的。不然，你们出钱我们出力？搬砖扛石头、煮点心，我都可以。"一时声音此起彼伏，有的哗然大笑。龚氏双手一摊，道："不然你们让在吕宋的兄弟去找康泰，他如果愿意出，我当然没意见，他不出，就是把我逼死，我也拿不出一分钱来。"会议开得沸沸扬扬，龚氏无奈地沉默了一会儿，主动退让道："如果康泰没有能力，我们可以不围进去，你们自己围成一圈吧，花自花开，叶自叶垂，听天由命了，反正，我们家像被洪水冲洗过一样穷赤（贫穷），除了两张破眠床、几副破桌椅、几件破衣服，没有任何值钱的东西，贼也不会光顾的，围不围没什么关系。"二房的老幺责问道："这可是你说的，到时可别怪我们把你孤立起来。如果外人嚼舌头，说我们欺负你们，你可得解释清楚，别让我们遭骂名。"龚氏很想说：你们就是孤立我们孤儿寡母的。但转而一想：算了，这就是世道、人心。怪只怪自家太穷，才隔一层肚皮的人，就这样势利了。她想清楚后，便再不多话，先行离开，会议不欢而散。他们有没有去找康泰，说服他承担三分之一的钱款，龚氏并不清楚。

日子一天天过去，不见垒砌一块石头、铺设一块砖，大围墙终于没有建起来。后来，大房、二房各自建起围墙，自成独立的个体，唯独三房孤零零地矗立在围墙外面，显得无比寒碜简陋。龚氏望着他们高高的围墙，悲哀又无奈地对两个孙子说："你们父亲当时选地，硬要和他们选在一块儿，说是咱们人丁稀少，和自家人在一起，外人就不敢欺负咱们，大家族就应该同心协力。嗨，自作多情呀！俗语道，一穷二刣割（麻风病），没钱谁都嫌弃，还管你是不是同一血脉、同一祖先？才隔一层亲呢。你们可要记住，这就是王氏家族，你们长大后，可要争一口气，人穷志不能穷。”子儒听话地点头，连幼小的弟弟子侨也使劲地点头。

为了还清债务，他们一家勒紧裤带，过着极其艰苦的生活，夏天酱了一大缸酱瓜，作为一年的下饭菜，从年头吃到年尾。地里产的番薯、蔬菜，品相好一点的都舍不得吃，拿去卖掉换点钱还债，常年用地瓜叶、根块充饥，一年到头就除夕晚上吃一顿白米饭。一家四口个个面黄肌瘦，像四根木柴。

十一

子儒终于小学毕业，升上初中了。村里没有中学，得到镇上上学，他只好走读，每天大清早徒步到学校，中午就在学校吃午餐，省得来回一趟，午饭总是带番薯，早上多煮一点，装在饭盒里，中午吃。菜是自家腌制的酱瓜、豆豉。番薯到中午已经凉了、硬了，但是对于他而言，能上学就是莫大的幸福，哪里还计较饭菜的好坏。再说，他把成块的番薯捞走，祖母、母亲、弟弟在家里只能喝番薯汤呢。想到这些，他还有什么怨言呢？有时看到弟弟子侨饿得躺在地上哭，他会伤心得偷偷流泪，背起弟弟到山上摘野果、到地里挖番薯，让弟弟充饥。

放学回家或周末，他便上山劳动，挑水灌溉。过去砍柴、撩草是大姐的任务，大姐去世后，杂草自家生火煮饭用，这任务便成为他的。大姐那时人长得瘦小，捡的柴、撩的草仅够自家烧，他力气大，经常可以砍些粗大的柴薪，奶奶和母亲舍不得烧掉，就拣出来，周末奶奶就会和他轮流挑着，到镇上卖，换点钱。子儒经常想起大姐，那么勤劳、乖巧、懂事，整天劳动着，毫无怨言，有点好吃的就留给他，这些往事经常在他脑海中浮现，每每想起瘦得像长不大的大姐，还有她那双因为瘦而显得特别大的眼睛，眼睛里因早熟而显得特别悲苦的神情，他就格外伤心难过。上山劳动，他会到大姐墓头坐一坐，在心里跟大姐聊聊天。大姐就葬在他们家田地旁，他亲眼看到大姐被装在一只简陋的木箱子里，埋在地下，如今是一堆拱起的小土丘。他想起那木板是那么薄，心里就格外难受。大姐就浅浅地埋在土堆里，和自己隔着薄薄的几块木板，但是大姐永远也无法站起来，和自己一起去上学了。这应该是子儒第一次真切感受到什么是死亡。外公过世后，子儒仍然经常去外公家，因为还有外婆、舅舅的两个家庭在，但是，没有外公的外婆家，经济状况差了十万八千里，特别是两个舅舅也进入“落仔坑”状态（多子的艰难状态）。有时，弟弟饿得在地上打滚，他便会背着弟弟走三公里路到外婆家，蹭一两顿米饭。外婆看到这两个饿得晕头转向的外孙，总是伤心抹泪，叹道：“造什么孽呀！出外当老番了，却让孩子受这样的苦。”子儒觉得外婆也是特别善良、宽厚、仁慈的人，除了这句她舍不得骂其他难听的话。外婆因为爱屋及乌，对他们特别好，看到他们就阿依心肝地叫着，让他们觉得特别温暖。所以家里的活忙完了，他就跑到外婆家，帮忙干活、赶鸭子。

一天，子儒放学回家，奶奶龚氏急忙告诉他：“政府在评成分呢，你知道什么叫成分？这成分有什么用？”“我在学校里也听说，好像就是把人分为三六九等，分成不同阶级，成分越低越光荣，说明过去属于被剥削的劳动人民。”龚氏又问：“你二堂伯在评成分呢，这是人民政府的官吗？他给咱们评华侨工商业，这成分好不好？”子儒一听，惊讶道：“他明明知道阿爸在吕宋只是开个菜仔店，明明知道咱们家穷得连房子都无法建完，还给我们评这么高的成分，这不是冤枉我们、害我们吗？”龚氏忙问道：“那怎么办？”子儒气愤道：“我们赶快找他去，让他帮咱们改过来。”祖孙两人立马出门。找到二堂伯，说明来意，对方打着官腔：

“这不是我自个儿定的，我只是按政府的政策办事，实事求是。”龚氏气不打一处来，心想这不是公报私仇，明摆着欺负我们弱房吗？但是她明白跟他闹完全没必要，便找到镇上派下来的工作组的负责人，硬把他拉到家，求他实地考察。

那位当官的领导非常和蔼可亲，看到他们家徒四壁，特别是看到他们连门窗都没有安，门用破布拉着，窗子用稻草塞着，不住地摇头叹息。他内外看了看，指着深井中那一棵小榕树，问：“你们为什么在房子里种树？这种树可以长得很高大呢，将来会把房子的墙根、地面撑坏的。”龚氏回答：“不是种的，是它自己长出来的，建一半没钱盖完，外面种子被风吹进来，就这样生长起来。我希望我儿子能良心发现回家来，把这房子建好，到时这棵树就拔掉。”领导听了，若有所思，回去后命令子儒的堂伯：“我们做工作是细致、谨慎，实事求是，我看就改为华侨小商吧。”龚氏和子儒觉得压在头顶的大帽子摘下来了，欢欢喜喜地回家。子儒感慨着：“共产党的官员就是好。”龚氏愤然道：“还是一家人呢，他为何要这样欺负人？”子儒劝慰奶奶：“阿嬷，不要和这种人生气，气坏身子不值！”龚氏生气道：“我咽不下这口气！居然把这顶大帽子盖在我头上，让我成为剥削阶级。”子儒调侃地安慰道：“我多想当华侨工商业呀，就是没那种命。”龚氏、淑端听后，释怀地笑了。

龚氏坐在椅子上，拉着子儒的手：“憨孙呀，你何时才能撑起这个家呀？阿嬷老了，快干不动了。”子儒听了一阵心酸，忙安慰龚氏：“阿嬷，以后重活留着，我回家来干，你多休息。”龚氏看了看儿媳，接着说：“你母亲太善良了，人道是马善被人骑、人善被人欺，她就这性子，一辈子软绵绵的，我很怕她以后被人欺负，你要孝顺她呀。你弟弟这么小，何时才能长大呢？你要多疼爱、关心他，兄弟要和睦，千万别遗传王家那自私自利的作风。”子儒有点狐疑、不解：“阿嬷，你今天怎么了？”龚氏叹一口气，说：“没什么，就是忽然间觉得有一肚子的话、一肚子的委屈，好像无处倾诉。又担心哪一天我走了，这个家撑不下去。”淑端、子儒异口同声道：“不会的，你不能走，我们需要你，你要长命百岁！”子儒还安慰说：“你要好好活着，等我阿爸回来，把这房子建好。”龚氏点了点头，对子儒说：“那个没良心的，我不指望他了。我死后，帮我选个好地方，风水好的地方，我才能荫庇你们，王家今后要靠你们了。”大家听后，无不悲泣。

一天，龚氏突然对淑端说：“我多想吃一碗糯米饭呀，你能不能煮一碗给我吃？”淑端听了，知道婆婆不是心血来潮，而是大限将至了。这是一种预兆、一种暗示，如果是奄奄一息的病人，突然之间精神好起来，还想要吃东西，那就是回光返照。而婆婆明知家里这么艰难，居然想吃糯米饭，这不是为难自己，而是最后的念想。她眼泪哗哗而下，强忍着悲伤，拣了一箩筐番薯，挑到街上去叫卖，然后买了半斤糯米、二两五花肉，回家煮了一碗咸饭，恭恭敬敬地端到龚氏手里。龚氏二话不说，把那碗香喷喷的糯米饭吃完，有点留恋地放下碗筷，对淑端说：“我累了，要休息了，你要照顾好自己啊。我真不放心你们，以后的日子还很艰苦呢。”说完就上床睡觉了。

第二天早上，淑端到龚氏房里，发现她已经去世了，平静而安详地走了。

淑端放声痛哭，一边哭一边通知亲堂，大家赶紧给龚氏穿上寿衣。亲堂说：“赶紧打电报告诉康泰吧，让他回来奔丧。”淑端摇摇头，说：“不用了，他回来也赶不上。反正大孙顶细仔，有两个孙子送她也够了。”亲堂最后有没有拍那份电报，淑端不清楚，她没有过问，但康泰没有回家奔丧倒是事实。她也懒得去遮掩家丑，天下没有不透风的墙，鸡蛋密密也有缝，康泰因建房一事迁怒家人、不寄钱养家，已经是公开的秘密。

按照龚氏的嘱咐，丧事一切从简，淑端把大家送的奠仪，闽南话叫金银礼的，节省下来，买了一块地，建了一座坟，也算是告慰老人，让她入土为安。

龚氏走后，淑端陷入更深的孤独、无助之中，她觉得生活中失去一个伴，精神上失去支柱，自己更像行尸走肉了。她总觉得，自己的婚姻，更像是与龚氏结缘，成为母女般的亲人，然后相依为命地过日子，在艰难的岁月里慢慢变老。如今龚氏撒手而去，自己更像汪洋大海中的一叶扁舟，没有方向，也没有抗击风浪的力量。今后的路怎样走？生活怎样维持下去？两个儿子怎样办？淑端常常对着龚氏的遗像，含泪提出这些问题。

十二

祖母龚氏去世后，子儒被迫辍学了。他多么渴望读到初中毕业，但生活的担子需要他一人扛起来，他不得不放下书包、抡起锄头，为稻粱谋了。班主任老师感到非常惋惜，特意步行六七公里来家访，打算动员他回校。一进王家，看到实际问题，便不敢再动员了。确实如淑端所说："就算多认识一些字，但饿死了，又有什么意义？人来到世上，还是先活着吧。"老师一再表示可惜，但也只能放手了，毕竟活下去才是第一要务。

子儒从一名学生娃立即转变成一名农民，因为多年来课余时间一直帮忙家务，所以完全是轻车熟路。这时他又困惑了：难道自己就心甘情愿摸一辈子锄头柄？这样有什么前途？能改变什么命运？就算理想、愿望等等都不提及，一个最现实的问题：辛辛苦苦劳作，能吃饱肚子吗？答案是否定的。举目四望，天底下就这巴掌大的地儿，土地稀少而且贫瘠，往地上再使多大的劲儿，也是浪费力气呀。那么，这人生路该如何走？站在高处，往外眺望出去，就是茫茫的大海。作业海上历来是沿海村民的权利，自己的手再长也伸不到那里去；再向外拓展，就只能是漂洋过海到异国他乡了。父亲怎样？且不说父亲，族里这么多人出去，也是成败参半啊。越深入思考，他越感到必须打破僵局，另闯一条路出来。

一天，子儒跟母亲商量："阿母，单纯靠家里这两亩薄田，生活太穷了，我打算出去找一份出路。"淑端迷茫又紧张，问道："能找什么出路？出路这么好找？去远了，这地不种，连番薯都吃不上，是会饿死的。"子儒忙安慰她："这地当然得继续种，这是我们的口粮，永远都不能丢，种地至少可以保证一碗番薯汤喝。我不会走远，打算就近找找，工作、种地两不误，也方便照顾家里。"淑端听后欣慰地点了点头。婆婆走后，大儿子就是家里的顶梁柱呀。

子儒把这想法告诉班主任老师，得到他的赞成与支持。经他推荐、介绍，子儒到灵秀山下的农业中学教书，教初中一年级的语文。

灵秀山位于凤亭镇西南境内，钟灵毓秀，风光绮丽；峰峦叠翠，岩秀谷幽；奇花异草，胜景良多。山上有一座千年古刹，叫空相院。迨至20世纪20年代，寺院年久失修，住持率僧众披荆斩棘，开荒辟田，封山造林，莳花制药，经十年艰苦经营，使寺庙迎来鼎盛时期，世人称寺有万金，故改名为"金相院"。解放后，由于国防需要，部队进驻寺院，僧侣迁至安海灵山寺，军队接管寺院，也接管寺院开垦出来的田地，继续播种耕耘。如今，政府应形势需要，在山下建了一所农业学校。子儒便是到这所学校代课。

家族中有人知道了，说风凉话取笑他："学生仔教学生仔，误人子弟哦。""不得了哦，读不成书，还教中学呢。"子儒听后，只能一笑了之。温饱没有解决，争什么闲气都是枉然。

课余，学校老师很爱爬灵秀山，流连忘返于十大古迹，但他们也学部队的样子，在山脚下开辟出一大片空地来，种上番薯、蔬菜、花生、水果等，收成了，一人分一些拿回家。每次挑着东西回家，子儒就特别兴奋、激动，想到母亲、弟弟有粮食、蔬菜、水果吃，走起路来就觉得轻快了许多。他又与母亲商量，把弟弟送到村里的小学去上学。他告诉母亲："不能当文盲，我们人丁赢不过他们，只有靠知识、文化让自己有尊严、有底气。"淑端非常赞同子儒的观点，听子儒如此分析，频频点头称好。

子儒工作后，淑端自然而然企盼着家庭经济能有所好转，但总不见儿子上交工资。有一次，她忍不住便问道："为什么工作这么久还没发薪水？学校也这么穷，发不出工资？"子儒踌躇了一会儿才艰难地说："给学生了。"淑端听了，呆呆地望着他，不解地问："为什么？"子儒不好意思地回答："他们更穷。"淑端听后，震住似的，呆呆地出神，默默地走开了。子儒望着母亲瘦小、衰老、穿着补丁衣服的背影，眼泪流下来了。他想：还有没有其他赚钱的渠道，让家庭走出困境？单纯靠这一点儿代课的工资，即使不帮助学生，也是捉襟见肘啊。忽然，他茅塞顿开：我为何不用手中的笔写文章去赚钱？这不是一本万利？

于是，每个晚上，在煤油灯下，他开始冥思苦想，构思、创作，写出的文章投到晋江文化馆主编的《晋江文艺》上。不久，他收到了编辑部的来信，表扬他的文章：文笔清新优美、感情自然淳朴，文章生动感人，准备录用，期待今后继续支持稿件。消息在最短的时间里传遍农业中学，大家奔走相告：学校出才子，子儒的文章见刊物了！校长兴奋地对子儒说："好好写，前途无量呀！我们学校傍着你出名了。"子儒欣喜若狂，放学后，一路小跑着回家，把消息告诉了母亲。淑端捧着信，虽然不认识，但还是看了又看，笑了又哭、哭了又笑："我儿子有出息了！我儿子有出息了！"

子儒没想到发表一篇文章能让母亲如此高兴，他备受鼓舞，觉得这也是回报母亲、让母亲扬眉吐气的办法。就这样，子儒有空就认真练笔，四处投稿，努力赚稿费补贴家用。很快地，村里人都知道子儒是个"作家”了，是大秀才了，笔杆子摇一摇就可以摇出钱来，都不敢再轻视他们。其实，发表一篇一两千字的文章，稿费也就几块钱，但几块钱在所有人眼里都不是一小笔钱呢。农民出工一天，按工分算，也就八毛钱左右。

煤油灯下，子儒搞创作、母亲缝补衣服、子侨写作业，成为家里最温馨、祥和的场面。

正当子儒努力工作，等待时日准备转正时，他又收到晋江文化馆的一封信：聘请他去当编辑。子儒犯难了：这是多么难得的机会！但是离开学校，就没有自留地的收成，到县城工作，也不能每天回家。该何去何从？他只好回家与母亲商量。淑端倒是不假思索便说：“当然要去当编辑！好男儿志在四方，眼睛不能盯着两亩薄田不放呀。”子儒说：“那好，我听你的。地里的活儿、家中的重活，都留着，我周末回来干。”淑端欣慰地拍了拍儿子的肩膀：“放心去吧。”

好几个晚上，淑端都在煤油灯下穿针引线，子儒看了，不解地问：“阿母，这是谁的新衣服？”淑端头也不抬道：“你的。”子儒纳闷，自己多少年没穿过新衣服了，现在给自己做衣服是为什么？便道：“我的？为何给我做新衣服？”“你要去当编辑了，大文化人呀，哪能再穿那些破旧的打补丁的衣服，不是让人笑话？”“你哪来的钱？”淑端轻声说：“我自有办法。”子儒没有追问下去，他猜想母亲可能是借钱买的，自己唯有赶紧赚钱，让母亲还债。奶奶当年借高利贷、全家差点饿死的事，至今让他心有余悸。

进县城工作了，平时他吃机关食堂、住机关宿舍，周末回家。当编辑坐办公室，是细活、清闲活，就是工资很低。子儒把工资都拿回家，交给母亲安排生计，自己日常费用只能等稿费。但稿费有时要等很久，而且要发表了才有收入，所以他经常向同事借钱度日子。同事多数经济上也不宽裕，他只好这个借一点、那个借几块，等到稿费来了，赶紧还上。有时稿费都不够还债务，所以他永远处于负债状态。好在文化馆为了工作方便，给编辑配备了自行车，这样他回家就不用徒步，也不用乘车。

一天，子儒到深沪找一位作者，商量修改稿件的问题，等到他回到单位，同事告诉他，他母亲打电话来，让他赶紧回去一趟。子儒心头一惊：母亲打电话来？那要到邮电局打，还要花钱，说明一定是大事。忙问：我母亲可有交代？对方说：你外婆快不行了。子儒马上冲下楼，骑上自行车飞快地往外婆家赶。等他赶到外婆家，天全黑了，外婆也已经过世了。他跪在外婆身边，哭得昏天暗地；母亲也跪在外婆身边，哭得呼天抢地的。子儒知道，外婆的去世，对母亲的打击更为惨痛，自己唯有忍住悲痛，安慰母亲，才能帮她走出痛苦的深渊。

这世上又一个疼爱他的人走了，永远地走了。想到外婆辛劳而质朴的一生，想到外婆善良而仁慈的品格，想到外婆对母亲、对自己的关爱，子儒痛哭不止。在婆娑的泪眼中，他挥笔写下一篇祭文，纪念这位平凡而伟大的女性。他知道这位普普通通的女性，也是闽南妇女的典型，就是这些平凡的女性，撑起闽南的一大片天地。这篇祭文一下子流传开去，成为很多人写此类文章模仿的范文。

十三

日子在艰难、苦涩中缓慢过去。子儒已经是一个身材挺拔、相貌英俊、才华横溢的青年人了。

时光悄然来到1966年，一个特殊的年份。全县各中小学校都组成宣传队，子儒被武装部派到华侨中学的宣传队，去编写剧本并当导演。这是一份多么崇高、令人羡慕的职业！子儒也充满了自信，觉得美好的未来在等待自己，向自己招手，整个人充满斗志与朝气。他投入满腔的热情与激情到工作中，希望干出一番成绩，实现自己的理想与抱负。宣传队大多是少男少女，且多才多艺、能歌善舞，在工作、接触中，便容易产生好感、摩擦出火花，所谓：哪个少女不怀春，哪个少年不多情？人类自古以来就对男女爱情充满憧憬与向往。《诗经》的首篇《关雎》就这样写道："关关雎鸠，在河之洲。窈窕淑女，君子好逑。"可见，美好的感情一直是人类所憧憬、追求的，也千百年地传承下来。

宣传队里有个姑娘，长得貌美如花，能歌善舞，最主要的是很独特，浑身散发出一种高贵典雅的气质，在一众姑娘中犹如鹤立鸡群——对，在子儒的印象中，她就像一只高高昂着头颅、优雅美丽的丹顶鹤。引起子儒这样联想的就是她的眼睛，非常美丽的丹凤眼，眉眼有神，风采流动、顾盼生辉。同时，她的名字也显得与众不同，叫作林南乔，子儒知道这个名字出自《诗经》，《诗经·汉广》里有一句："南有乔木，不可休思。"子儒总觉得这个名字有点男性化，或者说，自带一种让人难以接近的高贵，就如她本人。在内心默默的思念中，子儒会不住地猜测：她为什么会取这样的名字呢？她的父母，或者她的父亲，一定是饱读诗书之人，才能取这么好听又寓意深刻的名字，他一定对女儿寄予了美好的愿望，更寄予了莫大的期待。子儒也不懂得为什么她会显得如此耐看，她为何能滋养出这种神奇的魅力，所以，自然格外欣赏她，总是安排她挑大梁、当主角。林南乔对才华横溢的子儒也有好感，时常给他送来秋波。子儒看到她婉转的眼神，感受到她火辣辣的情意，心怦怦乱跳着。但是他不敢接受，总是装出不解风情、公事公办的傻样子。

一天，晋江派来的镇委书记下来观看演出，对他们排练的节目倍加肯定与赞赏。演出结束后，他来到后台，慰问演员们，给予他们充分的鼓励与指导。临走前，领导直截了当地问子儒："小王，你年龄也大了，该考虑个人问题了。那个小林，也很优秀的，你爱她吗？如果你有顾虑，不敢表白，我去给她父亲挑明。"子儒红着脸，低下头，不敢表态。镇委书记拍了拍子儒的肩膀："你很有才气，是个优秀的青年，不要一心扑在事业上，要争取爱情、事业双丰收！"子儒受其鼓舞，便腼腆地说："谢谢领导关心！"送走领导，子儒一颗心总是悬着，忐忑不安，又充满期待，仿佛一座地下火山，被捅开一个小洞，里面的岩浆就滚滚地往上涌，极想喷薄而出。

但是，一天天过去，没有任何下文，林南乔也一下子显得郁郁寡欢，尽量装出冷漠的样子。子儒猜想：应该是书记挑明后，她父亲不同意，阻止她进一步发展，而她也做出了理性的抉择，快刀斩乱麻。想到自己一穷二白，根本就配不上这么优秀的姑娘，便默默地把心里冒出来的火苗摁灭了。两人仍然在一起排练、演出，就是都努力抑制内心的情感，不敢任其泛滥成灾，因而愈加痛苦，也成为一种折磨。

一天，林南乔忽然消失一般，没有来宣传队，子儒心里像割去一块肉似的生疼——不，应该说像被掏去心脏一样，失魂落魄。一天天过去，林南乔没有再出现，子儒再也按捺不住，疯狂地四处打听，这才听说她父亲被定性为资本家，成为红卫兵批斗的对象，她也受到牵连。得知这个消息，子儒反而暗自高兴，心底也升腾起勇气来，他想：当初她自带光环、高高在上，自己确实高攀不上；如今，她降落到地面上，与自己站在同一个层面，自己应该配得上她了。于是，他急切地打听林南乔的住处。有好心人偷偷告诉他：在新华街，教堂斜对面，是临街的带有五脚架的土楼。

得到这么翔实的地址，子儒再也控制不住感情，激动地跑过去。到达被告知的那个地址，子儒仿佛被当头浇了一盆冷水：有两个红卫兵站在门口把守着。子儒努力让自己镇定下来，再装着淡定地走过去。走近门口，两个红卫兵马上警惕地厉声问："找谁？"子儒说："林南乔。"对方又警惕地问："找她干什么？她是大资本家的女儿，我劝你离她远点。"子儒说："她是我们华侨中学宣传队的骨干，几部样板戏都是她挑大梁任主角，你们不让她参加表演，我们怎么向群众交代？我们文艺下乡，也是革命行为。”对方马上回答：“我告诉你，回去另外挑选又红又专的人来演，这是严肃的事情。我还要问你，你为什么选她？有没有带个人感情？我劝你擦亮眼睛，不要站错队、搞错对象，影响自己的前途。”虽然对方看起来比自己年轻，但自己的私心被戳中，子儒还是暗暗一惊，语气便缓和了一点：“因为晚上就要演出了，临时选一个替代她来不及，所以我很着急。麻烦你们叫她出来，我问个清楚。”两个红卫兵交换了一下眼神，其中一个进去叫人了。

子儒终于见到了日思夜想的心上人，她消瘦了许多，那份飞扬自信的神采不见了，整个人忧郁了许多。她见到子儒，明显吃了一惊，眼睛里跳跃着非常复杂的情绪，随即便暗淡下去，很矜持地沉默着。子儒看得出她在努力克制自己的感情，自己何尝不是？但是在两个红卫兵的监督下，子儒只好开口问道：“你为什么不去排练、表演了？你可是宣传队的台柱子。”林南乔可能没有想到子儒没有给自己任何的安慰、关心，谈的只是工作，眼里所剩不多的火焰熄灭了。她用冷冰冰的语气说：“你另选他人吧。”子儒心里刺痛了一下，劝道：“回来吧，我们需要你。”林南乔抬起头，用那双美丽的丹凤眼深深地看了他一眼，轻轻道：“谢谢！不可能了。再见！”说完就转身往里走去。子儒在她身影即将消失的时候，用尽所有感情，深情地喊出她的名字：“南乔！”林南乔完全被震住了，浑身颤抖了一下，转过身来，静静地看了看子儒，若有若无地一笑，便进去了。

子儒出神地呆立了许久，直到红卫兵赶他走，他才慢慢走回来，心里空荡荡的，失去知觉一般。后来听说，林南乔的父亲被遣送到大田山区改造，他们一家子跟着他迁到山区去了。林南乔消失得无影无踪。

此后，子儒多次走到新华街，站在基督教堂前，对着铁将军把守的大门，凝神发呆，再慢慢走回来。他知道，这段朦胧的初恋，来不及开始就结束了。

十四

这段感情如此美好、如此短暂，又如此苦涩，让子儒心有余悸，他更不敢随意考虑情感的问题了。日子在忙碌中蹉跎而过。

一天，宣传队有个热心肠的同事郑哲成想给子儒当红娘，介绍的对象是他的表妹，也是镇上人，家境富有，女孩也长得很漂亮。子儒一听这么好的条件，马上没有自信，苦笑着说："乱点鸳鸯谱！虽说新社会不讲究门当户对，但也不能太过悬殊呀。"同事说："你是读书人，怎么那么迂腐，思想还这么落后？古时候多少千金小姐还看上穷书生呢。我表妹是观看咱们的演出，得知你是导演，心生爱慕之情的。"子儒听后，心里也起了波澜，特别是听说那姑娘姓林，叫林子青，他更是心里一动。他知道这名字取自《诗经·子衿》之句："青青子佩，悠悠我思。"但是，他虽然心生向往，还是自惭形秽、妄自菲薄。同事却在一旁使劲鼓动，说："亏你还是大才子，这么保守。中国历来不是流行一句话郎才女貌？只要两情相悦，又有共同兴趣、爱好，管那么多干什么？从古至今，多少人战胜了世俗障碍，走到一起，还过得非常幸福。"子儒被说动了，说："那就见一见吧。"

两人在郑哲成的安排下见了一面，子儒对她的印象非常好。这个林姑娘，长得斯文、秀气、文静，白白净净，气质也不错，用腹有诗书气自华来形容再合适不过，跟林南乔是完全不同类型的美。同事说："我表妹还是个文学爱好者，平时喜欢看书，看到书中的优美词句就抄写下来，一手小楷毛笔字也写得很不错。"林子青忙笑着阻止："表哥，哪有这样自吹自擂的。”子儒听到她那轻柔、温婉的声音，心都融化了。他激动地想：能找到共同爱好，有共同语言，这是理想婚姻的精神基础呀。林子青起身告辞时，哲成故意说他有事，让子儒送她一程。子儒知道同事这是在制造机会，便欣然答应。

一路上，两人聊起文学、聊起剧本，子儒巴不得这条路长一点、再长一点，但是，很快就走到尽头了。林子青在一座洋楼的围墙外停下脚步，子儒看着高大的围墙，还有里面气势恢宏的建筑物，这才知道这位林姑娘家境确实不错。他鼓起勇气问：“你家里谁在海外？”“除了我父亲，其他人都在菲律宾。我父亲是被送过来支撑门户的。”子儒不好打听太多，便转换一个话题：“下周我们去军营，和军队联办一场活动，你能抽出空来吗？”“好呀。”子儒喜出望外：“到时我让哲成通知你。”林子青轻轻地点了点头。

子儒回来的路上，心一直雀跃着，激动得乱跳。他企盼上苍眷顾他，赐他好运。

满怀期待与兴奋地过了一周。傍晚，宣传队出发前，郑哲成才匆匆赶来，子儒看到就他一个人，便着急地问：“林子青呢？你没有去叫她？”哲成有点顾左右而言他：“这事以后再慢慢说吧。”说完，赶紧爬到宣传车上。子儒这一听，心里砰的一声，有什么东西掉到地上似的。但出发在即，容不得他细想，他也赶紧跳上车去。

那晚，他显然有些魂不守舍，办事有点丢三落四，头脑经常一片空白，勉强应付着那场军民联欢活动。

过后，郑哲成没有再提及此事，也没有得到林子青什么信息。他心有不甘，几次悄悄走到那座洋楼的围墙外。难道，这又是一场梦？一天，他站在围墙外，抬头望着墙内一棵高大的玉兰树发呆，一个儒雅、俊逸、头发灰白的老者从旁边一扇小木门走出来，又马上上锁。他极其严肃地瞪着子儒看，子儒被看得有点发毛，忙拔腿开步。一个充满磁性的沉稳的男性声音响起："年轻人，请留步。"子儒不由自主地站住了。老者走到他面前，还是严厉地看着他。子儒觉得这个人有一种不怒而威的气势，不觉矮了几分，内心也恭敬起来。

对方认真地端详着他，试探性地问："请问你是王子儒先生？"子儒忙点了点头。"王先生，幸会幸会！久仰大名！不知先生是否有空，能否借一步说话？"子儒再次点了点头，自己被震慑住似的。"王先生，请！拐弯处有个小埕，是废弃的幼儿园的小操场。"子儒随着他走到那儿，他知道前面这个人应该就是林子青的父亲，也基本上猜到了他准备讲什么话，这样，他反而冷静也平静下来，心里不再存有什么奢望。

"听我外甥哲成说，他准备给他表妹子青牵线？"对方说道，摇了摇头，苦笑了一下，又说，"这孩子很单纯，甚至可以说头脑简单，长这么大了办事还这么不慎重。他不懂得婚姻是大事，马虎、草率不得，弄不好会耽误、葬送他表妹的一生。哦，我忘了告诉你，他们是姨表兄妹，哲成是我内子姐姐的儿子。我本人在这里，没有什么至亲的亲戚。我出生在吕宋，16 岁被父亲送到香港读大学。大学毕业后，父亲让我回国，说是支撑家族的门户，所以我听命回国，后来到大学任教。应该说，子青是在一个比较封闭但也是比较优越的环境中成长起来的，她分不清麦苗与韭菜，从来没摸过锄头柄，也没有尝过苦的滋味。虽然，我现在挨批，家也被红卫兵抄过，但我与内子还是努力地保护好他们，不让他们受一点委屈。应该说，子青是温室里的花，受不了风吹雨打，也经不得日晒雨淋。我了解到你家……"子儒听了话头已知话尾，他是急性子的人，再也无法忍受对方慢条斯理、旁敲侧击，便直率地说："林老师，您不用再说了，我明白您的意思，再见。"对方很高兴，忙道："年轻人有个性，说话爽快，那么请你以后不要再来了，免得惹来闲言碎语，虽然你没有做什么出格的举动，但人言可畏，拜托你了！我们，特别是子青，需要安宁的日子！"子儒微笑道："林老师言重了，您放心，我向您保证，我不会再来的。”说完，拔腿就走。

回到华侨中学，子儒才发觉自己走得满头大汗。他把自己关在学校澡堂里大声叫喊着，把淤积在胸口的郁闷叫喊出来，痛痛快快地冲了一个凉。他告诫自己：又该放下了。

过后，哲成才愧疚地告诉他，他姨父为了阻止他们，把子青看管起来，不让她出门，一下子关禁了三个月，直到看到她完全淡忘了这件事，才让她恢复自由。哲成气愤地说：“我姨父是老学究，胆小怕事，又叽叽歪歪，一副正人君子的样子，我最讨厌他。当然，也最怕他，我被他骂得狗血淋头，还不带一个脏字，天，这种知识分子！”子儒微微一笑：“别说了，我懂。”哲成赎罪似的，把头凑过来，悄声道：“我告诉你，你千万别说出去，不然会害死人的。他母亲是西班牙人，他有一半是西班牙血统，所以他希望将来子青他们能出去，回吕宋去，回归到大家族中去。这是他反对的最主要原因。”

子儒听了，唯有苦笑，再无言语。

十五

一次又一次的打击，让子儒很是沮丧，他无法埋怨别人、怪罪别人，自己确实太穷了，穷到无法、无权追求爱情、追求幸福。从此，他决定把个人感情埋葬起来，全身心投入到工作中，既为忘记痛苦，也是寻找寄托。于是他一连创作并导演出很多群众喜闻乐见的作品，广受欢迎，名气自然更加响亮了。

一天，武装部送来一张调令，调他到省里的宣传队。他以家里农田需要耕种、老母亲需要照顾等理由推托，上级以一切行动听指挥要求他服从分配，他只好告别母亲、弟弟，前往省城。一支笔让他从农村走到省城，子儒有时不免感慨，也深知生活充满着未知与变数。

作为省级的宣传队，工作任务更重，要求更严格，编写任务更繁多，宣传队经常下乡搞宣传，活动轰轰烈烈的。子儒只能一两个月回一趟家。好在这时候，弟弟子侨已经长大，也可以扛起锄头，家里的农活基本上由他负责了。母亲一如既往地关心他，每次他回家，母亲就检查他的衣服，该缝补的缝补，实在破旧的，就退下来给子侨，给他做新的，子儒觉得过意不去，她理直气壮地说："你现在在外面混，撑的是咱们一家人的脸面。子侨在农村，不要紧。再说你也大了，穿得太寒酸，到哪里找对象？还不把人家姑娘吓跑了？"子儒听了百感交集，他哪里敢告诉母亲，一个"穷"字已经吓跑两个非常优秀的姑娘了。

父亲依然铁了心似的，没有回来，也不寄钱养家，完全把他们忘了似的。他们母子仨也不敢触碰这个话题。

一天，宣传队租了一辆大巴，前往平潭地区搞宣传，这是一场声势浩大的文化下乡活动，他们足足走了两个多月，在共同的生活、工作中，子儒喜欢上了队里一个女高音歌唱演员，他知道对方也喜欢他。更让他感到不可思议的是，这个姑娘叫林采菲。或者说，首先是这个独特的名字吸引了他，让他怦然心动。对于林采菲，子儒打算采取另一种方式，在感情投入之前，先把家境说清楚，让对方有心理准备，在愿意、能接受的情况下，想谈再谈，退缩了，那就算了，免得浪费感情，也饱受折磨。

有一次，他们在海边散步，子儒主动掏出家底。林采菲听了他的介绍后，头一甩："这有什么，比你们家境困难的多得是。这点困难算得了什么？红军当年还吃野菜、草根、树皮呢，最后还不是取得了长征的伟大胜利？如果两个人情投意合，有伟大的忠贞的革命感情，什么困难不能克服、什么障碍不能战胜？我们都是有文化的人，要克服依赖别人的可耻想法，靠自己的双手改变命运，创造美好的未来。”子儒被她激昂的话说得浑身热血沸腾：一个年轻女性能这么勇敢地、坦然地面对困难，自己一个七尺男儿，难道反而退缩了？被眼前这点困难吓倒了？对，两人同心，其利断金。林采菲又开导道：“命运掌握在自己手上，难道你认为，两个头脑聪明、手脚健康的人，不能把生活搞好？那不是天大的笑话？”被林采菲这样一说，子儒开怀地笑了，心中的顾虑全打消了。是呀，为什么不能勇敢地挑战生活、大胆地开创未来？他决定以开朗、阳光的心态面对一切，迎接一切的到来。

接下来的日子，简直让他幸福得忘乎所以。在排练、演出之余，他们宣传队的年轻人简直把平潭玩了个遍，海边踏浪、山顶宿营，跋山涉水、赏花看草，雾里来云里去，围篝火、搞野炊，变着法子搞各种娱乐活动。因为地处偏远，民风淳朴，运动势头不猛，他们的生活过得自由又快乐。子儒与采菲不仅是活动组的成员，还是主要组织者、发动者，在团队活动中，他们也享受着甜蜜的爱情，享受着幸福的时光。团队的成员也看出了他们的关系，都觉得再合适、般配不过了，经常善意地拿他们开玩笑，也非常看好这个关系。

平潭素有“千礁岛县”之称，海岸线蜿蜒曲折，有很多美丽的小岛屿。他们的足迹在平潭的土地上徜徉，留下一串串甜蜜的笑声。这是一段多么无忧无虑的时光啊！

回省城不久，子儒向林采菲提出去拜访她的家人，这时，林采菲反而有点踌躇了，总是说：“再等等，我们需要更深入更全面地了解彼此。”子儒很不解：“两个多月了，我们了解得还不够吗？”林采菲说：“婚姻是终身大事，需要慎重、严肃对待，有的人一辈子还了解不了呢。”子儒丈二和尚摸不到后脑勺，他搞不懂林采菲的态度为什么起了这么大的变化。

不久，林采菲消失了，不来宣传队了。宣传队几个热心的同事主动帮忙去打听她的消息，回来说，林采菲结婚了。子儒向同事借了一辆自行车，发疯似的骑到她家，用了两个多小时，才终于大汗淋漓地站在她家门口。他用了好几分钟平息自己的心情，才大声喊道："林采菲，林采菲！"一个白发苍苍的老人蹒跚地走出来，问："谁呀？"子儒问："奶奶，这是林采菲家吗？""是林小红家。你是谁？你找谁？"子儒一愣：难道自己走错了？好在他钱包里夹着一张林采菲赠送的照片，忙掏出来，递到老奶奶眼前："奶奶，就是这个人，你认识吗？"奶奶眯着眼，辨认了一下："那是我孙女，小红。"子儒一阵惊喜，急道："奶奶，我是她宣传队的同事，有紧急活动，赶紧来叫她，您让她出来一下，好吗？"老人说："她跟去部队了。"子儒忙问："跟谁去？去什么部队？我们晚上就跟部队有活动呢。"老人说："跟我孙女婿去呀，随军去了，不参加你们的活动了。"

子儒抖着声音问："孙女婿……她结婚了？"老人笑着回答："是呀，结了，结了。"子儒颤抖着，问："为什么就结了？这么快？"老人说："人家部队请假来的，时间紧，见一面觉得合适就结了。"子儒问："她喜欢他？"老人说："喜欢呀，我孙女婿当官呢，不知什么长，很大的官。"

子儒不敢再追问下去了，骑上车，慢慢地往回转。在路上，他想起刚才看到的那个低矮破旧的家，他想她应该和他一样家境贫寒。他和老奶奶谈话的过程中，屋里没有其他人出来，为什么？她的父母呢？子儒这才想起来：在平潭相处的日子里，她从来没有提及过她的家庭、她的家人，每次他提个头儿，她就转到其他方面去，不做正面回答。这真是一个谜呀！

这一次的打击，可谓是痛彻心扉。从此，子儒把心扉关了，严严实实地关了，不再谈论个人问题，这是保护自己、免受伤害的唯一办法。

后来，有同事打听清楚了，告诉他："林采菲是个弃婴，被人丢弃在梅福寺的亭子里，她奶奶路过就抱回去养了。老人是五保户，两人相依为命过日子的。”子儒不太敢相信，喃喃道：“一个五保户怎么能帮她取一个这么好听的名字？”同事哈哈大笑：“她叫林小红，采菲是临时改的。她打听到你喜欢《诗经》，特意取这个名字来吸引你的。果然，你中招了。”子儒惊讶得无以复加：“为什么？”同事摇摇头：“天知地知她知，你不知我也不知。”

子儒沉默了，他觉得戏如人生，人生如戏，自己都分不清什么更真实了。

十六

形势变得越来越诡异，子儒觉得不太对头，他觉得风向难以把握，不如回文化馆编杂志来得安全，便打报告申请调回原单位工作。刚开始，领导不予批准，说特别需要他这样的人才。然而子儒去意已决，一再重申两个理由：一是母亲年老体衰，需要照顾；二是便于解决个人问题。在他的强烈要求、坚持下，领导最后只好放行了。子儒又回到晋江来了，他又可以经常回家乡看母亲、帮忙农事。母亲看他兜兜转转还是一个人，心里甭提有多着急，催他快找，子儒总是一副无所谓的态度：不急，缘分天注定，急不来的。

一眨眼，子儒浑浑噩噩地跨过了三十大关。淑端想起来便黯然神伤，时常望着高大的儿子无助地唠叨：“三十而立，三十而立，你何时才能成家立业呢？”

子侨已长成一表人才的大男子汉，他听后总是调侃道：“哥就是太老实、太直率，每次还没深入交往就暴露家底，这不是故意把人家姑娘吓跑？不然，长得人模人样的，又是大作家，站出去哪一点输给别人了？”

子儒挥一挥手道："你呀，小屁孩，懂什么？不是要互相了解？既然要了解，怎能不实话实说？婚姻要你情我愿，这是基本道德。"子侨不服气地说："你讲道德，讲到30岁还没老婆，读书都读呆了。"子儒反驳道："没老婆就没老婆，我这样有什么不好？一人吃饱全家不饿。"淑端看到兄弟俩斗起嘴来，怕伤了和气，忙岔开话题，让他们兄弟到地里灌溉番薯。她知道孩子的终身大事，是自己一个妇道人家扛不起来的，这时，她特别想念婆婆龚氏，如果她健在，或许还有办法，这个家还是得有个主心骨。

文化馆的老馆长曾越非常赏识子儒，很关心他的个人问题，但也束手无策。

一天晚上，他们完成了编排刊物的任务，曾越叫住子儒："你也老大不小了，这个人问题也是我们文化馆的问题，我们今晚好好聊聊，找出事情的症结，或许就能找到解决问题的办法。"子儒微微一笑："有啥办法？想多伤神，睡觉去！"曾越抓住他："你今晚不说清楚，我还就不让你睡觉！怎么这么奇怪，人长得一表人才，又这么有才华，还是华侨家庭，这样的人找不到对象，岂不是天大的笑话？"子儒苦笑了一下："感谢领导的赞誉，我们先回去休息吧，这个问题今后再慢慢讨论。"老领导也倔起来了："不，今晚你不交底，我就不让你回去睡觉！"

子儒听后很感动，把家里的情况一五一十地告诉了这个老领导，也把自己三次短暂的情感经历告诉了他。姜还是老的辣，曾馆长说："恋爱是浪漫，婚姻是现实。我们不去评判她们这样选择的对错，因为每个人都有主宰命运的权利与自由，每个父母也都真心关爱自己的子女，况且，婚姻也需要缘分。我们现在就讨论一个最现实的问题，你父亲。奇怪，你父亲的心真的就这么硬？你写了那么多好文章感动、感化了读者，难道就不能写一封信感化他？"子儒为难地说："怎么感化？我写的信堆起来也有我半人高了，使用的笔不知道秃掉了多少，他就是不回，我在这边，也是无可奈何啊。”曾越踱着方步，思考了一会儿，说：“依我看，这个心结确实是打成死结了。既然这样，我们就要改变策略与战术，这一次，你不要直接写给他，不然他不回，等于白浪费脑细胞，白浪费感情。我教你一个办法，你要把苦诉给他听，更要诉给别人听。要写得情真意切，动之以情，要让他了解这些年你们吃的苦、受的罪；又要晓之以理，让他明白不孝有三无后为大，如果不帮你结婚，你们这房的香火就无法延续下去，这是愧对祖宗的事，闽南人特别看重这一点。”子儒摇摇头，小声说：“我不敢写。”曾越说：“我念你写，我就不相信，我写了一辈子文章，就无法写一封信化解这个死结，无法感动一个人！”

两人一番讨论后，摊开白纸，挥笔书写起来，逐字逐句反复推敲、斟酌。

写完后，已是凌晨两点，两个人饿得肚子咕咕叫。办公室没有吃的东西，曾越又出鬼点子：“我们后面不是有个菜园子？我们去挖一棵菜花来炒着吃，我有食堂的钥匙。”子儒很高兴，马上响应：“我去摘，两个人去，目标大，一个人去就够了。”一会儿，子儒捧着一棵大花菜回来了。吃着没啥油水的花菜，曾馆长很自信地说：“小王，我想，这是个好兆头，一定会让你很开心的，因为外面黑乎乎的，你居然能摘到一棵开心的花菜。”说得子儒也哈哈大笑。

这封信寄到菲律宾湖后村同乡会，请同乡会负责人转交给子儒的父亲康泰。同乡会拆看后，很多华侨都感动得流泪了，从这封信才了解到这些年唐山的日子这么苦，生存这么艰难，也才知道康泰为了建房的事居然做得这么绝情。同乡会会长特意带着人，马不停蹄地去找康泰，并耐心做他的思想工作。

一个多月后，子儒终于收到父亲的汇款，人民币 150 元。距 1949 年最后一笔建房款，已经过去了 18 年，也就是说康泰不养家糊口、不履行家庭责任，已经 18 年了。这时，子儒 30 岁，已经是大龄青年了。

十七

淑端捧着丈夫的汇款，泪如雨下，泣不成声。子儒看了后，情不自禁地搂住母亲瘦弱的肩膀，也跟着流泪，他了解善良又软弱的母亲，心里是多么的悲苦，唯有此刻她才发泄出来。淑端愧疚地对子儒说："这辈子，你跟着我受苦了，我对不起你！"子儒安慰她说："没有你，我可能早就饿死，不在人世间了。"淑端擦干眼泪："我们办喜事吧？你终于可以成家了。"子儒点头："一切由你做主。"

子侨听到这消息也马上从公社赶回家，他一样兴奋、激动。初中毕业后，他参加村里的民兵组织，因表现积极、突出，年年被评为先进，便提拔到公社的武装部当干事。淑端高兴极了："我们马上托媒婆帮忙介绍吧。你想找个什么样的？我心里有个数。"子儒无所谓地说："随便，只要不嫌弃咱们家穷，孝顺你就行，姓林的坚决不要。""我这把岁数了，还能活几年？这对象是要跟你过一辈子的，对你好最重要。"子儒还是坚持自己的观点："你拿主意，孝顺你第一。"淑端微笑道："会的，这是我们家的传统，整个湖后村人不是说你阿嬷与我比母女还亲么？"子儒感慨地说："这就是我希望的家庭生活。"子侨也插话道："将来我找对象，第一条也要孝顺你。"淑端听了，无比欣慰地笑了。

相了几次亲，不是你嫌弃我，就是我挑剔你，淑端、子儒都有些沮丧了。一天，媒婆又介绍了一个，姓蔡，名雪华，镇上人，家里孩子特多，六女三男，所以也比较穷，父亲是搬运工人，母亲是家庭妇女，孩子都是很小就开始帮忙家里讨生活，勤快又会吃苦。这姑娘 20 岁，不讲条件，有一碗饭吃就可以。淑端、子儒听了大喜过望，在媒婆的安排下，和姑娘见了一面，母子几乎异口同声："就这个！"淑端很满意："长得这么高大、结实，一副劳动的身板，我们家就需要这样一个媳妇。我太瘦小，手不能提、肩不能挑的，一辈子拖累你们。"子儒看她相亲还穿着很破旧的衣服，觉得她朴素、实在，便说："她家庭穷、身份好，或许也可帮我进步。只要她不嫌弃我年龄大，我都没意见。"托媒婆去打听对方的态度，也是一样简单：只要不嫌弃他们家穷就可以。于是，这两人的关系就这样定了下来。过后，淑端有点顾虑地问子儒："她也姓蔡，会不会跟咱们无缘？"子儒很不解："怎样无缘了？"淑端想了一想，说："我也姓蔡，与你父亲，这辈子就……"子儒说："不会，不会，你多虑了。你与我爸如果没缘，为何这婚姻能持续这么久？"淑端听子儒这么一说，一笑而过。

150元，如何安排？淑端好几个晚上都失眠，辗转反侧的：每一分钱都要规划好，既要应付得过去，又不能超出预算。一天，她对子儒说："就用我的眠床吧，这眠床是你阿嬷的婚床，一代代传下来，有纪念意义，当时大家族比较讲究，花不少钱打造的。"子儒知道这是家里唯一值钱的东西，便说道："不用吧，不然你睡什么？我们睡板铺吧，反正她也穷惯了，不会嫌弃的。"淑端摇头反对道："不行，不行，这样太亏待人家了。"子儒说："我们就用木板铺结婚，蚊帐一挂，也像一张眠床呀。"淑端摇头："人家姑娘不要咱们聘金、盘担、金子、布钱，咱们总不至于连张像样的眠床都不给她，这太怠慢人家了。"子儒听后便沉默了。

买了几斤糖果、饼干送给女方，又给姑娘打了一个金戒指、做了三套衣服，姑娘便坐在子儒的自行车后架上跟着他回家了。

新娘的娘家在镇上三落埕，那里不仅是贫民窟，还是乞丐营，他们家就住在其中两间低矮破旧的房子里，除了嫁出去的四个女儿，其他人就挤在这两间房子里。子儒没有想到比自己家境更差的还大有人在。他在众人的围观、起哄中，牵着新娘子的手，走出无比脏乱的环境。

那晚，家里摆了几桌酒席，都是一些“粗饱料”的，如肉夹包、五香卷、蒸芋泥、炒冬粉、炸鲨鱼片等等，宴请亲戚，热闹了一番，这便是子儒的婚礼。

淑端非常遗憾，对子儒道：“要是你外公还健在就好了，让他来掌勺，既省钱又好吃，一定办得更热闹。”子儒也感慨道：“是呀，要是外公在，他不知有多高兴呢。”

完成子儒的婚事，淑端喜上眉梢。子儒觉得自懂事起，母亲这样快乐的时光太少了，内心不觉非常同情也非常感激母亲。母亲年轻时那么美丽，在岁月的磨砺下，如今已经像干瘪的核桃，难怪母亲常自怨自艾：水人没水命（漂亮女人却没有好命运）。他寄希望妻子能孝顺母亲，给悲苦一生的她一点儿慰藉。

上班时，他买了点糖果、饼干带到文化馆，分发给同事，算是请喜糖。同事都是文化人或搞文化的人，比较单纯、真诚，都发自内心地祝福他，这让子儒有点愧疚，连顿饭都请不起呀。同事安慰他：“日子长着呢，等将来稿费丰厚点，慢慢请，时间有的是。”老领导功不可没，如何报答他？踌躇再三，子儒咬咬牙买了一条大前门的香烟送过去。没想到老领导生气了，硬让他拿去退掉：“我抽你这条香烟，不是一辈子内心不安？抽掉这条香烟，我的功德就抽掉了，不干，不干！”

子儒只好拿去退掉，换一点儿生活费交给母亲。淑端感激万分：“他帮了大忙，是你的恩人呢，要记住别人的恩情，将来你有能力了，记得补请他一顿。”子儒点头称是。

婚后第三天，雪华就扛起锄头往田地去了。她确实任劳任怨、吃苦耐劳、性格开朗，对婆婆淑端也非常孝顺，家务活抢着干。子儒没想到居然能娶到这样的好老婆，庆幸不已。虽然婚前他对她没有什么感觉，只是为了结婚而结婚；但婚后，他慢慢发觉她的优点，也觉得长相普通的她可爱起来。他明白：爱情是爱情，婚姻是婚姻，对他而言，爱情是奢侈的，婚姻才实在。风花雪月，是自己笔下的理想，平平淡淡过日子，才是生活的幸福。

十八

第二年秋天，子侨回家来，告诉家里人，自己找到对象，要结婚了。

淑端张大嘴巴，一连串地提问："你结什么婚？跟谁结婚？自己找的？"子侨摆着架子："是也，不是也。是我老丈人看中我，硬要把女儿嫁给我的。"淑端不敢相信："有这样的好事？人家看中你什么？"子侨故弄玄虚道："华侨子弟、英俊潇洒、聪明能干、年轻有为，总之，优点一大堆。"子儒连忙问道："你告诉人家我们的家庭状况了？""为何要告诉他？他看中的是我，我本人，不是全家；他女儿要嫁的人是我，不是我们全家。"子儒语气生硬道："我劝你办事牢靠点，婚姻非同儿戏。""有什么不牢靠的？人家欣赏我、看得起我，这还不行吗？做人为什么要那么卑微？男人要有自信。"淑端忙问："女方是哪里人？什么家庭呀？"子侨眉飞色舞的："西坑村人，革命家庭，她父亲叫施文芳。"子儒脱口而出："那是老革命、老地下党员、老领导啊！"子侨扬扬得意道："是也！"子儒高兴地对母亲解释道："西坑村是老革命据点村，当年是凤亭镇出了名的穷赤村，家家户户都有人参加革命、参加地下党，是红色的革命的村子。"淑端听后，高兴道："那好，那好！只要你们年轻人满意就好！"子侨骄傲地说："她是红色的后代，你满意吗？需要去调查吗？"淑端忙不迭道："不用，不用！革命者最会吃苦了，他们的后代当然也会吃苦，多少电影都是这样演的。"子侨问道："那我们拿什么把她娶进家门？”淑端直接回答道：“用你哥的脚踏车把她载进家门吧。”“阿母，你开什么玩笑？她是老革命的后代，如今是县领导的后代。”淑端看着子儒，一脸茫然无助。子侨只好提示道：“你拿出一点诚意吧！”淑端一头雾水：“什么诚意？我很有诚意，很欢迎她，我恨不得马上看到她长什么模样。”子侨做出投降状：“我无法跟你说清楚，无语，代沟！哥，你写信告诉老爸，让他寄钱给我结婚吧。”子儒道：“文化馆距离县政府不远，不然我找个时间过去找他谈谈？”子侨急忙喊道：“不！你不要乱插手，这是我的事，由我来处理。你只管去找老爸要钱，其他没你的事了。”子儒重重叹息了几声，沉默了。他看着这个弟弟长大，自然特别疼爱他，所谓长兄如父。他也理解母亲对弟弟的宠溺。

三个月后，康泰才寄钱过来，300 元。子侨左盼右盼，等得快发疯了，得知只有 300 元，气得嗷嗷大叫：“300 块钱够什么用？打发乞丐呀？我这是要结婚，结婚是人生大事呀！”淑端看着子儒，还是一脸的茫然无助。子侨继续嗷嗷叫：“他妈的，我到底是不是他儿子？从出生到现在，20 多年一分钱都没给过我，如今就寄 300 块钱来搪塞我。如果他不承认我是他儿子，我登报脱离关系！”淑端一下子失控了，悲泣起来。子儒气急了，狠狠道：“你小子再胡说八道，看我不揍扁你！你还是人吗？有这样挖屎往嘴里塞的？别人作践我们，我们还不能容忍呢！”子侨这才蔫了下来，悻悻地蹲在后门的门槛上，气呼呼地抽烟。子儒表态道：“还是用那张眠床吧，我们也睡板铺，我们结婚时打的戒指也给你。”子侨断然道：“不够，我不结婚了，300 块钱结什么他妈的婚？”淑端无助道：“你到底要怎样结？”子侨听了，便回答道：“不能像华侨家庭，至少也要普通人家的水平，订婚戴戒指，结婚下聘金、挑盘担、办酒桌。”淑端惊呼道：“啊？这样正式地操办，没有 500 元，哪里够呀？”“我不管，没有这样的水准，我不结婚了！”淑端看着子儒，一动不动的，顿时成了木偶人。子儒猛吸了几口烟，把快要烧到手指的烟蒂扔到地上，用力踩灭，下决心似地说："那就借点高利贷吧，我把这口烟也戒了，婚后咱们两人的工资各拿出一半来还债务。"淑端听后点点头，子侨没有表态。既然没有发言，大家都认为他应许了。

雪华在一旁静静地坐着，自始至终没有发言，子儒也没有征询她的意见。睡觉前，子儒对她说："你有空把这套家具好好擦一擦吧，时间长了，缝里灰尘很多，认真擦洗，干净了就显得新。"没有听到老婆回答，以为她生气了，便把她的肩膀揽过来，才发现她满脸是泪。子儒愧疚地对她说："对不起，阿母是老实人，一辈子关在家里，主持不了大场面，委屈你了。长嫂如母，你辛苦点，也多担待些。将来我一定加倍偿还你。"雪华擦干眼泪，嗔道："谁要你还？阿叔的婚事办了，也算完成一项大事，阿母也算熬出头了。"

这年年底，子侨的婚事如期举行。第二天一大早，启公、请茶。当新人敬茶时，作为婆婆的淑端才第一次见到自己的二儿媳：她体态风骚苗条，容貌端庄秀丽，打扮也很漂亮入时。淑端不由自主地打了一个激灵，心底纳闷：这新人漂亮是很漂亮，但不像地下革命者的女儿呀，倒像什么来着？她想了很久都想不起来，就是心里觉得怪怪的。

办完子侨的婚事，淑端如释重负，欣慰极了，对子儒说："我完成任务，无牵无挂，死也瞑目了。"子儒安慰她："凡人烦字出头，哪能无牵无挂？现在你该想着抱孙子了。"淑端一听，笑了，子儒说到她的心坎上去了。

确实，生活哪有可能无牵无挂？至少，眼前的三餐便是牵挂。子侨不交工资，债务便由子儒一人承担，生活又陷入极度的贫困之中。淑端、雪华的生活，正如当年龚氏与淑端所过的日子，历史仿佛重演一般。有一次她与雪华闲着无聊，感慨道："我娘家产水稻，小时候有时没有东西下饭，不爱吃稀饭，就吵着让我父母拿点米去跟亲戚换番薯，觉得番薯很甜，好吃。我父亲很生气，说我逆天，大米是细粮，番薯是粗粮，太浪费了。没想到真是现世报，十几岁嫁进王家，便天天吃番薯，吃了大半辈子。”雪华安慰她说：“说不定将来可以天天吃白米饭呢。”淑端说：“憨媳妇，那不知是哪一辈子的事呢。”雪华说：“一切都有可能。你想一想，以前有没有想到两个儿子现在都结婚成家了？”淑端：“是呀，如果不是寄希望于将来能苦尽甘来，这人还怎样活下去呢？”

在一旁的子儒听了，心里非常安慰，他觉得她们婆媳关系还是非常和睦的，也笑着安慰母亲：“阿母，有番薯吃，说明你是有福气的人，和吕宋有缘，因为番薯是吕宋进口的。”淑端与雪华都不相信，认为他胡说。子儒说：“这是真的。那是明朝万历年间的事了，引进来的还是咱们福建人，叫陈振龙。1593年，他带着儿子陈经纶及商队渡海到吕宋。在那里，他们看到漫山遍野的红薯，吃了半辈子大米的他们第一次吃到红薯，便被红薯独特的甘甜所吸引，经过打听，他们了解到红薯耐干旱贫瘠、易移栽繁殖、营养丰富、产量又高，一下子就动心了。那时候，国内混战，老百姓饱受天灾、人祸的侵扰，粮食短缺、困苦不堪，便决定把红薯带回家乡种植。但西班牙殖民者制定了相当严苛的禁令，面对各个口岸的森严盘查，陈振龙想出妙招，将一根红薯藤交缠编织在一条缆绳中，躲过关卡的严查，成功踏上回乡的商船。经过七天七夜的航行，终于将红薯带回来。他向当时的福建巡抚金学曾上了禀帖，请求推广种植。就这样，番薯在大陆生长开来，救了无数人的命，慢慢成为我们的主粮。”淑端听后感慨道：“有文化就是好，一块番薯还能讲出这么好听的故事来。”雪华笑道：“关键是他告诉咱们，番薯是吕宋来的，原来咱们整天吃着进口食品呢。”说得大家哈哈大笑。

一个周末，子儒回家，看到母亲、媳妇在喝番薯汤，餐桌上除了一小碟豆豉、酱瓜，还有一个鱼头。他惊讶道：“难得呀，今天吃鱼？”淑端很不自在，赶紧起身把那个鱼头端到菜橱里。子儒很疑惑，过后，他偷偷问雪华：“有鱼吃是好事，阿母为什么那么紧张？”雪华踌躇了一会儿，才小声说："那是当摆设的，这个鱼头已经摆了一个星期了，你别多嘴。"子儒听后，不解道："为何要摆个鱼头？"雪华笑道："如果碰巧有外人来了，看到我们有鱼吃，才不会认为我们这么穷。"子儒震撼住了，站着说不出话来。

子儒默默地走出家门，往田埂上走去，思潮翻滚着：这生活的路该怎么走？为什么几个成年人有手有脚的，就是无法摆脱贫困？这日子过得如此艰难，雪华肚子里的孩子还未出生，一旦多一张嘴，不是更窘迫？自己待在这清水衙门里，一个月就30多块钱，这上有老下有小的，确实饿不死，但也吃不饱。他看着贫瘠的土地和土地上稀稀疏疏的庄稼，感到要从这硬邦邦的土地里刨出幸福的生活，完全是不可能的。那么，如何闯出一条生路？他想到父亲，想到自己侨属的身份，忽然自问：如果申请去菲律宾，可否？丢下这份工作，值得吗？会不会可惜了？到菲律宾真的可以找到谋生的路吗？他为自己冒出这些问题与想法，大吃一惊。但是，一旦冒出来，他就抑制不住地从各个角度去思考。

子侨的新婚妻子三天两头回娘家去，淑端不敢打听原因，临近春节了，她忍不住对子侨说："你是不是欺负红梅呀，她为什么一直回娘家住？好好地去向她道个歉，把她载回家，快年兜了，婶姆、厝边头尾都会问的，不要演戏给别人看，我只求你们和和睦睦过日子。"子侨说："我敢欺负她？借我十个胆子我也不敢呀。"淑端不解道："那怎么回事？好好的为何不回家？"子侨嘴巴一撇："还不是嫌咱们家太穷，一座厝建得破破烂烂的，像风雨楼，连个木门都安不起。"淑端惊诧道："你不是说她父亲是老革命？"子侨不耐烦地说："父亲是父亲，她是她。再说现在是和平年代了，谁还以吃苦为荣？"淑端还真有点听不懂了，想了想，说："你去求她来吧，好话多说几句，告诉她，债务还清后，第一件事就是给她的房间安个木门。"子侨气急道："还提债务？还不怕把人吓跑？"被子侨一吼，淑端噤若寒蝉，眼泪在眼眶里打转，不敢流下来。

除夕的前一天，子儒、雪华买了一点儿糖果、糕饼，和子侨一起到红梅娘家，给她的父母拜年，说了一大车好话，总算把她带回了家。

十九

红梅回到婆家后，一头钻进卧室就不再出来，淑端以为她生疏，不好意思，便打算进去关心她。当她一头撞进去时，发现红梅正在翻抽屉，一时间，两个人都非常尴尬。淑端不知所措地站着，红梅厉声道："你怎么这样没礼貌，要进来也不打个招呼？"淑端红着脸解释道："歹势（不好意思），就这几间房间，平时进进出出的，随便惯了。"红梅还是怒气未消，问道："你进来干吗？"淑端更尴尬了："看看你……一个人……要不要到外面，大家一起坐着聊天，热闹一点。"红梅口气并未转好，问："和你们聊什么？有什么好聊的？"淑端一时愣住了，赶紧撤出来："那你忙，那你忙。"

到了吃饭的时间，淑端不敢再随便造次了，让子侨去叫她出来吃饭。等了好一会儿，她才慢吞吞地出来。子侨说："这么慢，饭菜都凉了，大家都等着你呢。"红梅哼了一声："有什么好饭菜，需要这样大呼小叫的？一副穷酸样！"大家一时都有点无所适从。

淑端把五花肉炖笋干、煎带鱼放在她的面前，这是最拿得出手的两样菜，也是准备过年的年货；又把酱瓜、芥菜放远一点，这是最最家常的菜，几乎每天上桌的菜。红梅就着面前的两样菜，吃了一碗稀饭，子儒、子侨看到她就中意这两样菜，偶尔才把筷子伸过去夹一点解馋。吃完饭，红梅把碗筷一放，又躲到房间去了。

她进去后，淑端、雪华才上桌吃饭，她们吃的仍然是番薯汤。子侨不解地问："你们为什么不吃稀饭？一顿饭煮两样，多麻烦。"淑端忙小声制止道："小祖宗，你就不能小声点？她晚上哪里吃得惯番薯？我们是农民，胃早已经习惯、适应了。"

子侨吃完后，红梅才出来，招呼道："走，外面散散步，看看乡野的风光。"两人离开后，淑端、子儒、雪华都舒了一口气，感觉一下子自由、自然多了。雪华把厨房收拾干净后，他们才散步回来。雪华有点搞不懂，这农村的夜晚暗乎乎的，有什么好看的？家禽、牲畜都回栏归圈了，农民回家休息了，就是地里，这时候也是空空地抛荒着，除了狗吠，就是风声，能看到什么？

第二天便是除夕，闽南叫年兜。从早晨开始，淑端、雪华便在厨房里忙碌，炣、焯、煎、蒸、炸，十八般武艺全上，两人配合默契、动作娴熟，小中午就搞出十四样荤素菜来。淑端跑到红梅的房间门口，隔着门帘对里面说："红梅，你们妯娌一起去公妈厅做节吧？可热闹了，去看看。"里面传来声音："我不去，我不搞封建迷信活动。"淑端解释道："过年过节，敬公妈祖先，这是纪念活动，不是封建迷信呀。"红梅道："烧香点烛，还不是封建迷信，那什么才是封建迷信？"淑端被问住了，悻悻地走到厨房，对雪华说："那我们去吧，你挑担子，我提米饭。等会儿婶姆问起她，就说她正在帮忙搞卫生，别让人笑话。"雪华微笑着点头。

在闽南，一年孝敬公妈、先祖有五个节日，叫五大节：春节、清明、端午、七月半（中元节）、冬至，春节为最大的一个节，当然也是最丰盛、最隆重的。中午，大家终于都吃上了干饭，吃上了一年之中最为丰盛的一顿饭，有肉、有鱼、有蛋、有鱼丸子，即使是蔬菜，也是平时吃不上的好蔬菜，如荷兰豆、黄花菜、笋干、香菇、黑木耳等。

吃完午饭，男的去贴春联、搞卫生，女的架起油锅开始炸粿。粿分为两种，米粿、薯粉粿。淑端很高兴，对雪华说："今年人口多，咱们多做一些，正月里走寺庙，也可以当供品。"雪华快活地应和着。

红梅说她午休惯了，不能帮忙，午饭后便又钻入房间。淑端与雪华，一个照看油锅，一个制作粿模，互相配合，共同操作。等到炸出一大缸米粿、一大瓮的薯粉粿，已是黄昏。这时，子儒兄弟也已贴好春联、搞好卫生。婆媳俩赶紧做年夜饭。在其他地区，可能年夜饭最为重要，但是在闽南，应该是午饭最隆重，年夜饭次之。但是考虑到家里两个男的可能要喝一杯，雪华提议煮几样像样的菜，好好庆祝一番，一家子难得聚在一起。淑端当然马上赞成，于是炸五香卷、炒冬粉、焖糖芋头、红烧黄花鱼，又烧了一锅杂菜汤。大家围在一起开开心心地吃年夜饭。淑端非常感慨，笑吟吟道："这是我一辈子吃到的最好的年夜饭了。"红梅抬起头，眼睛犀利地看过来，满眼的鄙夷、惊讶。子儒马上说："阿母惜福，喜欢忆苦思甜，以后还会更丰盛的。"大家赶紧打哈哈，掩饰过去。

年夜饭后，淑端催促大家赶紧洗澡、换衣服、洗衣服，一切完毕后，她又和雪华辞年，即准备三牲，敬灶君司令、土地公，感谢祂们一年的关照，汇报一年家中的情况，也祈求明年继续保佑全家平安、心想事成、万事如意。刚辞去旧年，大埕上出现快乐、喜庆的声音，紧接着人声鼎沸、热闹非凡，跳火群开始了。整个家族的人都聚集过来，埕中用春草、番薯藤堆起小丘似的，很快便熊熊燃烧起来。男人按长幼顺序来回跨越过火堆，小孩由大人抱着跳，女的不能参加，只能在一旁观看。有老妇人在一旁笑着喊道："大人跳入来，年年大发财；小孩跳出去，欢喜无忧虑！""跳出去好财气，跳进来大发财！"据说，跳火群，寓意来年生活红火，也可驱邪避灾。火苗小了，各家各户的女主人便用香炉子去装些灰烬，双手捧回家里，放到厨房里，寓意为薪火相传、兴旺发达。旧的一年全部结束，大家回屋，给小孩分发压岁钱，上床睡觉。

一家五口人过春节，这是多少年来他们家过年时人口最多的一次，这让淑端感慨万千。虽然没有欢天喜地的氛围，但总算是热闹、喜气的。淑端内心当然遗憾：康泰没有回来，还算不上大团圆。

正月初二是出嫁的女儿回娘家的日子，红梅吃完面线就要回去，并让子侨和她一起回去。子儒看了，赶紧摸出一条大前门香烟，递给子侨：“带回去给老丈人抽吧。”他们走后，淑端问雪华：“你也回去走娘家吧？”雪华说：“不用，这么近，什么时候想回去还不容易？”子儒听了不敢言语。他把香烟给了子侨，这本是他准备送给老丈人的，没有伴手礼，雪华不好意思空手回去。

红梅回去后便无影无踪，只有子侨骑着自行车三天两头跑。淑端看了很生气，但也无可奈何。

到了初八早上，淑端便对子侨说：“你去把她载回来吧，初九是天公生，是一年中最大的日子，今天晚上过十二点咱们就拜拜。”子侨说：“不用，她不搞封建迷信活动。”淑端气极了：“这也是封建迷信活动？她不敬祖先，不敬天地，她到底敬什么？”子侨尴尬地笑了笑，说：“敬自己。”

淑端无奈地摇摇头，和雪华准备敬天公的供品：五牲、五果、六味斋、面线衣食、敬饭；敬地妈的供品：三牲、八碗荤素菜；养兵马的供品：十碗荤素菜。十二点钟声一响，他们就在大厅设香案桌敬拜天公。

淑端说：“年兜是大节，但大不过初九，初九一过，年兜就基本结束了。”确实，正月十五元宵节，简单多了，就是搓汤圆、敬汤圆、吃汤圆。淑端再也不问红梅要不要回来过元宵节，她知道问也是白问，只会添堵。

子儒看到汤圆是糯米做的，好奇地问：“今年怎么不是番薯汤圆？怎么有这么多稻米、糯米？”淑端微笑道：“雪华勤快，今年番薯收成好，我们给你大舅、二舅送了一车去，让他们做薯粉粿，他们就送我们大米了。”子儒笑道：“别人是送番薯回芋，咱们是送番薯回米，赚大了。”淑端笑道：“穷亲戚，没有贵重物品，就用土地里长出来的东西过日子。”子儒安慰道：“这已经很好了，这个年过得很富足了。”淑端忙点头称是。

子儒还自己动手削竹子、扎模型、糊纸，弄了一对漂亮的元宵灯。淑端看了，高兴极了："天啊！我们终于有元宵灯了，今年我们家一定可以添丁进财。"到了晚上，他们把元宵灯点上蜡烛，悬挂在大门口，非常喜气，很多小孩提着灯笼走过，都驻足观看、赞叹不休，淑端看了，更是骄傲，对子儒说："你还真是手巧呀，都可以做花灯卖了。"子儒说："一年就一次，能卖几毛钱？以后扎给小孩玩，倒是可以的。"淑端忙说："那就赶紧吧，添丁、添福寿。"子儒笑道："慢慢来，会的，一切都会有的。"

二十

这个春节过得有点像模像样了，但子儒认真一算，又欠下好几十块钱的债务，怎么办？该怎样填上这个窟窿？他感觉肩上的担子越发重了。这天，他又走出家门，走向祖祖辈辈赖以生存的土地，看到满眼的萧瑟、荒凉，他不由自主地反复呢喃道：风头水尾漏沙地。他终于下定决心，申请去菲律宾找父亲，一来改变家庭生活，或许可以改变命运，乃至整个家庭的前途；二来劝父亲回家一趟，与母亲见上一面，这应该是他们这一生的最后一次见面了。对，磨破嘴皮子也要劝父亲回来见见母亲，一辈子守活寡似的可怜的母亲！

春节过后，正式上班。子儒便跑了好几个单位，填写了表格，提交了申请材料。当他兴冲冲地把所有资料送到公安局出入境科时，那位凶神恶煞似的负责人告诉他："回去安心工作，就当没申请一样。我告诉你，三五年是个底数。"子儒知道，这是个漫长的等待过程，那就听天由命了。所以他决定守住秘密，不告诉其他人，免得多生枝节，也搞得沸沸扬扬。

一天，子侨跑到文化馆找他，子儒知道他是无事不登三宝殿，想必也是家务事，便把他带到宿舍。子侨屁股往床铺上一坐，开门见山地说：“你填表申请去吕宋？”子儒一听，非常惊诧：消息这么灵通？那就藏不住了，便如实、坦诚地回答：“是的，刚送上去，也不知要五年还是十载。反正这边有工作，日子照常过，申请只是多一种可能、多一种期待吧。”子侨说：“那我正枝正叶的，更有条件申请，我要申请到香港。”子儒听了这话，心里很不是滋味，但他从来不与弟弟计较，便问：“为什么去香港？”子侨站起来，踱着方步：“我了解清楚了，吕宋还非常落后，穷人遍地是，很多华人过去，是到山上的种植园，说白了就是当农民。农民哪里不能当，何必跑到热带的地方去当农民，还是帮别人种植？我们好不容易摆脱农民的身份，却跑去吕宋当农民，那不是脑袋瓜进水？听说，能开个菜仔铺就算当老板，这也太低端、低级了。香港比较繁荣，那是资本主义社会，进步发达，工作也容易找，收入又高，来回也方便，所以我要去香港。”子儒觉得弟弟说得头头是道，说明他确实是经过调查研究的。他想：兄弟往不同地方发展还是比较好的，所谓不能一棵树上吊死。便说：“我支持你，你申请吧。”子侨说：“你帮我申请吧，一听说需要拿笔，我就头疼。”子儒点头答应：“表格我帮你填写，其他材料你准备吧。”他请弟弟到食堂吃工作餐，然后送弟弟离开。望着弟弟远去的背影，他心里忽然有点悲伤、感慨：也许，他们兄弟的人生道路将来会朝两条平行线发展，不断向前延伸，交会的机会便少了。

两年后，子侨得到批准，得以前往香港。

淑端听到消息高兴极了，又疑惑地问他们兄弟：“申请去香港这么容易？很多人不是申请了十几年？”子儒微笑着小声道：“他老丈人是施文芳呀。”子侨忙说：“外人问起，你可别乱说，就说不知道。”淑端很高兴，嗔道：“那当然，一项不知万项无事。”子儒突然想起什么，便对子侨说：“你这一去，红梅应该更是长住她娘家了，那张眠床放着也是白放着，就让阿母睡吧？”淑端忙拒绝道：“不用，不用，我睡板铺习惯了。”子儒有点生气：“眠床有三堵，安全。”子侨头一扬，神气地说道：“睡吧，等我去香港，还怕什么没有？”子儒道：“离开之前，去把红梅、小孩载过来住几天吧，大家聚一聚，让阿母享受一下天伦之乐。你们也好做准备、打点行李。”子侨面有难色，小声道：“要什么行李，带几件换洗衣服不就得了？说不定到香港还得扔掉。”“那是以后的事，我管不着，我希望你离开前，你们一家子好好陪阿母过几天。”子侨听了便缄默不语。

子侨确实把老婆、孩子带回家来了。子儒知道受累的还是雪华，家务活由她一人包揽，她自己也要带儿子，他又帮不上忙，便拿出20块钱交给她，让她适当改善一下伙食。

子侨被批准去香港，成了一件大喜事，小小的村落一下子都动了起来。去香港等于去淘金，这是所有人头脑里的概念。亲戚、朋友、邻居纷纷过来看望他，有的还送鸡鸭、送土特产，淑端整天迎来送往的，喜上眉梢。子儒看到母亲如此喜悦，如此发自内心地兴奋，也由衷地高兴。他想：子侨出去，家里多一个华侨，他们小家庭多一条出路，他本人也不必随老婆寄居在老丈人家，当倒插门女婿似的。

子侨去香港后，红梅又带着女儿回娘家去了。淑端总感觉这个二儿媳就像自己的丈夫一样，离自己那么遥远、那么遥远，遥远到自己看不着、摸不着。

家里又冷清下来，恢复了三个人的状态。子儒仍住单位，周末回家。

二十一

又过了三年，子儒才获得批准，可以前往菲律宾与父亲会面，这一年是1973年。整个晋江县，共批准四人，他是其一。这时他已是两个孩子的父亲，一男一女。亲朋好友听说他将远涉重洋，纷纷表示祝贺。子儒苦笑着说："我父亲当年是万不得已踏上这个路程，我如今同样也是万不得已啊。"雪华身份改变了，成了番客婶，她一下子有点不敢相信，觉得自己已经是地道的农民、地道的家庭妇女，跟所谓的番客婶相去十万八千里。子儒要去菲律宾了，淑端既忧又喜，唠叨道："到吕宋能找到好头路吗？会不会成为另一个康泰？丢了这份稳定的政府头路可惜、浪费吗？"她一边赶着缝制衣服，一边为此烦恼着。转而一想：但是，没有走出去，便无法判断前途如何，困在家乡，一辈子好像可以看到尽头。好在有雪华陪着，有孙子、孙女取乐。这样一想，她心里就踏实多了。子儒再三向母亲保证："我这次一定动员阿爸回来一趟，见你一面。"淑端哽咽无语。子儒又安慰她："你要好好保重，我一定让你过上好日子。"淑端一听，哭得更加伤心。

临走前，子儒愧疚又语重心长地对雪华说："这个家就靠你了，替我好好照顾、孝敬阿母。"雪华觉得肩上有千斤重，还是认真地点了点头。两个孩子听说父亲要去菲律宾，高兴得手舞足蹈的。因为人们的观点早已灌输给他们：去菲律宾就是当华侨。

和当年父亲走的路有所不同，子儒是坐中国旅行社泉州分社的汽车到深圳罗湖，一路颠簸，摇晃了三四天，才到罗湖。一车人暂时被安排住进罗湖旅社，等待海关安排，每天只安排500人进入香港。

为什么要这样拖拖拉拉，何时才能过关？大家都心急如焚，催促、抱怨、漫骂、发牢骚，但无济于事，因为这是规定，没有理由。身上带钱的，日子还可无忧。子儒只带了三天的粮票，第四天便开始挨饿了，一个大男人挨饿的滋味是不好受的，有时饿得浑身哆嗦，只好喝水充饥。这可怎么办？往后的日子还很长呀，如何才能挨到菲律宾？他陷入可怕的困境之中，束手无策，又无助迷惘，简直求生无门了。一天，同行的一位中年男子看了，招呼他："一起吃饭去吧。"子儒尴尬极了，忙说："你去，你去，我不饿。""我是晋江人，我们算是同乡，出门在外，互相帮忙，不必客气。"子儒心里一惊，问："先生贵姓？哪个村的？"对方回答："梧林，免贵姓蔡。"子儒又好奇道："先生看起来文质彬彬，请问先生从事什么头路？"对方微笑道："医生。"子儒自报家门："我是凤亭镇湖后村的，在县文化馆工作。"所谓老乡见老乡，两眼泪汪汪，两人都非常高兴。蔡医生说："人是铁饭是钢，一顿不吃饿得慌。出门在外，别客套了，那些虚礼是无用的，填饱肚子才有活路，走吧。"子儒苦笑道："听说要等十天，你带来的钱够吗？我把你的盘缠吃了，你怎么办？"蔡医生豪爽地说："不要紧，我姐姐会从香港过来接我，她有钱，会帮助我。"子儒仿佛看到了大救星，感激极了，不再虚礼客套，此后便三餐都跟着他出去吃，由他帮忙付账。子儒了解到，蔡医生也是到菲律宾，这就更有共同话题，也更亲密了。

老实说，母亲、老婆、孩子都在唐山等着他，饿死事大呀。他想，除了生死，什么都不重要。

在深圳被困了十天，等得人快要抓狂，才被安排进入香港。入境后，蔡医生跟着姐姐回家，临行前，把身上的钱都掏给了子儒。子儒婉拒着，蔡医生说："拿着，你的目的地是吕宋，不是饿死在半路上。我会向我姐要的，她经济上过得去。"子儒这才放心地接过来，两人约好到了菲律宾再联系。

看着同行的人作鸟散状，跟着亲戚或朋友高高兴兴地离开，特别是看着蔡医生跟着他姐姐离去，子儒心底涌起强烈的惆怅、强烈的感伤。抬头四望，完全陌生的香港，虽然繁华，但不属于自己。再说自己也不属于香港，街道上都是匆匆忙忙的人群，急促又冷漠地走自己的路。

自己该何去何从？子儒首先想到的是弟弟子侨，好不容易才跟他联系上，又等了大半天，他才匆匆赶来，带着饥肠辘辘的子儒七拐八弯地到一家牛肉面馆，要了两碗牛肉面。子儒不管三七二十一吃了起来，三下五除二地就把一碗汤面吃完了。子儒看子侨没有其他表示，只好如实要求："我饿得快发疯了，再要一碗吧。"子侨一副很惊讶的表情，又很惊讶地看着子儒把第二碗吃完。他露出惊悚的表情，好像子儒要吃垮他。子儒很想再要第三碗，但他开不了口，只好恋恋不舍地擦净嘴巴。

吃完面，兄弟俩走出窄小逼仄又喧闹的面馆，子侨说："你有什么打算？"子儒被问蒙了，不知这话如何理解。他想了想，问："你住的地方离这里远吗？"子侨说："很远，走不到的。再说，我和别人合租一间，就一个床位。"子儒这才明白子侨不打算接收他。天色已经很晚，弟弟舍弃他，他便举目无亲了，今晚去哪里？露宿街头？他站着，无语，身子微微发抖。过了一会儿，他终于镇定下来，想起朋友王清祺，也是同乡，小时候的玩伴，他赶紧抖抖索索找出笔记本，找到王清祺的电话，兄弟俩找到一个电话亭，打了过去。听到王清祺声音的那一刻，子儒一时喉咙发紧，眼泪不争气地直往外淌，他顾不得其他，很坦率地把自己的处境告诉他。王清祺安慰他："你就在原处待着，别走开，我打的过去接你，马上！"子侨看着铁青着脸的子儒，有点心虚地问："哥，你真的决定去吕宋？"子儒望着络绎不绝的行人，坚定地回答："我一定要找到父亲，说服他回家与阿母会面。"子侨哼了一声，一脸不屑。子儒不知他是对自己这种固执行为的不屑，还是对那个从未谋面的父亲的不屑。他知道对子侨而言，这个父亲确实只是个符号，极少使用的陌生符号。

到了王清祺住处，子儒才真正明白香港居住条件的紧张与恶劣。王清祺租的房间可能只有四五平方米，一张铁架的上下床，上铺堆放杂物，那个拥挤、那个凌乱，让子儒一时头脑短路，站着不知所措。王清祺微笑着说："你来了正好，咱们动手大扫除，不要的东西扔掉，上下铺就都可以睡觉。我睡上铺，你个子高，睡下面。"子儒听后马上高高兴兴地响应。

在王清祺住处借宿，食宿问题不用考虑，这无疑让子儒掀掉了心头一块巨石，免去了饥寒交迫的折磨与威胁。王清祺白天上班，子儒要么睡觉要么出去闲逛，早、午餐他自己负责，为了省下一顿饭钱，他一般睡到中午。晚上王清祺会带他上街吃饭，喝杯小酒，这日子让子儒觉得天堂似的。

二十二

在聊天中，子儒才明白王清祺干的是地盘工，即建筑工地的工人。子儒很不解：“你是中学语文教师呀，再怎么说，也是知识分子，怎么选择这份工作？”清祺短促地苦笑了一下：“哪是我愿意选择的，是生活迫使我这样选择的。”子儒很不解：“不是说在香港很容易找到工作？”清祺眉头一皱：“容易？容易吗？嗨，说容易也容易，说不容易也就不容易。我那点儿知识在这里根本没有用处，这里需要英语、广东话，我都不会。又没有什么技术、本领，又想多赚钱，你说，除了地盘工，还有什么？”子儒不禁问：“干地盘工，没有什么要求？”清祺笑道：“当然有，要有力气，不会恐高。”

子儒知道清祺的老婆、孩子都在唐山，他这份工作除了养活自己，还要寄回去养活五个人，也是不容易，便也叹息一声。清祺呷了一口酒，道：“反正你也不要告诉别人，免得让别人笑话。我刚来那几年，人年轻，精神好，干劲足，白天上地盘，晚上到餐馆洗碗，打两份工，积攒了好几年才把老家那房子建了起来。这几年不行了，身体透支不了，没有去餐馆洗碗，轻松多了。”子儒疑惑道：“洗碗还不轻松？”清祺道：“兄弟呀，你以为像我们家里洗碗一样？餐馆洗碗的活儿并不轻松，盘子、碟子，又大又重，客人吃一顿，中途要帮忙换两三次碗碟，所以工作量很大，洗完一大筐一大筐的，没有力气，你拿得起来？况且，是别人吃完我们才洗碗，你知道要洗到什么时候吗？没有凌晨一两点，根本不可能下班。”说完叹息不已。子儒不禁也跟着叹息一声：“隔行如隔山，我以为只是在水里冲一冲、泡一泡，捞出来、晾一晾。”清祺笑道：“兄弟，如果这么轻松，我干一辈子。”子儒问：“那你现在一份工，应付得过来吗？”清祺道：“没有，我现在仍然打两份工，利用工余教学生写作文。”子儒颔首道：“这才是你的老本行呀。”忽然他又想到一个问题：“你过来十几年，老婆、孩子怎么还没有批准过来？”清祺回答道：“不敢过来，一旦他们都过来了，就要租一套房间，那得多少钱？再说孩子都还小，要念书，过来这边还不能打工，那真的负担不起，所以我让他们过几年再过来，不急。”

子儒听了，忽然非常感慨：“我们这一代人怎么过得这么累、这么难？”清祺点头道：“是呀，上有老下有小，子女多，没有出路。你也不容易，家里的长子呀，一切重担都在身上。”子儒苦笑了一下。

一天，子儒特意也起了个大早，清祺正准备上班，便问道：“你这么早起来干吗？香港这个城市还没苏醒呢。”子儒认真地说：“听说这里有一座寺庙，供奉黄大仙，我想去许个愿。”清祺哈哈大笑：“那是许婚姻的，你不是已经结婚了？怎么，想去吕宋讨番婆了？”子儒忙解释：“我自己都养不起，讨什么番婆？我想去为父母许个愿，让他们今生再见一次面，求黄大仙显灵，让我父亲回唐山一趟。”清祺叹道：“你真是大孝子呀！”子儒忙说：“没有，不是，我阿母太苦了，她与我父亲才聚过三次。”清祺笑道：“那好，去吧，心诚则灵。”

两人一起出门。清祺去工地上班，子儒去黄大仙祠求签卜卦。

20 世纪 70 年代的香港，已经非常繁荣与时尚。子儒走在街上，感觉自己确实老土，显得非常落后。人们衣着时髦新颖、大胆前卫，街上的户外广告牌千奇百怪，商铺鳞次栉比，商品琳琅满目，一派繁华气象。子儒非常感慨：唐山与香港相差太大了，完全是两种世界，难怪这么多人向往这里。子儒慢慢逛着，东瞧瞧西看看，反正自己有的是时间，他确实被这个花花世界震撼住了。

香港的黄大仙祠又名啬色园，建于1945年，是香港九龙有名的胜迹之一，也是香港最著名的庙宇之一，在香港及海外享有盛名，香火鼎盛。据说，每年农历大年初一，市民都要争头炷香。

子儒请香时，那位卖香的阿婆热情地说："黄大仙是有求必应的，十分灵验。"子儒忙说："我想抽一签。"子儒按阿婆的提示卜出一签，是第二十二签，他一看：陈妙嫦思春，下下灵签。他心里一沉，好像被蜜蜂蜇了一下，疼得有点心慌。签诗曰：秋水伊人各一方，天南地北恨偏长。相思试问凭谁寄，不尽清凉枉断肠。子儒一看，心里拔凉拔凉的，忙放下，不禁后悔自己莫名其妙来抽什么签。过了一会儿，他问阿婆："我抽了下下签，该怎么办？有没有什么补救的方法？"阿婆说："你跪下恳请吧，如果大仙愿意施展法力，帮你改运、助你如愿，那就不要紧。如愿后你要记得来还愿哦。"子儒忙依言而行，虔诚地把心愿向大仙倾诉，请求得到祂保佑。

离开后，子儒心情无法轻松起来，总是存着一个疙瘩，他有种乏力感，也对未来迷茫、彷徨起来。

子儒走在熙熙攘攘的弥敦道上，那些让人眼花缭乱的物品，新奇又精美，很多都是国内没有的，如果买一点儿寄回去给他们，他们该有多高兴呀。他摸摸口袋，干瘪得只有两块破布相贴着，这哪是囊中羞涩呀，是空空如也。他惭愧又难过，一个七尺男儿混到将近中年，别说给父母、妻儿买份礼物，就是自己都养活不了，这人生多么失败呀！他寂寥又迷茫地走着，心里不禁有所触动：假如留在香港，随便找份工作，马上就有收入，衣食问题马上就可解决，还可以寄钱回家，养活他们四人，虽然难以富裕，但可轻易解决温饱，甚至小康也是可以达到的。留下来吗？一个声音更加固执地提醒他：不，如果是这样，国内好好一份工作何必丢掉？记住，香港不是你的目的地，它只是中转站，你的目标是菲律宾，你的愿望是劝父亲回家，见母亲一面。虽然黄大仙的签诗内容不好，但可信也可不信，一切事在人为，没有努力，自己会抱憾终生的。

他又慕名来到了兰桂坊，听说这儿是很多有情调的人士下班后谈天说地的地方，是年轻人欢乐时光的聚脚处。这是一条呈L形的坡状街道，他慢慢地走上坡去，看到两旁都是小酒吧、小食肆、小餐厅，里面灯光昏暗、暧昧朦胧，传出的音乐，有的梦幻迷离，有的疯狂刺激。他想：这就是纸醉金迷的地方吧？自己一辈子可能都没有能力在这种地方消费一次，或许，来香港十几年的王清祺从来也没舍得进去过。这时他找到有力的证据说服自己：是呀，何必留在香港？王清祺就是典型的例子，他那么勤劳，那么能吃苦，那么拼命，十几年了，不也只能租一个床位的空间？埔头钱埔头用，除了交房租、维持生计，他一个月能剩余多少？这不是一眼就能看到头了？年轻时可以这样打拼，年老呢，拿什么养老，一张床位租得起吗？我留在香港有什么发展前途呢？对，离开，离开，不要被这个花花世界所迷惑，这里的商贸已经如此成熟，自己除了打工，还能有什么作为？还是赶快飞往菲律宾，去开辟自己的天地吧！想到这里，他终于不再患得患失，下定决心踏出义无反顾的一步。他心里升腾起“风萧萧兮易水寒，壮士一去兮不复还”的慷慨悲壮之感。

王清祺了解子儒的困难，拿出自己的衣服让他换洗，又买了两件夏季的新衣服送给他。他说：“吕宋是热带，你的衣服到那里不能穿的。”还帮子儒购买了前往菲律宾的机票。子儒知道清祺也不容易，打扰一周已经让他破费不少，还让他掏钱买这买那。但他还是一一接受了，走到绝境，反而什么都坦然、放下了，无法考虑太多。

香港的一周在清醒与梦幻的交替中倏忽而过，临行之前，子儒把自己带来的衣服寄回老家，穿着王清祺的衣服走了。登机前，子儒热泪盈眶，对给自己送行的王清祺说："兄弟，大恩不言谢了。除了家，你这里是最温暖的地方，我永生铭记！"然后给了他一个紧紧的拥抱。

二十三

子儒终于到达菲律宾，他魂牵梦萦的地方，他无比神往的地方。他牢牢记住了这历史性的一天：1973 年 12 月 24 日。

一踏上这片陌生的土地，子儒顿时觉得非常失落、失望，甚至是悲伤、痛苦，因为落差太大了。确实如子侨所言，菲律宾其实并不发达：房子低矮破旧、参差不齐，道路两边随意搭盖着铁皮屋、木板屋、纸皮屋，像鸟笼一样；马路嘈杂混乱，马车、突突车、吉普尼车以及各式各样经过改装的美国汽车，争先恐后地抢道，慢慢吞吞地在路上爬，拥挤嘈杂不堪；街道到处都是马粪，一大坨一大堆的，泥泞肮脏。很多流浪者又黑又瘦，赤着脚，到处漂泊，餐风宿露；更有随意伸手祈求施舍的乞丐，男女老少均有。子儒望着眼前的一幕，想起唐山人对华侨总是羡慕、仰视，对国外满怀向往与憧憬，原来侨居国竟是如此这般！子儒有些迷茫、失神地发着呆，虽然早有心理准备，但还是感觉自己似乎被欺骗一样，头脑一片混沌。

旅行社导游走过来，和他对暗号似地进行联系，确认后便催促道："走，我带你去找你的父亲。"子儒一听"父亲"两个字，精神一振，忙不迭地道谢。千辛万苦奔赴而来，终于要见到父亲了，当时高举一个大粗碗，掷地有声地答应抱养自己的父亲，给了自己第二个家的父亲。

他们穿过一条条大街、马路，七拐八弯地，终于来到一条偏僻狭窄的小巷。小巷肮脏又混乱，泥土路高低不平，偶尔有一两个黝黑瘦小的人走过，一两个脏兮兮的小孩睁着大眼睛好奇地看着他们。导游在一家陈旧的小店前面停下，小店只有一个小窗户，用铁栏杆罩着，下面留着一个小洞，侧边有个小木扉门严严实实地关着。导游说："这就是你父亲开的菜仔铺。"子儒一听，蒙了，完全不敢相信：父亲千难万险来到菲律宾，就是蜗居在这里，开这样一家不起眼的小货铺？导游举起手，用力敲了敲木门，喊着："王康泰，王康泰！你中国大陆的儿子，王子儒，从香港过来，要和你会面！"导游吐字还算清晰，本来安安静静的店里面传来一阵惊喜或惊慌的——子儒在外面，感觉不准确，总之，是一阵不小的骚动。子儒站着，激动得手脚轻微地颤抖着。

一会儿，木扉门终于打开了，挤出三个人来：黝黑又肥胖的妇人，50多岁的模样；两个年轻又貌美的女人，20多岁。她们惊奇地看着子儒，从上看到下，又从下往上看，那妇人随即做出"请进"的手势。

子儒低着头、弓着背进入店内，里面拥塞又灰暗，他一会儿才适应里面的光线。子儒环顾一下，这房子是木房子，有两层，非常狭小、低矮，屋里货物乱堆乱放，所剩的活动空间不多，非常逼仄。只见一个老人从躺着的交椅上坐直起来，微笑着惊讶地望着他："你来菲，为何没有预先通知我？"子儒认真一看，是父亲。父亲比1948年时老了许多，俨然一个小老头子，只是依稀还有当年的影子。子儒没有回答，眼里含着热泪。父亲窘促了几秒钟，便用菲语向那黝黑、肥胖的妇女介绍了一番，子儒明白这就是父亲所娶的番婆，也就是自己的番妈。他不知菲语如何称呼，只好微笑着向对方点了点头。父亲又用闽南语向两个年轻的女子介绍道："这是你们在唐山的大哥。"子儒终于明白她们是自己的妹妹，番仔妹妹，虽然没有血缘，但也是亲妹妹。两个年轻的番仔女子脆生生地喊了声："大哥。"子儒听了，觉得非常亲切，毕竟她们是父亲的女儿。亲人相见，分外激动，全家喜气洋洋的。

站在一旁的导游舒了一口气，微笑道："你安全到家，我也放心了，可以回公司交差了。"子儒把他送到门口，再三地道谢。

子儒终于见到了自己多年不见的父亲，来到了父亲身旁，这一个晚上，他睡得特别香甜。

翌日，当他睁开眼睛，下楼来，便感觉家里的氛围不一样。父亲一边忙碌一边说："今天是圣诞节。"子儒从来没有经历过什么圣诞节，也不知道这节日有什么内容，需要准备什么。店里很忙碌，家里买了很多鱼、肉等物品。父亲、两个小妹忙着做生意，子儒这才明白铁栏杆下面那个小窗子的用途：通过它实现交易，把物品递出去、把钱收进来。子儒想帮忙，父亲忙不迭地说："不用，不用，你不懂，不熟悉，闪一边去。"子儒想：父亲应该是认为自己语言不通，无法交流，站在窗前反而碍手碍脚。但是，倘若帮忙递东西，有什么不好呢？番婆在黑乎乎的厨房里忙得团团转，厨房灰暗、凌乱又肮脏，油腻腻的，仿佛从来没有收拾、清洗过。肥胖的番婆在里面，就挤不进去第二个人，子儒同样帮不上忙。他只好悻悻地坐在一边，与忙碌的他们形成极大的反差。他想：初来乍到，先观察生活吧。比如，为什么要通过这么狭小的通道进行买卖？这多麻烦？为何不打开门，让客人进来挑选东西？大件的物品怎么传递？还有，为什么父亲娶了番婆后，便弃母亲于不顾？他与番婆感情笃深吗？他是在什么情况下娶番婆的？是唐山的房子建不下去，他心生怨恨，干脆在这里重建一个家？

大家好像都忘了他，也忘了吃饭，一直忙个不停。也许，对于忙碌的人，是没有饿的感觉的。但是子儒百无聊赖呀，他饿得两眼冒金星，又不敢问吃饭的问题。一整天，他就呆坐着，饿得手脚发软。

傍晚，餐桌上摆出很丰盛的食物，有炸鸡腿、炖牛肉、烤牛排、红烧肉、炒米粉、洋酒、糕饼、水果，还有与整个屋子极不般配的枝型烛台……

终于可以上桌吃饭了。除了他们家五个人，还有一个衣着笔挺的年轻客人，与小妹非常亲密。父亲介绍说："这是小妹的男朋友。"子儒伸出手，准备与对方握手打交道，对方没有伸手，只是矜持地说："你好。"子儒一笑了之，以为对方不懂中国式的礼仪。食间，大家都用惊奇的眼光看着狼吞虎咽的子儒，子儒不知道自己是怎么了：为什么仅仅昨天和今天没有吃饭，自己就仿佛几天没有用过餐似的如此饥饿？饥饿到自己控制不住似的。他不管他们用什么眼光看待自己，自顾自地毫不客气地吃将起来。肚子饿是如此可怕，尊严呀、面子呀、修养呀，通通都可以不要。番婆鄙夷、嘲讽的眼神，更激起他狠狠吃一顿的痛感、快感：就是这个女人占有了父亲，父亲才近20年不回家，也不寄钱养家，让母亲苦苦守望着，让一家人在饿死的边缘挣扎。那个衣冠楚楚的年轻人，也是一脸的高傲、自信，一脸的轻蔑、嫌弃，子儒也不管他，心想：斯文是有钱人的玩意儿、遮羞布，他这种人一看就是含着金汤匙出生的，哪里知道为五斗米折腰。

父亲在饭桌的另一头，隔着整张长方形的餐桌，在远远的那头，悠然问道："子儒呀，我们唐山家里有没有天天这样有饭有菜吃呀？"子儒一愣，觉得父亲难道在番地待久了，也待傻了？怎么就忘了家乡的贫穷与落后？忘了没完没了的番薯汤、酱瓜豆豉？忘了当年他为何要背井离乡？他大声直言道："没有！一年到头，就一两次能吃上白米饭，比如过年、忌辰，平常三餐基本上都是番薯汤，有时连番薯汤都喝不上。"父亲听后，轻声对番婆和两个女儿说："唐山很穷，真的很穷。"

吃饱喝足，子儒整个人活过来似的，精神饱满，也非常满足。饭后，大家喝咖啡，非常高雅地抿一口，子儒一口倒了下去，其他在场的五个人再也忍不住，发出响亮的笑声。年轻人好像再也待不住了，起身告辞，大家热情又恭敬地把他送到门口。

年轻人走后，混血儿小妹用闽南语笑道："走，我带你出去走一走、看一看，见识一下。”子儒也非常兴奋，高兴地答应了。

小妹开车载着子儒到“伦礼沓”大广场。只见广场上人山人海、热闹非凡，很多人手里拿着礼物，兴高采烈的。子儒惊喜地看着，很惊讶也很不解：菲律宾人为什么要过圣诞节？为什么把圣诞节搞得如此隆重热闹？他本来打算问一问混血儿小妹，转瞬一想：不急，慢慢来，我要在这里扎根下去，答案我自己去找。看到大家都在互赠礼物，他想：是否要入乡随俗，给他们买点礼物，也算是见面礼？但是，囊中羞涩呀！他只好安慰自己：算了，等将来吧，反正来日方长！

二十四

第二天早上，子儒又被饿醒了，他躺在二楼的破沙发上，静听一楼的动静，没有声音，静悄悄的，他心里想：是不是节日过后，大家累了，特意多睡一会儿？为了不影响大家休息，他躺在沙发上，听着肚子咕咕咕直叫。他多么痛恨饥饿呀，人为什么要吃三餐？真的是“喜鹊报错喜”吗？如果三日吃一餐，就不至于如此难受了。小时候，饿得受不了，他曾问祖母这个问题，祖母给他讲了一个传说。

据说，很久以前，喜鹊非常漂亮，全身羽毛五光十色，又喜爱到处宣传喜讯，闽南先民尊称它为“客鸟”。那时，人间还没有牛，粮食非常稀少，人们很想知道应该隔多久吃一顿饭，既节省粮食又不至于饿死。就这样，喜鹊带着人间百姓的疑问飞上天庭。在天庭门口，喜鹊遇到神牛，就求神牛去请示玉帝，凡人多久吃一顿饭才好。善良的神牛向玉帝禀明一切，回来向喜鹊传话：“玉帝说三天吃一餐。”喜鹊性急，没听清楚就飞下凡间，对老百姓说一天吃三餐。结果，人间粮食不济，饥荒连年。玉帝知道此事后大怒，令神牛下凡给人犁田，从此粮食增产，人们才够吃。喜鹊也受到责罚，美丽的羽毛被抹成黑色。

子儒翻来覆去地想：喜鹊呀喜鹊，你这一失误，让人多受罪呀！难怪母亲也常唠叨：万般为嘴苦。

9点左右，子儒以为可以吃早餐了，便起床下楼来。木楼梯非常狭小，他弓着腰慢慢爬下来，总觉得力气大点都可以把楼梯踩塌。原来大家都起床了。问候之后，父亲递给子儒一杯咖啡，他接过来一口气喝下去，大家又都笑了。子儒傻乎乎地站着，傻乎乎地跟着笑起来。他觉得咖啡挺好喝的，但是喝下去后，胃蠕动更快，饿得也更凶了。他不敢讨东西吃，只好硬撑着，一会儿就感觉饿得快要虚脱了。这可怎么办？只好不停地喝水。

好不容易挨到中午，可以吃饭了，子儒满怀兴奋与期待。父亲让子儒自个儿先吃，子儒赶紧上桌，一看，是昨晚剩下的东西炒成的饭，还有一杯清水。他不管三七二十一，同样狼吞虎咽的，很快就把炒饭吃完，一杯清水喝下，抹了抹嘴巴就上楼去，静坐在破沙发上发呆。

接连两三天，父亲都是让子儒先吃，桌上摆的都是残羹剩饭，子儒依然二话不说，埋头横扫千军，不用五分钟就把饭吃完，然后上楼，坐着发呆。路在哪里？怎么走？呆坐到什么时候？唐山家里一切可好？他们日子如何？父亲为什么不和自己谈出路的问题？父亲为什么对自己如此冷漠？很多问题在子儒脑子里横冲直撞，他一片茫然。

第四天中午，子儒刚独自吃完饭上楼，不一会儿就听到楼下有人在询问："王康泰在家吗？听说你儿子王子儒批准过来了？我能见见他吗？"子儒一听，马上下楼来。只见眼前站着一位老伯伯，又瘦又小，背也弯成虾米似的。来者自称是同乡，子儒极力回忆还是不认识他，心想他应该来菲律宾很久了。子儒赶紧让座，老伯伯客气地说："不用，不用。"又颤巍巍地问："我来是打听一件事，我儿子申请来菲已经五六年了，不知什么原因还没有批准？你申请几年了？有什么门路，能不能介绍一下，帮我一个忙？”子儒问：“请问阿伯，你儿子叫什么名字？”对方一字一顿地说：“王世雄。”子儒一听，知道那是因为家庭成分问题，因为他父亲，也就是站在自己眼前的这个人，曾经是国民党时期村里的保长，他便属于“反革命家属”，所以一直被卡住，政审不能通过。他思忖着如何告诉老人，免得他听了受刺激。老伯看了看子儒，感慨地说：“我这把岁数了，就等着他来接管生意，挨一天盼一日的，盼得头发都白了，快走不动了，他怎么还不能来呢？”子儒听了，只好如实相告，老伯伯听了，失魂落魄地呆立了几分钟，才沉重地感叹了几声，喃喃道：“反革命家属，反革命家属……”然后蹒跚地离开，他说他居住在马尼拉的另一市，要赶着回去。子儒听了觉得很奇怪：马尼拉不是一个市吗？为什么它还有其他市？他不敢问父亲，只好把疑问放在心里。

送走失望的老伯伯，子儒返回屋里，准备上楼之际，只见父亲、番婆、两个番仔妹妹，围坐在一起吃饭，其乐融融的家庭氛围。桌上摆着丰盛的菜肴，从餐桌的这一头摆到那一头，子儒顿时感到无比失落、震撼、悲愤。他想起圣诞节晚餐上父亲问的那一句话：我们唐山家里天天这样有饭有菜吃吗？想起这句话，想起在唐山喝番薯汤的母亲，他眼眶湿润了，低着头匆匆爬上楼去，继续坐在沙发上发呆……

二楼比一楼低矮，高个子的子儒时常不自觉地弓着背，担心碰到屋顶。二楼共有三间房间，用木板隔着，父亲与番婆住一间，两个番仔妹妹住一间。子儒住的是客房，其实有点像储藏间，里面堆满乱七八糟的东西，旧衣服、破家具、废弃电器，乃至纸皮、瓶瓶罐罐等可以卖钱的废品。一张长条布沙发，脏兮兮的，有的弹簧坏了，穿过破布伸出来，这就是子儒的床，晚上躺在沙发上，他经常被凸起的弹簧磕得生疼。躺在这样的沙发上，他想到一个词：卧薪尝胆。

此后的日子，午餐、晚餐，子儒仍然顿顿先吃，都是吃他们的剩余饭菜。他依然没有怨言，毕竟比唐山老家的情况好多了，但是，他内心纠结、悲伤、痛苦，无法排解，无处排解。

番婆明显地对他怀着戒备、排斥，她整天凶巴巴地横着脸，用菲语大呼小叫，子儒听不懂菲语，也就不懂她针对谁，但他知道她一定以为自己是争夺财产来的，因而产生受威胁之感，才会如此恐慌。瘦弱、衰老的父亲在她庞大的体积与磅礴的声势挤压下，显得无比渺小，因而对她唯唯诺诺。子儒觉得人真是奇怪的动物，这位番婆没有长相、没有身材、没有好性格，父亲对她百依百顺；母亲娇小秀气、五官精致、性格那么温柔贤淑，父亲却弃如敝屣。父亲告诉子儒：华人如果不在菲地娶番婆，就无法申请执照，无法做生意、开公司，只能受雇于人。子儒想：这应该就是番婆趾高气扬的原因。每天晚上关了店铺，父亲记好账目，番婆就赶快把钱盒子抱着去卧室，紧紧抱在怀里，生怕有个闪失。她从不遮掩自己对子儒的防备与敌意。

混血儿小妹与那富家公子应该是处于热恋阶段，那小伙子经常来家里吃饭。一旦他要来吃饭，番婆就忙碌起来，准备得特别认真、慎重。父亲说："他父亲是印刷厂老板，也是华侨，家境很富有。"看父亲得意的神态，看家里人对那人的殷勤、奉承、巴结，子儒也知道他家境不一般，他能感觉对方看自己时眼里那毫不掩饰的鄙夷、轻视。有一次，子儒听到他与小妹窃窃细语："你大陆来的哥哥，不懂菲语，也不懂英文，坐在家里终日无所事事，也不是办法，还是把他赶回大陆去……"子儒大惊：原来他也会闽南语，虽然说得不地道。小妹立即改用菲语与他交谈，子儒听不懂小妹的意思，他知道小妹一定担心自己的到来影响到她的终身大事。比起这个看起来热情、聪慧的小妹，混血儿大妹比较实在、勤劳，话语较少，家里的活干得多，她经常会对子儒笑一笑，但也不与他交谈。子儒不懂得她为什么不找男朋友，反而让小妹抢先了。

大家基本上把子儒晾在一旁，不理不睬，完全没有刚到那一天的热情，态度过山车似的骤然变冷。子儒几次三番想帮父亲干点力所能及的活，父亲总是很紧张，让他坐到一边去，绝不让他插手生意。

一天，吃完晚饭，父亲从椅子上站起来，叫住子儒，面无表情地说："不然你回香港吧？这里的情况你也都看到了，香港更好找工作，薪金也高。"子儒没有直接回答，只是劝道："爸，你回一趟老家吧，全村的华侨都回去过，有的三年五载就回一趟，你20年没有回去了。"父亲拉下脸来，气急败坏地说："这是我的事，轮不到你来教训我！""爸，我哪里是教训你？我只是在哀求你。母亲等了你这么多年，你就可怜可怜她，回去见她一面吧！"父亲愤然道："你给我滚回去！"子儒也来劲了："你不回去，我就不离开！"说完，转身登梯上楼。子儒不懂得父亲为何毫不心软，但他想：精诚所至金石为开，人心都是肉长的，父亲早晚会答应的。如果父亲答应，他马上离开，出去找活路，不给他们增加负担与麻烦。

有一天，父亲非常严肃、冷漠地对子儒说："子儒，你必须回大陆去，我要去山顶州府了。"子儒听后，站着发蒙：不知什么是山顶，不知哪里是州府，只有无限的悲哀与惆怅。

当晚，他整理着沙发准备睡觉时，番婆妈走了过来，翻开废弃的电视机的座盒，拿出一支手枪，在子儒面前晃了晃、摸了摸，然后，一言不发地回到她的房间去。子儒看着，起了一身鸡皮疙瘩。

二十五

翌日，子儒又被饥饿催醒，醒过来后，躺在肮脏又逼仄的沙发上，觉得四周特别安静，有种诡异的安静，令他不禁产生一种不安。他连忙爬起来，下楼来，只看见混血儿大妹，他赶紧环顾四周，没有其他人，其他人都莫名其妙地消失了。子儒只好问："阿爸呢？"她会听闽南语，不太会讲，结结巴巴地说："去山顶州府了。"说完，就坐在窗口底下，等着顾客，不理子儒。子儒茫然失措，只好上楼，坐着发呆，没有吃早饭，父亲真的去山顶州府了？番婆妈、小妹跟他一起去的？混混沌沌地过了一个上午，头脑一片凌乱，很多事争先恐后涌上心头，又好像模糊不清。中午，混血儿大妹没有召唤他吃饭，他只好继续坐着发呆，最后已不是发呆，而是发昏、发慌，直到天色慢慢暗了下去，窗外一点儿血色都消失了，完全暗下来了，他还是颗粒未进。他只好爬下楼梯，大妹仍然不理睬他，子儒只好艰难地又爬上楼，躺在沙发上发呆。父亲真的弃自己于不顾了？难道自己不离开他就不回来了？

深夜，子儒实在饿得慌，只好摸索着收拾简单的行李，颤巍巍地爬下楼来。他悄悄地打开木扉门，轻轻地离开了家，父亲的家。这是他来菲律宾找父亲的第七天。他站在小屋前，想着到来的那一天，当导游带着他来到这屋子前，那时他激动、喜悦的心情。他又想起在唐山的母亲，苦等他消息的母亲，想到善良、软弱、慈爱的母亲，想到悲苦、可怜的母亲，他一下子热泪盈眶，心里说："阿母，对不起了！"他又深深地看了一眼这座收容他七天的破败的小屋，然后默默地离开了。

又是孤身一人。又是两手空空。子儒拖着疲惫、沉重、虚空的身子，走在人地生疏的马尼拉巴西市。他抬头望着眼前的一切，这是完全陌生的地方，建筑、植物、空气等等，乃至气味，对他而言，都是陌生的。如今，夜深人静，他该走向何方？他拖着空空的皮囊，慢慢走着，思索着，忽然想起到来的第三天，父亲带着他出门，去拜访一位同乡，那是他们湖后村在巴西市居住的另一位老华侨，名叫王文祥。当时父亲说："湖后村在这里的人很少，我和他关系最好，经常联系，你去认识一下，将来有个照应。记住，在家靠亲人，出外靠朋友，很多唐山人来这里都是靠朋友帮忙、支持才挺过来的。”当时，在聊天中才得知他儿子王耀明居然与子儒还是小学的同学，感情自然又拉近了一大步。子儒记得当时阿伯还非常感慨：“你这么厉害，居然弄到这里来，我家耀明一直待在唐山，也没有什么出路，全家都靠我养着。”

如今，子儒不知道什么叫厉害，如何定义这个厉害，因为自己可能会饿死在这片陌生的土地上。想到这位老阿伯，子儒终于有了目标，他根据模糊的记忆，穿过死寂发臭的菜市场，穿过狭长黑暗的小巷，凭着模糊的印象，试探着当日走过的老路……这一个夜晚，出奇地安静，不知什么原因，刚好实行戒严，外面漆黑如墨，行人稀少。原始的求生欲望让子儒一路磕磕碰碰、绕来绕去，像敏锐的猎人一样摸索前进……子儒心里盘问着：这就是马尼拉的夜晚，如此恐怖，没有生机？

也许，冥冥之中上苍帮助他，在惨淡的月光下，他居然找到了那座破旧的、带着花园、有着围墙的两层老房子。子儒大喜过望，整个人微微颤抖起来，他惊恐又带着点希望地用力叩响了大门。

矮胖的中年菲佣小跑着过来开门，认出是子儒，用闽南话向他问好，赶紧打开边门，让他进去。文祥老伯一边披着上衣一边走出来，见到子儒，很惊讶：“这么晚了，怎么来敲门了？”子儒激动又悲哀，但尽量用平缓的语气说：“我父亲去山上，不管我了，我这一整天还没吃饭。”文祥老伯赶紧说：“来来来，进屋来，慢慢说。”子儒跟在他后面走进老房里，顿时觉得身子暖和起来。房子是很有年代感的，非常陈旧、破败，子儒不晓得这是阿伯购置的还是租用的房子。

文祥老伯让他的番婆去把早上吃剩的麦片粥加热，子儒热乎乎地喝了下去，整个人舒服过来，虽然那一点儿麦片粥完全不能填饱肚子，他依然饿得难受，但他不敢有任何表示与要求了。文祥老伯摇摇头，叹息道：“造孽呀！虎毒不食子呢。”子儒无语地坐着，有点恍惚。文祥老伯又叹道：“康泰怎么是这样的人？这么冷酷无情？我居然和这样一个人交往几十年！”叹息后他赶紧动手，整理客厅，嘴里不停地说：“看乱的，看这乱的。”客厅也就四五平方米，挤满东西，有用的、无用的，布满灰尘，文祥老伯和他的番婆用两块皮沙发拼成一张简易的小床，然后拍拍手，安慰道：“今晚你就在这里将就睡一夜，明天再想办法吧。”

子儒轻轻地点了点头，不敢发声，他怕自己会控制不住自己。

一切又沉入黑暗之中。子儒躺在黑暗中，睁着眼睛，思潮翻滚着，久久不能入眠。

二十六

子儒不敢睡死，第二天早晨，文祥老伯轻轻地走出来，他便警觉地醒来，赶紧也坐起来问好。阿伯微笑着抱歉道：“你个子高，这样睡不舒服吧？”子儒忙道：“不会，不会，就是蚊子太多。”阿伯这才想起来：“对不起，昨晚忘了给你点蚊香，让你喂蚊子了。这里潮湿，蚊子又大又黑又凶，吸血鬼呀，很讨厌。”子儒笑了笑，表示赞同。随即，阿伯的番婆也出来了，去准备早餐，非常简单：麦片粥与馒头。子儒这才认真地看了一眼这个番婆：典型的菲律宾女子，个子矮小，下半身比较粗壮，屁股笨重地下垂，皮肤黝黑，满脸皱纹，眼睛大大的，是整个人中最好看的地方。

子儒已经饿到不知道饿的感觉了，他快速地毫不客气地吃了三个馒头、一碗麦片粥。其实肚子还是干瘪的，但他不好意思多吃了。他后悔吃得太快，没有好好享受一下滋味，就如《西游记》中的猪八戒吃人参果一样，狼吞虎咽之后，还不知道人参果的味道如何呢。

早餐后，阿伯说：“走，我带你去找咱们老家在这里规模最大的公司，丰茂公司。”子儒以为要帮自己找工作，非常高兴。阿伯说：“我们去找乡里族长，他叫王康茂。”子儒一听，心里很不是滋味：这个名字跟父亲的名字，只差一个字。他是怎样的人？

阿伯的番婆开车。这让子儒很是惊讶，一个老太婆居然会开车，在唐山，她们这年龄的妇女很多还是裹脚呢，别说开车，很多妇女一辈子都没有坐过车呢。坐在车上，子儒感到匪夷所思：这菲律宾到底是穷还是富呢？他们住的房子是这么低矮破旧、年代久远，为何还有小车？这小轿车，在国内可是稀罕物，再富有的人家都没有，部级干部也没有配置呀。子儒坐在后座上，感觉奢侈极了，这是他平生第一次坐小轿车。唐山老家至今还没有通公交车，出趟门，有钱的雇自行车、马车、板车，没有钱的，只能步行。家里有辆自行车，就已经非常了不起了，宝贝得不得了，平时都舍不得借让呢。

听说要去拜访乡里族长，也就是乡里的头儿，子儒的心情踏实了许多，有这些家乡人在这里，自己就不再是孤家寡人，他感觉不再那么迷茫、紧张、无助。但是，他也觉得非常奇怪：这是菲律宾呀，为何还有什么乡里族长？在唐山，不是叫村长吗？这是什么组织、什么帮派？他胡思乱想着……

从巴西市到马尼拉，用了两个小时，子儒一片茫然，他完全没有地理概念，也不知东西南北。

终于来到大名鼎鼎的马尼拉王彬街，子儒被眼前繁华、喧闹、嘈杂的景象深深吸引住了：街道非常拥堵，熙熙攘攘、络绎不绝的人流、车流；店铺鳞次栉比、商品琳琅满目。但这里的商品，与香港不一样：香港高档、精致、新奇，到处是名牌；这里的东西价格低廉，更接地气、更平民化。街道两旁还有一群群伸着手的乞丐……子儒感觉到满满的人间烟火，也感觉到满满的活力与生气。

他们来到一座五层的楼房前，子儒看到大门上悬挂着“丰茂公司”

的红字挂牌，这才知道这个公司是金行。这是他这些天见到的最高大、最气派的房子。

文祥阿伯引着大家走到二楼，进入一间宽敞明亮的办公室，一位英俊又严肃、中等身材、衣冠楚楚的中年绅士坐在黑褐色的办公桌的后面。临窗的地方是一整套高档的皮沙发，欧式的，很豪华，很气派。

一番寒暄。入座之后，服务生送上热气腾腾的咖啡。子儒不敢一口饮下，只抿了一小口，便放在小托碟上。

在他们的交谈中，子儒才懂得这些漂洋过海来到菲国的人，居然还分乡村、认房族，平时便于管理、联络，出门在外，充满未知数，一旦出现问题，也便于出手援助、解决。王康茂问了子儒父亲的姓名，便很有把握地说："你是中正房的。"子儒忙点头称是。他又直截了当地问："既然来了，有何打算？"子儒一听，百感交集。自己的父亲从未关心过这个问题，自己千辛万苦奔赴他而来，他不关心这个问题，还弃他而去；这个素昧平生的村里人居然这么热心，不怕惹事地直言提及，这让子儒感到无比亲切、温暖。他只好直言不讳："我不知道，真的是走投无路了。"王族长想了想问："你在唐山做什么事？"子儒忙回答："我个人的关系寄在县文化馆，工作单位是在县委宣传部，除了帮文化馆编辑刊物，为政府抄写文件，还为乡讯社写稿件。"王康茂睁大眼睛，惊喜道："你这么厉害？"子儒苦笑了一下："百般无用是书生。"王康茂笑了笑，安慰道："行行出状元，别灰心，这个社会需要各种人才。你打算怎样安排？"子儒无力、无奈、无助地摇了摇头。王康茂沉吟了一下，转过脸，对王文祥说："他们中正房的，在菲应该是华联冠商发展得最好，那就叫华联冠商的帮干王清明过来这里一趟，领子儒到他们公司暂住吧。"王文祥听后喜道："好的，好的！"王康茂又对子儒说："以后有什么困难尽管提出来，出门在外不容易，我们是同乡，会帮忙的。"子儒听后，眼眶发热。

二十七

终于等来王清明，他带着子儒和王文祥、王文祥的番婆，一起步行到华联冠商的所在地，即王彬街王彬雕像对面的一爿店面，子儒这才知道这所谓的“公司”，跟想象中的完全不一样，这公司其实就是一家店铺，叫华联帽子店。店铺窄窄长长的，上下楼两层，楼下前半部开铺子，后面是制帽的作坊，往里面还临时搭盖了一小间房子，是厨房，楼上是员工的宿舍。子儒就被安排在楼上，和员工一起睡。他终于有了一个寄存七尺之躯的栖息之地。

他们一群人到达时，店里员工刚好在吃午饭，其中一人招呼他一起吃，子儒过后才知道他就是老板，大家称呼他头家。文祥阿伯忙说：“坐下来吃吧，出门在外不用客气。”子儒赶紧挤到饭桌旁，拿起碗筷，狼吞虎咽起来，很快就把他们吃剩下的饭菜扫得干干净净。大家看了都笑了。子儒也不好意思地笑了笑，内心却无比辛酸、悲哀。

王文祥和头家闲聊一会儿，就和番婆告辞离开。子儒送他们走出店铺，难以用语言表达自己内心复杂的情感，只是红着眼眶，呆呆地站着，不停地挥手，直到他们破旧的老爷车拐了弯，消失在视线中。

子儒安顿下来后，才慢慢体味出“暂住”这个词的意思，他也真的“暂住”了下来。极端无聊中，他想起远在唐山的母亲、妻子、儿女，他们怎样了？他不敢写信回去，实在无法向他们说明自己的处境，这折磨让他夜不能寐。他也会想起父亲一家来：父亲他们从“山上”下来了吗？他的番婆把手枪放回电视机的座盒了吗？番仔小妹带富家公子回家搞恋爱了吗？他们回家后发现自己识趣地离开，会如何庆祝呢？还有，番仔大妹开口说话了吗？

无聊中，子儒静静地观察着帽子店里的所有人员：头家名叫王康和，和父亲康泰是同一辈分的，在襁褓中就和母亲一起过来菲律宾，再也没有回过唐山，但会说闽南话。这个店是他父亲经营起来的，他算是子承父业。他兢兢业业地做着生意，为了保住口碑，对质量要求很高。他做人和善，时常微笑着，也可能与整天站柜台迎来送往有关。他每天上午来上班，晚上开车回家，中午在店里和员工一起吃饭。他关心员工的伙食，经常亲自过问，所以厨师不敢忽悠，午餐搞得像模像样。员工说他山上有一座别墅，晚上回别墅去。子儒想到“别墅”这两个字，觉得特别好玩，在自己的理解与印象中，别墅是多么奢华、高级、别致的建筑物，但这里很多的别墅，就是破破烂烂的两层楼，外加一个破破烂烂的围墙。子儒想，这个店由他父亲传承下来，应该也积累了一定的家底。不打不相识，了解后，子儒才知道自己去过他在湖后村的祖厝，一座典型的闽南大厝。头家说，那是他父亲一手建起来的家业，他自己还没有见过。

店里有两个做帽子的师傅，一个极老，姓洪，大家都叫他洪先；一个中年人，姓陈，大家称之陈先。厨师告诉子儒，洪先在店里已经干了快一辈子了，是老头家手里的人，手艺了得，很多顾客就点名要他做的帽子，一辈子戴他做的帽子。他资格最老、手艺最好、薪金也最高。陈先不无幸灾乐祸地偷偷告诉子儒：“他唐山老家很穷，需要他汇钱养家，所以这么老了还不想告老返乡，想多赚点回去养老。”中年的陈先，手脚利索，多数时候是沉默寡言的。厨师说，他在唐山的老婆去世了，留有一个儿子，他很想把儿子弄过来，但没有钱办手续，所以整天愁眉苦脸的。他的薪金比洪先少，这也是他对洪先充满敌意的原因。厨师姓李，他老态龙钟，手脚已不再利索，动作很慢，煮一顿饭磨磨蹭蹭一两个小时，其实就是一锅饭、两样菜，中午头家在，就多一个菜、一个汤。因为老了，很不讲究卫生，自己穿得邋里邋遢，锅碗瓢盆也洗不干净，整个厨房更是乌烟瘴气、黑不溜秋。子儒发现他有时连菜都不洗就直接下锅炒，李厨师说他已经煮了一辈子的饭，也没吃死过一个人，肮脏吃肮脏肥吧。子儒发现他晚上总是抓着铁窗，看着窗外街道的风景，一站就是一个晚上。子儒总是纳闷：他是哪里人？有老婆、孩子吗？他到底在看什么？仅仅是街景？但因交往不深，子儒不敢随便打探别人的隐私。李厨师告诉子儒，他的工资和洪先一样，按工作量算是高薪了，因为头家同情他、关照他。在聊天中子儒多次问他是哪里人，他总是含糊其辞，说是闽南人，至于哪里，他不具体回答，只说是山里面。子儒不知道他为什么连自己的家乡都不告诉别人，心想：算了，出门在外，闽南人就是同乡了。李厨师也把子儒当同乡人看待，知道他食量大，煮饭时总是多放一把大米，让子儒吃得饱。菲律宾属于热带，阳光充足、土地肥沃、雨水充沛，植物长得旺盛，稻米很丰盛，所以不吝啬一点儿粮食，不像大陆粮食金贵得很。带子儒到店里的王清明，老大不小的，说好听是帮干、管家，说不好听是打杂的。他是王康和的亲戚，负责里里外外各种杂务，等于帮他管理。因身份特殊，头家不在时，经常摆出一副管家的派头来，吆三喝四的。

子儒和两个师傅、厨师、帮干，总共五个人睡在二楼。老板用木板把二楼隔成南北两间，在楼梯两侧，这样，两间房间都不通风，异常闷热、污秽拥挤，加上蚊子多又凶猛，住宿条件堪称恶劣。子儒和李厨师住北边小的一间，所有一切尚可忍受，就是房间外面还有一间狭小的厕所，臭气熏天、肮脏不堪的，呛人的味道永远在房间里弥漫，挥之不去，让人觉得一身甩不掉的臭味。

子儒睡一张木板床，临时铺设的长木板，非常硬，他几次在睡梦中翻身摔下来。好在木板不高，地板也是木板的，不会跌出个头破血流的，他爬起来便继续睡。

一整天，子儒都只能待在二楼，白天不能下来，因为不能影响他们做生意；晚上也不能下来，老板要求的。子儒揣测，可能是生怕一楼的货物被盗。子儒有时也模仿李厨师的动作，站在铁窗前看街景，他觉得自己就像坐监狱一样，铁窗就横在眼前。

二十八

子儒走后，淑端很是忧心忡忡，她知道子儒此去前途茫茫，而家中老少，眼睛一睁开嘴巴也就张开了，如果不能自力更生，单纯等待侨汇，等于把生命绑在一根弦上。她便与儿媳雪华商量："不然咱们也学我小弟、他们的老舅，养养鸭子？"雪华说："好呀，至少两个孩子可以吃点鸭蛋。你看，两个孩子营养不良，走路都颠颠倒倒的。"

得到儿媳的大力支持，淑端马上回娘家，向弟弟买了一大筐的小鸭仔，才孵出一个星期的鸭仔，毛茸茸、黄澄澄的，非常可爱。家里的两个小孩看到小鸭子也非常高兴，整天趴在围栏外观看，看宠物一般。看到孩子有了乐趣儿，婆媳俩高兴极了，觉得一个家也更有生机了。

可是这么一大群鸭子，也是一张开眼嘴巴也张开，家里人吃饭都成问题，哪来那么多饲料呀？雪华便上山挖野菜，到大古井捞浮萍，到沟渠挖蚯蚓，到菜市场捡菜叶……总之，每天非常忙碌，人也搞得邋里邋遢的，外人都偷偷笑话她：哪像番客婶呀，连农民伯伯的老婆都不如。

一天，雪华挑着一担番薯藤、番薯根回到家，淑端看着她被太阳晒得通红的脸，踌躇了一会儿，开口道："不然，咱们不养了，赶一些回去给他们老舅。"雪华疑惑不解："干吗不养？看着一天天长大，多有成就感？想一想过些日子孩子就能吃鸭蛋、鸭肉，心里多美呀！”淑端看着她：“阿宝刚才过来聊天，说左厝、中厝都在笑话咱们，说咱们给大家族丢脸，给番客婶丢脸。”雪华一听，火冒三丈：“丢什么脸了？咱们不偷不抢、不做婊、不讨契哥，靠自己的劳动过日子，有什么丢脸的？什么叫番客婶？整天坐着打麻将、等别人施舍、饭来张口衣来伸手，才是番客婶？”淑端劝道：“你太辛苦了，咱们干脆不养算了。”雪华大声说道：“不，我偏要养，让她们笑掉下巴！没见过这样可怕、可恶的亲戚亲堂，巴不得别人饿死。”淑端看儿媳怒气冲冲的，温和地劝道：“番薯汤凉了，快去吃吧。”雪华知道婆婆胆小怕事，便说：“不用怕他们，一个人九个尾，还不知道谁好到最后呢。让他们说去，看他们有多闲，说得了多久，会不会说烂舌头！”

随着鸭子日渐长大，饲料消耗更是凶猛，雪华再怎样忙碌也招架不住了，鸭子饿得整天嘎嘎叫。鸭子还很会拉屎，屋前屋后遍地开花，熏得左邻右舍很有意见，还没捡到一颗鸭蛋，婆媳俩就有点泄气了。淑端摇摇头，很无奈：“看来要靠养鸭卖蛋补贴家用，难呀，我们不能与他们老舅比，他们有田地，田地旁边有水沟、池塘，可以放养，轻轻松松还能养得那么肥胖。”雪华安慰她说：“不要紧，不能卖，我们自己吃，吃也是吃福，我们一年到头也没能买一斤猪肉，现在一大群鸭子可吃，多幸福呀。鸭子再怎么瘦，就是皮包骨头，骨头也是香的，汤头给孩子喝，也非常营养。”淑端听后，笑道：“你真是好心态，真乐观。”雪华道：“为什么不呢？愁眉苦脸是一天，嘻嘻哈哈也是一天。”淑端听后，很舒心：“和你在一起，心里好像不那么苦闷了。”雪华安慰她：“看着孙子、孙女慢慢长大，你还有什么苦闷的？没有如意的生活，只有看开的心态。”淑端觉得儿媳好像个大学问家，笑了，频繁地点头称是。

有了鸭子的日子确实滋润多了，他们漏风漏雨的家便经常飘出迷人的香味，在别人眼里，他们好像富足、宽裕起来，不像过去那么寒酸、凄苦了。

只是后来不知怎么搞的，得了瘟疫，鸭子死掉一大批，淑端、雪华心疼得要命，其余没有垂头奋脑的，赶紧送亲戚、邻居，请他们帮忙吃掉，免得浪费了。邻居吃到鸭肉，再也没有意见。这样一来，忙碌了大半年，累死累活，却没捞到一分钱。雪华终于妥协："看来养鸭子赚钱没那么容易，以后还是养几只，能改善生活就好。"淑端也点头称是。

深井的榕树，慢慢地长大，高出屋顶了。

怎么办？砍掉？淑端抱着渺茫的希望，说："等等吧，等吕宋寄钱来，这厝就可以收尾，到时再砍也不迟。"

一天，雪华跟婆婆商量："这个家没有任何收入不行呀，不然你帮我带两个孩子，我到镇上去，和我父亲一起搬运？我有的是力气。"淑端说："不行，不行！你一个女人，搞什么搬运？那是大打捕干的活。"雪华很豁达："管他呢，搬运工钱高，出死力，只要能赚钱，不分贵贱。我父亲在镇上五谷墟当搬运工人，一个人赚钱，哪里能养活一家11口人？"雪华大大地叹息了一声，又道："所以，我们兄弟姐妹穿开裆裤就在墟上找活干，我5岁就会赚钱，夏天卖冰棍，冬天卖甘蔗，这也是环境所迫呀。我父母从小就教育我们，靠自己的劳动养活自己，不必惭愧，非常光荣。"淑端也叹息一声，微笑道："很多家庭都是生育了一大堆，大人辛苦、孩儿也跟着受罪呀。"雪华笑道："是呀。但话说回来，没有父母生咱们，咱就不能来这世界了。"淑端笑道："活着总是好的。"雪华道："这段时间，我想了很多，不出去赚点钱不行，厝边头尾、亲戚朋友，有个婚丧喜庆的，咱们连两块钱跟别人随礼都拿不出来，太穷，确实无法跟人家平起平坐，也无法抬头做人。"淑端顿了顿，说："你现在是番客婶了，还是干点比较斯文、秀气的活儿吧。"雪华眉头一皱："那我可干不来，我自古就干粗活惯了，我就是一个粗人，让我像千金小姐一样，我可装不出来。"淑端摇头笑道："我知道你会吃苦，但是，咱们也得给子儒一个面子。我看厝边邻居有些女人绣花、抿网、做抽纱，这活儿干净，斯斯文文的，又可领来家里做，你也干这一行吧。”雪华扑哧一笑：“天呀，我是干粗活的人，大半辈子没有拿过针线呢，让我拿针不是比拿锄头还笨？”淑端开导道：“慢慢学吧，任何人都不是一出生就会的，也不是一出生就注定干粗活或细活的。你去领活来，我会针线活，我教你、帮你。”雪华笑道：“真的？如果我交不出任务来，你可要顶着。”

经淑端这样一劝说，雪华也打算试一试，便随着村里的妇女，到抽纱厂报名，申请领活干。抽纱厂负责人问她想干什么，她看了看：“抿网吧。”负责人让她现场走针穿线演示一番，雪华只好临阵逃离。

回来路上，她想出一招，对那妇女说：“你领的活一半让给我，我拿回家去，让我阿母教我。我保证不拖后腿，你完成时我也完成，让你准时交货，怎样？”对方不太愿意，她无法相信一个没拿过针线的人，能抿出一网的花样来。雪华道：“你们谁不认可我阿母做的针线？有她当师傅，我不会出徒？”对方一听，半信半疑，便分一半活儿给她，千叮咛万嘱咐：“你可千万别拖后腿，我全家可都是靠我这份收入过日子，我被开除，可是会饿死人的。”雪华信誓旦旦：“你不放心我，难道不放心我阿母？”

回家后，淑端笑道：“你以后可要干细活了，先去把手浸泡一会儿，连缝也洗干净，那一看就是拿锄头的手。”雪华哈哈大笑，认真用醋浸泡、用肥皂搓洗。

煤油灯下，婆媳俩开始手把手地教学，教了一遍又一遍，雪华拿针的手还是那么生硬、笨拙，淑端苦恼道：“粗人袂做细粿，这可糟了，学不来咱们赶紧把活还给人家，不能耽误别人。”雪华笑道：“我才不信呢，一百斤的大活人，还整不过一根针？”淑端看她信心满满，便安慰道：“我在这头做真的，你在那头学习，学后把线拆了，我再来。一针一线慢慢学，不是什么大学问。咱们女人天生对针线敏感，你这么聪明，应该难不倒你才是。”

经过一个多星期的训练，雪华终于被抽纱厂吸收，成为抽纱厂的一名女工，可以用自己的名义领活回家。淑端看后，非常高兴，毫不吝啬言语地表扬她：“你悟性很高呀，如果给你机会，你是能干大事的。”雪华听后美滋滋的，从此，除了田地的活儿，多了一份工种，有了一份微薄的收入，打油买盐、买生活日用品等日常开支，不必再用番薯去换取，这样吃饭问题也较有保障了。

雪华从抽纱厂领到第一笔工钱，非常兴奋，第一件事就是跑到新华书店买了一本《新华字典》。淑端看了，很不解：“孩子那么小，离读书还早着呢，你又不识字，买这本书干吗？多浪费钱呀。”雪华道：“我还这么年轻，不能一辈子当睁眼瞎呀，总不至于子儒每一封信都叫别人帮咱们看，这样不是什么事都好像用广播告诉乡里人了？”淑端听了，大为赞叹，但是，也提出最大的疑惑：“你不认识字，怎样查字典？”雪华道：“村里不是开扫盲班？我报名去学几个大字，厝边头尾有读书的孩子，整天进进出出的，我叫他们一天教我一字，不用多久我就可以成为‘滴雪文水’（知识分子）了。”淑端听后，开心地笑了。

二十九

极端无聊又迷茫，子儒不知这是等待时机还是坐以待毙，他打发时间的方法，除了呆坐就是看报纸。店里订有华文报纸，如《东方日报》等，其他人没空也没有文化，都不阅读，子儒便一张张、一面面地翻看，有时连夹缝的内容也不放过。别人笑他痴呆，嫌他懒惰，他都装着没听到。人在屋檐下，不得不低头，更何况是寄人篱下呢。

一天，子儒请李厨师上街买菜时帮自己买点稿纸，即小楷簿，有了工具之后，他开始动笔写文章，然后投到《东方日报》的副刊，没想到，《东方日报》很快就帮他发表出来了。子儒激动不已，马不停蹄地奋笔疾书，几乎每天均投一篇过去，报纸也每天一篇地帮他刊登。这情况就像报社是自己开的，让子儒无比兴奋，也深受鼓舞。依靠着一支笔、一本簿子，他成了多产作者，写的都是家乡风情、乡土民俗的散文，如《姑嫂塔》《洛阳桥》《五里桥》《东西塔》等……故乡的一切在他头脑里复苏过来，一件件、一幕幕，让他文思泉涌。由于羁旅在外，处境的艰难、满怀的愁绪，使得他下笔时更是饱含深情、感情充沛，文章极富感染力，也在华侨中引起很大的轰动、很强烈的共鸣。

在《东方日报》发表了十几篇文章之后，子儒左等右盼，还是没有收到稿费，这时他感到非常奇怪与不解，他猜测：是否地址不详，送达不到？一天，他按捺不住了，因为他身无分文，无钱理发、无钱买烟，已经山穷水尽了，便想：能否向报社预支一点儿稿费？但是，总不至于自报家门去找报社吧？届时碰壁就难堪了。那么找谁带路、请谁帮忙介绍呢？子儒冥思苦想，忽然灵光一闪，他想起一件事来：有一年，省作协和地区文化馆联合主办，集中一批作家到晋江深沪海滨，集体编写一部讲述山美水库建设事迹的书，他是晋江县的代表。那时，他们这群作者驻扎在深沪一个华侨的大洋楼里，进行集体创作。机缘巧合，那华侨家里刚好有个年轻人从菲律宾回国，子儒由此认识了他，当时他突发奇想，恳请年轻人留下一个地址，还说：也许将来有一天我会到吕宋，我一定去拜访你。他们这群作者还没离开，年轻人就要回菲律宾了，临行前还跟子儒告别，约好有机会一定联系。

想到此人，子儒仿佛看到希望，浑身来了气力。他赶紧掏出随身携带的笔记本，一页页地翻找起来，终于找到了，子儒这才知道对方叫作吴远征。子儒拿着笔记本请李厨师帮忙带路，俩人走了一个多小时，终于摸索到了笔记本上的地址。

多年之后在异国他乡重逢，两人都分外高兴、激动。落座后，子儒说明来意，真是无巧不成书，吴远征说："世上再没有比这更巧合的事了，《东方日报》的副刊编辑正是我堂妹。"子儒听后，简直不敢相信这世间的事竟能如此的机缘巧合，心里激动万分：这应该是天助我也！

三人兴冲冲来到报社，报社的格局很像华联冠商公司，也是窄窄长长的两层，隔成几间办公室。子儒自报家门，报社的编辑人员听说他就是作者王子儒，激动又好奇，纷纷围过来，热情地赞叹，都说他文章写得很好，吸引了很多读者，很多华侨都看哭了，每天都等着看这份报纸。子儒听了也很激动，这是他所没有预想到的。这时，一个30岁左右的漂亮小姐激动地挤到他跟前，说："我就是副刊编辑吴心怡。"子儒赶紧握住她的手，一再表达谢意，他觉得吴小姐不仅美丽，还非常文雅、有气质。

大家围坐在一起，兴高采烈地闲聊了一会儿，子儒说出此行的目的："我是新客，刚来菲国，还没找到头路，父亲没有经济支持，目前暂住人家公司里，经济拮据，能否先支付一点稿费？"子儒话音刚落，一阵爽朗清脆的笑声响起，他怔住了，不知所措。一个老编辑解释道："本报社是没有稿费的，菲律宾的报纸几乎都不付稿费。"子儒一听，脸红耳赤的，无比难堪，恨不得地上有条缝可以钻进去，只好装着豁达的样子，忙不迭地说："不要紧，误会了，误会了。"这时，吴小姐忙说："有，你有稿费，你等一下，我去下面找财务部。"说完，咚咚咚跑下楼去，上楼来时，递给子儒一沓钱："这是1500菲币。"子儒踌躇片刻，但实在是太穷了，便红着脸伸手接了过来。

三人告辞离开报社，走出报社大门，子儒重重地吐了一口气，百感交集。李厨师要回去煮饭，先告辞走了。

三十

子儒与吴远征站在报社门口，子儒需要平息内心的波澜，所以保持沉默，吴远征也心绪复杂的样子。一会儿，吴远征提议道："我们找个咖啡座喝杯咖啡吧。"子儒很想说我饿得慌，还是吃点什么吧，但客随主便，他还是点了点头。两人沿着街道走了一小段路，就找到一家咖啡馆。子儒不解地问道："为什么在菲律宾，大家想到的饮品就是咖啡？"吴远征解释道："菲律宾是主要咖啡产区，19世纪，还是世界第四大咖啡出口国呢。后来由于咖啡锈蔓延成灾，咖啡树死了很多，很多种植园也倒了，就成了咖啡进口国。但是，菲律宾人喝咖啡的习惯改变不了了，你看，街头的便利店几乎都有现磨咖啡。"经他这样一解释，子儒终于明白为何到处卖咖啡、人人爱喝咖啡，原来，这不仅是生活习惯，还是饮食文化，就如中国人爱喝茶。

菲律宾人喜欢喝咖啡，但咖啡座里的客人并不多，不像欧美人士会点杯咖啡坐着发呆，一坐就是大半天。子儒与吴远征找了个僻静的角落坐下，服务生很快送来两杯拿铁咖啡，子儒喝了一大口，剩下一点儿留在杯底，他觉得在朋友面前，没有必要假斯文。远征抿了一小口，轻轻放下。子儒想：这骨子里养出来的东西真是奇怪，不是一朝一夕就可以学会的。

子儒看了看对方，谨慎地措辞道："你……好像成熟了许多……"对方短促地苦笑了一下，说："变化很大，是吗？"子儒点头道："确实！我记得非常清楚，刚认识时你年轻、英俊、潇洒，意气风发的，很洋气，一看就是富家公子的模样。”吴远征苦笑了一下，脸部痉挛似地扭曲，痛苦僵在脸上。子儒只好试探地问：“你做什么生意？”吴远征轻声说：“教书，在华侨学校教书。”教书？子儒惊讶地咀嚼着这两个字，觉得不可思议。当时他们一大群作者借住他们唐山的那座大洋楼，都非常感叹：能建造那么一座洋楼，没有殷实的财富哪能实现？子儒从那座恢宏气派的洋楼，明白他们家前辈一定是做大生意、赚大钱的，怎么到他这一辈就弃商从教了？他只好问道："菲律宾教师收入很高？”对方又苦笑了一下："很低，甚至很难维持生计。”子儒更惊讶了，看着他，头脑快速地寻找答案。

“那年，我回唐山，确实如你所说，是个正儿八经的富家公子哥儿。回来后不久，一切都变了。我父亲经营的公司、店铺，通通在一夜之间被人放火烧掉……烧光了，那是我曾祖父、祖父两代人打下的一部分基业，传到我父亲手上是第三代。”子儒忙问：“那你父亲呢？”“那晚，被人开枪打死了，身上不止10个枪口。”子儒惊呼：“世仇？还是劫财？怎么会有如此的深仇大恨？”远征摇了摇头：“不知道，菲律宾这种事经常发生，华人的生命、财产安全都没有保障，一眨眼，说完就完了，人财两空。”子儒忙问：“那其他家人呢？”吴远征低着头，说道：“我母亲知道后痛哭一场，昏了过去，抢救过来后就神志不清，不久就生病去世了。两个妹妹……后来……随便嫁人，离开伤心之地，算是自我放逐吧。”子儒感到窒息般的可怕，沉默了，过了一会儿，他才轻声问：“你……你个人问题呢？”对方苦涩地一笑：“我没有一技之长，当时家里人太宠了，不爱念书，就懂得吃喝玩乐，哪知道……后来……为了生计，就去教书了。再后来，就找了一个同校的英文老师，简简单单过日子。”子儒呆呆地坐着，总觉得从对方口中讲出来的故事，那么不真实，简直是天方夜谭。

过了一会儿，子儒才想起来，问：“那刚才……你堂妹……他们……”

对方回答："他们一家没有损失。我祖父生了五男四女，她父亲是老二。这里的人很会生育，很快就可以繁衍成一个庞大的家族。繁衍越多，就越复杂，慢慢地，就成为亲戚，有的生疏了，有的为利益争斗起来，斗得你死我活。"

子儒想到自己的大家族，想到里面错综复杂的关系，想到理不清的利益冲突，心里便五味杂陈、感同身受。便问道："后来，破案没？"远征还是摇摇头，不想提及的表情。子儒把杯中剩余的咖啡一口喝掉，轻轻地转动着杯子，还是难以置信。那座美轮美奂的洋楼一直在他眼前晃动着：三层高的主楼、两旁的附属楼、六角厅、四角亭、螺旋梯、回廊、罗马柱子、欧式窗户、大水井、大石埕、春房、男女厕所、高高的围墙，乃至栽种的花草树木、为了安全而挖掘出来的三口水池。这是他见过的规模最大、最豪华气派的洋楼。据说，是他们高薪聘请上海的设计师进行设计的，很多建筑材料特意从国外运输回国，很多东西是当时国内没有的，终于造出一座闻名遐迩的华侨民居。当时听说，建造那座洋楼及周围配套的附属楼，用了整整三年的时间，全村的劳动力全部调动过去。为了吸引他们，采取每天发放工钱的付薪办法，导致村里的农田抛荒三年，却也是全村村民家庭最祥和、日子最富庶的三年。此三年成为经历过的人，一生津津乐道的话题、难以磨灭的印象，可谓人生嘉年华。同时，来者不拒的用工方式，也吸引外面一些闲散的劳动力，既扩大了建筑队伍，又保证了充裕的人手，无意识中又吸收了一些新的技术与思路。可见工程之浩大，耗费财力、物力、人力之巨大。记得当时有人忍不住问了一个比较幼稚的问题："为什么要建这么大的房子，有这么多人住吗？"房主反问："中国人不是喜欢衣锦还乡、光宗耀祖？"子儒至今还记得那个问答场面、那些欢快的笑声。这也是当时活动组选择借住那里的原因：让作家们体验一下住豪宅的滋味。

"我曾祖父9岁成为孤儿，在唐山当小乞丐。有一天，他跑到码头乞讨，有个好心的船老大可怜他，就让他躲在船舱里，把他带到菲律宾。刚开始，他只能在码头当跑腿，给别人使唤，被别人吆喝来吆喝去的，艰难地混碗饭吃。后来他遇到第二个好心人，那头家看他乖巧、勤快又聪明，就把他带到山上种植园，教他种植烟草。几年之后，他长大了，会办事了，有一次，头家派他押送烟叶下山，送到烟厂去。结果，半路遭到抢劫，他一人勇斗一群强盗，把他们击退，保住了那车烟叶。头家知道后，更加重视他。后来我曾祖父几次帮头家赚了大钱，比如，囤积烟叶，等市场缺货时再高价抛出……头家看他是个人才，便赏给他一笔钱，鼓励他出来单干，也不怕他与自己抢饭碗。他说：这世上的钱是赚不完的，要成功还是要从自己熟悉的行业做起。这是经验之谈、肺腑之言，曾祖父听他的话，也经营种植园，后来规模不断扩大，买下一座山头，后来变成两座山、三座山，都种植烟叶。后来，他觉得还不如自己加工，就开办了烟草公司，很快就比他的头家搞得更好、赚更多的钱，再后来又开办铁厂、买下一排排的店铺……”

子儒好像在听一个传奇故事，陷入沉默之中。吴远征喝了一小口咖啡：“我祖父觉得曾祖父走的路太辛苦，觉得该改变发展路线了，便很重视子女的教育，让他们都接受高等教育，等他们学成后子承父业。我父亲大学毕业后，就出来帮忙掌管公司，娶了一个资本家的女儿，一辈子很顺利，谁知天有不测风云……”

天色逐渐暗下去了，外面黑了，有人在外面的空地上吹起萨克斯，让说话的氛围更为阴郁、沉重。子儒觉得饥饿又疯狂地袭来，让他难以招架，便提议道：“走，我请你吃饭去。”

两人离开咖啡座，找了一家灰暗又脏乱的小菜馆，叫了几样便宜的家常菜，放开肚皮吃喝起来，互相殷勤地劝酒，很快就喝高了。走出小菜馆，已是深夜，街上行人稀少，凉意深重，子儒冷不丁打了一个寒战。珍重，再珍重！两人挥手告别，一遍遍安慰对方、拍对方的肩膀，叮嘱再联系。

子儒踉踉跄跄地走回华联帽子店，奈何回来得太晚了，他们都已熟睡，任凭怎样叫唤都不回应。子儒想：他们可能怕遭抢劫，不敢开门，还是不要自讨没趣吧，便干脆躺在门口的地板上，呼呼大睡。

三十一

第二天清晨，李厨师出门买菜，才把子儒唤醒。子儒睁开惺忪的睡眼，第一反应就是赶紧摸一摸口袋，还好，钱还在，他怦怦直跳的心，总算定了下来。多少人就是这样被抢夺一空的，他庆幸不已，暗自念叨着：上苍保佑，上苍保佑！命不该绝呀！他知道曾经有人口袋里的钱被抢劫一空，走投无路，最后自杀了。

子儒兜里揣着踏上菲国后得到的第一笔钱，心里乱糟糟的。需要花钱的地方太多，钱的用处也太多，他反而不知该如何处理。当没有一分钱时，他无所牵挂、无所企盼、一了百了，如今有了这么一点儿钱，他心思复杂、活络起来，各种欲望在一瞬间复苏过来，引诱着他、折磨着他。更让他恐慌的是这笔钱花完，下一笔钱猴年马月才能再赚到？这中间又该如何挨日子？

他心情混乱地在街头徘徊、踌躇、游荡，最后痛下决心，买了一包香烟，他已经被烟瘾折磨得六神无主、精疲力竭。站在街头，他狠狠地一连抽了两根香烟，这才痛痛快快地舒了一口气。他想：其他的 18 根，要在控制不住烟瘾时才可以抽，不能下意识地过嘴瘾。抽烟就是烧钱，千万要控制住自己，千万谨慎。

解决烟瘾后，他的头脑更清晰了，他觉得无论如何，头发一定得理一理，太长了，不仅蓬头垢面、邋遢不精神，影响形象，还担心头发里长虱子，毕竟宿舍太肮脏了，是藏污纳垢的地方，各种寄生虫多的是。

当他走出理发店，站在刺眼的阳光下，他有点恍惚、迷茫，不知下一步该如何走。眯眼望着街上的行人，望着那些瘦骨嶙峋、乌黑肮脏的乞丐，他突然想起远在唐山的家，家里的老母亲，还有妻儿，如今的他们一定分分秒秒地在期盼着他的消息。出来这么久了，他们一定等得非常焦虑、不安吧？是否该给他们报个平安了？乡里至今没有通电话，无法打过去，回宿舍去写信？不行，寄封信时间太长，而且写信自然要交代其他情况，总不至于一张白纸，就说自己已抵达菲律宾。自己如今寄人篱下、工作无着，能告诉他们吗？显然不能。况且邮费也不低。这样算计着，他便放弃了写信的念头。那就打个电报吧？快捷、简单。对，就打电报，四个字：抵菲、平安。这念头一闪，他马上甩开步伐，向邮电所走去。

这一路上，他又痛苦地思索着：是否寄点钱回去？多少也是自己的心意、能力。千万别像父亲，一离开就音信全无，置家人生死于不顾。既然自己对他多有腹诽，就不该重蹈覆辙，不能让历史重演。想到家里人收到钱的那份喜悦、自豪、满足、安慰，他的脸上不自觉地浮现出笑意。这念头一闪现，汇钱的心愿就强烈起来了。但是，他随即转念一想：这点钱花光之后，自己该怎么办？被困在完全陌生的异国他乡，这举目无亲的孤独、无助、绝望，是多么可怕啊！走着走着，他又想：家里老的老、小的小，更需要钱呀。想到他们一天三餐永远都是番薯、番薯干，他觉得自己蛰居帽子店还是好的，至少三餐有保障，还有两顿饭吃。他最后决定，寄 1000 菲币回家，告诉他们这是自己赚到的第一笔钱。

这样在外面折腾了大半天，回到帽子店，大家已经吃过晚饭。李厨师看到他，内疚地说："不知道你什么时候回来，没有煮你的饭呀。"子儒嘴里客气地说着不要紧、没关系，其实心里暗自叫苦不迭，他在外面折腾了一整天，舍不得买东西吃，如今已饿得前胸贴后背、肠子绞得生疼了。他在逼仄、黝黑的房间里，绕了一圈又一圈，被饥饿牵着鼻子走，他感到自己快要被折磨疯了、撑不下去了。喝水？不，喝到快要吐了。这时他忽然想到窗外，赶紧探头一看，窗外那棵高大的杧果树上，挂着很多快要成熟的果实，黄澄澄的，正诱惑着他。他大喜过望，不管三七二十一，便拿了一根竹竿，绑着一件破背心，从窗口伸出去，打捞了几颗杧果充饥。

菲律宾是杧果之乡，也是主要出口产品，随处可见杧果树，因独特的气候条件，生产出来的杧果硕大、甘甜、芳香，极富营养，堪称果中神品。子儒在唐山从没有见过杧果，有的华侨带杧果干回去，大家稀罕得不得了，觉得是世上少有的珍品。父亲没有带过，子儒便不知其味。来到菲律宾这么久，他第一次吃到杧果，居然还是偷的。子儒这才终于深深明白：为何唐山人削尖脑袋也要闯出来，那里连野菜都无处挖，番薯也长不成大块头，而这里土地肥沃、雨水充沛，植物茁壮生长，杧果、香蕉、椰子、凤梨、木瓜，到处飘香，简直像芬芳的果园。

这一晚，躺在坚硬、逼仄的木板床上，他很快就进入梦乡，甜蜜的梦乡。

子儒发表文章的事在同乡之间迅速传开了，大家都非常高兴，说家乡出了个大人才，太厉害了，给家乡人长脸、给所有华侨长脸。

作为族长的王康茂先生更是兴奋：小小的湖后村居然出了一个大文人，这是荣耀呀！他认定子儒是一位可靠又有才华的人，便主动召开同乡会，召集来的都是村里在菲律宾的大款、生意上的头家，大家共同讨论子儒的事。王族长说："子儒是个人才，留在菲国是给我们，也是给所有的唐山人争脸，不能让他回去。大家捐一点儿钱，帮他留下来。帮他，也是为咱们家乡做贡献。"大家很尊重族长，都听族长的话，纷纷慷慨解囊，每人出 2000 元，共募捐了 2 万多元菲币，准备帮他办理留在菲律宾的手续。这手续，唐山人叫作“在地字”，也就是永久的居留证。这昂贵的“在地字”，使多少人望而却步啊。如何办理？王康茂族长便问：“谁有时间、有线人的，去趟山顶，买一张番仔的出生证吧？”其中一位名叫洪志伟的头家说他有办法，可派厂里的雇工去帮忙办这事。

过了一段时间，一张上面留着字墨的纸传到子儒手上，这就是“在地字”。子儒记住了上面的出生时间：1938 年 4 月 1 日；名字：佟漫。他，王子儒，从此变成了这个人。从此，他的出生时间变成 1938 年，生日改为 4 月 1 日，与他这个真实的人完全撕裂开来。他以真实的人生活在现实中，一旦填写个人资料、信息，办理什么证件、手续，便马上变成一个实际已经去世、自己完全陌生的人。这么诡异、荒唐？自己会不会是个黑不溜秋的土著人？

王族长安慰他说：“别把它当成心理负担或阴影，很多人就是办这手续留下来的，这是惯用手法，大家也都心照不宣。这里有些土著人也靠这个发财，他们把自己的出生证卖掉，然后跑到‘山顶’去生活，还是自由自在的。菲律宾共有 7107 个大小不等的岛屿，太零散了，政府根本没有能力管，也管不了那么多。”这样一听，子儒心里终于释然。子儒后来才知道这 7000 多个岛屿，只有 1000 多个有人居住，有的荒无人烟，有的藏有矿藏，如铁、铬、锰、金、铜；还有很多是活火山，根本无法靠近。这是多么神奇的领土与国度呀。

子儒终于取得在菲律宾的长期居留权，他感动、激动不已。

淑端、雪华从子儒的家信中获得这一消息，也是欣喜万分，这可是到菲律宾最难的一关。

这年临近春节，淑端便与雪华商量：“你抽空去红梅娘家一趟，带点咱们自己做的番薯粉，就说给他们做薯粉粿，然后叫她们母女回家过年吧。”雪华想一想，答应了：婆婆羞于出门，不爱与人打交道，又是长辈。大嫂如母，自己应该担当这些事务。便借了一辆自行车，驮着一袋番薯粉去了。

当雪华回到家门口的时候，淑端马上迎出门来，看到雪华一个人回来，她脸上的笑容便凝固了。雪华知道婆婆疼枝连叶疼，疼爱小儿子自然疼爱他的老婆孩子，这么久没有见到她们，自然心里想着，如今希望落空，她一定非常失望、生气，但也只好如实说："她说，等子侨回来，她就回来过年。"淑端听后，脸上的表情慢慢舒缓，松了一口气，又叹息了一声，叹道："也是，子侨不回来，她们母女回来也寂寞。"雪华知道，其实婆婆内心非常矛盾：希望她回家，也怕她回家。便安慰着："没事，很多番客婶都是长期住娘家的，又不是她一个人例外，那些长舌妇没啥闲话可说。"

淑端点点头，顺手接过她手上的东西："这是什么？"雪华笑道："借辆车多不容易，我干脆跑到镇上去，给你买了一块布料，你做件新衣裳，正月出门烧香拜佛穿，多显摆，也是给子儒面子。从我进这个家门，还从没看你穿过一件新衣服呢。"淑端忙不迭拒绝："不，不要！我做给你穿。"雪华装着生气的样子："我穿这么老气的衣服，你不是让我又老又丑？我才不要呢。一年到头你帮着照看孩子、忙着家务，穿件新衣服难道还得客气？再说，你赚的钱比我还多呢。"淑端笑了，轻轻摩挲着柔软的布料："不然你再跑一趟，去换孩子的，我做两件新衣服给他们过年穿，他们不知多高兴呢。""他们那么小，将来穿新衣服的时候多着呢，说不定，天天换新衣，还嫌累得慌，急什么！"淑端听后，笑道："你这张嘴，死人也说成活人！你也太大手大脚了，赚一点儿钱就乱花，需要钱的地方多着呢。"雪华安慰她："花了咱们再赚，坐在家里，手指头动一动就有钱，这钱赚得太舒服了，我还从没想过可以这样赚钱的。过去总以为人生就两条路，不是海里就是山上。海里咱们无法去打捞，山上又靠天施舍，旱的涝的、天灾人祸，苦死了。如今睡觉的时间都可以用来赚钱，真爽！"淑端笑得更欢了，嗔道："死丫头！是穷开心还是没心没肺？"

雪华哈哈大笑，笑后忽然道：“子儒不是把新衣服寄回来了？放这么久了，多浪费，你这么厉害，把衣服拆开改一改，给他们做春节的新衣服，怎样？”淑端说：“是呀，你头脑就是管用，我怎么没想到！但是，就你没新衣服，不是亏待了你？”雪华安慰道：“我不稀罕，将来我天天买新衣服，一天一个样，打扮得妖精似的。”婆媳俩都开怀笑了。

虽然红梅不回家过年，但是，就因为有了新衣裳，因为子儒寄钱回来，这个年他们过得特别喜庆。

三十二

子儒仍然暂住在王彬街的华联冠商帽子店，仍然写稿子。这时，写作不是为了稿费，而是为了倾诉、怀念、记忆，为了心里汹涌着的各种情愫。

一天，子儒去找朋友，朋友处正有两个朋友的朋友，三人正聊得起劲。落座后，子儒喝着咖啡，他们继续着原来的话题。子儒一听，才知道他们三人打算合作介绍一个大矿产，从中拿抽成。朋友便热情地问道：“子儒，难得撞上，可能也是运气，我们准备去看一个大铜矿，一起去吧？也许好运就要降临了，这是你的福气。”子儒一听，心里痒痒的，便冲动地满口答应下来。但是，他没有钱呀，他实在想不出找谁去借路费，想了一大圈，还是想不出合适的人，最后他只好硬着头皮去找父亲：这么久没有见面了，又没有再拖累他、麻烦他，他应该改变态度、对自己放下戒备了吧？揣着忐忑不安的心情，子儒一路轻快地走过去。

当他低着头，走进那间灰暗、逼仄的小货铺，番婆妈妈吓了一大跳似的，完全没有想到这个人还会出现。子儒感到一点尴尬与悲哀，他发现父亲不在店里，只好向番婆妈妈开口，说明情况。番婆妈妈臭着脸，拿了300元菲币甩给子儒。子儒明知她给得不情不愿，但自己走投无路，只好道谢后匆匆离开，不敢回头再望一眼。他觉得自己跟乞丐没有什么两样。

他们去了矿区，又与买主联系，忙了一大阵子，但是生意没有谈成，300元也就打水漂、无力偿还了。300元就这样没有了，子儒很是心疼。倘若是自己赚的，倒无所谓，但这是厚着脸皮、放下尊严去讨来的，才让他很不甘心。

不久，王康茂族长打来一个电话把子儒叫去，子儒不知何事，赶紧过去。落座后，王先生严肃地说："子儒呀，咱湖后村同乡会会长说，他接到你父亲一个投诉电话，老人家气汹汹的，说你居然有脸回家去诈骗你番婆妈妈300元钱。"子儒一听，恨不得地上有条缝可以钻进去，这是他有生以来最耻辱的一刻，他不得不如实相告。王康茂先生听后摇头叹息地说道："悲哀，悲哀啊！虎毒不食子，他不该弃你不管不顾，还给你抹黑呀！这让你今后如何做人？"子儒无力、茫然地摇头，无言回答。王康茂拍了拍子儒的肩膀，安慰道："堂堂男子汉，振作起来，发愤图强，一旦成功了尊严自然就回来了。"

子儒告辞出来，他知道不仅是父亲对他关上了家门，他心里也把父亲家的那扇门关上了。在异国他乡，他们父子终将成为陌路人。

他有满腔的话，只好诉诸笔端。人性的善恶、美丑，人间的真情与假意，各种酸甜苦辣的体味，从他笔端汩汩涌出，他的文章更厚实、更有底蕴、更有生活体会与感悟、更有深度与厚度。

吴心怡编辑着子儒的稿件，心里既欣赏又焦虑。有一天，她突然想到帮助子儒的办法，便问他是否愿意到东方日报社当校对员。子儒大喜过望，马上答应了下来，虽然校对费很低，总算是找到一份工作了。这是他来到菲律宾后找到的第一份工作。工作，对于一个出门在外的人，就意味着有了出路、有了依靠、有了底气。在外人眼里，在报社工作可是一份轻松、干净、高尚的职业。终于有地方上班了，子儒觉得生活会慢慢地好转起来，自己可以时来运转的。

一天，王清明的小姨子从香港来菲律宾会见父亲。因为她的父亲在菲律宾已经娶了番婆，又生了一大堆子女，她无法融入到那个混杂的大家庭，王清明便把小姨子安排到帽子店的二楼。子儒想：小姨子的父亲，不就是王清明的老丈人吗？这关系到底复杂还是不复杂？总之，他心里觉得有种异样的感觉。

这样一来，二楼简直人满为患，怎样也挤不下了，房间这么热，大家都是一条短裤衩，非常随便，如今来个女的，大家觉得非常不方便。但是管家要带进来，谁敢阻挠？大家偷偷窥探：这个小姨子三十几岁，长得小巧玲珑，打扮得很时髦，娇滴滴的，特别是一双眼睛顾盼生辉、脉脉含情，简直人间尤物啊。大家思忖着：这样一个女子，为什么要住到这么脏乱的地方？就算他老丈人家里住不了，为什么不住到酒店、旅馆去？住这么混杂、混乱的地方，不是太委屈她了？王清明让李厨师暂时搬过去和两个师傅同一间宿舍，又告诉子儒，该挪窝了。子儒只好收拾简单的行李，随着他来到同乡开的一家铁店。铁店的头家叫施世利，子儒被安排和他的三个儿子住在一起。铁店在王彬街的后排，距华联帽子店只有10分钟的路程。

白天，子儒待在闷热的楼上，听着下面敲敲打打的刺耳响声，犹如困在笼子里的动物，但是，他又无处逃遁。晚上他仍然到东方日报社当校对员。校对经常要到凌晨3点左右才能收工，这时早已没有回家的车。其实就是有车，他也没有钱坐车。同时，他又担心大半夜敲门打扰人家，影响他人休息，所以不敢回去。难道就这样流落街头？子儒徘徊又徘徊，只好步行到伦礼沓广场的草坪上去睡觉。白天的伦礼沓广场干净祥和、井然有序，晚上却是全然相反的情形：乞丐、流浪汉、流氓等各色人物在草坪上睡觉，占位置、抢地盘、偷东西、男女乱搞，有时甚至还有抢劫、吸毒、强奸、枪杀等，非常可怕，非常恐怖。子儒沦落到这一步，他感到无比悲哀，为自身安全担忧，为前途命运苦恼，这处境让他经常彻夜难眠。他想起在国内的工作，虽然工资不高，但毕竟是高尚的文化人，有身份、有地位，如今居然沦落成乞丐、流浪汉一般！他经常想起自己到达菲律宾的第二天晚上，混血儿小妹载着他到这个广场参加圣诞节活动的情形，那是个人山人海、热闹非凡、喜庆祥和的晚上，一切都那么美好。如今……草坪潮湿，蚊子猖獗，经常突如其来就下雨，子儒就和这些社会残渣在广场上挨着漫漫的长夜。这样的情况，他不敢告诉任何人，也担心被人发现，特别是害怕被同乡或熟人发现，所以，天刚蒙蒙亮，他就赶紧离开，逃离这些乞丐、流氓。

每天太阳升起来、黑暗消失时，子儒就觉得看到光明、看到希望，便饿着肚子，步行到施世利的铁店。他们一般不会给他早餐，他没饭吃，只好洗了澡饿着肚子去睡觉。中午，他就在铁店里吃午餐，但必须看他们脸色：他们态度好点，他就多吃一点儿饭；他们脸色不好，他就不敢多盛饭，更不敢伸筷子去夹菜，总是处于半饥饿状态。下午他又出门，步行去报社。其实，校对工作是从晚上11点开始，但是他实在太无聊，又不敢待在铁店里吃他们的晚饭，所以干脆走过去等。一般情况下，凌晨3点校对完成，4点开印，5点就可以送报纸出去分发。

作为作者，编辑们欣赏子儒的才华，但是看到他为了200多元的工资，这么早就过来死等，好像这份工作天大地重要，这200元也是天大地重要，他们又开始轻视他了。痛苦撕咬、折磨着子儒的心，但他必须忍辱负重地活着。

日子一天天过去，仍然是校对到凌晨3点，仍然步行到广场上去睡草坪，仍然是一天吃一顿饭。

子儒终于觉得这份校对工作也不理想。但是，怎么办？如何寻找新的出路？

一天，他想到蔡医生。蔡医生在菲律宾的什么地方？如今过得可好？为何没有想到他？或许他能再次伸出援手。他赶紧用报社的电话拨通了蔡医生留给他的电话号码，电话响了很久才接通，接电话的是女声，子儒正纳闷着，对方反问他："请问你是王子儒先生？和我弟弟一起过关的王先生？"子儒忙不迭说是，激动地问："请问蔡医生在菲律宾吗？你方便给我他的住址吗？"对方踌躇了很久，才小声地说："他在山顶。"子儒再一次听到"山顶"，父亲也是去"山顶"，这"山顶"到底在哪里？什么叫"山顶"他莫名愣了一会儿，不解道："他到'山顶'去当医生？"这一次，电线的那一头沉默了很久，子儒心想：对方一定是担心自己又去拖累他，所以不敢告诉自己，于是觉得很是伤心、悲哀。这时，那头传来一句话："他在'山顶'养猪。"声音很低、很轻，子儒震撼住了，那边也沉默了。两人都沉默了许久，才轻轻放下电话筒。

"山顶"，这个地方一整天都占据在子儒的脑海里，这是一个神秘的符号、神秘的存在。子儒不断地回忆当时两人结伴吃饭的日子，蔡医生给自己付账的大方豁达、蔡医生把身上的钱都掏给自己的慷慨仗义、蔡医生与自己相约菲律宾的诚挚恳切……

蔡医生告诉子儒，他父亲回去过两趟，第一次回去娶他母亲，住了一个月才离开，母亲怀孕生下了他姐姐；第二次回去，也是住了一个月，后来母亲怀孕生下了他。他从来没有见过父亲，所以一定要来菲律宾，除了与父亲见面外，还有一个理由，与子儒完全相同：动员父亲再回去一趟，与母亲第三次相聚。

这个来菲律宾的共同理由，一下子拉近了两个人之间的距离与感情，更觉得当时路上的同甘共苦，是友情的前奏与基础。这些经历与遭遇，让子儒视蔡医生为生死之交。但是，朋友在"山顶"，这消息对他打击很大，又有隐隐的焦虑与不安。

三十三

1975年6月9日，传来一件非常重大的消息，中菲建交了。这对于在菲的华人来说，是欢欣鼓舞、振奋人心的好消息，也就是说，两国和好，两国人民的关系就能够改善、友好，华人在菲律宾就有强有力的保障。这是两国人民的企盼、两国人民的福祉。特别是在菲的华人，有祖国作为自己坚强的靠山、后盾，更是喜悦、自信。

两国建交后，第一件轰动两国的事情就是：中国准备到菲律宾国会大厦举行大型的文物展览。这个东方文明古国将用什么东西来展示他们悠久灿烂的历史与文明？菲律宾人奔走相告、翘首以待。

盛大的展览如期举行。

祖国来了，祖国终于来了！子儒非常激动，他渴望去看一看，但是他没有钱买门票，急得他如热锅上的蚂蚁。于是他想出一个办法：求报社的领导，让他也以记者的身份跟着去参加。社长看他如此热切，欣然答应了。展览会场人潮攒动，又庄重肃穆，很多参观者对中国文物惊叹不已，但对一些东西却不甚了解，看得一头雾水，比如金缕玉衣。

子儒看到很多参观者迷惑的表情，觉得有必要把祖国宝贵的文物介绍给菲律宾的人民，让他们了解2000多年前中国的丧葬文化。回来后，他连夜提笔写了《金缕玉衣》，在文中对金缕玉衣进行具体、生动的解释、阐述。第二天下午他把稿件拿到报社，交给总编，总编很惊讶地看着他，眼睛睁得大大的，决定马上采用。这篇文章引起极大的轰动，菲律宾人通过这篇文章了解了这件奇怪的文物。随后，子儒又写了铜缕玉衣、银缕玉衣等文章，均在报纸上发表，一时轰动了整个菲律宾。

展览仍在国会大厦举行，写完这三篇文章后，子儒仍生活在原来的轨道上，晚上身边的乞丐、流氓都不知道和他们躺在一起的这个落魄者，就是东方日报社的校对员、正轰动全菲的大作者。

这些文章也引起了中国驻菲大使馆工作人员的关注，他们急忙找来资助这场展览的大企业家王永庆，请他务必帮忙找到这位作者。他们特别强调：一定要在中国展览团离开菲律宾之前找到。王永庆接到这一任务，马上联系报社，很快找到子儒。

展览结束后，告别宴会设在菲律宾最大的酒店——南方大酒店。子儒应邀参加这个高级别、高规格的宴会。在别人羡慕、欣赏的惊叹下，子儒微笑地应酬着，内心还是无比悲哀、悲凉：他每天晚上还在伦礼沓广场的草坪上流浪。

报社轰动了，再次为子儒的才华所折服，认为他不仅是作家，还是文物专家，随即决定聘他为副刊编辑。但是这一决定引来另一位副刊编辑的嫉妒，他非常生气，大发雷霆。报社为了安抚老员工，便让子儒当他下手。子儒欣然接受，级别的升迁是次要，主要是不当校对员，就不用睡草坪了。

子儒在菲律宾发表文章引起轰动、受到大使馆邀请等等消息，均由菲律宾同乡会传到湖后村来，平静落后的小乡村也轰动起来、兴奋起来。村里人遇到淑端、雪华都不吝啬赞美的语言。婆媳两人在外，满脸骄傲地接受别人的羡慕，不仅觉得脸上有光，也觉得地位提高了。但是，回到家里，仍为生计愁苦无语。子儒到底能混出什么模样？什么时候能养家糊口？家庭的窘迫何时才能改善？房子何时才能修建好？这才是她们最关心的现实问题。

子儒领到工资的那一天，非常兴奋，他已经太久、太久没有吃到一点儿荤菜了，他真的饿到快要发疯了。想到刚好是入冬，按闽南的习俗，入冬就要补冬。他便到菜市场买了两只老鸭，兴冲冲地带到铁店，交给施世利："我们今晚一起补冬吧。"傍晚，他满怀期待地下班，想到可以吃到鸭子，心中升起满满的幸福感，脚步也轻快、有劲了许多。但是，留给他的晚饭，还是一点儿剩饭，连鸭子的屁股都没看到。子儒捧着碗，扒拉着冷硬的白米饭，眼泪簌簌而下，混着发硬的干饭一起往肚子里吞。吃完饭，他默默地清洗了一大盆的碗筷，这是他每天必须完成的任务，也是借宿交换的条件。碗筷油腻腻的，水上漂着一层油花，子儒多想把头伸到洗碗盆里，喝那油水。

施世利对子儒的态度一直很不客气、友好。刚开始，子儒很是气愤，心想：你父亲还是我父亲出资帮忙才做过来的，简直忘恩负义！后来，他又劝慰自己：算了，忘恩负义的人很多，懂得感恩的人很少，父亲的恩是父亲的，我欠人家的情是我欠下的。目前自己寄人篱下，那就忍气吞声、得过且过，当成卧薪尝胆。为了改善关系，他经常拿薪水去帮忙买菜，但还是得不到施世利友善的态度，这是为什么？他苦苦思索着答案。后来，在一次闲聊中，王永庆告诉他："施世利是反华、亲台的，政治观点不同，他当然不可能给你好脸色。"子儒一听，吃惊又担心：这可是严肃的政治立场问题，虽然这不是国内，但这是大立场，是家国情怀。怎么办？子儒想：小不忍则乱大谋，如今无处藏身，先忍着，总有一天一定要离开，大路朝天各走一边！

一天，子儒写了一篇稿子投到香港报社，香港报纸随即帮他发表，并寄稿费到菲律宾给他。子儒收到稿费，不懂得怎样领，就拿到报社，请同事帮忙看一看。同事看了，吓了一跳，都惊讶得合不拢嘴："香港的稿费如此之高呀！"子儒的文章这么值钱，他们更加确信子儒的文学才华了。

但是，施世利得知子儒在东方日报社工作后，非常生气，气势汹汹地对子儒说："你居然对我隐瞒这么久，你一定是共产党派来的，我不能再让你住下去了，你马上滚吧！”子儒坦然地解释：“我到报社工作，只是找口饭吃，并没有参加什么政治派别的活动。”施世利口气很强硬：“不行，你走吧，我坚决不留你！这报社是亲共的，我告诉你，我痛恨中共，巴不得老毛被千刀万剐！”子儒不知他何来如此的深仇大恨，只好不卑不亢地商量：“那我就不强求了，道不同不相为谋。容我一两天，找到地方再搬，如何？”施世利还不解气，狠狠道：“知人知面不知心，没想到身边就藏着一个奸细、间谍，太可怕了！给我马上滚！”

子儒听了，非常气愤，怎么办？能否返回华联帽子店去住呢？毕竟是同一房祧的，求外人不如求自己人。他只好硬着头皮回到华联公司，大家见到他都非常热情、友好，说没想到自己身边住着一个大作家，子儒听后惭愧又难堪。等大家各就各位开始干活，子儒才把李厨师拉到厨房，偷偷探听情况。李厨师很暧昧地笑了笑，小声说：“还住着呢，正打得火热。”子儒只好离开，他知道王清明的老婆还在唐山，带着两个女儿生活着，当初两人还是自由谈恋爱走到一起的。这兔子怎么吃起窝边草了？

子儒只好去找一个洪崛村的同学，求他帮忙。同学自己住处不便，便带着子儒找到他开玻璃厂的朋友，求朋友收留子儒，那朋友倒是很爽快、热情，搓着手说：“条件很差，如不嫌弃，就来将就吧。”子儒哪敢嫌弃，回去收拾行李马不停蹄就搬到玻璃厂的二楼。所谓行李，就是几件洗得褪色、变形的衣服。

朋友玻璃厂的生意很好，白天很繁忙，订货、送货，来来往往的，晚上却很安静。子儒就躲在阁楼上睡觉。吃饭却成了问题，只好到外面解决，但他舍不得花钱，只好一日一餐应付着。

子儒给唐山家里写信，结尾总是随带一句：无事不必回信。其实，不是他不想收到回复，而是自己居无定所，不敢告诉家里人，也无法提供地址。

三十四

一天，子儒正在编稿子，忽然有人在下面喊："子儒，有人找你，香港过来的。"子儒一听，以为是弟弟子侨，又惊又喜的，他们兄弟已经多年没有见面了。连忙跑下楼来，一看，是蔡医生的姐姐。他十分惊讶：她怎么找到自己的？找自己干吗？他忙请她到接待室入座。

蔡大姐静静的，一直无语。子儒忙冲了一杯速溶咖啡，端到她跟前。蔡大姐接过，轻轻道了谢，没有喝，就放到桌子上。子儒有点难堪，菲律宾咖啡的档次很多，他只能买最便宜的。

蔡大姐神情有点恍惚，子儒认真观察了一下，这才发觉对方满脸的悲戚，马上升起一股不祥之感。蔡大姐说："我小弟过世了。"子儒"啊"的一声，嘴巴张得大大的。蔡大姐控制不住，眼泪一直哗哗哗地流着。子儒呆呆坐着，头脑一片空白，他们曾约好：等安定下来，找个机会聚一聚。如今……

蔡大姐终于止住悲泣，子儒艰难地问："怎么可能？他是医生……"蔡大姐又哭了："被人打死的。"子儒更难以置信了，惊呼："为什么？"蔡大姐无力地摇头："不知道。"子儒坐不住了，在接待室里踱着步："那……你过来……"她说："我过来，处理后事。"子儒忙问："需要我帮什么忙？"对方眼泪又来了："我一个女人，又人地生疏，语言不通，实在没办法，所以请你帮忙，我也知道你必须谋生……"子儒忙打断她："别这样说，他是我兄弟，这是义不容辞的，需要帮什么忙你尽管说。"

子儒和蔡大姐来到了蔡医生养猪的"山顶"，走了将近一天的行程，一路车马劳顿，让他终于明白了什么叫“山顶”：交通极端不便，极端僻远闭塞、落后贫穷、愚昧原始……蔡医生为什么要到“山顶”养猪？他与谁结仇了？那人为什么要残忍地杀害他？多大的问题，必须置他于死地？

蔡医生的尸体还放在木板上，盖着一条单薄的被单。蔡大姐一看到尸体，扑在上面放声大哭，一会儿就昏厥过去。

子儒知道这木板就是他生前睡的床，因为自己也一直睡这种木板，到菲律宾这么久，自己还没睡过真正的床呢。环顾蔡医生的住处，找不到一件现代化的器具，找不到一件比较高档的东西，蔡医生就生活在原始状态之中。这让子儒无比震撼，自己虽然也极端贫穷，一直忍饥挨饿，但是比起蔡医生，自己的条件算是好过无数倍了。子儒非常后悔：早知道“山顶”是这条件，就该劝他搬到马尼拉另寻出路。

蔡大姐苏醒过来，看到眼前的一切，哭了一会儿，再度昏厥过去。子儒知道这样下去，她会受不了的，还是赶紧想办法带她离开。等蔡大姐舒缓过来，子儒忙问：“你准备怎样处理？就地葬在这上面？”她恐惧地喊道：“不，不！我一定要带他离开这鬼地方。”“那……葬在哪里？”“义山陵园。”子儒知道义山陵园在马尼拉郊区，是菲律宾最好的墓地。子儒苦着脸：“但是……这……”蔡大姐说：“我有钱，你只要帮忙……一切可以雇佣人。”

尸体已经严重腐烂，只好赶紧买了棺木收殓。棺木很薄，其实也就是几块木板拼成的，山上条件就这么简陋，只好将就了。这让子儒无端又想起姐姐明珠，当时她得鼠疫去世，也是几块木板钉成一个简陋的棺材。他们雇佣当地土著人，把装有蔡医生遗体的棺木从山顶扛下来，接着采用汽车运载。

汽车前往义山陵园的道路，到处尘土飞扬，树木也失去了苍翠碧绿的光泽，道路两旁的建筑变得更加破旧不堪、杂乱无章，落后贫困的底层生活气息扑面而来。子儒和蔡大姐坐在车上，紧紧扶着蔡医生的棺木，以防车子太过颠簸把棺材震坏了。经过两三个小时颠沛的车程，才到达陵园。

陵园除了高高耸立的纪念碑，还井然有序地布满花岗岩或大理石的小屋，精致小巧坚固，风格各异，有的还筑有小小的墓埕、低低的围栏，有的墓园还建成上下两层。这就是菲律宾有名的墓屋。这墓屋，是给逝者住的，是菲律宾一大奇观。当然，修筑墓屋的，要有一定的经济实力，以华侨居多。子儒看到：渤海传芳、陇西衍派、清白传芳等中国传统的追根溯源的字号，备感亲切，他明白躺在里面的是中国人，是自己的同胞。子儒看着有了更深的感慨：有的人居无定所，没有遮风避雨之处，有的人死后还住着这么精美的小楼，贫富差距如此之大！生不平等，死也不平等呀！当然，他明白，这些人死后能住上这么奢侈的屋子，要么是自己奋斗成功了，要么是儿孙努力拼搏成功了，这生存法则让人心服口服，又无可奈何。那么，自己何时能在这世间也有一间属于自己的房子——阳间的房子，而不是阴间的别墅？

转而一想，蔡医生躺在这里，躺在这么多中国人身边，他一定不再寂寞，这也是值得安慰和庆幸的。

非常简单又庄重、严肃的仪式，参加者寥寥几人：除了蔡大姐、子儒，另几位是他在菲律宾的朋友、同学。子儒没有看到蔡医生的父亲——他执意冲菲律宾而来的对象。他无法开口去问：他为什么没来？或者说，蔡医生找到他了吗？又或者说，他还活在世间吗？

葬礼结束后，子儒决定去参观一下纪念馆，蔡大姐已经哭到声音沙哑，她无力地说："我在这里再陪他一会儿，你去吧，我在这里等你。"子儒跑步到了纪念馆。非常简陋的纪念馆，他心情极其沉重地匆匆参观着，忽然，墙壁上赫然出现"李子芳"的照片及简介，他一时热泪盈眶，激动、感动，因为这是自己的同乡，银江村人。他没有想到，在异国他乡的这间有点寒碜的纪念馆里，这位同乡会被作为典型人物进行重点介绍。

看管纪念馆的是华人，一个已经非常苍老的大伯，长相、打扮也是典型的闽南特色，他操着闽南腔的普通话，子儒听了，很感慨、激动，告诉他："我也是唐山人。"阿伯听了很高兴，因赶时间，子儒跟他握手告别。他不知阿伯靠什么生活，为什么守着这些冰冷的石碑、冰冷的历史，什么时候漂洋过海来的，家人在哪里。他想：我还会来的，答案再慢慢探寻吧。

回城的路上，蔡大姐艰难地对子儒说："王先生，我有一个难以启齿的请求，不知是否过分。"子儒说："说吧，尽管说，不要客气。"蔡大姐流着泪："这件事无论如何不能让我母亲知道，一旦她知道会没命的，我弟弟是她的命根子。我想，先让我弟弟待在这里，等我母亲过世，我再来把他的魂引回去，挖点墓土回乡，葬在我母亲旁边，让他们母子永远在一起。但……这些年……我不想再踏上菲律宾了，每年11月1日是这里的亡人节，相当于咱们的清明节，可以来扫墓。能否麻烦你，每年这一天，帮我把他的墓地打扫一下？我会寄钱过来买点祭品。"子儒忙说："不用寄钱，我来。你放心，蔡医生是我的兄弟，我一定办到。"蔡大姐一下子又热泪盈眶，一会儿喃喃道："我还要想办法骗我那可怜的母亲，骗到她闭上眼睛。"子儒一听，也一下子热泪盈眶。

蔡大姐悲痛欲绝地离开菲律宾，子儒送她到机场，自始至终，她都没有提到"父亲"这个字眼。

三十五

东方日报社的工作虽然轻松，但是薪金太低，根本无法维持生计，更无法寄钱回唐山养家，这是一份鸡肋似的工作，子儒觉得不能再这样耗下去，但是他又不敢随意离开，他担心失业。同学的朋友的玻璃厂无法借住了，因为突发一场事故，被当地政府查封。至于何因，因是借住，交往不深，子儒不敢打探太多，只是知道自己又得搬家了。

子儒无处寄居了，他在马尼拉街头流浪了一天，到了黄昏，他无比疲惫、倦怠、累乏，还有饥饿，只好狠下心到“天山别墅”租了一间潮湿、狭小、灰暗的房间。

“天山别墅”在马尼拉市名声很响，它表面上是座旧旅社，其实是赌场、妓院等混杂而成的场所。头家是一名老华侨，无妻无子，为人极端吝啬苛刻，租金迟交一天就赶人，没有预先提示或通知，直接把铺盖扔到大街上，绝无商量的余地。因房子老旧、设备简陋、嘈杂混乱，故租金低廉，一些在社会底层苦苦挣扎无处寄身的人便选择这里，一些作奸犯科的人也混迹这里，甚至，吸毒、卖淫、偷窃等各色人物，也选择这里，闽南话叫作“驴脚马枪”的，都收纳在其中。管理也极其混乱，只要记得交房租，头家啥都不管，凡事都睁一眼闭一眼，所以寄居在这里的男人，很多都交番婆、招妓女。子儒不敢随便乱交，一方面，是真的连自己都养不起，哪里还受得了各种女人伸手要钱；另一方面，是他有很强的安全意识，担心惹上什么麻烦，一辈子甩不掉。

其实，寄居“天山别墅”，相当于过流浪生活，因为担心别人知道他沦落到这种地方，他总是天亮之前就离开，晚上很晚才溜进去。这情景，跟当初睡伦礼沓广场有点相似，好处是不怕半夜下雨，不好的是要交房租。刚开始子儒还是打报社那份鸡肋似的工，后来他越来越觉得这种随遇而安其实就是懒惰、不作为、不奋斗的行为，他想：如果这样一直混下去，还不如留在唐山守着那份稳定的工作。他想，既然来到这里，就该流血流汗去打拼一番。于是他像无头苍蝇一样到处乱窜，以求机遇。

一天，子儒和一位开电子手表店的朋友探讨出路的问题，朋友干脆、豪爽地说："不然你拿一些电子手表去卖吧？我批给你30元，你可以卖到100或120元，看你的本事。"子儒一听，觉得利润很高，翻两三倍地赚钱呢，激动得心怦怦直跳，心想：卖一只，一天的生活不是就有着落了？卖三只，不是等于在报社一个月的薪金了？便满口答应下来，从朋友店里拿了30只电子手表，算第一次提货，开始合作。

既然要开始探索新的赚钱途径，干脆破釜沉舟，辞掉报社工作，甩开手脚大干一番。于是，子儒先来到报社，写了辞呈，跟同事们告别。同事们听说他找到了新的出路，纷纷恭喜、祝福他，这让子儒感动极了，也备受鼓舞，浑身是劲。同在逼仄的屋檐下，干着一份不咸不淡的工作，过着半死不活的日子，大家心情难免郁闷、关系难免龃龉，如今要离开了，反而生出一点美好的惜别情绪来，让人领略到人性的美好。领到半个月的薪金，互道珍重，子儒走出报社的大门。

如何卖呢？站在街头叫卖？还是转手给别人，从中拿个差价？子儒考虑后选择第二种，于是他开始物色第三者。当晚，租住在隔壁的一个番仔听说了，很积极，对他说："我帮你卖，我整天走街串巷，习惯到处跑，什么偏街僻巷我都熟悉，最适合叫卖，保证一天帮你卖几块。"子儒一听，看他瘦不拉叽、黑不溜秋的，确实是整天在外面跑的人，觉得他的话有理，又觉得这位隔壁邻居，相处这段时日，总是很热情、朴实的，看到他就微笑着打招呼，关心这关心那的，好像心地很纯正。子儒便说："可以的，如果这生意可行，咱们可以合作下去，我负责拿货、你负责卖货，利润五五分。"番仔说："行，行，一切听大哥的，我跟大哥好好混，将来吃香的喝辣的。"子儒一听，心都浮动起来了：自己居然要开始转运了，还可以带领别人一起奔赴幸福的生活，这是多么激动人心的事啊！考虑到对方身上也是干瘪瘪的，子儒便让他把电子表拿去，卖完再结算。他吩咐道："这30块手表，不能都带在身上，弄丢了，是要赔钱的，你放几只在身上，卖掉了再回来拿。"番仔欢天喜地的，拿着30只手表，点头如捣蒜，激动地学说闽南话："明天有头路，可以趁钱（赚钱）了。"子儒也满怀期待，希望他跑出好生意来，共同解决生计困难。

一天，不见番仔回来；两天，没见番仔回来……番仔消失得无影无踪。子儒赶紧找旅社的头家，头家慢条斯理地说："这我可管不了，你损失，我也损失，这半个月的房租他还没付呢。"子儒请求头家打开番仔住的房间看一看，头家很不情愿。子儒再三恳求，他存有一个侥幸心理：或许房间里还有……头家慢吞吞地抓着一大串钥匙，晃晃悠悠地过来："有什么好看的，只怕拉的屎还没倒呢。"结果如头家所料，除了一泡屎，啥也没有。一条又破又脏的被单，掀开一看，跳出几只硕大、黑亮的跳蚤。

恶霸地主似的头家、葛朗台似的头家，阴森诡异地一笑："你居然相信这里的人，真是傻到家了。"子儒觉得头家的笑声特别寒碜、可恶，像猫头鹰。他恍恍惚惚地看着对方，真搞不懂这个已经快埋进黄土的老头，怎么能娶到一个18岁的姑娘，还是非常漂亮的姑娘。

子儒上当受骗了，他气得快要发疯，上街去找那个番仔——那个好像可以歃血为盟的番仔，准备共同富裕的番仔。但是，菲律宾满大街这样又黑又瘦、眼睛大大的人，怎么辨认呢？子儒毫无头绪地寻找了几天，除了两手空空，就是一身的疲惫与无底的饥饿。那个番仔再也没有踏足"天山别墅"，杳无音信了，就像不曾存在过一样，或像鬼魂飘过一样。

如何面对仗义豪爽的朋友？总不至于也躲着不见，不给他一个交代吧？子儒只好硬着头皮去找朋友，如实相告。朋友非常生气，把他骂个狗血淋头。子儒饿得发昏，也困得发昏，朋友的话他一句也没有听进去，只想着：报社的工作没了、手表没了、半个月薪金没了……

一本万利的好生意没了，仗义的朋友没了……

"天山别墅"住不下去了。子儒像孤魂野鬼一样飘着离开。再见了，魔窟似的"天山别墅"。

三十六

子儒再次被逼到生活的绝境，这时，王康茂族长又出手帮忙了，他介绍子儒到同乡开办的绳线厂当管理工。王康茂告诉子儒，这绳线厂有几个股东，最大的股东就是他们的同乡，叫陈源旺，这个厂由他掌管。

绳线厂设在郊区，厂房庞大宽敞，有两层，一楼架着几十台塑料机械，通过几道简单的工序，将大小粗细不等的塑料绳编织成一条条线，再捆成一捆捆，堆积如山。二楼一部分空间用来加工彩色线，一部分用来安排办公室、休息室等。

机器白天不停地轰鸣着，震耳欲聋。这工作繁重又肮脏，有十五六个职工。陈源旺雇了一个女菲佣来给工人煮午饭。这个肥胖的菲佣很懒惰，煮顿饭像要她的命似的，总是一副迫不得已又无可奈何的样子，她很不讲究卫生，子儒看她煮饭，都觉得恶心，但又不敢管她，菲佣做完午饭，扔下一切就回去了。

绳线厂生意非常好，全菲都有销售，陈源旺便比较慷慨，舍得花点钱办伙食，午餐经常有酸辣汤、排骨、萝卜、木耳、海鲜等等，工人自己打饭，不限制饭量，可以吃到饱、吃到撑。傍晚下班，工人便都回家去，工厂便剩下子儒一人，他住工厂宿舍，这也解决了住宿问题。晚上菲佣是不可能单独为他煮饭的，子儒只好吃中午的剩饭剩菜，这对于一日连一餐都没有着落的子儒来说，实在是天大的好事，所以他便自觉地揽下洗刷锅碗瓢盆的活儿，也着力改善厨房的卫生与环境。更何况，陈源旺的妻子是晋江安海人，热情豪爽又讲情分，总是交代大伙：子儒是我的同乡，大家要好好照顾他。这样，子儒就待得更体面，也干得更开心了。

如果说绳线厂这份工作还有不如意之处，除了工资低，另一个就是工厂太大，晚上就子儒一人看管，他感到非常孤独、寂寞。天气好，尚可忍耐；遇到天气不好，风吹雨打的，更觉凄凉、冷清。有时，大风或树枝敲打玻璃窗，便让子儒感到非常恐怖和可怕。遇到这种晚上，他就彻夜难眠了，他感觉绳线厂就像“呼啸山庄”。

子儒进厂一段时间后，他老师的小弟和番婆也来了，负责看管大门，夫妻住在一楼。有了伙伴，而且是唐山人，还是班主任老师的弟弟，真是亲上加亲。子儒激动极了，不再那么恐慌、孤独，觉得日子一天天地好起来了。他们一起聊天、回忆，一起就着一些小菜、剩菜喝小酒，一起动手煮晚饭。特别是三个人就可以煮晚饭了，不必再吃冷饭冷菜，胃就不再胀疼，这可是莫大的好处。在唐山，由于常年吃番薯，吃到胃疼、胃酸，来到菲律宾虽然不用吃番薯，但饥一餐饱一顿的，胃仍然经常不舒服。子儒想到当年班主任老师对自己的赏识、帮助，便把感激之情回报在他弟弟身上，两人经常彻夜长谈，喝点低劣的酒，在微醺的状态下，上楼睡觉。遇到风雨天气，两人一起检查门窗，更可壮胆。他的番婆不会说闽南话，但会听，他们两个男人聊天、喝酒时，她要么坐着陪伴，要么去睡觉。子儒觉得她是自己见过的番婆中最好的一个，不好吃、不懒惰、不多事，子儒不懂得他们夫妻为何没有生育孩子。

一次聊天中，老师的弟弟主动说，他在唐山有老婆，还有两个儿子、一个女儿。他曾带这个番婆回去一趟，两个女人还和睦相处，以姐妹相称呢，左邻右舍都好奇得不得了，总是跑来观看。子儒想到一个问题，虽然不好意思，还是开口了：“那三个人怎么睡觉？”对方很随意、坦然：“一个人轮一个晚上，谁都没有意见。”子儒叹道：“艳福不浅啊！”对方摇头叹息：“不，就一个字：累。但是，长年在这里，不找个伴，太孤独了，没法活下去。”他反问子儒：“你为什么不找个番仔婆做伴？”子儒把头摇得像拨浪鼓：“我一直处于流浪、饥饿状态，自己都自顾不暇，找个人来一起受罪？”对方很不解，劝道：“过日子何必这么认真？大家不都是这样混过来的？”子儒一笑而过：“如果有钱，我何不寄回去养唐山的母亲、妻儿？”对方终于认同：“也是呀。”兄弟似的两个人，在聊天中，常常惺惺相惜，也互相安慰、鼓劲。

老师的弟弟对子儒的另一个帮助，就是他看门很严格，对于出入人员检查、管理很严，大胆公正，火眼金睛似的，所以没有人敢动手脚。这等于帮了子儒一个大忙，他管理起来更轻松、更得心应手，两人互相配合，把绳线厂管理得井井有条。

美好的日子往往总是短暂的，这对夫妻干了一段时间就决定辞职，原因是薪金太低。确实，他有两个家，这点儿薪金是杯水车薪。子儒很是不舍，他们走后，子儒难过、惆怅了很久。在异国他乡，能这样靠着取暖似的，多让人留恋呀。但是他们为了生计，义无反顾地走了。

不久，绳线厂又来了一对负责看门的夫妻，年轻的夫妻，男的是陈源旺的外甥，叫吴雪枫，他也是带着番婆来的，晚上也住在厂里。再次有人做伴，多少减少了子儒的失落与惆怅。

这时绳线厂扩大生产规模，同时接收新的业务，做呢绒线，一种很细、很软的线，这种线轻便又值钱，做成小捆，携带方便。工人们下班时便会把线藏在裤袋里偷偷带走，子儒知道自己是唐山人，对付不了这些当地的员工，蔡医生的死就是血的教训，所以他不敢管，只好睁一眼闭一眼，听之任之。

绳线厂属于华丰公司的子公司，公司总部设在马尼拉，几个股东得知工厂亏耗得如此厉害，心里非常着急，便放话说要查出小偷，严加惩处。子儒知道他们怀疑的对象是谁，其实就是晚上待在厂里的人，即吴雪枫和他。但是，他又天真地想：我坦坦荡荡做人、踏踏实实做事，问心无愧就好。所以，依然坦然处之。

不久，子儒发现，除了工人偷拿，吴雪枫的番婆也偷拿，而且偷得更猖狂。她每天晚上装模作样地提着热水瓶出去，好像打热水，其实里面装的不是热水，是呢绒线。但是，他不能说、无法说呀，他不想破坏人际关系，毕竟人家是亲戚，自己是外人，一旦闹开了，谁会选择相信外人？吴雪枫与老师的弟弟完全不一样，他仗着自己特殊的身份，趾高气扬的，狂妄得不知天高地厚，对子儒更是排斥。因为其他人都是工人，不会对他造成威胁，对他还毕恭毕敬、阿谀奉承的，他心里爽；子儒资格比他老，是管理员，他便视子儒为眼中钉，欲除之而后快。子儒心里明镜似的，但他无法有所作为，只求相安无事，保住饭碗。

星期六、星期天，工厂没有开工，子儒闲着无事，觉得极端无聊，便把厂子锁了，四处闲逛，更主要的是寻找发展的机会。

一个周末，他搭车去南线，看到南线公路两侧的大桥下均在卖花，这片姹紫嫣红，那片灼灼其华，吸引他停下脚步，驻足欣赏：菲律宾是热带，植物生长非常繁茂，花卉品种繁多，也很丰富、艳丽。眼前的美景，让子儒突发奇想：工厂有那么大的空地，下班时间又这么无聊，何不用工资买点榕树、柏树，雕成盆景，再拿去出售，赚点手工钱、辛苦钱？不然这点儿工资不够用呀，作为男子汉，不能总不养家糊口，那实在是太不负责任了。

说干就干，子儒买了很多树苗过来，又买了一些四角形的竖瓶、浅盆，种成盆栽，有空就去研究、琢磨，根据树根、枝、叶的形态，雕成各种造型，如悬崖式的、合栽式的、直干式的、斜干式的、曲干式的、卧干式的、提根式的……他把精心雕出来的几十盆盆栽，摆放在工厂的围墙内，一下班就一头扎进去，沉浸在盆景的微型世界里，他如痴似狂、废寝忘食，凭着自己的想象、凭着自己的双手，塑造着那些花草树木，他希望这些植物能给自己带来好运，进而改变处境。

千辛万苦之后，盆景终于培植出来了，但是卖给谁呢？这个问题又逼得子儒寝食难安：这可是他所有的身家呀！他想：这盆栽只有卖给有钱人，如果连一日三餐都不保，谁还会去欣赏盆景、玩这些风花雪月的东西呢？但是，马尼拉他认识的人很少，即便认识的人，大多也是穷光蛋，在生活底层苦苦挣扎，哪有闲情逸致来观赏盆栽？他一个个地筛选，终于想到帮他办理在菲居留证的洪志伟老板。对，一方面，他热心肠；另一方面，他经济上宽裕。想到这个对象后，子儒满怀期待地跑去找他，告诉他，自己利用工余时间栽了些盆景，打算出售，请他有机会帮忙介绍介绍。洪老板说："好的，我很喜欢花花草草的，改天去看看。"

三天后，刚好是星期天，洪志伟先生果真自己开车来到绳线厂，倒把子儒吓了一跳，也感激得措手不及。洪志伟先生看到那些盆景，非常感兴趣，连声赞道："妙哉，太漂亮了！我从来没有见过这样的盆栽，我选几盆回去装饰装饰，美化家庭环境。"临走前，他付给子儒25000元。

子儒拿着钱，手不停地颤抖着，自己一个月的工资是200元，25000元是自己工资的多少倍呀！这是什么概念？这可是他来菲律宾后赚到的最大一笔钱，简直天文数字一般，一大笔财富呀！他真的欣喜若狂。

第二天，工厂又正式开工，工人各就各位。子儒还是难以抑制内心的激动，看到吴雪枫，便把他拉到一边，把自己赚到的第一桶金告诉吴雪枫。对方用狐疑、嫉妒等复杂的眼神看了看他，无声地走了。子儒本来是打算分享快乐的，没想到对方这么冷淡，甚至这么诡异，他有点蒙，也有点虚。子儒没有想到，真的是祸从口出，吴雪枫跑到二楼，打电话告诉陈源旺："舅舅，王子儒刚才告诉我，他卖几盆盆景收入25000元。骗鬼，傻子才相信！几盆盆景能卖那么多钱，那上面是糊金还是贴银？25000元呀，舅舅，他一定就是内贼，这些钱一定是偷呢绒线卖的，这次他算是不打自招了。真是踏破铁鞋无觅处，得来全不费工夫。"

当天下午，陈源旺亲临绳线厂，特意来看子儒的盆景，同样，他的眼里也是写满了怀疑。他直截了当地问子儒："你的盆景卖给谁了？"子儒只好如实报出姓名："洪志伟，义兴公司的头家。"陈源旺还是用非常生硬的语气，要子儒提供电话号码。子儒一颤，为了澄清事实，他还是念出了一串数字。陈源旺当着子儒的面，打电话过去，没有客套，没有婉转，直接咨询这件事的真伪。子儒感觉陈源旺简直变了一个人似的，吴雪枫来之前，他对自己多客气、多信任呀，现在怎么不问个青红皂白就干这种侮辱人的事呢？他想起吴雪枫，想起他看自己的那种眼神，心知肚明了。洪老板说："是的，我从来没有见过这种东西，觉得很漂亮，喜欢就买嘛。至于给那么多钱，其实是赞助他、支持他。他没有钱，又不敢直说，知识分子嘛，爱面子。我知道，想帮助他，他这些年太不容易了，需要有人帮扶一把……"他们后面再讲些什么，子儒没有听下去，他慢慢地走出办公室，慢慢地走向自己的房间，头脑一片空白。

听说子儒要走，老板娘来了一趟，真诚地挽留他："留下吧，我让阿旺给你加点薪酬，这个厂交给他，早晚要垮掉的。"子儒非常感动，这是对自己最大的认可，也是还自己最大的清白。想到当初自己流落街头，他们接纳他，解决了温饱、住宿问题，确实对自己有恩。他心里踌躇片刻，但最后还是坚决地摇头："我想出去试一试、闯一闯，人到中年，再蹉跎下去，很快就没戏了。我千辛万苦来到这里，不能不出去打拼一番。"老板娘听后才不敢再挽留，表示非常遗憾，并留下很慷慨的承诺：有什么困难，记得找她。子儒望着眼前这个白皙漂亮、珠光宝气的同乡，内心起伏难平，但还是踏出了坚定的一步。

三十七

子儒离开时，儿子小颂 3 岁，女儿小雅 1 岁，一个蹒跚走路，一个还在怀里抱着，如今都活蹦乱跳、到处撒野了，眼看着就要上学了，生活真是喜忧参半、苦乐掺杂。

这一年，闽南地区出现严重的干旱，大半年不下一滴雨，山上的大井、水库、池塘、沟渠都干涸了，植物大量枯死，很多庄稼颗粒无收，土地皲裂，任凭怎样抗旱也是杯水车薪。雪华种的番薯都长成细根，挖回家煮汤，两个孩子端着碗就泪眼汪汪。在平常年景，这根状的番薯，是拿来喂猪、喂牲畜的。淑端心疼孙子、孙女，心急如焚，便日夜拼命做针线活赚钱，让雪华拿钱到黑市上偷偷买大米，当然只能熬米粥，不能煮饭，就这样苦度时艰。

子儒偶尔寄钱回家，没有规律、没有定数，每收到一笔，她们都认为是天上下红雨，奇瑞的现象，又惊又喜。这大半年，她们仅收到一笔外汇，日子捉襟见肘。

一天夜晚，婆媳俩在煤油灯下挑灯夜战，淑端想了想，轻声说："你去办手续吧，申请过去。"雪华头脑有点短路，问："去哪里？""去吕宋呀。"雪华一听反倒完全愣住了，这是她从来不敢去想的问题。淑端说："带着孩子去找他吧，子儒这孩子，我知道他善良、正直、有良心、有责任感，但是，你长期不在他身边，哪能管得住他？他长期一人在外，生活上没人照顾，一日三餐没一碗热的，长期下去，谁能保证他不变心，不会去娶番婆？到那时，他在那里有老婆有孩子，圆圆满满一家子，有个枕边人绊着，你在这边就叫天天不应叫地地不灵了。我就是一例，悲剧不能重演了。”雪华听后，感动极了，心想：婆婆比自己母亲还要关心自己、疼惜自己呀。她艰难道：“他现在在那边过得这么难，朝不保夕的，一张嘴吃饭都成问题，我再带两个孩子过去，一家四口不成乞丐了？”淑端叹息了一声，说道：“不会的，我相信你，子儒是个文人，知识分子嘛，书呆子气重，爱面子、胆子小，总是死撑着。你从小走社会，见五色人说五色话，头脑灵活，会吃苦有力气，去了不会拖累他，可能还可以帮助他。你们夫妻两人同心协力，或者日子就有起色了。”雪华为难道：“但是……但是，‘在地字’这么贵，咱们做不起呀！”淑端安慰道：“船到桥头自然直，子儒当年过去，身上就带10块钱，还是好不容易筹起来的，你看，他居然到了吕宋，后来居然办了‘在地字’，这说明呀：好人，天会相助的。”雪华摇头道：“我是睁眼瞎，路途遥远，又带着两个孩子，哪有办法像他一路过五关斩六将的？”淑端笑道：“不用怕，自然会有办法的，唐三藏西天取经，一遇到妖魔鬼怪，观音菩萨不是就出现了吗？去吧，夫妻同甘共苦，才有感情，他才不会去娶番婆。待在这里，一辈子守活寡，有苦没人了解。”雪华忽然想到一个问题，便问：“那我们走后，你呢？一个人过日子？”淑端笑道：“你不用牵挂我，我这把年纪了，棺材板都盖上一半了，即使你在这里，我又能陪你们几年？我一个人早就习惯了，喜欢清静。再说，厝边头尾的婶姆你来我往，串串门、聊聊天，一天就过去了。”雪华还是不放心：“你老了，我反而离开你，一旦有个头疼脑热的……”淑端道：“不要紧，生死由命，我这么歹命的人，阎罗王还不爱理我呢，也没那么贵气去生病。你呀，不要一年拖过一年，一旦他娶了番婆，就不让你过去了。趁年轻赶紧办手续，为自己，也为孩子。”

这个夜晚，雪华失眠了，这对她而言，是极其罕见的。她是头挨到枕头就呼呼大睡的人，她说自己头脑简单，专拣好事想，是天生的乐天派。这晚，婆婆的话不断在耳边回响，句句敲在她的心坎上。

第二天，雪华稍微把自己收拾一番，借了辆自行车，风风火火地跑到镇上公安局去，着手办理申请手续。

临近春节，子侨从香港回来了。淑端见到宝贝儿子，就像见到天外来客，高兴得合不拢嘴，更让她喜上眉梢的是，红梅去香港会夫的申请，批准了。这是她最渴望看到的结局：夫妻团团圆圆过日子。子侨回来过年，准备年后带她们母女一同过去。

子侨回来，红梅母女终于回家过年了。家里一下子多了三个人，热闹又喜气。香港客回家乡，家里自然迎来送往、门庭若市。淑端、雪华提前准备年货，蒸糕炊粿，杀鸡宰鸭，忙得不亦乐乎，很快就把年味搞浓了。

子侨到香港后，先是干码头工。这码头上的活，又累又辛苦，劳动强度大，最后他受不了，就去酒店应聘，先是运菜、搬菜，后来这工作被老板的亲戚抢了过去，他便去洗碗，但是洗碗工整天泡在水里，也是非常辛苦，有次不小心滑倒，摔到骨折，躺了一个月，把一点儿积蓄吃光，他觉得不划算，就炒了头家鱿鱼。后来经朋友介绍，去了一家小吃店，专门炸鸡翅、丸子、香肠之类的，轻松许多，就是整天站着、吃油烟，人便慢慢胖了起来，反而徒增几分气派，很像个富翁了。

子侨带回来两大麻袋的香港货，足有半个人高：有衣服、布匹、鞋帽；有瓶瓶罐罐的西药，吃的、涂的、擦的、贴的；有生活日用品，肥皂、毛巾、牙膏、针线；有夏士莲等化妆品；还有吃的东西，糖果、饼干、雪白雪白的银鱼干，等等。看到这些洋货，大家简直馋死了，羡慕得眼睛发红、发亮。

淑端笑道："你把整个香港搬回来呀？"子侨眼角一挑："这只是旮旯角里一点点，那里是名副其实的购物天堂。"淑端只听懂两个字，不禁重复着："天堂？"

雪华则告诫小颂、小雅不要去乱动，要懂得规矩，不能让别人笑话。她忙得蓬头垢脸的，连梳洗都没时间，所以也无暇顾及什么稀罕货。

洋货除了赠送亲戚、朋友，也送给厝边头尾，大有荣归故里的排场与气派。雪华觉得小叔子这一举动，用力过猛，有点告别式的意味，便偷偷对婆婆说："我觉得阿叔今后不太会回来了。"淑端很不赞同，反对道："胡说八道！这里是他的家，他怎会不回来？"雪华怕伤了她的感情，忙住了嘴，一笑了之。

淑端非常高兴，儿子总算让她扬眉吐气一回，更主要的是先前欠下的人情债还清了。

他们一家三口吃住在家里，有时亲戚、朋友来拜访，坐到吃饭时辰，便留下来吃饭。子侨热情好客，喜欢喝几盅，便要添加一点儿下酒菜。淑端、雪华整天忙得团团转，活儿没空做，还要整天花钱，两人脸上整天堆着笑，心里却愁苦不堪，应对艰难：花了真金白银从黑市上买来的大米，一颗颗晶莹剔透、温润如玉，红梅还说太糙，喉咙都噎疼了，咽不下去。一块钱一斤的荷兰豆，子侨的女儿莎娜说没有油，炒得像草，不能吃。淑端、雪华两人常待在厨房里，边干活边计算着开支，商量着菜谱，切磋着烹调手艺。总之，菜市场团团转，厨房团团转，井旁团团转，每顿饭后还要听反馈意见、批评声音。但是，大人乱糟糟，孩子可高兴了，小颂、小雅常常跑到厨房探头探脑，等着吃剩饭剩菜。一个春节过后，两个孩子居然脸色红润、精神饱满。红梅说衣服不能到河里洗，河水脏，要用井水洗；擦地的抹布要拧干，不然太潮湿，容易得风湿病；东边靠海井水咸，不能吃，否则容易得甲亢……淑端悄悄告诉雪华："我听了头都大了，可能老了，应付不了，怎这么多规矩？"雪华安慰她："坚持就是胜利。还说，要排除万难去争取胜利。"婆媳俩只好苦中作乐、相互打气。

过了正月初九，做了天公生，初十的早晨，子侨一家就要上路。淑端准备了大包小包的行李、土特产，子侨惊恐道：“你以为我们这是逃难去？那是侮辱资本主义社会，简直孤陋寡闻！”淑端说：“我一个妇道人家，哪里知道什么社会，就知道有用、没有用。别人如果不是觉得这些东西稀罕，敢送给你？你看一看，什么不要的，挑出来，留下。”红梅赶紧插嘴，说：“都要，都要，不用折腾了，一旦需要什么都是钱。”淑端忙高兴地说：“那是，那是，过日子分分秒秒都要钱。”

送他们到镇上的华侨旅社，看着他们坐上汽车离开，婆媳二人都松了一口气。回到家里，看着等待收拾的残局，雪华突然清醒过来，直率地问婆婆：“阿母，阿叔留多少钱给你？”淑端张大嘴巴，顿时呆了，许久才小声问：“他没拿钱给你安排？”雪华一屁股重重坐在椅子上：“现在咱们亏空300多元，一年还得过来吗？”淑端惊悚万分，非常恐惧地问：“你哪里借的钱？要不要利息？”“不用，都是从亲戚、朋友那里挪借的，只是她们不知道咱们这么穷，自己也不宽裕，以为很快就可以还钱的。”

淑端重重地叹息一声，坐在椅子上，再也无语。雪华安慰她：“你不要着急，急也没用。我们写信告诉子儒，让他赶快寄点钱来，没钱也要想办法寄点来救灾，不然撑不过去了。”

淑端无力地坐着，眼睛模糊了。

三十八

绳线厂无法待下去，离开是必然的。但是，走人容易，那些盆栽怎么处置？搬到哪里去呢？子儒想到脑壳都要想破了，还是一筹莫展。这是非常笨重、占地方的东西，唯一的办法就是赶紧把盆栽卖掉。

这时，洪志伟又出手帮忙了，他介绍了几个大企业家过来，这些人有的两盆、有的三盆……纷纷出手购买，喜欢的、不喜欢的，都给洪老板面子，也是给他人情。其中一个开超市的，爽快地购买了几盆，出手非常大方，居然给了5万元，子儒知道这不是买盆景的钱，是资助，他踌躇了片刻，拿还是不拿？这可是一大笔钱呀，最后他还是接受了，他不得不承认：人穷志短，生活就是教你如何低头、再低头，低到尘埃里去。他想，没有钱，永远只能在最底层跌打滚爬，有了这一点资金，说不定可以闯出一片天地。穷人是没有尊严的，更不要去祈求尊严。看到盆栽减少了一大半，子儒的心宽了许多，压力也小了，心里充满感激与感动。

那么，还有一个很重要的问题，就是何处安置这七尺之躯？子儒还是又回到华联冠商公司，也就是王彬街的华联帽子店，毕竟是属于同一房的，再不情愿，也得接收。子儒仍然与李厨师挤一间房间，李厨师更老了，但他没有告老返乡。他对子儒的回归，也是非常欢迎，人都是需要伴的，哪怕再老。

有天晚上，子儒与李厨师闲着无聊，唠起家常，子儒问："李伯，你为什么还不告老回家？"李厨师有点受伤，他难堪地问："你们是嫌弃我老，嫌弃我动作慢、饭菜脏，是吗？"子儒忙说："不是，不是，你别误会。我是关心你，都是出门在外，相处这么久，像自家人一样。请问，你是哪里人呀？我至今还不知道。"李厨师终于开口吐真言："南安蓬莱大演村，听说过吗？"子儒摇摇头。李厨师眼睛望着窗外，微微一眯："在安、永、德三县的交界处，山沟沟里。四周都是山，很穷，全村都是农民，靠天吃饭。嗨，穷还不要紧，可怕的是不安宁，那地方还有两灾：匪灾、虎灾。土匪经常进村抢劫，老虎经常下山吃人。"子儒忙问："老虎？属于什么虎？"李厨师叹息道："华南虎。"说到这里，他浑身摇筛子似的抖起来。子儒惊奇道："我们闽南地区有华南虎？"李厨师点点头：

“那是三个贫困县的交界处，几乎处于原始状态。老虎很多呢，我们村有十几个人就是被老虎叼走、吃掉的。”子儒终于悟道：“你就是逃亡出来的？”李厨师又点了点头：“我们那里大凡有点能耐、胆识的，都跑出来，逃命呀，所以那里就更穷了。”子儒看李厨师终于有了说话的欲望，便打破砂锅问到底：“你没有结婚就逃出来了？”李厨师愣了一会儿，无力地摇了摇头：“结了，还有两个孩子，一儿一女。”子儒惊呆了，说不出话来。李厨师说：“有一年，我老婆带着两个孩子去溪边洗衣服、洗菜，老虎下山来了，一口叼住我女儿。我儿子还小，被老虎风刮倒，结果……淹死了……在溪里……我老婆一时慌了，跑回村里喊救命，村民赶到溪边，我儿子也没了。村民上山帮忙找了一整天，最后只找到一条腿……我老婆当时就疯了……”

李厨师停下来，喘着气，痛苦到痉挛的样子。子儒赶紧关切道：“你不舒服？躺一下吧！”李厨师摇摇头，子儒小心翼翼地问：“你老婆后来呢？”对方说：“疯疯癫癫的，时好时坏，听说后来碰上灾年，就饿死了。”子儒震撼住了，不敢再说话，这是什么人间惨剧啊。房里一下子安静下来，子儒觉得非常不安，因自己的无聊、好奇而使李厨师再次回忆起这些痛苦的往事。过了一会儿，李厨师说：“死了好，死了少受罪，死了没烦恼。人早晚都是必须走这条路的。”子儒听了，感到闷得窒息，再也不敢言语：不幸的家庭各有各的不幸。

过了一会儿，子儒又问：“老虎主要吃小孩？”李厨师摇头：“见人就吃，动物饿了，哪管你是老人还是小孩。我家隔壁有个老妇人，算起来我应该叫她亲堂婶的，有一天早晨起床，一打开大门，老虎一扑进来，叼着就走，家人听到叫喊声，已经晚了。村子后山那边，有个男的，非常壮硕，力气惊人，自然不怕虎，有天晚上出去找朋友喝酒，回来晚了，被老虎跟踪着，他闻到老虎的臭味，赶紧跑，跑到家门口敲门，碰巧那晚他老婆睡死了，没听到，第二天醒来，发现没人，出门一看，房子周围都是被连根拔起的树木。大家判断，那是挣扎的痕迹，应该是和老虎斗了很久，斗不过才被叼走的。后来家人找遍附近，也没找到尸体，哪怕腿脚也没有。”

子儒听了，只有沉默。一会儿，他又打破沉默，转换话题，问起管家来，厨师摇摇头：“造孽呀，吊死了。”子儒惊讶道：“谁？”对方轻声回答：“他老婆。也不知谁当了长舌妇，居然把这事传到唐山去，他老婆知道了，想不开就上吊自杀了。”子儒忙问：“什么时候？”对方思索了一下，回答：“就那段时间过后不久吧。”子儒想不起那段时间自己在忙些什么，或者说，李厨师无法确定时间，他就无法往回想了。子儒不禁问：“后来呢？”李厨师咳嗽了几下：“后来……不知什么原因，他没有娶他小姨子；再后来，他就在这里娶番婆了。这人说无情也真无情呀。”子儒彻底沉默了，他想：死去的人一了百了，算是解脱，所谓的“死去元知万事空”，他另觅新欢，也算有个结局，夫唱妇随，但是，那两个还在唐山的女儿呢？这才是这场婚外情最大的受害者呀。

子儒一周得回一趟绳线厂，因为还有一些盆栽暂时放在那里，他必须去修剪、浇水。虽然见面有点尴尬，但不得已而为之，他舍不得扔掉，这些盆栽付出了他不少的心血，也投入了他不少的薪水，是真金白银。

这时的子儒，手上已经有了一点儿钱，不会窘迫到陷入有上顿没下顿的威胁了，但今后的道路该怎么走？他认真思考，觉得这些年孤军奋战，孤独又艰难，必须找个组织或者机构作为自己的靠山，让自己有个正儿八经的身份。于是他报名参加了菲中友好协会，从中认识了很多人，他希望通过这一平台去寻找新的机会、新的机遇。

不久，菲中友好协会一位理事向子儒伸出了橄榄枝，他是开米行的，他请子儒帮忙推销大米。子儒觉得这可能是一条出路，人以食为天，粮食维持生命，谁不需要？粮食又是消耗品，吃完必须补充。于是他欣然答应，当起了大米推销员。

由于独特的地理环境和气候条件，菲律宾盛产大米，而且产量高、质量好。子儒拿着大米的样品，到一家家餐馆去推销。这是新的尝试，也是新的考验。

早上，是餐馆进货的时间，鱼、肉、蔬菜、水果等等都是大清早去采购的，所以负责厨房事务的人早上很忙，无暇顾及大米，子儒只好耐心等待，经常是中午过后，他们才有空看米样。但是，很多餐馆都有相对固定的进货渠道，要换人进货，还是比较难的，除非价格要更加便宜，或产品质量更好，不然很难推销进去。当然，如果有过硬的人际关系，也是可以挤进去的。子儒清醒地意识到，以上条件他都没有，那么怎样打进这个新的领域？他靠的是耐心。耐心地等待，大半天、大半天地等待，空着肚子希望渺茫地等待。他相信：精诚所至，金石为开。这是他的绝招、也是笨招。

在漫长的等待中，子儒时常想起当年在唐山，一年到头吃番薯，那时多么渴望能吃上一顿白米饭，可是家里经常连一粒稻米也没有。那时，唯有等外公、舅舅送来一点儿大米，宝贝得什么似的，都舍不得煮。有一次做祖父的忌辰，他走进厨房，发现锅里正在煮饭，馋得控制不住自己，拿起勺子捞出一小勺半熟不熟的米粒，也顾不得其他，就往嘴里倒，结果嘴巴被烫得起了几个泡泡，肿得像猪八戒，好几天都吃不下饭。这事成了辛酸的笑话与记忆。有时，外公、外婆看他可怜，就让舅舅来把他与姐姐挑回去。他们一人一头地坐在五斗篮里，由舅舅挑着，想着到了外公家就有大米吃，幸福得一路叽叽喳喳。如今，家里人还是吃不上米饭，偶尔买点黑市上的高价米，孩子馋得不行了才煮点稀饭，大人都舍不得吃，就煮两个孩子的量。当然，这是从来信中得知的。他总是无限遗憾：这里的大米这么便宜、这么多，就是无法寄回去。交通不便，路途遥远，运费也太贵了，真是远水救不了近火。

漫长的等待，有时坐着干等也是尴尬，更多时候他会出手帮忙，他想：闲着也是无聊，找点事干，时间过得快，反正力气用完，等会儿又有了，没有任何损失。同时，他也希望事情处理完，他们有空听他推销。慢慢地，负责厨房的人看他诚实、勤快，终于信任他，便会帮忙订购一些。子儒走得非常勤，这家走完，马上转战第二家，这样一来，逐个突破，逐个战胜。他用自己的诚实和耐心，让很多家餐馆终于信任他，从而采购他的大米。看到一袋又一袋的大米，在他的积极推销下运送出去，运往各个角落的餐馆，子儒满满的成就感。

一个多月的时间，子儒取得可喜的、优异的业绩，把理事经营的大米推销出去，打开了市场。但是米店老板，也就是那位友好协会的理事，也是精明的商人，对谁、哪家餐馆吃他的米，很快就摸得一清二楚，他心里有数、手中有谱，于是很快便跳过子儒，直接与餐馆联系，兑掉这中间环节。子儒推销员的路，很快就戛然而止了。

子儒拿着一个月的微薄薪金，望着自己的头家，真想把钱甩到对方的脸上，然后扬长而去，但是他最后忍住了，因为他知道自己面对的是一个纯粹的商人。他看着对方那张精明的脸，心里慢慢泛起呕吐之感，便赶紧走出米店。

这份职业，看尽脸色、说尽好话、耗尽时间，就拿那点中间的介绍费，却也非常短命。

三十九

再次失业。失业，好像如影随形，一直跟着子儒，任凭他怎样努力，都甩不掉这个恶魔。

为了生存，子儒只好再次另找出路，虽然到处碰壁，但他不敢停下奔波的脚步，他担心一旦停下，整个人就松懈下来，再也没有力气爬起来打拼。

一天，子儒在街头走着，听到有一个人跟自己打招呼。对方中等个儿、胖乎乎的，穿着一件T恤、趿着一双拖鞋，典型的菲律宾人的打扮。子儒定眼一看，才认出是熟人，叫杨文雄，唐山人，后杆柄村的。当年他去后杆柄村找同学，他们住在大厝里，从而认识了也住在大厝里的杨文雄，此后几次过去，都是一块儿玩、一块儿聊天。对方很是热情，把他拉到路旁小店，叫了两杯咖啡，一人一杯拿在手里吸着。多年不见，对方还是这么热情，关心地问起子儒目前的情况，子儒只好如实相告：失业。对方便说："我父亲开了一家纱厂，不然你拿去卖？卖出去就抽回扣。"

再一次做推销员？而且做的东西还越做越大宗，越做越不熟悉？子儒心里忐忑不安地打着鼓，踌躇着，能不能接？敢不敢接？杨文雄在一旁说："衣食住行，这是人类最基本的生活需求，你看，衣放在第一位，说明最重要，其他三样都可以缓一缓，文明人可以不穿衣服就跑出来？可以用树叶遮一遮丑？显然不行。"子儒问："你们这纱厂创办几年了？"杨文雄说："老兄，是几十年，我祖父创办的，我父亲接手40多年了，我不打诳言，自吹是全菲最大、最好，但数一数二，绝对不是夸口。"子儒心里一动，他做过推销员，知道产品的质量非常关键，不然凭三寸不烂之舌怎么吹都难推销出去。杨文雄又说："这东西你不用到处推销，它不像普通消费品，人人都来使用。只要联系上两三家布厂，就够你赚的。"子儒一听有道理，是呀，能够拿下两三家就足够了，这工作应该难度不大。那么，其余时间不是还可以用来搞盆栽？

杨文雄又说："这些年你也不容易，我们华人社会很复杂、也很功利，喜欢攀比，同样以成败论英雄，一旦成功，什么荣誉都塞给你，失败了就把人贬得一文不值。菲律宾是商业社会，赤裸裸的拜金主义，提一个行李过门槛都要小费。你发表文章，别人不费口水地赞美几句，但是大家都知道，发表文章没有稿费，出书还要自费掏钱，不然就得拉赞助，所以你才华出众但仍然是穷光蛋，口头上似乎很欣赏你，实际上内心还是看不起你。”子儒一听，如醍醐灌顶，一时清醒了许多，想到东方日报社那些同事忽冷忽热、变化无常的态度，心里更加了然。但是，对方为什么说这些？他知道什么？子儒急切地问：“你来菲几年了？”杨文雄回答：“至少比你早5年。”子儒又好奇地问：“你为什么这样说？”杨文雄笑道：“华人圈才多大呀？”子儒沉默了，有点难堪与悲哀。

“你推销多少都不要紧，反正这么多年，我们已经有很多固定的客户，不差你的业绩，有时出了好纱，还供不应求，要提前预订。”杨文雄这样一说，子儒心理压力减轻了不少。杨文雄又承诺道：“我让我父亲给你最大限度的回扣，到时你不要告诉同行就可以，不然会破坏行业规矩。”子儒一想：天下还有这样的好事？还有这样的朋友？谁说这世道人情冷漠、自私功利？如果自己还不敢接受，那不是扶不起的阿斗？子儒豪迈地大声道：“那我试一试！隔行如隔山，我先熟悉一下产品。胸中无丘壑，说不出一个所以然来。”杨文雄也爽快地回答：“那当然，我带你去纱厂，请质量检查员给你上一课。车就停在对面，我们过去。”

子儒上了杨文雄的车，高高兴兴地去了纱厂。路上，子儒问对方干什么营生，杨文雄笑着说：“我开个小店，卖珠宝首饰，轻便、干净。”子儒问：“不接手纱厂？”杨文雄直摇头。子儒问起他的妻小，他说：“都过来了。珠宝店更需要女人，她才懂得买主的心思，会抓住她们的心理，让对方乖乖掏出钱来。我粗枝大叶惯了，不喜欢伺候女人，看到一小颗、一小件的饰品，眼花缭乱的。但是，没有男人镇住也不行，吓不住牛鬼蛇神。这是大本钱的生意，丢一小件，有时就要损失好几万。”子儒一听，觉得有理，忙点头称是。对方关心起同样的话题，子儒说：“办申请手续了，正等批准，不知猴年马月呢。”杨文雄安慰道：“不急，不急，该来的就会来。”

纱厂在马尼拉郊区，厂房很高大、宽敞，走近厂区就听到机器运行的响声。成品的纱粒呈圆筒形，装在纸皮箱里，一箱一箱地堆放着。厂区外面有很大的露天场地，像晒谷埕，停放着几辆大货车，场地没有栽种花草树木，这让子儒很奇怪，他想打听一下原因，又担心朋友笑自己不务正业，便不敢开口。

走进车间，看到那劳动场面，子儒想起一句老话：女不进纱厂，男不进钢厂。这女人的活儿，确实累。

了解了纱的种类、质地，乃至价格，子儒觉得不难，便答应尝试一番。

开始撒开腿跑业务了，当然还是找朋友、熟人，通过他们打探门路、引荐、介绍，有几家织布厂接待了他，对他介绍来的纱的质量与价格，都很满意，也快速接收了他的产品。一车又一车的纱，从纱厂运到织布厂。旗开得胜，让子儒很有干劲、很受鼓舞，他以为找到一条活路了，可以坐收丰厚的回扣。

过了一些日子，子儒按常理去收钱款，有的说：“布还没织呢，急什么？”有的说：“布还没有卖出去呢，哪里有钱？”有的说：“布被人拉走了，还没去收钱呢。”总之，到处碰壁，对方总是拿各种理由搪塞他。子儒这下子急了：千万别像前几次一样，又被耍了。他走得更勤了，几乎天天到这几家厂子坐班，中午饿着肚子，一直坐下去，直到下午下班时间，才灰溜溜地离开。每每这时，绝望就紧紧地揪住他的心，让他举步维艰；空洞洞的胃，也折磨得他难以支撑。

子儒再也不敢隐瞒，只好找到杨文雄的珠宝店。珠宝店灯光如炽、金碧辉煌、琳琅满目，子儒一看，觉得杨文雄说小店，实在是谦虚低调、不敢张扬，这一店的珠宝该值多少钱呀？杨文雄让菲佣送上咖啡，子儒觉得惭愧极了，但事已至此，泄气话不说也不行。杨文雄一听，火了：“到底是哪些织布厂，胆敢这样生吞？不怕吃柚吐白虾？你带我去，我倒要看看是何方神圣！”子儒担心事情闹大会惹来灾难，便说道：“有没有其他办法？”杨文雄说：“不怕，我们后杆柄村有半个村的人口在这里，谁怕谁？看要白道还是黑道！”杨文雄带着两个随从，亲自出面，撂下狠话，让他们一周内汇款，便带着子儒离开。回来的路上，杨文雄苦笑道：“你怎么找这么没有起色的小厂，能有多少实力，一年能织几匹布？一看就是混吃混喝的模样。”子儒不敢告诉他：大厂很难打进去。

一段时间后，钱款催回一半，他们还是摆出各种难处、各种理由，杨文雄私底下实话实说：“算了，不用催了，再催下去就会出事，这些人脱光滚棉花，就是打算空手套白狼的，都是流氓、无赖，逼急了，会狗急跳墙。我们干这种事，只能雷声大雨点小，叫色厉内荏，吓一吓他们。吓得住，就捞回来；吓不了，说明我们遇到了真正的坏人，那就得赶紧撤，愿赌服输，保全身家性命最要紧。”子儒看着他，叹道：“江湖真是太深了。”弥勒佛似的杨文雄笑着说：“你最大的优点是书生意气，最大的缺点是书呆子气。”子儒只好苦笑，但也认同杨文雄的观点。

子儒觉得这个生意成本高，一旦损失就很惨重，杨文雄这么仗义，自己更不该给他添麻烦，给他带来危险，便不敢再去纱厂拿纱。杨文雄也不敢再支持他，但还是很豪爽地说：“遇到困难再来吧，没事。出门在外，谁没有个难处？大家都是帮扶着走过困境的。”子儒感激不已，再三表达感激之情。

子儒再一次失业了，这么不经打就失败了，他沮丧万分，感到自己不堪一击了。后来，他精心挑选了两盆比较精美、独特的盆栽，送给杨文雄。杨文雄很喜欢，要拿钱给他，他赶紧跑了。他想：比起那笔损失，这两盆盆栽算不了什么，只是表达内心的感激与愧疚。他深知有这样古道热肠的朋友，失败的路上也少些痛感。

四十

时间碾过一路风尘，来到了1978年。一日，子儒接到消息，雪华跟两个孩子得到批准可以来菲律宾了。他激动又忧虑，一下子觉得压力巨大，除了赶快汇钱过去给他们当路费，便是着手准备迎接他们。他知道第一要务就是找个地方，可以容纳一个家庭的地方。还好这时他的身上也攒了一点儿钱，卖花、卖米赚的。于是他开始到处找房子。为了省钱，他便到周边区域去寻找，最后在玛卡蒂市看中一个带有小花园的公寓。讲好价钱，租下房子，他又马不停蹄地把存放在绳线厂的盆景搬运过来，再选购一些新货，动手培植，准备出售花卉。

子儒跟李厨师告别辞行，李厨师有点不舍："混不好了，再来这里。"子儒笑道："说点吉利的，我已经跌得浑身是伤痕，都没有痛觉了，所以这次只允许混出名堂来。说真的，还真有点吃惯了你煮的饭菜，虽然明知你有时很不讲究卫生。"李厨师嘿嘿笑着，把他送到店门口，笑道："有空记得过来走走，见一次少一次了。"子儒点头，硬塞给他1000菲币，逃也似地走了。

当子儒在马尼拉机场接到雪华和两个孩子时，他一时百感交集。这么多年过去了，儿子、女儿都长得不认识了。看到落魄、潦倒、一脸菜色的他们母子仨，回想起自己当年的情形，他不禁满眼泪花。

夫妻俩见面的第一句话居然都是："你老这么多呀？"惊讶、感慨又无措。

小颂、小雅非常好奇、兴奋，一路上东张西望。除了镇上的外婆家，这是他们第一次出远门，还是出国。

“到了，我们到家了！”顺着子儒的一声欢喊，雪华睁大眼睛，难以置信地问：“你住这么好的地方？”子儒连忙解释：“得知你们要来，刚租下，刚布置好。”雪华非常恐惧道：“这多贵呀！我们住得起？”子儒安慰道：“日子总是要往好的方向发展嘛，住贵的，我们就会拼命去赚钱。”

雪华忧心忡忡地拉着大包小包的行李进门。小颂、小雅看到新家，也高兴地到处参观。一家人总算团圆了。说起淑端，夫妻俩又心情沉重起来。子儒问：“你们走之前，阿母有什么吩咐？”雪华说：“你还不了解她？一再交代不要牵挂她，我们好好过日子，她就放心了。”子儒说：“不然，让阿母也申请过来？”雪华问：“她这年龄了，来干什么？”子儒回答：“咱们一起打拼，她来帮我们带孩子。”雪华也觉得有理。

有一天，子儒离开家出去推销盆栽。雪华在小花园里莳花弄草，发现有四五个社会仔（即小混混）在周边走来走去。刚开始她没有注意，一连几天，那些人一直在周边逡巡，她觉得有点不对头，就赶紧告诉子儒。子儒听了，也有点害怕，便悄悄留意观察，发觉确实有这么几个社会仔在周边，吹口哨、说七说八、走走晃晃。他知道自己肯定是被社会混混盯上了。考虑到人地生疏，附近没有亲朋好友照顾，又摸不清当地的情况，子儒便与雪华商量说：“这地方可能容不下我们，我们还是赶紧搬走吧？”雪华不解道：“我们刚安顿下来，租金不是都浪费了？”子儒说：“命重要还是钱重要？我告诉你，菲律宾治安很不好，有些人专门对有钱人下手。他们以为我们有钱，紧紧盯上了。三十六计走为上策，危险就在眼皮底下，搞不好，都不知道自己是怎样死的。”雪华只好沉默，毕竟自己初来乍到，一切还是得听他指挥。

又开始马不停蹄地寻找住所。不久，他们搬到新马尼拉，租下一座有 1500 平方米带花园的别墅。住在这么好的房子里，好是好，但雪华却住得浑身不自在，一旦没有了收入，那可是会吊鼎（没饭吃）的。这么大的开销如何得了？只好拼命赚钱。子儒开始大规模养花、搞盆栽。又在龟卯花市租下一个摊位卖花、卖盆栽，由雪华负责看管。孩子呢？想一想，还是要让他们尽快融入菲华社会。子儒便找到吴远征，把两个孩子送到华侨学校念书。

一天，子儒忽然想到当年工作的报社——东方日报社，便跑到报社刊登出售花卉的广告，以招揽生意。再次走入报社，子儒百感交集，整整三年的时间，他没有再动笔写东西了。他无数次克制住写作的冲动。他深知，在菲律宾，靠华文写作是无法实现稻粱之谋的，没有解决好温饱问题，就无法驾驭手中的笔。文学，只是他的梦中情人，他必须硬起心肠，摆出一副陌路人的冷漠，不去理她。虽然老同事还在关心他的写作，为他弃笔从商感到可惜，但他知道自己必须打起精神，心无旁骛，全身心地投入赚钱，暂时与文学分离。这是生存，唯有生存得到保障，将来才有一个安定的、自由自在的写作环境。所以，站在报社门口，他百转千回地惆怅、失落了一番，还是说服自己、安慰自己，让自己宽心下来。

那么下一步去哪儿？他又特意拐到华联帽子店，这是他的根据地，他对这里有深厚的感情。子儒被告知：李厨师走了，回唐山老家养老了。子儒听了，心里很是失落与惆怅，心想：这辈子可能再也见不到他了。离开时，他内心很是沉闷。

广告有很好的推销作用，盆栽、花卉生意便不再局限于熟人。当然，一些熟人还是经常会来买花，如当年赞助中国文物展览的王永庆，经常带着妻子一起来买花。子儒告诉他妻子：榆树代表爱情坚固。她马上让王永庆买一棵。子儒介绍说：榕树，盘根错节，代表根基牢固。她又赶紧选一棵。总之，每次来，都没有空手回去。有一次，王永庆笑着对子儒说："你不是卖花，是在卖话。"子儒听了，也很高兴，他觉得这是对他工作的理解、肯定与赏识。

子儒不断敦促自己：妻儿来了，必须更加拼命地工作、赚钱，才能让他们过好日子。

有一天，王永庆带着他的朋友，也是生意上的伙伴，光顾子儒的花店，其实也就是带人来捧场。子儒一看那位客人，便知是十足的大商人，因为他太胖了，腰围一大圈，可能有自己的两三倍。看到商机，子儒高兴极了，忙带着客人挑选。客人看了赞叹不已，大手一挥就点了6盆。这可是一笔大生意，临走时，他提供家庭地址，让子儒直接送货上门，并告诉子儒直接找女主人要钱。

当子儒把盆栽送到买主的家里，一位养尊处优、风韵犹存的妇人看到他，睁大眼睛，一动不动的，显然完全呆住了。子儒和工人奋力搬着盆景，没有去注意她的表情，或者，他以为对方被自己的盆栽惊艳到了。把盆栽放到主人指定的地方，子儒左看右瞧，觉得满意了，便招呼女主人："麻烦你过来一下，我告诉你照顾的方法：10天浇一次水，淋透，平时只需用喷雾器往叶子上喷一喷，有点水珠就够了。这些树都喜阴，不能暴晒，只要不浇死，很容易伺候。"女主人还是惊讶地看着他，子儒以为她听不懂闽南话，只好问道："请问，您听得懂吗？"对方这才回过神来，慌乱地用闽南话回答："听得懂，听得懂。"子儒便站着等付钱。对方也意识到了，忙把准备好的钱递给子儒。子儒激动不已，忙接过来，忘了数一数便往口袋里放。对方踌躇了一下，终于鼓起勇气问道："请问，你是唐山人？"子儒随意回答道："是啊。"对方用更惊讶的语气问："你是湖后村的王子儒？"子儒一惊，忙认真地看她。"你认不出我来了？"子儒头脑里搜索着，极力回忆、辨认着……这位贵妇模样的女人说："我是林子青呀！"子儒惊道："是你？！"对方点头，有点难为情地说："是的，变化太大了，难怪你认不出来。"子儒语无伦次道："不是，不是，变得太好了，我完全没有想到。对不起，不打扰了，告辞，告辞！"子儒一时手忙脚乱的，不知如何应对，忙带着搬运工人逃也似地离开了。

开着破旧的货车上路，子儒的脑海里一直浮现着当年林子青的模样：

中等身材、苗条匀称，文静秀气、温柔贤淑，书卷气十足，是中国男性心目中典型的完美的女性形象。如今，她已发福成中年妇女的身材，原来浓郁的书卷气已被身上所散发出来的逼人的贵气所取代。子儒知道：她现在的身份是富太太，应该还是非常少有的富太太。这时，他不由自主地伸手摸进口袋，一大沓钱还在，他紧紧地握住，像握住生活的依靠与希望。这时，他感到万分悲哀与悲凉，眼眶不禁潮湿了。

四十一

几天后，一个闲得让人昏昏欲睡的下午，子儒接到一个电话，让他精神为之一振，客人让他帮忙挑选，送四盆可以装饰客厅、书房的盆栽过去。子儒一听地址，才知道订货的人是林子青。子儒多么不愿意接这一单，但是他又多么渴望有生意，这一天他还没有开市呢。他踌躇又犹豫了好大一会儿，最后还是说服自己：上门的生意为什么不做，跟钱过不去？她只是自己生命中转瞬而逝的朋友，甚至连朋友都算不上。这么多年过去了，如果自己还耿耿于怀或者心有芥蒂，那不是显得自己放不下？不，笑话！现在除了活命，除了谋生，还有什么放不下的？她是买主，我是卖家，这是交易往来，稀松平常。于是，子儒精心挑选了四盆适合室内栽种的精美的盆栽，自己开车送过去。

别墅的大门徐徐打开，子儒知道这是电动的，高级、安全。

这天，林子青没有打扮得珠光宝气，但是力求朴素的她，还是自带一种贵气，由内而外散发出来的贵气，隐约、无形地飘散着。子儒微笑着打招呼，像平时对待客人一样，他把盆栽放到她指定的位置上，若无其事地站着等她付钱。林子青却招呼道：“方便吗？坐下喝杯咖啡吧。”

庭院里安放着好几副桌椅，清一色的藤椅、藤桌，非常休闲、雅致。还有一个椭圆形的游泳池，里面的水碧蓝碧蓝的，清澈透亮；池边两张躺椅也是藤蔓编制的。游泳池的源头是一个希腊造型的小姑娘，头顶着一个瓦罐，水一直从瓦罐里倾泻下来，活水一般。东边靠着围墙，建起了一大排玻璃的鱼池，里面的鱼儿正在悠闲地游荡着，远远望去，色彩斑斓，像一个微型的海底世界。

林子青坐下后，子儒只好也坐下来，坐在她对面。一坐下，就感到舒服极了，不知道这是什么藤椅？坐在浓荫密布的树底下，微风吹拂，飘来阵阵花香，阳光化作细细碎碎的光影，洒在地板上，摇曳生姿。那地板铺着四方形的大红砖，又是极端的中国味道与特色，子儒很惊讶，居然在这里看到中国建筑中常用的大红砖。静静坐在这美轮美奂的庭院里，真是无比惬意与享受。可能是为了找回当年的书卷气，林子青穿着一件黑色云锦的旗袍式连衣裙，衬得皮肤雪白发亮、温润如玉，整个人更是高贵无比。子儒非常感慨与羡慕：这真是优渥生活滋养出来的女人！生活真是善待她呀！他转而一想：幸好当年没有跟了自己，不然她现在就是一个花匠婆子了。他非常感慨：命运冥冥之中被什么神奇的东西操纵着，这是人力所无法逾越或改变的，人如蜉蝣之物，只能臣服于命运的安排和掌控。

菲佣用发光的银盘托出两杯咖啡，轻轻地放在两人面前，然后弓着腰后退三步，才用正常步伐走回屋去。

子儒一看，知道用的是高级的骨瓷咖啡杯，杯子上的玫瑰花娇艳欲滴，杯子的造型简直是精美绝伦。他轻轻地端起杯子，抿了一小口，轻轻放下。他不知道怎么开口，所以决定沉默对之。林子青也抿了一口，缓缓放下，动作非常优雅自如。子儒用眼睛逡巡了一下别墅，觉得这应该是欧式哥特风格的，有一种华丽、严肃、神秘的气氛。他知道采用这种装修风格，是很讲究，也是很费钱的。菲律宾的别墅风格迥异，迎合各种审美趣味与追求。

整座别墅一片静谧，没有看到她的丈夫、子女，菲佣进去后，也没有再出来。这是无声的世界？这是庄严的城堡？

林子青首先微笑着开口：“你什么时候过来的？”子儒觉得这个太容易回答了，很高兴，背书似地说：“1973年12月24日。”“记得这么牢？”子儒一笑：“因为第二天是圣诞节，吃了一顿大餐，终生难忘。”“这些年都是搞盆栽？”“哪里，太多了，一句话介绍不完，用咱们闽南话说，叫作‘十路征九路穷，十粒鸡蛋九粒无形’。不过，这一项是最有趣的，可以融入自己的审美与情趣，让人陶醉，忘了烦恼。”林子青点头，表示赞许：“确实，每一个盆景都是一个微型的世界、一首诗、一幅画。”子儒惊讶于她居然还会用这么诗意的语言，是不是有点矫情？她问：“你一个人在这里？”子儒说：“没有，妻儿刚刚过来。你呢？什么时候过来的？”林子青艰难地顿了一顿，说：“……那时……不久……我父母托这边的亲戚帮忙介绍，把我嫁给他……第二年，就把我送过来了。”子儒点头道：“难怪……气质……味道……都变了，你过来的时间太长了。你……这些年回过唐山吗？”林子青摇摇头，没有回答。子儒感到不可思议：“没有回去看望父母？”林子青轻声回答：“后来我父亲被定为特务嫌疑，抓去批斗，批出一身病来。父亲死后，母亲很快也走了。”子儒惊愕不已：“郑哲成怎么都没有告诉我？”林子青问道：“你们不是在一个宣传队？”子儒说：“没有，我后来被调回县里的宣传部，他调到大市里去，各忙各的，当时交通不便，就很少往来了。”林子青点头表示理解。子儒觉得按照常理，自己应该关心一下她，主动问她一些关于家庭、事业、子女的问题，但看她过得如此舒适、幸福，自己哪里关心得起？便缄默了片刻，然后站起身，不卑不亢道：“谢谢你的咖啡，我该回去照顾花店了。”林子青起身：“请留步，还没付钱。”说完，快步进屋。

子儒站着，觉得青春岁月里这个小插曲，该画上休止符了，有些人必须相忘于江湖。于是，他便毅然决然地按了电钮，打开大门，钻进货车，径直开车走了。他强迫自己不去看后视镜，不去看那个富贵的女子，让一切都成为历史，毅然翻篇才是最明智的抉择。

四十二

子儒一家子的生活过得比较稳定了，一切均向好的方向发展。他赶紧给雪华、两个孩子办理居住证的手续。雪华有点不解："再等等吧，又不急，这要很大一笔钱呢。"子儒说："有钱还是要赶紧把这些弄好。反正来了，早晚是需要办理'在地字'的，晚办不如早办。一件大事了了，心也就更安定了。菲律宾很多人一夜之间暴富，也一夜之间成为穷光蛋，钱拽在手里，危险、不实在，花了才是自己的。"雪华嗔道："乌鸦嘴！这是番仔的价值观。"但是，当她得知他们母子三人有了"在地字"，还是非常高兴的。这样他们就有了居留权，得到认可，可以堂堂正正地融入当地社会了。

家人团圆是一大喜事，另一件事情也让子儒特别喜悦。

1981年11月17日至12月1日，中国作家代表团访问菲律宾，子儒应菲华作家协会邀请，参加接待活动。在会上他遇到多位文友，多年之后在异国见面，大家异常高兴，交谈甚欢。国内的文友对他搁笔多年深表遗憾，鼓励他克服困难，再次书写。特别是柯峰，对他倍加关心与鼓励，劝他一定要在困境中坚持文学理想与追求。中国作家代表团离开菲岛后，子儒陷入重重的思索与踌躇中。经过一番思想斗争，他终于再度拿起了有点生疏、有点沉重的笔，颤颤巍巍写下一行汉字。这时他发现，自己原本拿笔杆子的手，经过这些年的劳作，已经非常粗糙，并结了不少硬茧。从此，他内心对文学的思念再也压抑不住，他用饱含激情的笔，倾诉对文学的挚爱。对故乡的追怀，在异国创业的艰辛，商海搏击的凶险残酷，这些都是他刻骨铭心的经历与记忆。这时，它们化成一股抑制不住的冲动，迫使他去宣泄，去表达。从此，不管是逆境或顺境，他将都忍住寂寞，耐住孤独，不顾世俗冷峻的眼光，毫不气馁地默默耕耘于文学的园地里，美文华章不断呈现出来。

孩子也一个个降生了，先是一个女儿，取名小诗，后来又接连生了两个男孩，分别叫小楚、小风。一个接一个地来，几乎没有停歇。小风出生后，雪华赶紧喊停，她说："再也不生了，不然养不起，要人吃人的。"子儒想想，也行，有儿有女，而且是一大堆儿女，确实人丁兴旺了。

有一次，子儒感慨又自豪地说："我弟他们前些年也添了两个男孩，加上咱们这三个，阿母这一世守活寡似的，千辛万苦地守出这人丁兴旺的一大家族，也算是功德圆满了。"雪华却感慨道："功德圆满都是虚的，她太可怜了，我和她在一起生活十来年，没见她吃过一顿好的、饱的。如今还一个人待在'风雨楼'里。"子儒一听，热泪盈眶，想到来菲律宾的目的，就是劝父亲回去一趟，这么多年过去了，这目的居然没能实现。托几位同乡帮助去劝说，也没有任何效果，父亲已经铁了心似地不回头了。而自己和父亲生活在一个城市里，也老死不相往来，完全沦为陌路。这违背初衷的结果，让他感到非常窝囊、很是伤心。雪华从来没有见过子儒的父亲，即自己的公公，有一次她问子儒："来这么久了，要不要抽空过去拜访一下他们？"子儒断然道："不用，你过去看他，他们会怀疑你有目的，不知多紧张呢，臊脸的还是你自己，多一事不如少一事。你要记住，很多番仔很排斥唐山过来的亲戚，总以为是过来分割财产的，这应该是文化差异吧。"雪华一听，便不再提及此事。

雪华联想到自己一位小姐妹，身份与自己相似，但她不幸遇到一个极其苛刻、厉害的婆婆，把她管得与童养媳一般，让她寻死觅活的。她说每天晚上自己做完家务，婆婆就躺在床上，让她坐在床前，讲故事给她听。她肚子里哪有什么故事，就是有故事也经不起每天晚上这样频繁地消耗。婆婆就让她讲东家长西家短这种鸡零狗碎的家常佐料，但她整天忙家务，哪有那么多时间出去串门聊天？每晚的陪坐成了酷刑，一到傍晚，她就神经紧张、心跳紊乱。婆婆让她讲到自己打瞌睡才放行，等于哄她睡觉一般。那个小姐妹被折磨成抑郁症，几次轻生不得。雪华觉得自己的婆婆作为番客婶，是最不拿样的，她很庆幸自己遇到了这么好的婆婆，所以她常对子儒说："咱们再苦再穷，也要寄钱回家，让阿母的晚年衣食无忧。"子儒点头答应，雪华的通情达理、宽厚善良，是子儒最感激、最满意的地方。

子儒很快就紧张起来了，手头攒下的钱稀里哗啦地就所剩无几。过去是一人吃饱全家不饿，现在这一大家子摆在眼前，时时刻刻都需要钱，迫使他削尖脑袋都想着怎样往钱孔里钻。更可恨的是，龟卯花店雇用的番仔，不老实、不可靠，在自己眼皮底下都想偷钱，自己不在，卖花的钱，有时上交一部分，有时全部私吞，反正是只怕你看到，不怕你知道。子儒实在养不起这种蛀虫，只好把对方辞退，自己看店，遇到送货上门，只好关店门，有时让小颂帮忙看管，导致小颂处于半工半读状态。子儒感到很心疼，但家里的长子，就如当年的自己。只是历史重演，让他内心非常愧疚、痛苦、懊悔。穷人的孩子早当家。令人欣慰的是，小颂特别机灵、聪明，什么东西一学就会，包括语言，很快就可以操着菲语给客人介绍，与客人讲价。子儒知道这是无可奈何的事，家庭情况不允许每个孩子都培养，而长子往往要很早便帮衬父母撑起家庭。这是历史发展的规律。

应该是热带气候等自然因素，又不允许流产，菲律宾人特别会生育，很多家庭生小猪仔似地生了一大堆小孩，又无法很好地照顾、培养，都采取放养式。雪华看了觉得不可思议，她说："既然生了他们，就该负责任。孩子见风大，我辛苦几年，认真把他们带大，等可以放手了，我再认真赚钱，反正钱是赚不完的，有的赚得早，有的赚晚点。”子儒觉得有理，这么一大家子确实需要一个人在家打理，便让雪华专职照看孩子、管理家务。其实，雪华在家务之余，还要帮忙侍弄花草，对于本来就忙碌、劳碌惯了的人，并不是苦差事。雪华总是干得高高兴兴的，她说："这生活太好了，跟孩子、跟花草在一起，不用打拼征战，还有什么不满足的？"

子儒一直担心这五个孩子在菲律宾成长，会逐渐菲化，所以规定在家里一定要讲闽南话，生活方式、饮食习惯等也尽量保持闽南风格。每天晚上，他再累也要争取讲一个中国的故事给孩子们听，四大名著和《三侠五义》《说唐》等等，一个故事接一个故事地讲，雪华旁听，这也是学习知识、不断充实自己的宝贵机会。每当这时，看到这温馨的画面，她便觉得再苦再累也值得了。这教育孩子、培养孩子的过程，也是他们夫妻交流的独特过程。他们夫妻婚后聚少离多，这时才真正有了交流的机会，才真正步入正轨。每每这时，雪华就很感激婆婆，感激婆婆的支持、成全，感激婆婆的放行。当然，也更牵挂孤独的她，希望她能来菲律宾，享受几年天伦之乐。

四十三

天有不测风云，经营花卉、盆景的子儒，从来没有想到自己这种依赖大自然的生意也会受到政治的波及、影响。

1983年，反对派领袖贝尼尼奥·阿基诺从美国回国，在马尼拉国际机场被刺身亡，总统马科斯被怀疑为幕后指使，于是菲律宾民众举行大规模的示威游行。

这里请允许作者宕开一笔，把这历史事件稍加复原，以了解菲律宾的政局，以及这一政治斗争给菲律宾社会带来的影响。1983 年 8 月 21 日下午 1 点左右，一架中华航空公司的客机在菲律宾国际机场刚停稳，几名身穿咔叽军装的士兵紧紧抓住一名身穿白色服装的人的胳膊走下舷梯，该人立足未稳，身后一名士兵突然从腰间掏出手枪对准他的头部，扳动枪栓，亮光一闪，一声枪响，白衣人应声倒在血泊中。这是一个历史性的瞬间，一个不断被反复再现的瞬间，因为它改变了菲律宾的历史走向。这个应声倒下的白衣人就是菲律宾反对党领导人阿基诺，是一位在菲律宾颇具影响力的政治人物，他被杀时 50 岁。阿基诺因何去美国？这要追溯到 1977 年，阿基诺被指控从事颠覆活动而被判处死刑，由于国内外群众的抗议，马科斯总统下令重新审理阿基诺案件。1980 年 5 月，阿基诺获准假释出狱，便去美国就医，在美国度过 3 年流亡生活。前面那可怕的一幕，就是他结束流亡生活，回国时在机场发生的事件。

阿基诺无辜惨遭杀害，引起很大的震动，社会冲击巨大。富人担心引发暴动，纷纷跑往欧美等地。

富人出逃，买花的人骤然减少，生意冷清了许多，这对于经营花卉、盆栽生意的子儒来说，简直是致命的打击。他只从事这一行业，全家依靠这一生意得以生存，如今生意惨淡，他急得如热锅上的蚂蚁，只好更加拼命地寻找买主。

一天，子儒接到一笔生意，简直欣喜若狂：一位富人要求他送一盆榕树、一盆柏树、一盆罗汉松到他家里。付账时，他拿了 5 万给子儒，还慷慨地说："不用找了。"子儒接过钱，心狂跳不已。那人说："我有一座山，请你帮忙种花，如何？"子儒忙问："种什么花？"对方说："菊花。"子儒几乎没有思考便答应了，他觉得菊花并不难种。富人马上带着他去看地方、丈量土地，以便买菊花种。富人说："我不要一般的菊花，我要台湾菊。”子儒听说过台湾菊，它不是一般观赏性的鲜花，是药用价值很高的经济花卉，很值钱，当然，花种也贵了许多。打算种植这么大片的台湾菊，说明对方不是为了观赏，而是为了做生意赚钱。既然是做生意，那就该坦率地讲钱的事。子儒刚把意思表述清楚，富人说：“不要紧，一切费用我出，你负责采购花种过来种植，帮我培育到它们生长起来，适应这里的环境，就可以了。一旦成活，我付你一切费用。”子儒听了很高兴，觉得这何尝不是另一种谋生方法？便带着简单的行李，兴冲冲地去了台湾，专门采购菊花苗，然后空运过来。

这一趟台湾之行，用了一周时间，为了价格问题、花苗的质量问题，他还特意跑了好几个地方，进行对比后才敢下手。同时，为了养好菊花，他还认真向台湾的培植专家了解了菊花的习性以及栽培方法。在台湾，子儒才知道，这种菊花与普通的观赏性的菊花长得非常不一样：这是多年生草本植物，有长硬毛，茎叶全形倒卵形，花半球状钟形，花冠长3毫米，顶端5裂，裂片三角形。远远看去，像一朵朵棉花球，毛茸茸的，非常可爱。

既然踏上了美丽的宝岛，他便趁机游玩了阿里山、日月潭、台北故宫、中正纪念堂、阳明山等，可谓双丰收。对这次交易的希望与信心，让子儒的台湾之行轻快而又愉悦。

回菲律宾后，他马不停蹄地便投入工作中。早上去种菊花、侍弄花苗，中午在富人那儿吃午饭，富人总是热情地接待他，还经常到山上看他的进展如何，问这问那，很是上心。吃完午饭子儒回自己的花店，继续兜售他的盆栽，因没有结算，他不好意思向富人讨工钱，只好靠出售盆栽维持生计。

日子一天天过去，台湾菊在菲律宾种植成功，几千株的菊花全部都活了。子儒甭提多高兴了，他付出了多少心血呀，像照顾婴儿一样细心、耐心。他每天过去，浇水、松土、培植、处理枝叶等等，终于看到菊花一寸一寸长起来。有一天，子儒又按时过去，他像往常一样敲门，里面的菲佣没有小跑过来开门，敲了很久、叫了很久，还是没有动静。他感到奇怪，也感到一丝诡异与不安，抬头一眼，富人站在二楼的阳台上，高大健硕的他，站在那里，铁塔一般，威武无比，他左右各站着一个身上文满刺青的随从。富人看着他，微笑着挥手，微笑里的东西不是温暖，不是善意，而是诡异到让人毛骨悚然的邪恶、霸气。子儒呆住了，许久都反应不过来，他觉得头晕目眩，太阳光特别刺眼，扎得他睁不开眼睛。很久很久，他终于恢复过来，神志清楚，有了思维，头脑开始运转，终于明白了是怎么一回事。他昂头望着富人，富人俯视着他，两人对峙了很久，他从富人戏谑的眼光中读出自己的单纯与无助，只好无力地步行回家，摇摇晃晃的，好像脚下踩着棉花。

轰轰烈烈的种植台湾菊的生意，彻底失败了，就这样糊里糊涂地失败了，损失惨重地失败了。

小颂、雪华气得快要失控、爆炸，嚷着要陪他去找富人理论、讨个公道，子儒摇头："命要紧，保命要紧，钱再赚吧，我们斗不过地头蛇，你们没有看到他家那几只狼狗、那几个满身刺青的打手。"雪华不信邪："难道他会放狼狗咬我们？"子儒说："他敢这样耍我，说明他已经算准我了，也有充分的把握与准备，我完全落入他的算计、圈套中。我们与他斗，是以卵击石。我太急于赚钱，太急于有这笔生意，结果被他利用了。"雪华气得大骂道："软弱、无能！谁不想赚钱？他种菊花不是为了赚钱？谁都想赚钱，但不能这样没良心呀，这是置别人于死地，狼心狗肺呀！"她气得又哭又骂。小颂气得脸都扭曲了，但他沉得住气，便转而安慰母亲："吃一堑长一智，别伤心，老爸遇上黑社会，他是赚钱心急，我们干不过地痞流氓，就先保命。你别伤心，看开点，赚不来的钱就不赚，等我长大后赚大钱养活你们。"儿子的话让夫妻俩伤心又感动。

吃了这一大亏后，子儒只好继续贱卖家中的盆景，以维持生计，生活只能这样负重前行。

一天，子儒在路上看到一个似曾相识的身影，认真定睛一看，是厨师李伯，他更老了，腰更弯了，也更落魄了。他赶紧跑过去："李伯，你怎么在这里？你不是回唐山老家了？"李厨师窘促了一下，小声说："我是骗他们的，我没回去，唐山那里没人了。我老了，干不动了，该走了，不能赖着讨人嫌。"子儒忙问："你住在哪里？"李厨师说："我在路边搭了个铁皮屋，坐吃等死了。"子儒觉得很奇怪，便问："你为什么不好好去租间房子住？你干活干了这多年，积累的钱够你养老呀。"李厨师无比沮丧、无比悲痛地说："这些年攒的钱，辛辛苦苦攒下的、要养老的钱，都被小偷偷走了，藏在哪里都被偷走……"子儒感到万分痛惜，但事已至此，又能说啥？便马上把身上的钱都掏给他，问："你住在哪里？带我过去看一看，哪天我有空再来看你。"李厨师摇摇头："没用的，这些流浪汉经常抢地盘，抢来抢去的，我居无定所了。"李厨师道谢后，赶紧拿着钱走了。子儒知道他一定饿坏了，想到那些年和李厨师挤在一间屋子里的日子，想起李厨师给自己留饭的日子，他不禁潸然泪下。他很后悔当初没有告诉李厨师，解放后，政府组织人进山打老虎，已经没有老虎下山吃人了。如果告诉他，他或许就敢回家，不用再流浪了，也算落叶归根了，如今……子儒站着看他消失，心情久久不能平静。

四十四

一天，子儒在菲律宾的堂叔打电话通知他："你父亲高血压很严重，正在医院治疗，可能不久于人世了。"子儒知道这些平时几乎老死不相往来的亲戚，一旦来电话，准没好事。

子儒忙赶往医院，只见父亲躺在病床上，看到他，强装出微笑来，没有说话。子儒很是震撼，父亲这些年也老得飞快，当年的挺拔英俊荡然无存，完全是干瘪的垂暮的奄奄一息的老人了。父子同在菲律宾，都这么多年没有见面，这真是极大的讽刺，也是极大的悲哀。多年以后，他们父子居然是在医院里，在病榻前，在生死线上见面。看到父亲脸上露出的笑容，那一刻，子儒心里的怨恨土崩瓦解，他释怀了。但他没有开口说话，站着和父亲对视了一会儿，就静静地离开了。

回到家，还不到半个钟头，子儒就接到子侨从香港打来的电话，子侨激动地说："哥，阿母已经获得批准，昨天来香港了！"子儒除了一连串的"好"，想不出第二个词汇。他的心情好像坐上了过山车，忽然之间一喜一悲，如此强烈，震荡得他头晕目眩。这一天，他待在家里，心神不宁，头脑混乱不堪，根本无法出去工作。

傍晚时分，子儒接到番仔小妹的电话，说父亲病危了。他再次赶到医院，只见父亲睁开眼睛，看了他一眼，微笑着，去世了。

子儒怀着沉痛的心情，返回家来，头脑一片空白。一会儿，他冷静下来，立即打长途电话给弟弟："阿母在旁边吗？你现在走到一旁，我偷偷告诉你一件事，阿爸刚才去世了，你赶紧办理加急手续、购买机票，让阿母来菲律宾，争取三天内弄好，让她来送阿爸一程。记住，要瞒着她，千万不要告诉她，不能泄露风声。"

子侨把父亲过世的消息告诉在香港的亲堂，但都要求他们对母亲保密。

子侨拒绝来菲律宾，他不愿以这种方式见父亲这第一面也是最后一面，他成为一辈子都没有见过父亲的人。子儒无法理解这个个性独特又极端的弟弟，但凡事无法强求，一切随缘，只好随他去了。这是父亲的悲哀，也是弟弟的悲哀。

第四天的下午，子儒在机场接到母亲。淑端见到子儒抱着又哭又笑，

第一句话便是："你阿爸怎样了？"子儒一听，极其为难，他担心母亲知道后会伤心大哭，赶紧掩饰："好好的呀。"从机场回家的路上，子儒有意转移母亲的注意力，便指着道路两旁的景色让她看，介绍风景、建筑物、参差不齐的房子，以及一些附加的故事。

淑端见到儿媳、孙子、孙女，非常激动，小颂、小雅见到多年不见的奶奶，更是高兴得紧紧抱住她。这是多么幸福的团聚呀！是夜，大家尽量装出若无其事的样子，吃饭、聊天、睡觉。

半夜里，子儒无法入眠，这时他听到母亲的房间传来轻轻的脚步声。母亲还在轻轻地徘徊着！无法入睡的雪华也辗转反侧着，她对子儒说："看来她有预感了，瞒不住的。"子儒点点头，说道："我还是过去告诉她吧，不然明天……"他叹了一声，起床，来到母亲房里："阿母，你为什么睡不着？换了床铺不习惯，是吗？"淑端看了看他："你们不喜欢我来吗？为什么闷闷不乐的？"子儒只好如实回答："阿爸去世了，四天前，你到香港的第二天。对不起，我只能告诉你这个事实。别伤心，有我们呢。现在，你去躺着睡一会儿，明天才有精神、体力去殡仪馆。"淑端跌坐在床边，没有言语，脸上没有任何表情，一片空白，也一片苍白。子儒安慰她："你别伤心，我们都在你身边呢，现在你努力睡一会儿吧。"淑端喃喃道："我终于明白了，为什么香港的亲堂都送我白鞋，让我穿白鞋来吕宋，我还傻傻地以为这是什么风俗呢。"子儒劝道："别多想了，保重身体要紧，你还真的能见他最后一面呢。"说着，他扶母亲躺下，帮她盖好被单，才轻轻走出来，把门带上。

翌日清晨，他们全家老小都没有吃早餐，便开车到殡仪馆进行吊唁。看到躺在那里的康泰，淑端一时失控，哭出声来。子儒扶着羸弱的母亲，小声告诉她："阿母，不能哭，这是吕宋的习俗，只能祝愿他上天堂……"淑端只好强忍住，但眼泪还是纷纷从脸颊直流下来。这是她与丈夫的第四次相聚，也是最后一次。

番婆带着女儿、女婿也来到殡仪馆，见到淑端，非常惊讶、惊慌。淑端知道这个黝黑、肥胖的女人就是丈夫娶的当地老婆，在一起生活了几十年的番婆。她感慨：对方比自己与康泰更有夫妻缘分，也更幸福呀！淑端平静又悲哀，无力地站着。

两个女人之间，躺着康泰，一个普普通通的中国男人。

番婆最后装出镇定的样子，走过来，对淑端说："康泰走了，我们就姐妹相称吧？"淑端无力、麻木地点了点头。

吊唁完毕，淑端在子儒和雪华的簇拥、搀扶下离开了殡仪馆，回到家中。

七天后，举行葬礼，淑端带着一家大小，番婆也带着她的后代子孙，连同几个在菲的亲戚，一起把康泰送上山头。那是菲律宾著名的陵园，番仔小妹给父亲买了一块昂贵的墓地，让父亲死后住进了富人区。子儒觉得无比悲哀：父亲来菲律宾奋斗了一生，一直只能蜗居在陋巷破屋里，死后反而轻轻松松地躺进了价格不菲的坟地。

几年不见，番仔小妹已经严重发福，看来夫家确实富有。子儒无法辨别真伪：墓地真的是由番仔小妹掏钱购买的，还是她们母女叫苦演戏，以防他去跟她们争夺父亲的遗产？争夺财产、分割遗产，一直是一些华侨家庭中同父异母的兄弟姐妹间尖锐的矛盾，也是他们之间永远无法走得亲近的最主要原因。他心里乱糟糟的，无暇去顾及这一切。父亲走后，这层关系将更加淡薄，或许很快就自动消失，他们便形同陌路。多少华侨家庭的血脉就是这样流出去又消失在茫茫人海中，从此构成这个大千世界里的另一支派，与唐山的血脉永远脱离，永无认祖归宗的机会。

父亲入土时，母亲再次情不自禁地哭出声来。子儒扶着她，轻轻安慰道："阿母，不能哭，父亲上天堂了。"淑端低下头，嘤嘤悲泣。母亲这么瘦弱，一阵大风就可以刮走似的，子儒看了心痛不已。父亲当年举碗一摔的豪举，仿佛是史前的故事，唯有医院病床上对自己最后一笑的表情，还是那么真实，那么亲切，他知道他是爱父亲的，没有父亲，就没有今日的他。

斯人已矣！

葬礼过后，淑端待在家里，整天沉默寡言，子儒知道母亲无法从父亲辞世的悲伤中舒缓过来，她内心非常忧愁、寂寞。但是他们夫妻确实没有时间陪伴她，雪华必须一大早就去经营花店，他必须去栽花、修剪盆栽、兜售盆景。淑端知道花店生意很不景气，既伤心、牵挂又无能为力。

一天晚上，淑端对子儒、雪华说："我命不好，走到哪里败到哪里，还是回唐山去吧。"子儒忙安慰她："别多想，这经济危机是政治引起的，影响整个吕宋，关你什么事？你有这么多儿孙，苦尽甘来了，怎能说命不好呢？"雪华也极力挽留："留下来吧，子孙都在这里，你回去还不是一个人？反而让我们多一份牵挂。你留下来帮我们看管孩子，一家人在一起，有福同享有难同当，多好呀。"淑端摇摇头："生意这么差，几天都卖不出一盆花，这日子怎么过？多一个人多一份负担，我留下来也是拖累你们。"几个孩子也都极力挽留奶奶，特别是小颂、小雅，他们与奶奶感情笃深，都恳切地请求她留下。小颂总是想起当年，自己饿得躺在地上哭，奶奶带着他到山上挖番薯烤给他吃；小雅也清晰记得，有一天她饿得在地上打滚，奶奶背着她到老舅家讨了一小袋大米……

淑端仍是摇头，她悲伤地说："我歹脚迹印，留下来会害得你们没饭吃的。"大家极力安慰她，让她不要迷信，不要有宿命论思想。但老人解不开心中的结，又说："那房子没建好，如今又没有人居住、拾掇，更容易荒废下去，我还是回去吧，有人气房子才不会迅速坏掉。"子儒知道母亲心里确实放不下那房子，那房子是父亲对家庭的唯一贡献，也是留给她的唯一念想。老人都有叶落归根的思想，更何况是她。

淑端离开之前，问子儒能不能带她去两个地方，子儒说："行，二十个也行。"第一个她想去康泰住了几十年的老房子看看，也跟番婆告个别。她说："一方面，她照顾你父亲几十年，也不容易；另一方面，她说要和我姐妹相称，这也是最后一面，打声招呼吧。"虽然她说得非常平静，但是子儒听后，眼泪一直在眼眶里打转。当他们母子穿过狭窄、肮脏、凌乱的小巷，来到小杂货铺跟前，看到小木扉门紧闭着，铁栅栏下的小洞口也关着。子儒举起拳头用力敲了敲，没有人回应、开门。一连敲了三次，等了很久，里面还是死寂一片。淑端疑惑地问："会不会上街了？"子儒也想到这种可能性。这时隔壁走过来一位老阿婆，巫婆一样瘦骨嶙峋，她用闽南语说："不用敲了，走了。"子儒大吃一惊，想到父亲葬礼上她还好好的，怎么就……忙问："怎么走了？这么快？"阿婆说："搬家了，住别墅去了。"淑端与子儒惊骇地互看了一眼，沉默了。子儒心里翻江倒海般，想起在里面一周的生活——乞讨般的生活，炼狱般的生活，几乎没有语言的吃剩饭菜的屈辱生活。想到暗无天日般的环境，陈旧破烂的古董似的家具，还有那把诡异的手枪……一切，随着父亲的离去，烟消云散，仿佛不曾存在一般，连同父亲。

沉默了一会儿，淑端说："你父亲不容易呀，我们不能怪他、不能恨他。"子儒点了点头，心里放下巨石似的释然。母子俩缓缓地走出小巷，没有回头。

第二个地方是康泰的坟墓，他们准备了香烛、鲜花、供品。淑端举着香，对着墓碑，站了很久，子儒知道母亲在与父亲交谈，这应该是他们的最后一次交流了。他静静地站在母亲身旁，陪着她。过了一会儿，淑端说："我想带点他的墓土回去，将来我死了，葬礼时把他的魂也引回去，墓土放到我的墓里。"子儒一时束手无策："我什么东西都没带呀。"淑端静静地打开自己的手提包，拿出塑料袋和小刀片。子儒看着母亲，愣住了：母亲的坚强与深情，是自己没有想到的。他默默地伸手接了过来。离开时，淑端终于出声道："康泰，跟我回去吧，回故乡唐山去。"说完，泣不成声。子儒的眼泪也一下子涌了出来。

子儒问母亲需要带什么东西回去，淑端黯然拒绝道：“不用了，这是奔丧，不是旅游探亲。”子儒心想，也有可能是她看到自己的生意不好，担心增添自己的负担，所以，便偷偷地给她买了几件衣服、几瓶椰子油、几双拖鞋，又找朋友换了500元人民币。临行的前一个晚上，淑端坐在孩子们中间，安慰子儒说：“现在有困难，不要紧，这是暂时的，你这么孝顺，老天会助你赚到钱的。记住，好人有好报。”又再三交代道：“和雪华好好过日子，她是一个难得的好女人；照顾好这五个孩子，他们可都是我的子孙啊！”子儒唯有不住地点头。淑端还交代了另外一件事：“将来我死后，记得把你明珠姐姐的坟，迁到我身边，这样我就放心了。”子儒听后，骇然。

这一年，淑端69岁，独自一人回唐山，走得非常坚决，也非常不舍。

四十五

1986年2月22日，菲律宾总统马科斯被迫下台，理由是：选举舞弊。菲律宾民众举行大规模的抗议游行，把他赶下了台。

这里宕开一笔，追溯一下时代背景，也介绍一下那个被菲律宾人民誉为“最腐败、最贪婪的总统”。

随着抗日战争的结束，美国军队进驻菲律宾，带来菲律宾经济的迅速发展，成为亚洲第二经济强国。当时的首都马尼拉是亚洲金融中心，被称为“亚洲的纽约”。

1965年，马科斯在菲律宾的总统竞选中脱颖而出，成为菲律宾总统。前期正如他竞选总统时发表的宣言一样，实行土地改革、贯彻民主、发展经济。但久而久之，马科斯就忘了最初的宣言，他大力发展家族势力，让家族中的人都获得一官半职，妻子伊梅尔达不仅被任命为大马尼拉市市长，还成为总统继承人。马科斯还不忘为家族敛财，以各种手段将公款揽入自己的腰包里，甚至连日本的战争赔款，他们夫妇都要抽取一大部分。他们夫妇的敛财手段逐渐将菲律宾的经济拖垮。面对马科斯夫妇毫不收敛的统治手段，菲律宾国防部和武装部队最终发动政变，逼马科斯下台，结束了他统治菲律宾20年的历史。

据说，马科斯一家逃亡后，军队攻入总统府，里面囤积的财富让人瞠目结舌：黄金5325吨、飞机29架……他老婆更是奇葩，别的不说，鞋子就有3000双、短裤有5000条，奢侈铺张到让人感到不可思议。

马科斯下台后，流亡美国夏威夷。一时，菲律宾社会陷入混乱，金融危机加剧，很多有钱的老板出逃美国、香港……时局动荡不安，生意更萧条。

子儒一家只能滞留在菲律宾，一大家子人，挪动不了。雪华说：“既来之则安之，我们就这几条命，逃到哪里还不是保命？富人才怕死。管他呢，兵来将挡水来土掩。”子儒没有她那么豁达，他经历过太多的失败，他有不祥的预感，而且很快就应验了：花市几乎一夜之间失去了生意，异常惨淡。看着娇艳的花卉无人问津、慢慢枯萎，子儒的心在滴血，这可是真金白银呀，是维持一家人生命的来源呀！每天晚上，他都垂头丧气地回家，唉声叹气地枯坐，束手无策地沉思。一家人受他影响，也少了许多笑声。雪华首先从生活上节俭，后来全面节俭。这时的她也乐观不起来了，一旦没有收入，一家七口就得挨饿了。

一天晚上，雪华看到子儒脸色特别不好，忙问原因，才得知：开在龟卵花市的摊位因无力偿还租金，被所属的大公司关门了。雪华听了，也一屁股坐下来发呆，手脚冰冷。这可如何是好？没有收入，家里马上断炊，接下来就是被扫地出门，流落街头。

情况太过严重，子儒只好硬着头皮去找菲中友好协会帮忙，这也是没有办法的办法。一位老实、善良的朋友得知他的处境，二话不说，帮他还清租金，花店得以继续开下去。子儒又早出晚归地奔波，为他精心培植的花卉、精心雕塑的盆景找买家。

但是，经济危机严重影响人们的生活，多少人朝不保夕，哪有闲情逸致养花、赏花？生意极端惨淡，简直可以用苟延残喘来形容。子儒待在花店里，感觉自己和这些花草一样，正在逐渐枯萎。人被束缚着，等于没有任何生机，现实容不得他自生自灭，最后子儒决定把花店关掉。

花卉尽数死去。子儒看着狼藉的场面，痛彻心扉。这是他多年的心血呀！

跌倒了，还不能疗伤，必须赶快爬起来，生活没有给子儒疗伤的机会。下一步，如何走？

花店对面是一家面粉店，经营者何天祝也是唐山人，他是一位文学爱好者，对楹联特别感兴趣，闲时经常跟子儒切磋如何写对子，研究什么平仄呀、对仗呀、词性呀，一来二往，交情就深了。这时看到子儒的花店关门，便主动赞助他一笔钱，子儒又向一位朋友借了20万，另一位收购汽水瓶的昔日同学傅亦民听说他要开铁店，也主动赞助他20万，子儒便在一个菜市场旁边开了一家铁店，也叫五金店。

同学傅亦民的老家在凤亭镇塘园村，是湖后村的隔壁村，当年他家境也不好，两人因邻村而走得近。他之所以主动送来20万，是因为他母亲去世时，没有人去看望他，也没什么人去帮忙，子儒每天都过去，晚上总是和他一块儿守灵。独在异乡为异客，友情便显得弥足珍贵。如今看到子儒落难，便出手帮忙。

有了这些人的帮助，铁店终于开张了。但是，因不熟悉业务，又不会讲英语、菲语，不会招揽生意，销售量非常有限。有时顾客要求开发票，子儒也不会开，只好让小孩开。小孩个子小，就让小孩站在椅子上开发票，动作慢一点，顾客就不耐烦，有的就扔下不买了。小五金小巧轻便容易藏匿，顾客经常趁子儒或雪华不注意，偷拿东西。这样，有时卖一件小零件，赚的钱还不如亏的钱多。因经常被偷、销售量不大、利润不高，五金店从一开张就处于亏损状态。而订货要付现金，货物卖不出去，只能堆放积压着。

一天，雪华看到回家来的子儒脸色非常不好，人也疲惫不堪，便问："又是一天没有开张？"子儒摇头："前段时间进10万元的货，还有5万积压着，到期得付款了，他们来催。支票开出去，他们领不到钱，今天到店里来取笑我……"雪华一听，也蔫了。一会儿，她说："吴明棠不是一直打算收购咱家的铁店？明里说暗里提，也不知多少次了，不然干脆让给他吧？他认为我们整天跟他抢生意，恨得牙齿痒痒的，干脆甩给他，让他发大财去。"

吴明棠也是唐山人，也开铁店，因位置不好，在子儒铁店的后面，所以一直觊觎子儒的五金店。子儒语气坚决道："别提他！"雪华本来想劝他：退一步海阔天空，何必跟那种人怄气？但看子儒脸色很不好，只好忍了。她知道子儒是一根筋的人，没有碰到头破血流不会回头。

一天夜里，隔壁店铺突然发生火灾，子儒匆忙赶到，看到大火熊熊燃烧着，火舌无情地吞噬着一切，店铺主人居然没有出现。什么原因，他顾不上去打听，只知道救火要紧。这时他看到消防车来了，但是消防员慢吞吞的，子儒知道他们在等着塞钱，便赶紧拿钱给他们，哀求、拜托他们赶紧喷水，连自己的五金店也一起喷水。所谓：倒墙碰到壁呀。没有救隔壁，自己就处于危险境地，随时会葬于火海。就这样，花钱保住了店，保住了维持生计的唯一出路。

五金店半死不活地拖了两年，最后宣布倒闭、关门。吴明棠马上找到子儒，问："铁店怎样处理了？"子儒看着对方得意的神色，强装微笑道："已让人接手了。"吴明棠瞪着他看了几眼，扭头便走，从此不理睬子儒。

子儒再次失业，而且损失惨重，特别是当初还借了 20 万，这可是一大笔债务啊。

正所谓屋漏偏逢连夜雨。一天，在唐山的亲堂打长途电话来，报丧道：“你母亲高血压发作，去世了，你赶紧回家吧！”子儒听后，完全震住了，他没有想到母亲就这样走了，忽然间就这样走了。她好好地回去，才三年多的时间呀。母亲那么瘦，怎么可能得高血压呀？他完全不敢相信。他知道母亲是郁郁而终的。想到母亲悲苦、凄凉、艰难的一生，他控制不住，放声痛哭、泪如雨下。悲痛中，唯一的信念是：回家奔丧，送母亲最后一程，尽尽孝心。但事出突然，护照没有签证，办手续来不及，子儒与雪华都无法回去。夫妻俩悲痛又焦急，考虑再三，只好让 18 岁的小颂独自回乡，代表全家送老人一程。这也是不得已而为之的办法，因为闽南有句俗话：大孙顶细仔。问小颂敢自己一个人回唐山老家吗？小颂坚定又勇敢地回答：“敢！”子儒一时眼泪闪烁，激动地按着儿子的肩膀，鼓励他：“儿子，你将来一定有出息！记住，这世界还是好人多，遇到困难要懂得求救，别人会帮助你的，阿嬷在天之灵也一定会保佑你。”小颂淡定地点了点头。子儒惊喜、感慨地看到儿子身上那很特殊、很宝贵的潜质，心里升起些许的希望与慰藉。

打电话与子侨联系，他们一家居然不回去。子儒用脚趾头想也知道红梅不会回去，但子侨不回去，让他无论如何不能理解、接受。他拿着话筒许久地沉默着，手抖个不停，仿佛身子也在抖动。子侨的理由是：店里不让请假，一请假等于辞职，他回来就是失业。放下话筒，子儒呆坐着，雪华放声大哭，气得骂道：“疼子不孝呀！”她心疼婆婆呀。子儒听后没有生气，倘若过去，他是不允许雪华说他们家任何人的不是的，对这个弟弟更是百般袒护，因为母亲总是告诉他：打虎抓贼亲兄弟。如今，弟弟的冷漠已经超出他的想象与接受范围，他气得无语了。

子儒想起一件事，非常重要的一件事，便一再交代小颂：“到家后不要慌张、忙乱，其他事由亲堂决定、主持，他们想怎样安排就怎样安排，你当孝男就可以。但阿嬷这个心愿，一定要帮她完成：她当年回去时，带走了一点儿你阿公的墓土，她有交代，她走时要放在她棺材里，葬在一起的。我想那些墓土，她一定保存得很好，也放在最重要的地方，你回去后一定要拿出去，交代主事的亲堂处理，切记，切记！”小颂急了：“爸，我知道了，你赶紧说重点，阿嬷会把墓土放在什么地方？”子儒说：“她房间有张长桌子，上面有个梳妆盒，两层的、大红漆上面描金的梳妆盒，那是她的嫁妆，她很喜欢，有重要东西总是放在里面。你回去找一找，应该就可找到。”小颂忙问道：“如果不是呢？还有没有第二个地方？”子儒想了一想，摇头，坚定地说：“应该就在里面。小时候，她不让我们随便动的，很珍惜它，总是擦得很干净，阿公寄回去的信她也是放在里面。”小颂懂事地点了点头，建议道：“那干脆把梳妆盒放在阿嬷身边，作为陪葬，阿公的墓土不用拿出来。”子儒马上同意，说好，又交代道：“下葬时，你要记得哭喊‘阿公你回来吧，和阿嬷在一起，永远在一起，永远不分离了’。”小颂又懂事地点了点头。“其他事项，我会打电话或电报与亲堂联系，交代他们，你放心。七天倒龛后，记得去阿嬷新坟上烧香告别，记得请求阿嬷，让她保佑我，一旦我赚钱了，一定带全家回去。”小颂忽然觉得这不是一次普通的奔丧，而是一项神圣的家族使命。

赶紧订购机票、打点行李，送儿子上飞机；另一面，赶紧借钱、寄钱回去，请亲堂帮忙料理，把事项一一交代清楚。子儒特别交代亲堂务必为他母亲选块墓地、造个坟墓，他希望多灾多难的母亲可以入土为安，也希望将来可以带着全家人回唐山为母亲扫墓。

因子儒是华人作家，有点名气，镇里领导得知此事，主动派出人手配合村里干部、中正房的亲堂，共同主持了葬礼，让葬礼隆重而庄严。一个华侨妇女，最后就一个 18 岁的孙子回来为她送行，让村里人非常感慨、悲哀，很多人自发地来参加她的葬礼。这是令人心碎的葬礼，但对于一个籍籍无名的普通华侨妇女，也算是一种哀荣吧。

出殡那天，子儒整天待在房间里，不吃不喝，为母亲祈祷，在心里为母亲送行。

四十六

母亲去世，给子儒精神上极大的打击；铁店倒闭，更是直接导致一家人的生活陷入绝境。两者结合，可谓雪上加霜。子儒的心灵与情感几近崩溃状态。不管是细雨绵绵拍打蕉叶的时刻，还是更深夜阑孤寂独坐的时候，他总是追忆着母亲，为自己未能赶回故乡送她最后一程而惆怅、悲伤……脑海里一再浮现出当年母亲在穷苦艰难时，疼爱自己的一举一动：小时候，为自己端洗漱的热水，半夜起床为自己盖被子；上中学时，每天早上摸黑为自己准备简单的午饭；衣服破了，为自己挑灯缝补；当自己淘粪上山浇灌番薯，流鼻血，她总是抱着自己的头，用清冽的井水拍打额头，用土方止血；当自己决定前往菲律宾时，她连夜为自己赶做出一套像样的衣服……如此多的点点滴滴，汇成母爱的洪流，滋养着自己，让自己感到母爱的无私、人间的温暖、亲情的可贵。但是，自己不仅没有能力让她晚年过得舒心、舒服一点，甚至竟然没有机会回去送她一程……

子儒心里企盼着赶紧赚点钱，足够回家一趟的钱，他必须回去一趟，到母亲的坟前拜一拜，给她扫扫墓，同时完成她交代的任务：把姐姐迁葬到她身边。

他痛恨自己、怀疑自己，对于自己何时才能站起来，有点迷茫。他感到非常累了，累到几乎没有支撑自己的力量。

何天祝老先生看到子儒如此消极、颓废，便把他叫到自己的店里，安慰道："人都得走这条路，你母亲一定不愿意看到你这么消沉，因为你是她的希望呀。"子儒惭愧地低着头，无言以对。"唐三藏西天取经，经历九九八十一难。我看你也该差不多够数了吧？我就不信一个人可以这么倒霉。我出本钱，你来掌管，咱们一起做生意，如果赚钱，利润五五分，如何？"子儒一听，惊喜到不敢回答，居然有这样的好事，这世间居然有这么好的人？何先生微笑道："但有一个条件，让我孙子到店里帮忙。这孩子没有吃过苦，不知天地几斤几两，跟着你，学一学，吃点苦，你帮我管教管教、引导引导。"子儒听后，非常感动，忙问："做什么生意？"何先生道："朱古力。"子儒知道朱古力是菲律宾的一大特产，不仅菲律宾人喜欢，很多到菲律宾旅游的人都喜欢带回去，华侨也喜欢带朱古力回乡馈赠亲友。在闽南的一些华侨家庭，妇女坐月子就很喜欢喝朱古力，说是可驱寒、热补。朱古力的别称就是巧克力，但与巧克力又有区别：朱古力不能直接吃，它一般是煮了作为热饮，可以直接加水煮开，也可加入燕麦、蛋、牛奶一起煮开。有提神、补充能量和营养、调理体虚、预防心脑血管疾病和癌症、延缓衰老等作用。

子儒觉得做这个生意不错，便答应了。

选店面、装修、进货、雇请番仔，一切按程序进行，很快开张营业。生意做起来了，子儒觉得不能三个人挤在店里等顾客上门，守株待兔式地等赚钱，所以仍然跑出去拉生意，店铺交给何天祝的孙子小何和番仔员工打理。

菲律宾的朱古力品种繁多，他们店里卖的是"老德顺"朱古力，老牌子，历史悠久、质量过关，很多顾客就认这个牌子，所以推销并不难，业务也不错。

但很快，子儒发现货物有出入，账目也不清，对不上号，便私下询问番仔员工，番仔员工说：“钱被小何拿去了，装在身上，到处炫耀呢。”子儒一听，马上叫来小何，严肃地告诉他：“这开店的钱，确实是你爷爷拿出来的，但我们店有店规，每一笔账都要记清楚，钱每天要归库，月底盘点，亏盈多少才有清单，至于如何分红，你爷爷会处理。”小何白了他一眼，说：“可以呀。”子儒道：“那么，我们说明白了，不能随便拿店里的钱。”小何口气很冲地否认：“我没拿！”子儒无法跟他较真，因为自己没有当场抓到证据，只好作罢。

不久，番仔员工又偷偷告诉子儒：“小何总是随意拿店里的朱古力送朋友，而且出手很大方。”子儒忙找小何沟通：“我们要有个规矩，无论是自己喝还是送朋友，只要是自己消耗掉的，就自己买单，可以记账，月底薪水里边扣，这样账目才清楚，但不能不清不楚、随随便便。”小何非常不服气：“不就是几根朱古力，谁稀罕了？这是我爷爷出钱开的店，我要喝还需要打发票？”子儒耐心开导他：“中国有句老话：合字难写。生意上的合，最难在账目上，唯有账目清楚，合作才能长久。”小何道：“谁想和你长久合作？不合就拉倒！”呛得子儒无语以对。

一次，子儒发现一些拆封的朱古力，均没有用完，随处乱扔，也没有包装好，天气湿热，都返潮了，便问番仔员工，对方马上说不是自己。子儒忍不住又说了小何，小何实在搭不下脸来，火了，冲着他大怒道：“他妈的，你算老几？不过我爷爷雇来打杂的，还真当自己是头家了？整天教训我，让我不痛快，哪天我一枪毙了你！”

子儒觉得自己无法履行何老先生的交代，也无力改变现实问题，简直憋屈极了。

至于钱的事，更加麻烦，每天都少了钱。子儒几次三番沟通、劝诫，小何永远咬紧牙关说自己没有动钱，子儒只好偃旗息鼓，减少外出跑业务，自己也待在店里，和他们大眼瞪小眼的。和刚开始的满怀信心相比，子儒明显萎顿下去，他感到万分无力、挫败。但是不出去，业务明显下滑，这样下去能分到多少利润？他们可以不管业务，不问赚或赔，但自己不行呀，自己肩上是一家子的重担。这样想一想，子儒坐不住，又往外跑。因为子儒奈何不了小何，番仔员工看到这是一笔糊涂账，也大胆起来，自己开始小偷小摸了。

眼看着一个生意还不错的店，就这样乱糟糟、糊里糊涂地亏损，子儒心里非常郁闷。而家里，这么多子女除了吃穿用度，还需要教育、培养，这花费该多少？因为亏损，薪水发不了，孩子们交学费的钱没有了着落，雪华只好硬着头皮去向朋友借。她有一位朋友非常富有，住着别墅，养了四五个菲佣，雪华一开口，这朋友二话不说，就拿钱给她。回到家，子儒语气有点冲地问："奇怪，你怎么还挺高兴的样子？"雪华不服道："能借到钱，还有什么不高兴的？说明这朋友对我真心，我为人也不错，值得信任。"子儒苦笑道："你这是借钱呀，借钱是要还的，还乐呵呵的，没心没肺。"雪华心态非常好："能借到钱，我们就能活下去，这有什么不好？至少，这一周我们就有饭吃了，不值得高兴吗？再说了，我从来不觉得这辈子就会倒霉到底，这么多子女，难道将来就不能有一个有出息？我觉得困难是暂时的，我们一定有能力还钱。"子儒一听，豁然开朗："对呀，我不会赚钱，并不代表五个子女都不会赚钱。如果自己不行，那就寄希望于后代，所谓长江后浪推前浪，熬到孩子长大，我们就苦尽甘来了。这就叫'守得云开见月明，静待花开终有时'。"雪华顺势开导道："我不懂什么诗什么歌的，但做人要乐观点，日子还得过下去。"

一爿小店，养着两只硕鼠，自然撑不下去，很快就倒闭了，货没了，钱也没了。朱古力是高级饮品，损失自然不小。

何天祝看着子儒，无语、叹息，子儒也只能无语。他真的只能无语，不然又能何如？他只能痛恨自己，别无他法，难道自己真的窝囊到不能托付？

四十七

再次失业。子儒都有点心惊胆战了，为什么失业会这么顽固地死缠着他，让他摆脱不了？他怎样努力，这个恶魔都一直如影相随。

一天，一位朋友火急火燎地找到子儒，说有一桩生意要介绍给他，也是朋友的朋友介绍来的。子儒怀疑地望着朋友：可能吗？可信吗？自己行吗？朋友拍着胸膛说："如果我要你，我跟你姓王！"子儒二话不说跳上朋友的老爷车，朋友把他载到一座小型的别墅前。

子儒见到一位精神矍铄的老人，老人热情地请他们坐下，菲佣送上咖啡。老人自我介绍说他也是唐山人，自己日夜思念故乡，所以买了一片地，建了一座闽南特色的大厝，跟家乡那座一模一样，如今需要布置庭院，他认为庭院里种上菲律宾的热带植物，有点不伦不类，希望子儒帮他布置，栽上闽南常见的花草树木，让他觉得就像生活在闽南的家里。

子儒认真地打量他，觉得这个上了年纪的人，确实如自己一样，有很强的家乡观念。在外漂泊一辈子，回不去了，用这方式怀念故乡，确实可以理解，也非常感人。且看他不显山不露水的打扮，确实也有成功人士的气质，所以对他的要求完全理解。但是子儒有点犯难了，所谓一方水土养一方人，菲律宾是热带，闽南地区是亚热带，两地的环境、气候、水土、阳光强弱、日照长短等自然条件都不一样，闽南的植物移植到这里，可以生长吗？他不禁吟咏起屈原的《橘颂》来："后皇嘉树，橘徕服兮。受命不迁，生南国兮。深固难徙，更壹志兮。绿叶素荣，纷其可喜兮……”

老先生竖起大拇指，赞不绝口：“王先生，厉害！了得、了得！记忆力这么好，居然一字不差地背诵出来，就是在国内，现在也没有几个人能吟诵出来呢。”子儒微笑着，谦虚道：“先生过奖了。我总觉得中华传统文化是我们民族的根，只要根在心里，走到哪里我们都不是浮萍，心灵就有所依归。”韩先生大有找到知音之感，激动极了，深有同感地附和着：“那是，就是！”过了片刻，王子儒便从情感高潮跌落下来，意识到自己处境的尴尬，羞赧道：“但是，古人云，百般无用是书生，我连穷书生都不是，只是爱好而已。”老先生说：“先生功底惊人，情感我也理解。我坚信，有信念的人，最终是会走出困境的！至于你对这份业务的担忧，我明白，你是担心橘子过淮河变成枳子。但是没有大胆尝试，就不知道会不会成功，你说是吗？”子儒实话实说：“植物有自己的生长规律，引进来容易，但是，如果种下去长势不好或者枯死，怎么办？这我可不敢打包票，因为有的植物很贵，引进来不能生长，就是损失。”韩先生说：“算了，咱们明白人不说含糊话，你负责帮我种植，我付钱给你，成本费加工钱，分两次付清。先给你采购花草的钱以及出门的费用，种完付工钱。工钱等你种完，由你自己开。种下之后能不能存活是我的事，不用你管。这样，你总该放心了吧？”子儒心里窃喜，斟酌了一下，说：“如果你定要闽南风格，那么，据我了解，亚热带花卉培植最好、品种最多的是福建漳州，我去帮你选购，如何？”韩先生一听，非常高兴，连声说好，并说：“那就有劳你辛苦一趟。你放手去干，大胆选择，该多少就多少，该选择什么树种就选择什么，全权负责。”得到如此承诺，子儒终于下定决心，便说：“那请你带我去你府上看一看，我要看地形、布局。空地多少，向阳、背阴等地儿的面积，才好构思该怎样搭配、布局，苏州园林要求每个角落都是一幅完美的图画，我们也按这种审美观去安排。”韩先生听后很高兴，说：“好啊，你这么专业，我服了！走，我叫司机，汽车就在外面。”

朋友说有笔生意必须赶紧过去处理，就风风火火、非常遗憾地走了。韩先生答应他，等花草树木种了，一定请他参观、吃饭。朋友豁达地开玩笑道：“你保证我朋友有饭吃就行。”

到了韩先生的新家，子儒一看，呆住了，脱口而出：“先生这房子，连同地皮，没有两个亿拿不下来吧？”韩先生没有直接回答是或否，只是赞道：“王先生好眼力！这是穷尽老朽毕生之心血、积累呀。”子儒叹道：“那也非常了不起啊！”韩先生说：“一生劳碌奔波，晚年思乡，但子孙都在这里繁衍生息，不愿回去了，我一人回去诸多不便，便想到建这房子以解乡愁。王先生，这乡愁就是相思病呀。”子儒点头，又叹道：“可敬、可敬！从这座大厝的规模、格局，说明先生府上当年也应当是大户人家。”韩先生说：“先生眼睛毒辣呀！不瞒你说，我家祖上三代在朝当过大官，叫奉直大夫，皇上还下了一道圣旨给祖上，那是无比荣耀的事。那道圣旨装在一个木盒子里，就安放在大厅屋顶的中脊梁上，用满汉两种文字写的，那可是传家宝。我老家的房子就是清朝嘉庆皇帝赐造的，他还恩赐了一块匾额，上面写着‘大夫第’，就悬挂在大门顶上，所以故乡人都叫我们那座房子为‘大夫第’。我小时候在那里长大，11岁随父亲过来这里，老家的事历历在目，那房子也一直刻在脑海里，这些记忆是我一生的珍宝啊。”

子儒好奇极了，迫切地问：“能否先细细参观一下？”韩先生说：“当然可以，请移步。”子儒随着韩先生走了一圈，兴奋地说：“先生这房子，叫作三进三落。”韩先生惊叹：“厉害！厉害！”子儒好像找到了施展自己才华的机会，便兴奋道：“我再卖弄一下，这房子叫‘官式大厝’，也叫‘皇宫起’，典型的闽南古民居格局，坐北朝南，前埕后厝，三开间加双边厢房，双小厅加后房，深井加双护廊，大门加双门屋，硬山式屋顶加双翘燕尾脊。”韩先生又赞道：“佩服！佩服！这么专业的叫法，不是有学问的闽南人绝对叫不出来。我告诉番仔，他们怎样也听不懂，简直对牛弹琴。”

子儒沉吟了一下，小声说：“遗憾，遗憾。”韩先生忙问：“什么遗憾？遗憾什么？”子儒微笑着说：“恕我直言，请不要生气。”韩先生说：“不生气，不生气，王先生但说无妨。”子儒道：“少了一个后花园，外加绣楼或书房。”韩先生惊呆了，愣愣地看着子儒，子儒一下子非常懊悔，责怪自己说话太过直率。韩先生急忙问道：“你怎么知道？”子儒反而一脸蒙，说：“我不知道呀，只是最完整、最完美的古厝，一般会有这些。当然非常少，大多数人家都省略了，没有绝对的财力建造不了。”韩先生说：“不，我家没有省略，我家确实是这样造的，但不是在‘大夫第’里，是在‘大夫第’后面另一座大厝里。当时我们是大家族，又雇佣了很多下人，一座大厝住不了，祖上又造了一座，那座大厝就有书房，还有一个非常雅气的名字，叫‘燕语书院’。据说，当时高祖还特意高薪延聘老师，来给家里的子弟授课，也就是自家开办私塾。后花园里有座小姐的绣楼，是两层的，像亭台楼阁，非常漂亮，叫锦绣楼。据说，当时很多少年家经常在我们家的围墙外徘徊，希望看到绣楼上的小姐呢。”韩先生完全沉浸在自己的描绘中，如痴如醉。子儒也听得羡慕又神往，那是怎样的家族、怎样的盛世？舞台上面看到的故事居然不是胡编乱造的，它居然发生在故乡的土地上！他的情绪被调动起来，便不假思索地道：“韩先生，这一单，我接了。我手头还有一点儿事，等我处理一下，以最快的速度去一趟漳州。”韩先生听后，高兴极了，爽快道：“我马上拨钱交付定金，工钱完成后再付如何？”子儒心想：这座房子就是实力的象征，先生的情怀就是最大的保证，再说还没干活，哪能要求人家先付工钱？便点头应允。

漳州，位于福建省最南部，属于南亚热带海洋季风气候，北有高山阻挡寒流侵袭，南有海洋调节温度，所处纬度较低，靠近北回归线，气候温暖、雨量充沛，冬无严寒、夏无酷暑。独特的地理位置及气候特征，让漳州的植物有了很有利的生长环境，漳州素有“花果之乡”的美誉，也是水仙花的故乡。

子儒终于站在一片美丽的花海里。这是花的世界、花的海洋，这绚丽缤纷的地方就叫漳州。看到眼前的景色，子儒有点反应不过来：早年他被借调到省里搞宣传工作，有一次带着文工团宣传队下乡到漳州，印象中，所到的那几个乡村都非常贫穷、落后，还有一个叫寡妇村的，据说是1950年，国民党败退台湾时强抓壮丁，仅有200户人家的一个小村庄一夜之间被掳走147名青壮年，其中91人已结婚，导致91名年轻妇女被迫与丈夫离散，成为活寡妇。那个故事非常凄凉，村子也贫穷得非常凄凉，跟眼前这一幕完全不同啊！难道说，时代变了？而且变得非常之迅猛？中国人喜欢用“翻天覆地”来形容，眼前这一切，是吗？

到达漳州后，子儒马不停蹄地走访了当地几家有名的花卉园林、花卉种植基地，这才了解到：由于政府的大力引导、扶持，经过老百姓的不断探索、研究和实验、培植，漳州的花卉产业蓬勃发展，已经形成了水仙花、兰花、观叶盆栽植物、榕树盆景、仙人掌类、棕榈科植物、食用药用花卉、绿化苗木等系列产品，品种多达1000多种，是福建省最大的花卉生产、销售和出口基地。

站在一片片美得令人窒息的花海里，子儒心潮澎湃，大有相见恨晚之感，他激动得热泪盈眶：这里姹紫嫣红、芬芳馥郁的花卉品种，哪里是自己所学的词汇能够概括得了的？太多太多的品种让他眼花缭乱、无从下手，他想：自己必须先回酒店，冷静思考和精心构思一下，再慎重选择。

在酒店里，他认真研究中国的园林，觉得北边的园林与江南的园林，里面的花草树木是不一样的，就是苏州园林里面种植的花草，也与闽南的不相同。闽南的大厝该种什么？他极力往记忆深处探寻，在闽南大厝里自己看过什么花卉？他想：韩先生的闽南大厝耗资巨大，不能毁在花草这个细节上，一定要起到点缀、衬托，甚至画龙点睛的作用。最后他锁定了这几种花草树木：榕树、凤凰木、竹子、相思树、兰花、水仙花、玫瑰花、月季花、茉莉花、栀子花、芙蓉、荷花、玉兰花，以榕树、竹子、兰花为主，让房子清幽、雅致，突出品位的高雅、高尚。

选中花卉，谈好价格，子儒踌躇了：漳州距离凤亭只有100多公里，要不要回家一趟，去母亲的坟上拜一拜？这么近，不回去，是不是像当年的大禹治水？故乡的召唤是如此深情、强烈，让他有似箭的归心。但是，自己两手空空地回去，不是让亲堂、朋友失望，让家乡人笑话？犹豫再三，最后他还是狠下心来：不，不能这样落魄地回去，等赚到钱了，再专门回故乡，体面地、风光地回家。也只有口袋有钱了，回去才有意义，才能办事，才能了结心愿。走！咬咬牙，离开漳州，离开大陆！

他又悄悄地飞了回去。来，没有告诉任何人，去，也没有作别任何人。他深知：将来一定还会来漳州，这个吸引他的美丽地方，这个生产美丽的地方。

四十八

漳州之行，可谓非常顺利，也可谓满载而归。回菲律宾后，韩先生非常感动，马上设宴为他接风洗尘，听取他的活动经过和一路见闻，更主要的是听取他的计划与安排。韩先生听后，非常高兴，说："完美！就按你的方案办，我没有任何意见。"

所购植物通过海运抵达后，子儒亲自去签单领货。他没有稍事喘息便开始招兵买马，雇佣几个番仔和自己一起栽种，抢夺最佳存活期，以免有的植物出现缺水现象。他头脑里一直出现苏州园林的设计理念：务必使每个角落都成为一幅完美的图画。

一天，韩老先生来现场观看，赞不绝口，对子儒说："这房子布置好，再配置一些家具，我就准备归隐了。公司、企业都丢给儿孙，我就在这里赏花弄月，品茶吟诗，到时欢迎你常来光临。"子儒微笑着道谢，心想：我一家七口三餐不保，陪你赏花弄月，不是都得饿死？但是人家这么有诚意，说明对方看得起自己，所以还是很感激的，便频频点头。

韩老先生又道："我和你有共同语言，这真是缘分呀！人与人之间就是这么奇怪，有的萍水相逢，就能相见恨晚，有的相处一辈子，还是存在距离感。我娶的是锡兰人，所生活的环境不同、文化不同、信仰也不同，所生的子女，和我的观念都经常冲突，又生活在这片土地上，我要扭转、改变他们的观念太难了，再加上忙于生计，无暇顾及，只好听之任之了。"

子儒听后，觉得这确实是一大批华侨的困惑和无奈，看着子女与自己身体里流淌的东西渐行渐远，却也无可奈何，这就是当华侨的代价。便安慰道："中国有句老话：儿孙自有儿孙福。如果都要求他们成为地道的闽南人，又会与这个世界格格不入，这对他们可能是一种束缚、阻碍，既然来到这里，那就让他们融入这个环境，这叫顺其自然，也叫适者生存。"韩老先生马上附和道："对，对，对！英雄所见略同，认命也！"

韩先生走走、看看，不住地微笑、点头。子儒说："先生有什么意见，尽管提出来，所谓：人移则活、树移则死。不满意的，现在马上挪移，不要等它适应环境、长出根须再来移动。"韩先生点头不已，说道："好，好，我明天再过来，认真研究、琢磨一下。晚上我们村同乡会换届，聘我为会长，已经连任三届了，这烫手的山芋推不掉呀。这是烧钱的事，很多人不敢接，我只好再勉为其难当一届。我先回去准备一下发言稿。嗨，要物色个接班人很难，很多人要名誉、地位，但等到要花钱，手就缩回去了。有的虽然热心，但是能力有限，心有余而力不足；有的嫌事务多，整天干赔本烧钱的事，整天处理矛盾纠纷，还影响自己赚钱，也不愿意干。这种社团要存活，难啊！还有，人际关系更是复杂，让人头疼！有的家庭纠纷也来找同乡会解决。”子儒想到湖后村的同乡会，何尝不是这种情况，便点头表示赞同与理解。送走韩老先生，他忙又投入工作。

第二天，子儒一大清早就来到韩先生的闽南大厝前。他按了门铃，许久才出现一个老人，据说也是闽南人，跟随韩先生多年的，是忠诚的仆人。他打开门，走出来，却不让子儒进去。子儒看他神色很是忧伤、悲戚，奇怪又不解，忙问："怎么了？"老人问："你不知道出事了？"说着哽咽不已，眼泪哗哗而下。子儒惊问道："出什么事了？"老人说："韩先生出事了。"子儒心里一颤，忙问："什么事？在哪里？"对方说："昨晚，老先生一走出酒店，就被人开枪打死了！"子儒"啊"地尖叫一声，头脑顿时一片空白，老人再唠叨些什么他完全没有听进去。等他冷静下来，第一件事就是赶到韩先生的别墅去。

那里早已一片肃穆，子儒只看到摆在灵堂上的韩先生的遗像。子儒对着韩先生的笑容呆呆地站着，然后深深地弯下腰，鞠了三个躬。之后退下来，默默坐在一旁。

一个中年男士走过来，坐下来陪着子儒。子儒问："怎么会这样？"对方说："宴席结束，他一走出酒店，子弹就射了过来，连中三发，当场就没了……"子儒说："那一定是有预谋的。抓到凶手了吗？"对方摇摇头："警察正在全力搜捕，应该是黑社会的。"子儒不解道："韩先生为什么会得罪黑社会，让黑社会盯上？"对方直摇头。子儒想起韩先生昨天才说，房子布置好他就准备归隐，没想到第二天他居然就这样"归隐"了，这人生多么诡异呀！

一批又一批的吊唁者过来，人家凭吊后，坐在一旁，便议论起这场灾难的原因。有的说：韩先生建这闽南大厝太张扬了，财不外露才是保全身家性命的关键。有的说：这是种族主义，有些人不允许在他们的地盘上有其他文化的存在。有的说：应该是钱财问题，不然有什么深仇大恨，何必置人于死地？可能对方欠韩先生一大笔钱，还不起，干脆雇杀手暗杀先生，一了百了。有的说：韩先生太爱国了，担任同乡会长，经常组团回国回乡、投资建设，有人不愿意他再当下去。

子儒了解到，韩先生是个爱国华侨，他回乡捐建学校、医院，造桥、修路，设立教育基金，捐赠总额超过2000万元人民币，政府还颁给他“教育功勋”的牌匾。

子儒静静地呆呆地坐了一会儿，没有告辞就悄悄地走了。这也是闽南的一种习俗：离开时不能打招呼。

子儒只好先垫付工钱，把那几个打短工的番仔辞退掉。

韩先生的葬礼过后，子儒又过来，按响韩先生闽南大厝的门铃。还是那位老人出来开门，几天不见，他落寞了许多，看来老主人的离开，对他打击很大。他问道：“你怎么还来呀？”子儒说：“那些花草还没种完。”对方说：“不用种了吧？韩先生已经走了。”子儒说：“这是韩先生的心愿，还是帮他完成吧，免得老人在天堂还牵挂这件事。”对方迟疑了一会儿，才说：“他几个子女不喜欢这种房子，自己都有别墅，不知道会不会把它卖掉呢。韩先生走得这么突然，财产还没有分清楚，现在争得很厉害，内外都乱透了，有的要这家公司，有的要那个企业，没有人懂得估值，又都怕吃亏。”子儒忙问：“韩先生有几个子女？”老人说：“他在外面还找了一个番婆，和番婆也有孩子，内外子女共12个，一打。我估计，这房子保不住了，会被他们卖掉的。这是一大笔财富，留给谁，其他人都不会同意的，只能卖掉，才瓜分得了。”子儒坚持道：“卖不卖，是他们的事，种完是我的事，老先生走的那天下午还过来，看了那么高兴，说明他对这房子是很有感情的。你就让我进去，把他的心愿完成吧。”对方有点动摇了，轻声说道：“你拿不到工钱的。”子儒回答：“不要紧，我只想把它种完。”对方为难道：“但我接到他们的电话，让我不要随便让人进去，你进去等于私闯民宅。”子儒沉默了一会儿，耐心道：“我来过这么多次，你也亲眼看到了，都是韩先生邀请我来的。他诚心诚意邀请我的，这最后一次就算是韩先生允许的吧，那些花草一定枯死了不少，它们也有生命，也想活呀。求你了！让我进去，种完就离开，你就破一次例吧！”老人踌躇了一下，终于放行，咬咬牙说：“我帮你打下手吧，反正他们忙着争遗产，不一定有空过来。”子儒听后一阵感动。

雪华听说又一次惨遭损失，躺在床上一天都起不来，眼泪流完，再生出来，再流。五个子女也因为父亲的损失而整天不语，默默进去。

一连好几天，一家子愁云惨雾的。

四十九

子儒跟子侨通完电话后，站在窗前，望着窗外的景色发呆。子侨在电话里大吐苦水，一番埋怨，首先是深受母亲“多子多福”思想的影响，他甚至用“陷害”一词，害得他又生了两个儿子，这简直是两大拖累、两个受气包。他说这两个儿子特别调皮、忤逆，又不爱念书，让他时常烦恼。上班累了，回家看到乱糟糟的，火就冒上来。一家子挤在四五十平方米的房子里，心情特别郁闷。如果孩子听话，尚可凑合；孩子不懂事，那就遭罪了。他感慨地说：生育容易，培养辛苦，将来婚姻等等更是大问题。住房紧张导致香港很多人拖过婚育年龄，成为独身主义者，这是他的第一烦恼。第二，由于要这两个儿子，红梅停职在家，专门做起家庭妇女；他一人扛起一家子的生存大计，只好打两份工，十分吃力，经济上捉襟见肘。他累，红梅也心情不好，夫妻吵架成了家常便饭。

虽然搜肠刮肚用尽各种语言劝慰他，但子儒也同样感到疲乏无力。大家都触摸到了生活的肌理、痛处，知道没有实际性的帮助，任何安慰都是虚飘飘的、隔靴搔痒的。子儒知道子侨找他也只是为了倾吐，他从小就以大哥的身份处处罩着他，在子侨的内心深处，他这个大哥还是比父亲更亲切、更管用的。想到自己处境如此艰难、自己的亲人生活如此不易却只能袖手旁观，子儒的心情更加沉重起来。但他也感到不可思议，子侨的两个儿子多大了，红梅为什么还停职在家？这一停也未免太久了，难道要停到老、停到死？

迷茫地望着窗外的景色，子儒忽然把眼光盯在杧果树上，杧果树——香港，他想起一个问题来：菲律宾是香港最大的杧果供应国，菲律宾高品质的杧果在香港市场上具有很高的信誉，那么，自己能否做这个生意，把菲律宾杧果运到香港批发给水果商贩？对，有道理，别人能赚这个钱，自己何不尝试一番？

为了拿到最低价格、减少成本，子儒直接找到果农，订购了50箱杧果，然后通过航运运到香港。

子儒又踏上了香港这片繁华之地，他发觉香港比以前更繁荣了，繁荣到让他有点吃惊。虽然两地坐飞机只需两个小时，距离确实并不遥远，但是这些年东奔西突，诸多不顺，自己便没有再来香港的欲望与打算。虽然来香港是由子侨引发的灵感或冲动，但是，当子儒在香港落脚，他第一个想到的人，第一个打算去打扰的人并不是子侨，而是朋友王清祺。他拨通了王清祺的电话，告诉王清祺自己来到了香港。对方听了很高兴，让他稍微等一等，自己下班后马上来接他。子儒能感到王清祺发自内心的真诚与喜悦，毕竟多年没有见面了啊，他也一下子激动起来。

在日常的电话聊天中，子儒早已知道王清祺的妻儿已经全部过来香港，也知道他们买了一套面积不是很大的房子。子儒口里说着不急，让对方继续工作，自己也先处理一些事务。

所谓的一些事务，就是去找水果商贩，看一看市场，问一问价格，找一找买主，因为这是根本。一打听，香港的杧果价格非常昂贵，是菲律宾的四五倍，想到利润如此之高，子儒精神为之一振，心想：看来这确实有利可图啊。

子儒找到水果超市，咨询他们是否要接收一批新鲜的菲律宾杧果。超市负责人说，他们有固定的供应渠道，与固定的出口商联系，都是拿有品牌的生产基地的水果，不能随便收购。子儒一听，吓了一跳，这才知道市场还有这个运行规则。但是超市也是自家开的呀，哪里就这么严谨？他有点不信邪，就往下一家打听去，对方基本上还是这个理由、这个口吻，一而再，再而三，子儒很快便有点挫败感了。他想：看来要打开香港的市场，最主要的是要找到熟人，如果由熟人牵线介绍，对方应该就不会端着一个态度了。再说，品牌还不是自己贴上去的一个标签？自己也可以印一张小纸条贴上去呀。人家不接受，关键是看自己是生人罢了。他这样一想，心就有所宽慰。他想：且等清祺，先解决肚子问题，其他一切再从长计议吧。

两人见面，都感慨万千，毕竟沧桑写满脸庞，岁月的侵袭太过犀利、无情，两人都已不再年轻了。子儒说："我饿坏了，咱们先找个地方吃一碗牛肉面吧？"王清祺说："回家，我已让婉霞准备几样下酒菜了。"子儒踌躇道："这样打扰合适吗？过去你是单身，怎样折腾都方便，现在拖家带口的……"王清祺说："自家人不说客气话。香港就是地儿挤，只要你不嫌弃，你什么时候来香港都得来找我，没有什么不方便的。"子儒一听，心里热乎乎的，这就是朋友。他很后悔没有提一两箱杧果出来，都寄存在航空公司的仓库里，看来只好两手空空地去见他的家人了。

王清祺的房子买在筲箕湾。他介绍说："这是香港最早被开发的地区之一，自开埠以前，就已经有渔民居住，当然，当时这一片只是海湾。"

子儒有点迷茫，忙问："这里属于香港哪个方向、哪个区域？"王清祺说："这在香港岛中心的北岸偏东一点，属于东区，现在属于老城区了。当时特意选择这里，就是生活方便、出入方便，现在都往外拓展、开发了。"子儒忙问："这地儿房价一定很高吧？"清祺回答："当时下手，还好，是近200万，按咱们内地的算法，是90平方米。现在贵得惊人。香港是个小岛，人又这么多，人口非常密集，容不下了。"子儒说："那你赚到了。"王清祺摇头道："就这一套，自家住，没有进行交易，就不算赚。"子儒笑道："什么理论？反正拿出去的钱少，就是赚。"王清祺听后，哈哈笑道："既然你这样说，那就当是赚了吧。"子儒边走边观察，说："这地方非常繁荣热闹呀！"王清祺笑道："说起来，这个世界确实可以用沧海桑田来形容。据说，这地方过去叫饿人湾。传说明朝时，有一队商船因台风被逼在筲箕湾登陆，当他们找寻食物时，发现无处觅食，连当地居民都找不到。他们饿得头晕目眩的，风浪一停赶紧离开，因为饿得不好受，离开时就戏谑这是饿人湾，这名称就传了下来。香港开埠初年，这一带对外交通还十分落后，只能靠小舢板儿联系中环，所以当时有这样一句俗语：英雄被困筲箕湾，问君何日到中环。"子儒听后哈哈大笑。

到了王清祺家，一股温馨气息扑面而来，美味佳肴已经摆在折叠式的餐桌上。子儒看到了女主人，又是一番感慨，对方人到中年，也是脸上布满沧桑，一看便知这些年过来香港，没少打拼、吃苦。

当年在唐山，子儒去过他们家，那时她是典型的华侨妇女，人年轻漂亮，一副养尊处优的样子，如今荡然无存了。

婉霞非常热情，微笑着说："你洗一下手，反正地儿窄，直接上桌，慢慢吃、慢慢聊。"子儒一看，说："等等孩子们吧。"婉霞说："不用等，有的读书，有的打工，每个人的时间点都不同，除了特殊的日子，我们几乎不能围成一桌吃饭的。反正参差不齐，早来早吃，晚来晚吃，已经形成习惯了。"王清祺忙接着解释："这不是没礼貌、没规矩，而是时间宝贵，不能浪费在等待上。”子儒一听，恍然大悟，便不客气，洗手后便上桌了，因为他确实饿得慌。

饭桌上，两人再一次感叹不已，纷纷倾诉生活的种种不易，子儒更是把这些年在菲律宾的经历一股脑儿讲述出来，他笑着说：“都过来了，当笑话、当晚餐的佐料吧。”王清祺摇头道：“太不容易了，唯有你才能撑下去，我真佩服你！”子儒说：“见笑！你错了，其实我们太多华侨就是这样撑下去的。当时在唐山，完全不懂，以为他们到了吕宋等于在挖金矿，弯下腰就能捡到钱。其实我们对华侨一直存在理解的误区、幻想的误区，我们直接把华侨镀上金边了，这太简单化了。其实吕宋还很穷，发展不均衡，它最大的好处是土地肥沃、雨水充沛、阳光充足，说白了，就是种东西可以活，有植物就能生存，而我们唐山不行。”王清祺不住地点头，婉霞听得更是几次擦眼泪。当然，子儒喝到最后，有点喝高了，也是几次抑制不住地掉下热泪。这是他第一次在外人面前不设防，袒露自己的喜怒哀乐。

子儒也说到此行的目的——推销杧果。王清祺安慰他：“容我想一想，看能否找到什么人帮忙，反正你先休息，明天再说。”子儒听到休息，才想到该起身告辞。王清祺忙说：“床铺已经帮你换上干净的了，你就睡我儿子的房间，让他睡客厅。”子儒忙不迭说道：“不行，不行，太打扰了。”婉霞在一旁说道：“自己人不说客气话。你还没赚到钱呢，何必先浪费一笔住宿费？不要紧的，有时亲戚过来，我们也是这样挤一挤的，我们已经挤习惯了。香港酒店那么贵，谁舍得去住？”

子儒便安心地在王清祺家住下来了。

五十

第二天，王清祺便向公司请假，专门陪子儒。子儒很不安，说："在香港，时间就是金钱呀。"王清祺道："钱是赚不完的，该停就停，人又不只是赚钱的工具。赚钱是为了生活，但活着不只是为了赚钱。"子儒一听，非常感动：在香港，肯为朋友花时间的一定是好朋友。

婉霞已经准备了稀饭，还有几碟精致的小菜，有卤水花生、蒜蓉凉拌海带、豆豉炣瘦肉、银鱼干。子儒一看，感触良深："我几乎无法计算我多少年没有配这么闽南特色的小菜了。"婉霞深表同情地说："出门在外，真不容易呀！"子儒难为情地一笑。

两个男人吃完早餐便出门了，第一步该怎么走？王清祺说："还是找水果超市吧，超市需求量、吞吐量都大，适合做大批量的生意。我有一位朋友在水果超市打工，我们过去问一问。"子儒忙说好，两人一路步行过去。

那位朋友很热情，但听到这个问题，就有点为难了："我们这种打工的人，都不敢过问上面的事，只埋头干活，认准时间，按时上下班，力求工作不出错，不被炒鱿鱼就行。所以我只能把你们介绍给这个店的店长，看看他怎么说。"两人都点头表示理解。

店长也是一个很和善的中年人，他说："这店里的所有货物都是总公司统一派送的，至于进货渠道，我也不敢过问呢，说白了，我就是比他们稍微高一级的打工仔。"子儒一听，也相信昨天打听的情况确实没有错，只好硬着头皮问："那么，请问你能否告诉我们，你们总公司的办公地址在哪里？”店长摇头道：“在旺角办公大楼，具体哪一座哪一层，我不知道。”子儒一听，蔫了。王清祺安慰道：“不然，我们走另一条路线，去菜市场水果摊看一看？那地方接地气，我们平民百姓才找得到。”子儒只好点头。王清祺建议道：“我们坐电车去春秧街吧，坐在电车上看香港的街道风景，可是很有名的一种旅游方式呢。”子儒只好苦笑了。

确实，只要有时间、有心情，坐在两层的有轨电车上慢悠悠地逛香港，真有点时光倒流、往事如烟的恍惚错觉。路上，子儒不解地问：“奇怪了，香港这么洋气的地方，为什么会有这么土气的名称？跟春天播种有啥关系？”清祺笑着解释道：“春秧街，跟插秧无关，也跟扭秧歌扯不上边，这条街是以咱们一个福建人的名字命名的。他叫郭春秧，是福建同安人。18岁时，郭春秧去了爪哇，也就是现在的印度尼西亚，投靠他的叔父，管理糖厂，很快地，他成为当时四大糖王之一。1876年，他将事业发展到香港，立足的地方首选北角，在北角建运糖码头、轮船公司、糖厂，后来还填海建住宅区、商店、城市花园私人住宅区。咱们福建人来香港，大多喜欢居住在北角，也就是说，北角跟我们福建人关系非常密切，而郭春秧对北角贡献最大，所以香港政府就把北角这条街命名为春秧街。现在有媒体说：咱们中国的茶叶在1900年就获得巴黎万国博览会金奖，这茶叶就是郭春秧带去巴黎的。”子儒坐在有轨电车上，忽然想起张爱玲描绘的香港。

有轨电车慢吞吞地从熙熙攘攘的人群中穿梭而过，简直就是一大奇观。子儒、清祺两人在站点下车，走向春秧街的水果区。

子儒一看，哇，水果品种繁多，简直是琳琅满目，摆得整整齐齐的。自我介绍、说明来意后，摊主一般都说，已有进货渠道，子儒只好努力解释，自己直接从菲律宾过来，可以拿到第一手的水果，没有中间商。有的摊主说，他们就是直接从果农那里拿的；有的说，可以看一看水果品相，因为水果种类多，需求量不是很大，不能一下子吃掉50箱。子儒蒙了：怎么办？寄存在航运公司仓库需要寄存费，况且水果蒙在里面，蒙太久也会熟得快、烂得快。两人站在街头，一下子呆傻了。子儒只好再压低价格，水果贩听到价格，便宜到自己都笑了，便5箱、10箱地进行订购。剩余的，咋办？王清祺说："还是先领出来，放在仓储间里也不是办法，能批发多少是多少，其他的，我们干脆在街边摆水果摊吧？"子儒问道："摊位呢？"王清祺说："租借一下吧。"子儒只好点头。

子儒雇了两个钟点工，把50箱杧果运到春秧街菜市场，香港短工费贵得子儒差点跳起来，心揪着疼。打开箱子验货，连子儒都傻了眼：个头大小不一，老子、孙子一起装，有的熟透有的青涩，又不均匀。子儒这才后悔不迭，自己没有从头到尾在场监督，让番仔们浑水摸鱼、鱼目混珠了。水果贩一看品相，都拒绝收购了。怎么办？两人都呆了。最后，王清祺说："咱们自己摆摊零售吧，随便抛售了，能收回多少是多少。"子儒沉默着，只好接受这个建议。

早上吃完婉霞煮的稀饭出门，子儒说午餐、晚餐他在外面自己解决，让她不用麻烦。因舍不得花钱买快餐，子儒便吃摊上的歪瓜裂枣，他想：也许自己十年内看到杧果都会吐的。还好王清祺帮忙，找到一个，他们过去住在北角时经常在那里买菜的摊主。摊主是南安人，一听子儒的情况，深表同情，便很爽快地答应挪出一小位子给子儒，还是借他使用，不用租金，子儒差点感激涕零。就这样，他傍着菜摊，卖起水果。菜摊主在卖菜之余还经常顺带帮子儒推销杧果，两人有点一见如故，子儒非常感慨：人生何处不相逢，相逢何必曾相识？

王清祺又去上班，但下班后经常过来看看、帮帮忙，更多时候是介绍朋友过来买，他也一箱又一箱地买去赠送朋友。子儒看了，觉得过意不去，问道："你是赚钱太多呀，为何这样破费？"王清祺笑着说："难得一回，我也做个人情，搞好人际关系，这里帮你推销，那边联络感情，何乐而不为？"子儒只好苦笑，人生落魄成这样，还有什么话可说？

剩下最后四箱，子儒便收摊不卖了，扛两箱到王清祺家，两箱准备送给子侨，直到这时，他才打电话给弟弟。子侨在电话里惊问他：“你什么时候到香港的？”子儒说：“昨晚，但太晚，就不想吵你们了。”子侨又问：“你住在哪里？”子儒说：“朋友王清祺家，他家在筲箕湾。”子侨回答：“那里离北角太远了，不然我过去找你？”子儒赶紧说：“不用，你告诉我地址，我打的过去，顺便看看侄儿、侄女，我还从来没见过两个侄儿呢。”

五十一

子儒没有想到子侨一家租住在这么拥挤的空间里，他走进弟弟家的第一感觉：这里地震过了？咋这么乱？乱到没有任何头绪，乱到逼仄得让人站不住脚。反正，原来狭小的空间被这一个乱字搞得乌烟瘴气、一地鸡毛。另一个惊讶的是弟媳红梅，咋一下子胖成有两个人大小？子侨电话里不是常诉苦怎么累、怎么苦，她怎么在这么苦的情况下，能心宽体胖到这惊人的程度？

子儒认真观察一下红梅，觉得她应该是极端放任到放纵自己，在香港这个物质至上的社会，因为长期宅在家里，与社会严重脱节，导致她内心极度空虚、恐惧，心理压力巨大，便对自己破罐破摔了。他再也看不到当年红梅的影子，那时她是骄傲、自信，充满优越感的干部子女，一副俯视尘世的高姿态，当年的傲气、锐气如今变成了戾气，虽说她还算客气，但子儒感觉到她潜伏在里边的巨大杀伤力。他不禁想：这股戾气是跟她自己还是跟子侨积怨积出来的？

红梅见到子儒也很吃惊，一时束手无策，忙乱了一阵子，才把一条两个座位的小长沙发腾出个空间来，让子儒坐下。子儒站着，没有坐下去的欲望，他觉得坐在一堆废物中，那该多憋闷。红梅再次请他坐下："你坐下等吧，子侨还有半个多钟头才下班到家。"子儒一听，才坐了下来，他想自己站着可能会给对方一种压迫感、紧张感。

红梅没有泡茶或泡咖啡待客的意思，子儒想：也确实没地方放一只杯子，总不能让客人一直端着吧？子儒坐下后巡视一下房间：一卧、一厨、一卫、一厅，客厅的东面靠墙安放着一张两层的架子床，子儒猜想：应该是他们夫妻睡卧室，三个孩子睡客厅，姐姐睡上铺、两个弟弟睡下铺。架子床前留有一条缝，可以走动，接着就是他现在坐着的小沙发，这样一来，这小沙发就快堵到门口了，好在大门是贴着墙壁推开的，不需要占用地方。沙发对面的墙上挂着电视，下面是一个电视柜，可以叫它收纳柜或百宝箱，沙发前还有一点儿空地，应该是他们吃饭的地方，因为他看到一张折叠式的方桌，折起来靠在一旁。卧室的长度刚好是一张床的长度，量身定做一样，再也没有一条缝了，床前还有一米见方的空间，竖着两个顶天立地的大柜，应该是衣柜，剩下一条窄窄的走道。厨房窄窄、长长的，满满当当的东西，剩下的空间可容一个人在里面操作。厕所呢？好像比较宽敞，可是挂满湿衣服，子儒不便认真去观察了。

子儒与红梅的交谈一直有点困难，有一搭没一搭的，一直浮于表面，一句也无法深入。首先，在子儒心里，他对这个弟媳是腹诽颇多的；而红梅，从一开始就好像对王家有天然的抗拒与敌意，至今好像还有增无减。

子侨回家时，已是晚上八点多，三个孩子也都回家多时。红梅不知所措的样子，没有煮饭，也没有其他表示，只是陪着子儒干坐着。莎娜已经长成大姑娘，沉默寡言的，人不活泼，除了打招呼，就一边呆坐着，像闷闷不乐，又像心事重重。子儒记得小时候她是一个娇滴滴的爱打扮的小女孩，整天缠着她母亲嗡嗡嗡地吵着，这也不行那也不好，公主病很严重，很难伺候。如今，全然没有了当年的傲娇样子，长得很漂亮，也很清瘦。倒是两个在香港出生的男孩很大方活泼，打开一箱杧果，兴高采烈地吃开了，一个劲儿地说好吃、很香甜。

子儒对下班回到家门口准备脱鞋的子侨说："不用脱了，我请你们到外面吃饭吧，一家人坐一坐、聚一聚。"莎娜眼睛抬了抬，脸上没有表情，两个男孩听了很高兴，红梅也松了一口气。

子侨带路，领着他们走到附近一家中档的餐馆。正是晚饭高峰期，简直座无虚席，等了一会儿，有的吃完结单，才轮到他们。等到饭菜上桌，已 9 点多，大家简直饿疯了，不再斯文，如饿狼扑到面包上。子儒看着弟弟一家子，心情有点沉重或叫沉闷吧，便问子侨："有什么打算，以后的生活？"子侨说："莎娜已经上班了，在时装店看店；这两个小子，让他们混到中五毕业吧，就出来打工，也快了。反正这里一切为了钱，读到大学毕业，出来也是打工，何必浪费那么多时间？早出来早赚钱，等他们都能赚钱了，争取买一套房子，也该有一个窝了。"子儒一听，点点头就沉默了。

席间两个兄弟聊些不痛不痒的事，没有深入，多次提到唐山的人与事，就是自家的事都没有涉及，好像刻意回避似的。

看到大家已经吃饱，子儒借口到抽烟区抽口烟，赶紧提前去柜台结账。返回饭桌上，他给侄子一人一个红包，说是见面礼，子侨夫妇都没有客套，两个男孩也高高兴兴接了过去。

在餐馆门口，兄弟分手告别，子侨问："什么时候回去？"子儒感到奇怪，他怎么这样问？他怎么可以这样问？一时五味杂陈，心里汹涌得厉害，但忍了忍，口气有点生硬地说："明天办点事，后天吧。"

子儒拦了一辆的士，坐了上去，告诉地址，便闭上眼睛，不愿再睁开，一路上，眼泪硬是从眼缝里溜出来。

第二天，他去了黄大仙祠。他心里一直觉得挺惊悚的，为当年那一支签诗，如今算是还愿吧，毕竟母亲最后还是再见了父亲一面，虽然是生与死之间的会面。他没有看到当年那个爱说话的老阿婆，自己踌躇又踌躇：要不要为自己的事业、前途向黄大仙卜一签？他呆立了很久，最后下定决心：卜一签吧，来一趟不容易，好就信、不好就不信。他走到一个装签诗的木桶边，用力摇了摇，抽出一签，掷下木杯，一上一下，是信杯。子儒走到解读签诗的老头子身边，轻声问道："阿伯，我抽到第一签，好不好？"阿伯抬起头认真地看了看他，说："你去跪在拜垫上叩三个响头，添点灯油钱，然后再来，我会告诉你。"子儒依言而行，再回到老头子身边，老伯微笑道："这第一签，很少出，恭喜你、贺喜你！你运气很好，这是上上签，叫'姜公封相'。姜太公在元始天尊、太乙真人、南极仙翁等诸神的扶助下，取得封神榜。灵签求得第一支，龙虎风云际会时，一旦凌霄扬自乐，任君来往赴瑶池。这签告诉你，你会大器晚成的，虽然前期受尽波折，但你立下的大志，能如愿以偿，并能达到至善至乐的境界，正所谓东成西就、左右逢源、万事如意。"子儒一听，心里大喜，连声道谢，步履轻快地离开了。

回到大街上，看到如此富庶、繁华的香港，想到自己一身债务，子儒这才回到现实，意识到这趟香港之行损失是非常惨重的，这对债台高筑的家庭，无疑是又加了一码。他慢慢地走在香港的土地上，如梦如幻的，步履非常沉重。

王清祺下班时，提着一大袋东西回来，说是要送给雪华及侄儿侄女的礼物，他还帮子儒购买了返程的飞机票。

在机场告别时，子儒握住王清祺的手，紧紧地握着，舍不得放开："兄弟，谢谢！珍重，再见！"

五十二

推销杧果失败之后，现实容不得子儒消沉下去，他没有沉沦一天，第二天就到街面上行走，四处考察市场，寻找新的生活出路，也期待着好运降临。几天的考量、思索，他觉得自己骨子里还是农民，喜欢与土地、植物打交道，喜欢泥土特有的芬芳气息，喜欢植物静静生长的茁壮生命力，喜欢汗水浇灌后取得的收获。也许，小时候的经历早已经深入骨髓：只要土地里能长出东西，肚子就不会挨饿了。从祖母、母亲带他到地里刨食，再到他自己上山劳动，每次走到田地里，看到庄稼，他心里都觉得特别安全、安稳。所以他决定：向土地要生存。虽然从唐山来菲律宾，大多数人都脱离土地，不愿意再当农民，但是失败这么多次之后，他没有其他选择。

一些朋友听说他要去当农民，纷纷劝他：搞农业时间长，有周期性，收入不稳定，太辛苦，还是经商赚钱快。子儒很想反驳：我经商这么多年，还是赚不到钱呀。但是，这是打脸的事，他说不出口。也有亲堂当面笑他：要当农民，何必跑到吕宋？在唐山不就得了？子儒心平气和地听着各种言论，但是没有改变自己的打算，他想：日子是自己的，路还得自己走。他四处打探情况：土地、租金、距离、交通等，应该说是做了全面的调研，然后在马尼拉南侧的郊区，租了七公顷的土地，开始种蔬菜，主打空心菜、芥蓝菜。

种蔬菜时间短、收成快，但需要大量水分，必须经常灌溉。看着菜种撒下去，小芽很快冒出来，嫩嫩的、绿绿的，非常可爱，子儒的心情也慢慢舒畅起来。虽然他晒得黝黑，活脱脱农民的形象，但是这种只出体力、苦力的简单劳作，还是让他心情愉悦的。他在田地旁边搭了个简易的草棚，刚开始只是中午休息用，晚上还是回家，随着蔬菜生长起来，他连同晚上也得待在草寮里，看守着，以防小偷。当然，小偷还是经常有的。这不用钱的新鲜蔬菜，谁不喜欢？番仔打游击战似的，让人防不胜防，所以永远处于被偷的状态。

子儒从来没有想到除了繁重的体力劳动，还要应付复杂的人际关系。除了小偷，还有无赖。他租种的田地犄角边就住有一户番仔，生育了一大群孩子，穷得孩子都没裤衩穿，脏兮兮、黑乎乎的，一个个像非洲难民。他们家养了一大群鸡鸭，总是公然地赶到子儒的菜园子里来吃菜，好像吃的是野草。一天，子儒发现一亩多地的菜都被吃坏了，品相很糟糕，菜被践踏得乱七八糟，完全不能卖了。他气得要命，只好赶紧去买篱笆，准备围起来，那个番仔看到了，带领一家大小出动，蛮横地反对，把子儒安好的篱笆拔掉，扔到田埂上。子儒再安装上去，他们马上再搞破坏，拔掉后还折断、弄坏，最后子儒只好放弃，缴枪投降。子儒看着在菜地里趾高气扬、为所欲为的鸡鸭，恨得牙齿痒痒的，又无济于事。

一个晚上，已是深夜，子儒已经入睡，忽然听到急促的敲门声。他迷迷糊糊起来，开门一看，那个番仔扑通一声跪在他的面前，急切地哀求："我儿子晕倒了，快死了，你载我们去医院吧！我们的亲戚都是穷人，没有人愿意帮我们。"子儒一听，赶紧叫来巴士，把他们送去医院，因抢救及时，那个瘦骨嶙峋的小孩得救了。子儒又和番仔待在医院里，看护了两天，等到孩子完全脱离危险，帮他们付了医药费，才放心地回到菜园。小孩出院后，那个番仔与他的老婆终于自觉地把鸡鸭圈起来，一天一只地杀掉炖了吃，还炖了一只送给子儒，子儒只好笑纳了。吃着这只香喷喷的鸭子，子儒有点解恨：它，还有它的同伴，吃了我多少汗水、心血？但是，子儒也知道：生活是如此艰难，还有很多人挣扎在贫穷线上，自己如果不看开一点，又能如何?《管子·牧民》中说：仓廪实而知礼节，衣食足而知荣辱。

阳光充足、水分充沛，菜蔬长势凶猛。比如空心菜，只要 28 天时间就可以摘取了。很快地，一匝匝、一畦畦，碧绿碧绿的，非常诱人。收成的季节到了，子儒开着车，把雪华、小颂也载到地里，帮忙摘菜。为了便于出售，他们特意把蔬菜打成一捆一捆的，每捆一公斤。每天傍晚，他们就整出一大卡车的蔬菜，运到日惹锁岭的菜市场，到达时正好赶上夜市，赶紧批发给小菜摊、小菜贩，这些菜摊、菜贩收了，第二天一大清早就有水灵灵的蔬菜出售了。三个人每天早出晚归，在地里劳动着，兴奋地企盼着丰收的前景。因为有前车之鉴，子儒便与菜摊、菜贩商量，请他们一手收货、一手交钱，但他们都说不能给现金，要等第二天蔬菜卖出去才能付钱，还说其他菜农也是这样处理的。既然是规矩，又有何办法？只好批发给他们。

这个时候，小颂已经是一大劳动力了，摘菜、搬货，什么都抢着干。他是长子，从小在唐山就与奶奶、母亲一起吃苦，格外懂事、勤劳，也颇有大哥风范，这时看到家境如此，更是毫无怨言地成为父母的帮手。这也是子儒特别看重他、欣赏他的地方。

收成的喜悦，没有持续几天，他们就萎蔫了：等到他们晚上去向菜摊、菜贩收钱时，居然收不回钱。他们开出的菜价已经比任何出手价、批发价都便宜了，但菜贩、菜摊主还是不给，有的说："等菜卖完了。"有的说："忘了进多少货了。"还有的说："贱卖了，亏了。"总之，各种理由，各种抵赖方式，有的荒谬到幼稚可笑。子儒据理力争，多次无果，有的菜贩还很生气："这么小气、吝啬，不就是几把蔬菜，送我们又有几块钱？"还有的说："催债似的，没见过钱吗？"总之，听他们的话，会活活气死。子儒简直不敢相信：他们价格翻倍地出售，即使烂掉一些，去头去尾，也赚了不少，怎么连本钱都要赖不给呢？这天底下哪有做生意不给本钱的？但是，这些人就是找各种理由不给钱。按正常思维，不给本钱就马上断货，这是市场运作规律，但是，可恨的是，即使这些菜贩不给钱，蔬菜也只能继续供应给他们，摘好、码好送到他们摊前。这些付出心血、汗水的东西，总不能让它们烂在地里吧？子儒也心存最后一丝侥幸：等他们大赚、赚足后，会良心发现，给点工本费。小颂很生气，气呼呼道："干脆烂掉算了，还省点力气。"子儒悲哀地说："烂在地里不甘心啊，那是暴殄天物。"

家里只能吃菜再吃菜，不是空心菜就是芥蓝菜，搞得大家脸色都绿了。有的孩子宁可下盐巴拌饭都不吃菜了。除了蔬菜，家里其他一切开销，只能向朋友借钱。每次借钱，都信誓旦旦："等蔬菜卖了，就还钱"。如今拿什么还呢？一次次用这理由，难道蔬菜是黄金，骗谁呢？雪华再也不敢出去借钱了，借钱的事只好派给孩子。好在孩子听话、懂事，嘴巴也甜，出去借钱，多少都能借点回来。特别是小颂，他连朋友的零用钱也借来了。他们过着举家食菜、借债度日的生活。雪华用一本笔记本记着账，密密麻麻，一页写完又翻一页，写得她都麻木了，像小学生应付作业。她不知这样记账，是记个心理安慰还是什么，因为她完全不知道什么时候才有能力还债。

有一次，经过何天祝老先生的面粉店，子儒硬着头皮走进去，何老先生关切地问："怎么样？这么久都不来了。"子儒无力地坐下，微微一笑算是回答。何先生送上一杯咖啡，他一口气喝掉，又要了一杯。何先生忙完一笔买卖，坐到他跟前，笑着说："吴明棠前些天还特意跑到店里聊天，我知道他好奇你的事，专看你的大小相。正如我所料，没多久，他就按捺不住地问我，王子儒饿死了吗？他说，王子儒会做生意，猪母都会爬树。"子儒只好苦笑了几声，平静地开口："您再借我一点钱吧，家里实在揭不开锅了。"何老先生尴尬了一会儿，叹息道："难道还不够八十一难？菩萨记错了吧？"子儒苦笑道："菩萨可能太忙，忘了数数了。”两人闲聊了一会儿，子儒还是关切地问：“小何呢？”何老先生叹息道：“嗨，公仔哥儿，一天到晚做街警。都怪我，把他宠坏了，他父母现在把他带走，说要自己管教了。”子儒也只好叹息一声，自己如此落魄，真的没有能力管别人呀。何先生真诚地说：“当初是我失算，如果没有让他进店，我们的朱古力生意就还做着呢，你也不用去当农民了。”子儒忙不迭地说：“不能这样说，让我无地自容了。只能怪我，真是扶不起的阿斗！”何先生拍了拍子儒的肩膀：“快了，八十一难快完了，会取得真经的。”子儒听后，心里热乎乎的。

兜里揣着钱，子儒走出面粉店，肩上还扛着何老先生赠送的一大袋面粉。他想：还真的要活下去，不能饿死呀。这个世界真的是：笑贫不笑娼。家乡也有一句老话：一穷二创割（闽南话，指麻风病）。可见，穷比不治之症更可怕呀。对，好死不如赖活，我要活下去，想尽办法活下去！

房屋也成了头疼的问题。盆栽生意失败后，他们付不起昂贵的房租，就搬离了那座带有大花园的房子，找了一处普通民房住下。可是这房子的厝主很凶很吝啬，如果没有按时交付房租，他就破口大骂，用各种粗话、脏话侮辱人。搬家都搬怕了，特别是这一大家子，搬起来更累，大部队行军似的，所以子儒采取“忍”的办法，寄人篱下，还能咋样？厝主的姐姐倒很善良，是个慈眉善目、温和胆小的人，看到弟弟这样凶横，不敢劝说，就采取迂回的帮忙方法。她总是将自己安排家费的钱偷偷拿一些塞给雪华，说：“快去交房租吧，我弟弟很凶，收不到房租会把你们赶走的，你们这一大家子到哪里是好？”雪华很是感激，她想不出一母同胞的姐弟怎么会有这样的天壤之别。因为实在窘迫，她无法拒绝对方的帮助。就这样，那个善良的女人帮助他们渡过一个又一个难关。但是，一再麻烦她，必定会影响他们一家的生活水平，早晚是会被发现的，到时就会连累她，所以他们夫妻心存愧疚与不安。那大姐总是安慰道：“生活哪有那么容易！不要紧，骗得了一时是一时。”是呀，为了生活，他们只好咬着牙忍辱负重、奋力前行。

忙活了几个月，算是大丰收，收入却微薄，抵去土地租金，一家三人的辛勤劳动便无处报销了。看着雪华、小颂被晒得像土著番仔，子儒再也控制不住汹涌的泪水。想到朋友的规劝、亲堂的取笑，他更是悔不当初呀！

一季蔬菜收割完后，子儒不敢再撒菜种了，他知道这是血本无归的生意，必须马上收摊、尽快止损，否则会搞垮一家人。

五十三

傍晚，子儒坐在马尼拉湾日落大道的长条凳子上，久久凝视着前方。这时，硕大、金黄的太阳慢慢地从马尼拉湾落下，海面上帆影点点，海水、游艇和路人都被铺上一层迷人的金黄色。岸边的椰树在海风的吹拂下摇曳生姿，与海上三三两两的游艇和落日的余晖构成一幅美丽、浪漫的画面。这充满着热带风情的日落，就是菲律宾最美的十大景观之——马尼拉湾日落。

来菲律宾这么多年了，子儒还没有一次这样心无旁骛地坐在这条充满异国风情的大道上，只为了看日落。过去，他太忙于奔波了，忙到无暇看美景；如今，他不知忙什么好了。谋生的路一条条被堵死，他左冲右突，结果一次次被碰得头破血流、疲惫不堪。看着这无比美丽、炫目的马尼拉落日，他不由得想起故乡来。故乡也是属于沿海地区，9公里外就是大海，那片海域属于台湾海峡，但是故乡的海岸线，看不到落日，只看到日出，那一轮红彤彤的太阳从海天交接处冉冉升起，同样也是奇观，也是美景，但故乡的海岸线是粗狂的甚至粗粝的，礁石突兀嶙峋、奇形怪状，布满青苔、蚵壳，沙滩外围种满木麻黄，那是一种防风林，高大笔直，叶子似针，不是风景树。所以，故乡的海边如果要说它美，那是一种粗野、壮丽；而马尼拉湾的美，是绮丽多姿、缤纷斑斓的。故此，故乡人没有把海边当成闲情逸致的地方，而是把海边当成消遣谋生的地方，当成下海出洋的起点，当成创造财富、改变命运的出路，也因此演绎出一曲曲慷慨豪迈的大海悲歌。故乡人向海，向海，不断地向海挺进，谋生存、求发展，这是一代又一代闽南人的命运，也是他们的宿命。这决然不同的观点与态度，应该是性格的不同、文化的差异乃至人生观的迥异。想起故乡，子儒自然而然地想起对自己一生影响最大的两位女性：奶奶与母亲。想起当年，奶奶、母亲不止一次地安慰自己，她们总是说：天无绝人之路，一枝草一点露。那么，敢问路在何方？敢问春天的绿意在哪里？

经过冥思苦想，子儒打算再向土地讨生存，再尝试一下，他不愿这么快就放弃、就妥协、就认输。他计划种水稻，一方面他对水稻有特殊的感情，小时候没有条件吃白米饭，一年到头都是吃番薯，导致他对大米有一种近似痴迷的热爱；另一方面，菲律宾盛产水稻，水稻生长快，而且产量高。子儒想：民以食为天，一日三餐都要吃饭，粮食是消耗品，吃完过几个小时就会饿，就必须再吃，这是无限循环的，直至消耗到生命终结，所以不怕种出来的粮食没人要。

正当他冒出这个念头，再三斟酌是否可行时，一件事坚定了他的信心：中国科学家、水稻之父——袁隆平来到菲律宾，与一位姓林的先生合作，传授水稻播种技术，推广杂交水稻。据说，杂交水稻比菲律宾原有的水稻品种好，可以提高三倍的产量。

子儒得知后，觉得天赐良机，他再也没有犹豫，连忙联系到林先生。这林先生是继王先生之后的菲律宾稻米之王，也是福建闽南人。子儒向他购买杂交水稻种子进行育苗，在原来租下的几十公顷的土地上播下种子。果然，如袁隆平先生所言，第一就是节省稻种，每公顷只需 20 公斤稻种，播下两三株，一个星期便分裂成七八株，每穗达到 130 多粒。菲律宾的水稻种子虽然大点，但每穗只有 50 多粒。育苗成功，让子儒信心倍增。

为了扩大面积，子儒四处打听，寻找更大面积的土地。不久，他了解到菲律宾地方政府拨出一大片土地给岷兰佬的一所大学，大学用不完，留有空地，正准备出租，收取租金，作为大学的额外收入，改善办学条件。虽然路途遥远，往返不方便，生活条件非常差，但子儒还是马上做出大胆的决定，去那里租下 40 公顷土地，用袁隆平传授的技术，全部种上水稻。想到老家就两三亩薄田，忙活一年就收成一点儿番薯，如今一大片，平坦又宽阔，稻苗郁郁葱葱，子儒心里不禁有点喜悦与满足，心想：成为富农应该也是不错的。但转而一想，不对呀，自己最多只是大雇农。1950 年中国进行土改运动，划分成分，其中就有富农，按当时标准是要拥有 12 亩左右的农田。眼前这么大片的土地，只是租赁，自己一亩土地也没有。这样一想，不禁有点黯然。

一天晚上，子儒吃过晚饭，正在田埂上漫步，看着一大片的稻苗，心里计算着收成情况，这时雪华打来电话，让他赶紧回去。子儒听到雪华与往常完全不同的声音，他分辨不出声音里包含着什么，但还是意识到情况不妙，而且非常严重。雪华是何等大胆、大气、豁达、有主见的人，什么事能让她完全失态、失控？子儒知道问题的严重性，顾不得多想，冲进屋子拿上车钥匙，马上狂奔起来。

子儒到家已经是晚上 10 点多，家里人都挤在二楼，两个女儿住的房间里，屋子挤得满满当当的。二女儿小诗躲在床角，蜷成一小团，已经哭得没有气力了。看到子儒，她一下子又失控地号哭起来，浑身颤抖不已。子儒抱住她：“小诗，不怕，小诗，不怕！有爸在，什么都不要紧！”

小诗哭着哭着就昏厥过去，大家赶紧掐人中、灌糖水，忙乱成一团。一会儿，小诗苏醒过来，再次放声痛哭。子儒知道她出事了，一下子也痛出眼泪来，小诗还是个小姑娘呀！这是雪华来菲律宾后生的第一个孩子，长得漂亮又乖巧，子儒觉得小诗有点像他过世的姐姐明珠，所以特别疼爱她。小诗哭着哭着，声音逐渐微弱，慢慢地睡着了。

子儒轻声问道："你们在哪里找到她的？"雪华哭着，声音极其痛苦："学校附近的小巷里。"小颂悲愤道："报警吧！"子儒摇摇头："她是女孩子……这种事，菲律宾一天不知发生多少起呢。"小颂吼道："难道让那种人渣逍遥法外？难道让小诗这样被毁了？"子儒无力道："菲律宾的社会治安就是这么差、这么乱，我们又能如何？找鬼哭没爹……"小颂哭了，咬牙切齿道："哪天让我找到这个人渣，我杀了他！"子儒把小诗轻轻放在床上，盖上被单，说："让她睡一会儿吧，我们到一楼开会。"

在一楼客厅里，子儒神色凝重，语调极其沉痛："今天这件事，除了我们一家人，谁都不知道，谁也不能对外透露任何信息。一旦谁泄露了风声，看我饶了谁！"看到大家都流着泪点头，子儒又道："这件事可能会影响小诗一生，让她痛苦一生，我们慢慢开导她，帮她治愈伤口，走出阴影。她能快乐起来、走出痛苦，那是万幸；如果不能，我们一定不能抛弃她、嫌弃她。将来，小诗想结婚就结婚，不能结婚就留在家里。她是我们的亲人，大家一起照顾她、保护她。"说完又转向三个儿子，道："我和你们母亲死后，你们兄弟也要养活她，你们有稀饭喝，要给她干饭吃，一辈子。知道吗？"三个儿子均点头如捣蒜。

从此，小诗一听到上学，就浑身颤抖，哭天抢地的，子儒夫妇再也不敢让她去上学。小诗再也不敢走出家门，不敢见到陌生人，子儒、雪华以为随着时间慢慢推移，小诗会慢慢淡忘，从噩梦中走出来，慢慢正常起来。但是，小诗没有好起来。最让他们感到无比痛苦的是，他们发现，小诗精神上出了点儿问题，间歇性地发作，时好时坏。

小诗成了子儒夫妇心头永远的伤、永远的痛，这也是他们迁居菲律宾所付出的惨痛代价。

五十四

在岷兰佬种下的水稻蓬勃地生长着，长势喜人，但还没到收割季节，家里所有资金都投入到了稻田里，一时便揭不开锅了，那是真的家徒四壁，这四壁还是别人的。怎么办？子儒不知该向谁发问了。家里空空如也，生活却不能停下脚步，一切都随着日出日落而有序地进行着，眼睛一睁开，千头万绪就涌来了。

水稻一季要三四个月才能收成，家里却到了等米下锅的地步。雪华一看不是办法，便带着小颂去路边摆地摊卖衣服，赚点钱家用，当然也是入不敷出。

一天，二儿子小楚打电话给蹲守在岷兰佬的子儒，哭道："爸爸，老师说明天还不交学费，就不用去上学了。"小楚跟他大哥完全不同，是个文静、胆小的男孩，腼腆羞涩，读书很用功，成绩也很优异，是学校的优秀学生。但太懂事太听话了，老师一吓唬，他就害怕得不得了。子儒安慰他："没事，爸来想办法。"其实，能有什么办法，还不是再找个对象借钱？朋友借遍了，有的还借了一次又一次，找谁开口呢？子儒逐个搜索了一遍，突然想起有个笔名叫楚越的文学朋友，他们夫妻开着润饼小店，是否向他开口？他们赚的钱也不多呀，是否有余钱借自己？贸然开口，借不到双方都难堪呀。但是熟悉的人都借遍了，不好意思再开口了。想到楚越，子儒不由自主想起清明节家乡吃的润饼。

润饼是闽南特色食品，只在清明节吃，平时消失得无影无踪，楚越却把它引到菲律宾，经营起来，成为生存手段。小店就离他们目前租赁的家不远，因在菲律宾的闽南人多，很多怀念故乡的人，会都特意跑去解馋，也解乡愁。

闽南的润饼，要将五花肉、蛋卷、豆腐卷、胡萝卜、荷兰豆、苤蓝等等都切成丝，垫着浒苔、花生末、麻佬，用薄薄的润饼皮卷起来，捧着吃。那真是人间美味。

子儒与楚越平时极少交往，属于两条平行线上奔波的人，找他借钱，合适吗？不找他，还有其他更合适的人选吗？子儒踌躇了很久，感觉没有其他人选，最后还是打了楚越的电话，开口借4万元。楚越一口答应，子儒感动极了。于是，子儒叫小楚亲自去拿，并吩咐儿子，交学费剩下的钱拿给母亲，做生活费。

菲币一再贬值，这一路下来，子儒都不敢去细想到底贬了几十倍还是几百倍。据父亲回忆，他刚到菲律宾是到别人的杂货店当雇员，每个月30比索，偶尔寄25比索回家，可兑成人民币50元。而他初到菲律宾，一个月能赚到200比索就欢天喜地，如今200比索只抵一天花销，这跟国民党时期的法币有啥区别？

有一天，子儒回家，晚饭后，小楚忽然好奇地问："闽南人为什么吃润饼？"子儒沉吟了一下，说道："这里面有个传说，相传春秋战国时代，晋献公的妃子骊姬为了让自己的儿子奚齐继位，就设毒计谋害太子申生，申生被逼自杀。申生的弟弟重耳，为了躲避祸害，流亡出走。流亡期间，重耳受尽屈辱。跟他一道出奔的臣子，后来陆续各奔出路，只剩下几个忠心耿耿的人，一直追随他，其中一个人叫介子推。有一次，重耳饿晕过去，介子推为了救重耳，从自己腿上割下一块肉，用火烤熟了送给重耳吃。19年后，重耳回国做了君主，执政后，他对那些和他同甘共苦的臣子大加封赏，唯独忘了介子推。有人在他面前为介子推叫屈，重耳想起旧事，马上差人去请介子推。可是，差人去了几趟，介子推不来，重耳只好亲自去请。可是，介子推不愿见他，背着老母亲躲进绵山。重耳便让御林军上山搜索，没有找到。有人出主意，不如放火烧山，三面点火，留下一方，大火起时介子推为了母亲会走出来。谁知大火烧了三天三夜，终究不见他们出来。大火熄灭后，上山一看，介子推和母亲抱着一棵烧焦的大柳树已经死了。重耳非常伤心，厚葬他们，把烧山这一天定为寒食节，晓谕全国，每年这天禁忌烟火，只吃寒食。因介子推留下的诗中有这样一句：'臣在九泉心无愧，勤政清明复清明。'所以这一天，又叫'清明节'"。

"此后，寒食、清明成了中国隆重的节日。这一天，人们便不生火做饭，只吃冷食，中国北方吃饺子，咱们闽南便流行吃润饼。除了吃冷食，人们还进行扫墓、祭祀等活动，缅怀祖先，寄寓哀悼。闽南地区繁文缛节很多，认为：清明不回家，没祖；春节不回家，没某（老婆）。所以非常重视清明节。"

几个孩子听得入迷，都颇有感触，子儒也陷入沉思。

种下稻苗后，子儒只能搭草寮看守。以往蔬菜被偷，现在稻苗也会被偷，只要你稍不留神，马上就会有一大片被摘空、被挖空，被踩踏得乱七八糟，真是让人防不胜防，一根弦永远绷紧着。田地附近有原住民，土著人，他们中个别人很刁蛮，明明现场被逮住，还敢矢口否认，让子儒非常无语，他有种"秀才遇到兵有理说不清"的无奈。但是这些原住民又得罪不了，谁都知道一旦得罪他们，他们便会使阴招、狠招、损招。有的原住民还放鸡鸭过来，赶到田地里吃稻苗，子儒驱赶鸡鸭，他们会非常生气，站在田埂上和你对骂。子儒知道：水至清则无鱼，如果没有融入这个社会、这些人群，没有与当地人走得近，自己将永远被隔离，他们会合伙起来欺负自己。那么，怎样融入当地社会呢？同流合污？一样要无赖？子儒想：接受主动送上门来的女人吧。

这里允许笔者稍作停顿，介绍一下菲律宾的男女关系，以及他们的家庭观念、性观念。

菲律宾性非常开放，是世界上最开放的几个国家之一。即使是第一次见面，只要对上眼，就可以留个电话、联系方式，约个时间睡个觉。贞操观念、羞耻之心、道德观，在他们那里是很淡薄的。他们认为两情相悦是人性，睡一觉是各取所需。醒过来后，各奔东西，互不相欠。除了结婚，男的一般不用负责任，睡觉后就可一走了之。菲律宾很多家庭只有母亲，没有父亲，也和这个有直接关系。菲律宾信仰天主教，反对堕胎，所以很多孩子一出生就不知道父亲是谁，这也是性开放的后遗症。好在菲律宾盛产粮食、水果，不会饿死，至少可以上街乞讨，这也是菲律宾盛产乞丐的原因。

当子儒卸下防御，敞开胸怀，便有许多女人投怀送抱了。晚上，会有女人悄悄地来敲他的木扉门，他开门接纳，在黑暗中操作，完事后女的离开，也算是干净利索。胖的、瘦的，年轻的、中年的，各种口味、各种特色。她们均不留夜，做完悄悄离去，子儒也无从认出人来。第二天，即使路上相遇，也互不打招呼，完全风轻云淡、了无牵挂，没有痕迹地过去。有时还会一时来了两个，就躺在床上等他，弄得子儒招架不住、应付乏力。接受番仔女人后，日子反而好过了，为难、作弄他的事少了，这真是让人不可思议的事。

厝边有一个漂亮的女孩，在路上遇到子儒，就缠着不放，当着别人的面，也是同样肆无忌惮、开放大胆，居然笑着挑逗道：不要害怕，我下面有毛，不是白虎精。搞得众人哄笑不已，子儒也被搞得灰头土脸的。

小街上有家剃头店，开了无数年似的，又脏又乱，子儒经常过去剃头。那剃头匠嘴巴毫无遮掩又滔滔不绝，一肚子的东西，天文地理、闲情八卦的，啥都讲，跟子儒更是聊得起劲。一天，剃头匠居然神秘地、带着一脸坏笑地问子儒：“我女儿漂亮吗？你要吗？”子儒经常见到他女儿，确实非常漂亮，他以为对方是开玩笑，就大大咧咧地回答：“要。”

剃头匠居然很高兴，说：“那我让她晚上过去找你。”子儒吓一跳，忙不迭说：“开玩笑归开玩笑，别当真。”剃头匠还是笑哈哈的：“谁跟你开玩笑了？”子儒为避免尴尬，只好转了话题。晚上，那姑娘居然来了。子儒没有想到，她居然还是处女，这让他一时诚惶诚恐，一连好几天都心神不宁，担心剃头匠来勒索、敲诈，但是，许多天过去，一直平平静静，没有任何动静。忐忑不安地过了许多天，对方没有来找碴，子儒这才释怀。有时，静下心来，他还真弄不懂，不知她们图什么，自己又没有钱财给她们，年龄也大了，身体也衰退了，但是，他居然还这么受欢迎。也唯有在漆黑的晚上，他才受欢迎。

日子如此艰难、苦闷、漫长，他确实需要发泄。他像困兽一样，发出绝望的哀号。

但是，回到家，迎接他的却是一场暴风骤雨。某天，他刚踏进家门，从厨房飞出一把煎勺：“你回来干什么？为什么不在外面风流？不去照镜子看一看，头发白了多少，还做出晚节不保的事？还有脸回来，给孩子什么形象？”子儒弯腰捡起煎勺，走进厨房，雪华扑过来，拳头雨点般落下，子儒默默站着，任由她发泄。等她怒气消了，子儒轻声说：“没办法，为了生存。”雪华听后，痛哭起来。子儒哀求道：“别闹了，让我在孩子面前保留一点尊严吧。”雪华一听，声音高了：“你还有什么尊严？你这种人还要什么尊严？你做那事时想到孩子的尊严了吗？”子儒被呛住了，呆呆站了一会儿，默默走出家门。那晚，他在外面漫无目的、神志恍惚地走着，一直走到深夜。最后，小颂找到他，把他带回了家。

一天，雪华打电话告诉子儒：“今天没钱交房租，厝主又开骂了，什么脏话、浑话都吐出来、泼过来，还说小诗……”子儒一听，气愤得抓狂，放下雪华的电话，马上就拨打厝主的电话，口不择言地骂开了：“他妈的，我们房租哪一次没有交了？有时不过拖延几天，谁没有个艰难的时候？不要认为我王子儒好欺负，逼急了兔子还会咬人。告诉你，惹火了，我们父子四人把你灭了碎尸万段，拿去喂野狗！你给我听好了，房租欠着，等有了钱还你，再逼债，你等着瞧，看谁狠！狗急了还会跳墙，到时一把火让你们断子绝孙、全家同日作忌！”骂完气冲冲挂了电话机，一时非常解气、痛快，其实整个人气得发抖。真可谓：不堪的现实让文人也无法保留最后一点斯文了。

五十五

子儒下了大本钱，购买了一台拖拉机来耕地，算是率先进入现代化，比番仔的设备先进多了，搞得他们很是眼红。子儒播的杂交水稻，能开裂成那么多株，更让他们好奇，他们经常偷偷蹲到子儒的田地里，观看、议论，羡慕极了。有的番仔便利用晚上，偷偷潜入子儒的田地里，拔稻苗到自己的地里种，等到第二天子儒巡查时才发现，田地里居然空出一大角，让他真是欲哭无泪、防不胜防。有一次，子儒买了 500 包尿素，撒到田地里，番仔看了很好奇，晚上又行动了，偷偷把田里的水引到他们的田地去。但尿素放下，不久便渗透到土地里，所以他们引走的水还是普通的水，番仔气得哇哇叫，白忙活了大半夜。

有一天，子儒到田地里，看到一个番仔特意在腰间佩带着长刀，在田埂上耀武扬威地走着，很多人看了吓得半死，赶紧跳到水田里，躲之唯恐不及。佩带长刀的番仔走到子儒面前，怒视着他，拍了拍腰间的长刀，子儒站着不动，对着他笑了笑。生活逼得他没有退路，除了一条命，他真的是一无所有了，所以反而坦坦荡荡，不再畏惧什么。那番仔看到吓不住子儒，走了两圈就悻悻地回去了。

子儒住的草寮极其简陋，有时也极其危险。有一个晚上，他睡得正香，忽然觉得很热，热得醒了过来，才发现是风扇停了。他以为停电了，就起了床，点了一根蜡烛，举着蜡烛四处查看，检查线路。当他一抬头，发现一条大蟒蛇缠在风扇上，头被绞断了。子儒便叫来那位佩带长刀的番仔，让他拿去收拾好，煮着吃，那番仔高兴极了。过后再想起那条大蟒蛇，子儒都有点后怕，原来是那台响声如雷的破风扇救了他一命。他不禁想：大难不死必有后福，是真的吗？

水稻成熟了，该收割了，子儒赶紧雇好人员，说好第二天来劳动。没想到，第二天早上起床一看，已有一大片被割走了。子儒知道是附近的原住民抢先下手的，但也无可奈何，到哪里去追回稻谷？谁又会承认？他想：还是赶紧把其他的水稻收割起来才保险。一堆一堆的稻谷收割好了，晒谷子却成了令人头疼的问题，没想到跑断腿还是租不到晒谷埕。子儒奇怪、傻眼了：原先看见许多晒谷埕呀，怎么一下子都被使用了？冷静下来一想：对呀，一到收成季节，大家都收成，都需要晒谷埕，当然争着抢着占用了。原来大家比他精明，或者说，比他有经验呢。

咋办？子儒急得团团转，又没有吹干机等设备，很多谷子烂掉了。看到这情形，子儒的心都碎了，这是血汗，也是一家子生活的依靠、保障呀！谷子烂了，一筐筐地倒掉，简直是在割肉。好不容易借到或租到场地，可以晒谷子了，却总是照顾、看管不过来，被人偷偷收走。

一次，子儒终于租下了晒谷场，雇番仔把稻谷一担担地挑出去，铺在晒谷埕上。子儒走在其间，看着自己的劳动成果，心里甭提有多高兴了。午后，突然乌云密布，赶紧抢收还是来不及，一阵瓢泼大雨突然从天而降，子儒拼命喊叫，让工人拦截，工人却躲雨去了，站在屋檐下看着子儒一个人疯狂地在雨中叫喊、斗天斗地，完全无动于衷。很多谷子被大雨冲走，转眼就不见了。子儒站在雨中，死的心都有了，他不知道脸上流的是雨水还是泪水。

所以，最初的第一季收成虽然不错，但因为各种损失、损耗，所剩已经不多，除了留下一部分自家吃，其他的卖出，但回收的钱还是让人无比沮丧。

比如，子儒曾经工作过一个多月的米店头家，听说子儒种植稻米收成了，而且是试种袁隆平的杂交水稻，忙前来洽谈业务，答应为子儒推销、出售大米。子儒看他还很诚恳，心想：虽然过去他过河拆桥的做法有点太过精明、不够地道厚道，但是，商人眼里只有利益，这是商人的基本属性。他便劝告自己：过去的事就让它过去吧，既然他是商人，那还是和他合作，互利互赢。但等到大米运过去，一段时间后子儒去收钱，他居然大打折扣，子儒拿着对方给的5万元，蒙了、急了，忙说："那些大米总价应该不止20万呀？"对方尴尬地笑了笑："子儒，第一次合作，马马虎虎吧，做生意，不要太斤斤计较了。"子儒蒙得晕头转向、哭笑不得：正儿八经地讨血汗钱，反而是斤斤计较，这是什么强盗逻辑？回到家，雪华一听说，气得抓狂地骂道："你是一根筋呀，伤疤没好就忘了痛，居然把米给他！"子儒一脸无助："水稻种出来，当然要卖了，他找上我，他是卖米的，不给他推销给谁？"雪华气噎了："难道整个菲律宾就他一个人卖米？"子儒还是一脸无辜："我想，都是唐山人……"雪华除了无语还是无语。

种稻米是如此艰难，还继续种吗？生活还有没有其他可能？还有没有其他选择？吃着自己种的大米，一家人都觉得比菲律宾原来的稻米好吃多了。子儒心想：既然好吃，那就一定有市场，可以赚钱。既然可以赚钱，那为什么要放弃呢？吃一堑长一智，只要今后吸取教训，完全可以减少损失、增加收入，那么，生活一定可以改善的。

继续种水稻。

第二季种下稻苗，正生长着，看到秧苗茁壮的长势，子儒的希望又鼓起来了，他想象着丰收的前景，美滋滋地做着梦。不承想，这次却遇到旱季，非常干旱，水沟里没有水，水渠里的一点儿水都被人截住了，流不到他的田地。眼看稻苗蔫蔫的，子儒急了，忙跑到上面去，请求水库放水，水库管理人员直接伸手要钱。水就是生命线呀，子儒咬咬牙，塞钱给他，求他开会儿闸门。水放出来了，哗哗哗地流淌着，子儒高兴极了，拼命往回跑，跑着跑着，却发现水在中途就被人拦截走了。花钱买来的水，一滴也没有流到自己的田地，它滋润了沿途的田地，却滋润不到自己。子儒眼睁睁看着稻苗被晒死、干枯……

其实种下稻苗之前，已经有人告诉他：菲律宾一年只有一季可以收成，只能在雨季种植，其他时间虽然阳光充足，但那时是旱季，没有充沛的水资源，活不了。可子儒偏偏不相信，当时还跟他人争辩了许久，他认为菲律宾气候这么温暖，植物生产这么快，雨季这么长，是可以尝试种两季的。结果，正如那位朋友所言，种下稻种后，没有雨水了，太阳总是火辣辣的，稻苗都晒死了。他过去总以为菲律宾这么好的地理条件，播种一季太浪费了，他认为是菲律宾人懒惰，不愿意多劳动，这时才明白，自然环境是人力无法抗衡的，人难以胜天呀，人只能顺应自然规律。

旱季收成不好，稻米品相差卖不出去，欠银行的贷款，欠岷兰佬大学场地的租金，欠朋友的钱，等等，子儒粗略一算：居然损失近300万！他完全惊呆了：这是巨大的亏空，巨大的债务，巨大的损失呀！近300万，什么数字？这辈子还得起吗？能翻身吗？一大家子如何生存下去？他完全没辙了，被这巨大的亏空吓呆了，直挺挺地躺在草寮里发呆，不敢回家。车子也被债主开走了。他昏天暗地地躺了几天，直到饿得几乎虚脱，他知道再躺下去就是一具干尸了，这才垂头丧气地收拾几件换洗衣服，卷着铺盖，打道回府，回首都马尼拉。

刚回到家，屁股还没挨到椅子，移民局官员忽然降临，二话不说就把他抓走了。子儒忙问："理由呢？你们怎么平白无故抓人？"他们极其简单地回复："厝主告你，告你拖欠房租，还威胁恐吓他。"对于疲惫不堪的子儒，吃牢饭也是省心、省事呀，但是，一大家子人怎么办？子儒只好对雪华说："去找孙克强吧，他是律师，也许他可以帮忙。"孙克强是何许人也？是晋江文化馆的同事。雪华问："他会相信我？肯帮忙吗？"子儒说："你告诉他，王子儒落难了，求他帮忙，他应该会出手的。"雪华按子儒提供的地址，去找孙克强。

当雪华在律师所见到西装革履的孙克强，她一点自信都没了：素昧平生，人家会理睬她？何况她的手上空空如也。她只好像面对严师似地一问一答地回答孙克强的问话，在回答中把事情大概说清楚了。孙克强二话不说，马上拿起电话，并让雪华回家等待。正如子儒所料，孙克强跟移民局非常熟悉，关卡走得通。当晚，移民局就把子儒放了。子儒过后才知道，孙克强花了15万元，轻松摆平了这件事。

回到家后，子儒没有找厝主，他知道自己斗不过这种人。房子再也住不下去，他们被迫迁徙。这次选房条件又降了几个档次，直接迁到了贫民窟。他们租下一座狭小、老旧的三层房子，带着一大堆乱七八糟的行李搬了进去。一家人默默地搬行李，没有言语，可能真的无语了。

这房子三层的布局是：一楼除了楼梯外，有一个灶台，灶台对面摆了一套沙发；二楼、三楼都是一间房间、一个厕所。子儒一家七口人就挤在这里：他们父子四人住二楼，雪华带着两个女儿住三楼。再也没有一点多余的空间，没有厨房，没有餐厅，吃饭只能端在手里站着吃，轮流吃。

五个孩子住到这种房子，都偷偷地哭了，哭声传到子儒的耳边，子儒狠狠地掴着自己的嘴巴，也无声地流泪了。只听雪华在安慰孩子："别哭了，我们哭着进来，将来一定会笑着离开。"

这房子所在的住宅区，是老旧、混乱、肮脏的住宅区，房子低矮、破旧、颓败，房屋毗连着，没有留下消防通道，仅有一条土路供住户出入。子儒知道这种房子非常危险，一旦出现火灾只能困死，但他实在没有能力租好一点的房子了。一身债务压得他喘不过气来，他一下子沉默下去、衰老下去、疲乏下去。

全家蜗居在贫民窟。过着极端窘迫、贫困的生活，简直一地鸡毛。这就是种稻谷惨败之后的处境。

五十六

一天，小颂告诉父母，他要独自出去闯一闯。子儒问："去哪里？干什么？"小颂很干脆地回答："不知道，你别管。"子儒看到一脸淡定的儿子，心想：生活已经到这样的境况，没有最差，只有更差了，那就放手让他出去闯一闯吧，兴许还会闯出一条血路来，困在这里，已经走投无路了。便说："好吧，我支持你！我只要求你记住一点，违法、犯罪的事不能干，苦活、重活、累活不要紧，要堂堂正正地做人，踏踏实实地做事。我们这个家混到这一步，已经没有退路了。"小颂点了点头，把子儒买给他的车低价倒腾出去，用卖车的钱买了一张飞机票，背起简单的行囊，飞走了。飞往中国、飞往义乌。

大儿子放飞了。子儒想到他对自己说的"你别管"，那么直截了当，那么毫不客气，他知道自己真的该放手不管了，自己混到如此田地，真的管不起儿子呀，他有深深的挫败感。

经过一段时间的无所事事后，子儒又搞起老本行：雕塑盆栽。但是，家里的地儿确实太过狭小，只好种到楼顶上去。这样保证了安全，但是搬上搬下的，不方便，又笨重。没有活路，又能如何？他只好安慰自己：当成锻炼吧。站在屋顶搞盆栽，又是另一番体验，有时望着远处，突发奇想，灵感就来了，搞出来的盆栽另有一番意境和韵味。

闲时，困在家里，子儒一遍又一遍地盘点走过的路，心里万分怅惘。一天，他突然决定走一趟漳州。虽然当年那一次漳州之行在经济上有损失，但美丽的漳州一直留在他的脑海里，挥之不去，他不觉得那一趟是失败之行，漳州艳丽的花花草草一直在招引着他的魂儿。他想：如果两地合作，把菲律宾的热带植物引到漳州，让他们培植，自己从漳州运些花草到菲律宾销售，应该还是可以赚钱的。于是，他收拾了几件换洗衣服，就直接飞到漳州了。

漳州仍然让子儒惊喜、惊艳，因为它不断推出新的花样、新的品种，让他有陌生的惊喜。他把两地合作、跨区域培植的想法，与当地一家大型的种植基地进行探讨、商榷，对方很感兴趣，觉得可行，因为他们永远在探索的道路上，需要不断创新、不断引进、不断培植。子儒除了保守地选购小榕树、松柏、福建茶、佛肚竹、罗汉松等生命力强、受众广的植物外，还选择了水仙花、四季橘等寓意吉祥的观赏性植物……而漳州则订购了菲律宾名贵的棕榈科植物，双方交流、合作得非常顺利。

这次漳州之行，除了走访花卉市场、探访种植基地、选购一些花草外，子儒还决定认识一下当地文学界的同人朋友。文学是他内心最痴迷、最向往的东西，走到哪里他都会想要结识一些志同道合的文友，了解一些文学动态，让自己的生活在苦苦打拼之余，有点滋润、调节的柔软东西。于是，他便请种植基地的陈老板帮忙牵线搭桥，联系到当地的作家协会，兴冲冲地去拜访他们，与他们座谈。那是一场宾主皆欢的文学交流，大家没有拘束、没有隔膜，畅所欲言。当晚，子儒宴请他们，并提出一个不情之请：“能否麻烦贵地作协，派个人当导游，当然，是在不影响工作、生活的情况下，带我在周边看一看？我慕名而来，不想与美景擦肩而过。但是时间有限，盲目地到处走，看不到最好的风景。”作协主席非常热情，朗声道：“当然可以，这完全没问题，我组织几个人陪同您。您虽然也是闽南人，但您侨居菲律宾多年，这活动已经不是普通意义上的采风活动，而是两国之间的文学交流了。”子儒一听，哈哈大笑。

他们游玩了南靖土楼、田螺坑土楼群、东山风动石、澳角。子儒非常感慨，觉得漳州人质朴又热情，即使放下手中的活，影响到他们的工作，他们也会热情接待，全程作陪，他感到一种来自同胞的热乎乎的情义。子儒的另一个感慨是：祖国真是一个令人神往的国度，毕竟是文明古国，文化底蕴深厚，走到哪里都有历史悠久的文物、风景，各地景观不同，风俗民情各异，便构成多彩纷繁的世界，让人流连忘返。离开时，子儒有点依依不舍，他觉得这是一个会与自己的生命紧紧相连的地方，会永远留在自己记忆深处的地方，也是一个可以给自己带来好运的地方。虽然债台高筑，但他还是非常热情地发出邀请：欢迎你们有空到菲律宾，到时联系我，我一定尽地主之谊，带你们游遍菲律宾！

回菲律宾后，子儒搞出的盆栽更丰富多彩了，生意有了明显的好转。

一天，子儒听说菲律宾在“吗加致”地区举行全国性的盆栽展览，便选出自己中意的一盆送去参展。这是他精心塑造出来的作品，他选用了一个一寸的浅盆，栽上几株佛肚竹，细心地铺上青苔，再点缀几块火山石，整个意境超凡脱俗、韵味十足、飘逸隽永。这盆景引来很多人的观赏、赞叹，有人赞道：“这就是中国风！”子儒听了，非常自豪。果然，盆景不出意外地获得冠军，当场便被一位将军的太太收藏了，子儒也有了一笔小小的收入。这次获奖，再次激发了他的信心，反正有的是时间，那就认真搞盆栽吧，把中国元素、中国审美、中国意境放到盆景中。

他到马尼拉市郊各个花市巡查，利用自己独特的眼光与鉴赏能力，购买一些别具特色的材料，又利用从漳州引进来的树种、树苗，进行嫁接、培植，但因场地小，他改变风格与方向，以小盆栽为主，更注重盆栽的意境、韵味。弄好了就运出去出售，得以有点微薄的收入维持生计。

小颂走后，接替他和母亲一起摆地摊的是小雅。小雅已经毕业，不再念书了，家庭环境无法供养这么多孩子读书，她便不再争取升学，主动回家帮忙。子儒很是内疚，对小雅说："家里的事由我和你妈撑着，你好好去上学，不然将来你会怪我们没有培养你，对子女没有一视同仁。"小雅摇头："我不怪你们，每个人的命不同。"子儒一惊，颤着音说："读书，也许可以改变命运。"小雅还是摇摇头："我们这么多人，还是先有饭吃吧。"子儒努力但又苍白无力地劝道："一旦走入社会，你就会知道要吃很多苦。""我不怕吃苦，"小雅硬气地回答，停顿了一下又说，"我就怕大家没饭吃。"子儒一听，顿时无语，眼前一片模糊。

小雅把书本、学习用具藏了起来，第二天一大早就和母亲推着车出门了，从此踏入社会。她们母女通过摆地摊，赚取生活补贴。小楚、小风上大学的费用，多数还是要向亲朋好友进行挪借。

子儒离开大陆时，小雅还是襁褓里的婴儿，当他再次见到小雅时，也就是小雅来到菲律宾时，她已经俨然一个勤快的小大人。子儒经常恍惚地觉得：小雅多像明珠，连那淡淡的悲苦的表情也像，他多不愿意产生这样痛苦的联想啊！特别是随着小诗、小楚、小风的出生，她帮忙带，给弟弟妹妹喂米糊、奶粉，摇摇篮、换尿布，俨然一个合格的小保姆；帮忙干家务活，勤快得像一个小蜜蜂；她宁愿自己饿肚子，把东西留给弟弟、妹妹；她宁可自己穿旧衣裳，把新衣服让给妹妹……总之，这个困难中长大的孩子，特别忍隐懂事、任劳任怨。

有一次，子儒感慨地对雪华说："小雅是穷养出来的孩子，很多品质特别像阿母，毕竟是她一手带大的。"雪华笑道："为什么不说像我？也是我一手带大的呀。"子儒只好微笑道："像你们，像闽南女子，贤惠勤快、深明大义。"子儒觉得特别内疚："这孩子不该是这样的命运呀，都是我害的，欠下这巨额债务，导致日子如此潦倒，孩子跟着受罪。"雪华听后流泪了："你可能不知道吧，有时没有生意，中午她就跟我饿肚子呢，饿得有时直冒冷汗。"子儒一听，心如刀绞，默默走到天台，默默地坐在黑暗中，脑海里盘踞着两个大问号：希望在哪里？还有希望吗？

在艰难又艰难中，一年又过去了。

一天，小颂飞菲律宾来，告诉父母，自己赚了一点儿钱，家里的债务可以还清了。子儒、雪华都不太敢相信自己的耳朵，那可是近 300 万呀，开什么国际玩笑！

子儒惊恐地问："你抢劫银行、走私贩毒了？不然哪里来的这么多钱？"小颂笑着说："光明正大、你甘我愿的。他们要过来这里做生意，不会办手续，我专门帮他们跑移民局，帮他们介绍、处理，包揽一切事务，就这么简单。有时是人要过来，不懂得怎么办手续，我照样帮忙介绍，减少他们的麻烦。还有一个怀孕的女人，要生产了，手续还没弄好，她那个急呀，担心孩子出生在国内。朋友介绍她来找我，我很快就帮她办好一切，让她的儿子顺利地在这里出生，她给的钱最多。"子儒不解又担心地问："你这钱赚得正当吗？"小颂说："怎么不正当了？相当于中介吧。我不是提供各种服务，为何不能收劳务费？"

夫妻俩听了，简直不敢相信：居然可以这样赚钱，而且是赚大钱。赚钱居然可以不用出死力、出苦力、出蛮力的。

小颂说："我们赶紧还债吧，还完债后，好好过日子。"

他们赶紧出门还钱、还钱、还钱。欠债还钱，天经地义。能够这样大手笔地还钱，也是一件特爽的事。雪华的记账本一行行地删去，一页页地翻过，她感到心惊肉跳的，居然能这样有气势地还债，生活竟会出现这样神奇的一天！

压在心头的一块巨石终于掀掉，淤积在胸口的一口气终于吐出来，暗无天日的生活终于结束了。夫妻俩终于舒展开眉头，全家完全可以用"欢天喜地"来形容。没有债务，就可扬眉吐气地做人了。

小颂又飞回去了。送走小颂，子儒的内心久久不能平静。想起那年小颂十八岁，单枪匹马回老家给祖母送葬；想起种菜时，他和雪华一天摘出一大卡车的蔬菜；想到种水稻，他跟自己在地里插秧，弯到腰直不起来；想到他身无分文，义无反顾勇地闯义乌……想着想着，子儒泪流满面。

五十七

虽然重操旧业，取得不菲的成绩，但距离赚大钱，还相差太远，子儒最后定位：搞花卉生意只能作为副业，必须找一样生意作为主业，才能尽快改善家庭的状况。

正当他苦苦寻找时，好消息居然主动找上门来。一天，洪志伟找到子儒，对他说："我看你真会打拼，真敢打拼，但……这些年……还是这么困难。告诉你一条发财的路，我一位朋友有一座镍矿准备开发，很便宜，正在寻找合伙人，你是否愿意试一试？"子儒不敢相信：世间有这样的好事，还是自己找上门来的？洪志伟说："如果你有意愿，我让你加一股，如果运气好，大家一起发财，你或许就可摆脱贫困了。"子儒马上表态："愿意！"他想：反正都已经这么落魄了，那就搏一回吧。不搏一搏，人生就差不多了，没啥机会了。活到这把岁数，也该苦尽甘来了。

于是，他们行动起来。他们通过各种渠道，结识了一位中方的退休少将，通过他帮忙，找到中方的合作伙伴，那是一家大型国有企业，中方答应出资 800 万美元，收购 60%。合同签下后，中方履行合约，马上汇出首期的 300 万美元，镍矿顺利开采起来。

矿区在岷兰佬的依拉沓岛上，处于荒芜、落后、原始状态。他们临时雇用了一大批番仔进行开采，由子儒亲自监督、管理。在菲律宾，每一天都有危险，到岛上勘测、管理，危险系数更高。子儒的心里很害怕，担心一不小心连命都搭进去，便尽量与当地的原住民和官员搞好关系，经常给点小恩小惠。而晚上他则不敢一个人睡在矿区的宿舍里，总是跑到一位熟悉的警察家里借宿。警察朋友有时笑他胆小，他总是坦率地说："命重要，没有命，一切都是空的，保命第一。"住在朋友家里还有一个好处，寂寞了，可以一起喝酒聊天。因为岛上的生活很寂寞、单调，日复一日、年复一年，都是那个模式，所以朋友也很欢迎他，子儒头脑里的故事源源不断地讲出来，丰富了他夜晚的无聊时光。

镍矿开采很成功，因为挖到的是富矿，产量很大，子儒只占有一小股，也分到一大笔钱，分到了1000多万的菲币。子儒拿到了平生赚到的最大一笔钱，子儒激动得分不清东西南北，他没有想到，折腾了几十年，一再挫败，如今居然一举成功，而且是巨大的成功。

由于前一段时间家里没有收入，只好又开始举债。子儒问雪华又欠了多少钱，她说："差不多150万，还是节俭又节俭呢，不知为何钱这么不经花。"说着又拿出记账本。子儒掏出钱，让她赶紧去还，再次做一个没有债务的轻松人。子儒想：既然钱来钱往是如此的不可思议，那么赶紧买一处住所，结束长期租赁、四处迁徙、居无定所的日子。这是全家多年的奢望啊，只要有房，什么都不怕了。中国人对房子的热爱，是带着信仰、皈依的感情因素在里面的。

他们四处看房，终于在"巴仁惹计"看中了一座别墅，崭新、外表白色、300平方米的两层房子，这房子前后还留有空间，前面是庭院，后面可做储藏间，总价格是650万菲币。子儒咬咬牙买了下来，别墅已经有了普通的装修，子儒又花了70多万对别墅进行一番整修，配备了电器、家具、生活用品。这一切到位后，就显得舒服、美观，因为配备齐全。

一家人欢天喜地搬进别墅。经过这么多年的努力、奋斗，他们在菲律宾终于有了自己的住宅，而且还不是一般的住宅，是别墅。终于安家了，真正有家了。一家子可以安定下来，不必再寄人篱下了，也不必再到处迁徙。雪华很感慨："要是阿母还健在，不知要多高兴呢。"子儒一听，百感交集：自己一生拼搏，很大的因素，就是为了让阿母过上好日子。如今，好日子来了，阿母却看不到了。

一天，子儒到何天祝先生的面粉店还钱，何老先生说："不急，先拿去处理其他事务吧。"子儒很是感激："且战且跑吧，应付得来。所谓：有借有还，再借不难。"何老先生说："但愿这是最后一次，今后不用再借钱了。"子儒笑道："好，借你吉言！嗨……不知向你借过多少次钱，如果算利息，我一辈子给你打工都还不了呢。"何老先生忙摆手，笑道："夸张了，夸张了，不说这些见外话。我看呀，来菲律宾不借钱的，好像至今还没有，除非祖宗留下大宗产业、有家底继承的。"子儒感喟道："白手起家，难，太难了！更何况，独在异乡为异客啊。"

何老先生停了一下，笑着说："前些天，吴明棠还跑来，大惊小叫的，说王子儒买别墅了，不会是走黑道了吧？他这种书呆子居然没饿死、还能赚大钱，天不长眼呀。"子儒含笑不语。

喝了一杯咖啡，聊了一会儿闲话，子儒拿出3万元，交给何先生："何伯，这件事还得请你帮忙了，麻烦你跑一趟，帮我把这钱还给我那番婆妈妈，就说当年借了300元，生活太糟糕，一直没能力偿还，拖太久了，非常对不起。"接着拿出一张纸条，上面写着地址：G-12，Antel Seaview Tower，Pasay City，Manila。子儒解释道："这是她现在住的地方，我托人查问到的，还花了一番心血呢。"何先生纳闷道："你为什么不亲自走一趟？"子儒摇摇头："见面就不用了，但钱是一定要还的，不然当年的敲诈、勒索罪就成立了。"何先生摇头叹息道："番仔婆，'番'字出头，这是没办法，无法理论的。怪就怪你父亲，不该仅听她的一面之词，就搞得沸沸扬扬的，家丑不外扬，更何况还是一时急需。"子儒苦笑了一下："都说男儿有泪不轻弹，不怕你笑话，当年，我连死的心都有了，那时真的是逼到了绝境，走投无路了。"何先生看了看子儒的脸色，说："有人说，你父亲一过世，她就买了别墅，钱应该是你父亲留给她的。”子儒微笑道：“她能住别墅，是她的福气，大半辈子跟着我父亲蜗居在那破房子里，也够憋屈的。如果真的是我父亲的钱，我会很高兴、很安慰，说明我父亲为她的后半生负责了，她没有白跟我父亲大半辈子。不过……话说回来，我到现在才明白，什么叫露水夫妻，就如他们这种结合，一辈子搭伙过日子，还过得像模像样的，一旦男人死了，就消失得无影无踪，子女也四处流散了，族谱上根本查不到他们，也就是说，在宗族、家族乃至民族的观念上，他们不留下痕迹，等于不存在，等于零。而我的母亲，守着名存实亡的婚姻，却得到一切的认可。”

何先生听后恍然大悟，也感慨不已：“经你这么一说，什么叫幸，什么叫不幸，好像要重新盖棺定论了？”子儒苦笑道：“我是胡说八道，自己理解、安慰自己而已。”何先生又调侃道：“说真的，你就无法原谅她，连见她一面都不愿意？”子儒苦笑道：“我为什么不原谅她？我与她之间不存在原谅不原谅的问题。我刚到菲律宾，她还提供我一周的食宿，再怎么说，也是一点恩惠。文化不同，思想就不同，我是不想让她担惊受怕，一旦我出现，她以为我会千方百计地觊觎她的财产，不是又要搬家了？何必让她瞎折腾呢？过去的，都随我父亲的过世，结束了，人要学会放下，心才会轻松。这也是我慢慢悟出的人生道理。”何先生问道：“那两个番仔妹妹呢？也没有往来？”子儒摇头，他不知往来有什么意义，这么多年自己这么落魄，去跟她们走动，她们不会被吓到？

何先生叹息了几声，沉默了。一会儿，又说：“我们唐山过来的人，很多人就吃亏在太讲理，传统、教育影响太深。但好在我们唐山人团结互助，讲情义。”子儒感叹道：“我们出门在外的人，孤儿一样，更需要温暖呀，我一辈子感激你！”何先生说：“不用，不用，哈哈哈，帮你也是在帮我自己，渡人就是渡己。”子儒一听，很感动，又震了一震，他咀嚼着这句话，感到耐人寻味。

何天祝老先生顿了顿，又想起一件事，感伤地说："傅亦民过世了，我联系不到你，无法通知你过去送葬。"

何天祝是通过子儒介绍与傅亦民结为朋友的。

子儒一听，发了一阵呆，想起当年他母亲过世，自己每晚过去帮他守灵，如今……竟一个晚上也没有给他守过，也没有去送他一程，内心非常内疚。过了一会儿，他问："怎样死的？"何先生回答："癌症。"子儒马上起身，说："我过去看一看。"

傅亦民的妻子仍然住在老地方，这么多年过去，房子显得更加老旧了。傅亦民的老婆也老了许多，让子儒都不敢认了。子儒知道照顾一个病人很容易把照顾的人也拖垮。子儒也知道收购瓶瓶罐罐可以赚钱，但赚的是辛苦钱、肮脏钱，不容易。子儒更知道，这些从唐山跟过来的女性，很多都跟着丈夫一起吃苦、打拼，很少坐享其成的，她们在家庭中发挥着巨大的作用，很多还扶持着丈夫，帮助他们走向成功。

站在傅亦民的遗像前，子儒沉重、悲痛又感慨：昔日同学就这样一声招呼都不打就走了，人生太过匆匆啊。看着昔日与自己谈笑风生的同学，子儒感到生命的脆弱与无常，悲观、悲凉的情绪一下子笼罩心头。

子儒拿出30万递给傅亦民的老婆，她连忙拒绝道："亦民生前交代过，不能向你要，他千叮咛万嘱咐的，他说你很不容易，孩子那么多。"子儒硬把钱塞到她手上："亦民过世了，你现在还要生活，需要钱。拿着，今后的日子还长着呢，好好过，活下去。"对方一听，放声痛哭，这时，子儒的眼泪也流了下来。子儒留下家庭的地址，请她有事记得来找自己，便伤心地黯然地离开，离开他们堆满瓶瓶罐罐的大杂院。一路上，他忽然想起忘了关心一下她的子女，不知他们生活如何。

傅亦民的去世，让子儒觉得人生苦短、去日苦多，该好好地活着，珍惜每一天，抓紧每一天。

别墅前面有100平方米的大庭院，商务之余，子儒仍然搞盆栽，有

100多盆，这时不再是为了生计，而是兴趣、爱好，有人要买，当然也出售。子儒对榕树情有独钟，他认为榕树盘根错节、根基稳固，象征事业、家庭牢固。因为家乡多长榕树，看到榕树，又有追思故乡的绵绵情怀，所以盆栽以榕树为主。除了榕树，他还不断从漳州引进他们新培植的品种。

子儒还特意引进一株中国珍稀的树种——竹柏，种在别墅的庭院里。竹柏，属于四季常青的植物，有坚贞不渝的花语，可用来证明对感情的忠贞；还有长寿的含义，可送长辈表示祝福；也有发财的寓意，象征好运发财；它还有勇气的象征，可送朋友表示鼓舞；另外，竹柏还有樵夫救助仙鹿的民间传说故事。子儒特别喜欢这株植物，它寄予自己所有美好的感情与心愿，他常坐在竹柏下，自我欣赏、自我陶醉，任思绪翻飞。

竹柏在庭院里生机勃勃地生长着，一群孩子也在这个新家里快乐地成长着。小楚、小风陆续大学毕业，走上社会了。

有了别墅之后，子儒第一个告诉王清祺，并诚恳地邀请他们一家到菲律宾游玩。再三邀请之后，王清祺终于答应了，一家人飞到菲律宾，两家人终于第一次大会合。子儒、雪华竭尽全力、热情大方地招待他们，并带他们游遍了菲律宾的主要景点。

看到王清祺漂亮可爱的小女儿，子儒心里一动，心想：如果把她介绍给小楚，娶过来当儿媳妇，也非常不错呀，既知根知底的，又可亲上加亲。他把这个想法告诉雪华，雪华也非常赞成。得到妻子的支持后，子儒与清祺私底下一挑明，对方也非常愿意，两个男人便君子协定：婚姻是孩子的事，家长不包办、不强迫，先征询小孩的意见，由孩子做出决定，成则皆大欢喜，不成也不要紧，一切以尊重孩子意愿、不影响两家的关系，特别是两个男人的友情为前提。

子儒派出雪华去问小楚，小楚不同意，没有思考便直接摇头、坚定地摇头，雪华本以为小楚一定会满意的，没想到他居然拒绝得那么干脆，忙问原因。小楚非常简洁地说："早着呢，不急。"一下子就这样搁浅，子儒只好很坦率地把这情况告诉对方，王清祺也微笑着说："确实有点早，不急，不急。"子儒深表遗憾，也不敢问对方女儿的态度，只好说："就当我开一个玩笑了。"王清祺哈哈笑着说："我们之间不必这么客气，小插曲而已，不碍事！亲家不成，还是朋友，感情不变、友谊不散。"一场结儿女亲家的事很快就不了了之了，两个家庭仍然毫无芥蒂地一起出游。子儒也如王清祺送自己回菲一样，帮他们购买机票，送土特产，竭尽地主之谊。

五十八

一天，子儒接到洪志伟打来的电话，说："有一对尪某（夫妻）急着要找你，从唐山过来的。"子儒一听，心里有点发毛。这些年放宽政策，内地以各种理由、形式申请过来的人非常多，特别是一些经济上有问题、出问题的人，更是干脆三十六计走为上策，跑到菲律宾避难来了。不时有人来寻求帮忙，让他疲于应付。他知道当年自己初来乍到确实得到同乡的很多关心、照顾，在外的华侨也有这种优良传统，一代帮一代、一批帮一批。但是帮助别人是要在时间、能力、经济等客观条件允许的情况下，不然就会变成沉重的负担，有时成为不能承受之重。子儒打算找个借口推脱，转而一想，对方居然找到洪志伟，说明来头不小，再说他也不能这样平白无故地拒绝洪志伟，对方对自己有再造之恩啊。子儒犹豫了一下，便答应马上过去。

洪志伟说："你不用过来，他们说要直接过去找你，希望你报个地址。"子儒一听，觉得特别奇怪，对方的意图是什么，为什么不能在洪志伟办公室会面？是怕他过去麻烦，还是有意回避洪志伟？他思考了几秒，便报了个离家不是很远的酒店名称，约定双方在那里碰头，这样喝咖啡方便，一旦需要吃饭也方便。

子儒觉得蹊跷、纳闷，也有点好奇，便提前过去，在酒店一楼的咖啡厅等待。等了将近半个小时，一对夫妇走进酒店大堂，子儒第一眼便觉得这应该就是要见他的人。因为他们的装束、举止，让子儒一下子看到大陆的特质，他凭着自己的直觉、经验判断，这是一对当官的，可能还是不小的官员。他站了起来，迎过去，刚要自我介绍，双方就都惊愕住了。他头脑快速运转着，斟酌着说："你……你是……林采菲？"对方微笑着点头，她高大魁伟的丈夫疑惑不解，瞅了瞅他们异样的表情，一脸的困惑。林采菲连忙解释："读书时觉得小红不好听，就自作主张改了名字，后来觉得还是用户口簿上的名字，简单省事，省得添麻烦，便又改了回去。他虽是我同事，很早就来菲律宾了，哪里知道这芝麻小事呢。"子儒心想：应变如此自如！算了，她能自圆其说是她的本事。

子儒笑着邀请他们到咖啡厅入座，点了三杯咖啡、三样小甜品。三个人入座一张小圆桌，成三国鼎立之势。如何开头？子儒犯难了，他担心自己再搞一次难堪，便决定先沉默，把话语权交给对方，这样保险一些。他非常平和、坦然地看着他们，林采菲身上是典型的中老年职业女性的特征：身材已经变形，脸上毫无光泽，但给人严肃、干练、沉稳、精明的感觉。她的丈夫是一副当官的气派，毕竟是行伍出身，身上自带一股威严、霸道，除了高大魁梧外，还相貌堂堂。

林采菲率先开口道："利用了好几层关系，才终于找到你，你藏得很深呀。"子儒听得云里雾里的，这是什么话呀？表达什么意思呢？他只好一笑了之，不置可否，斟酌了一下，才用闽南话问："你们夫妻退休了？出来旅游？"林采菲抢先回答："退休了，是过来旅游，也散散心，所以准备长住一段时间。"子儒"哦"了一声，其实他并没有听懂。林采菲又道："既然是老朋友，求上门来了，我就长话短说，开门见山吧。我们喜欢这里的气候、环境，准备在这里买套房子，所以有一些事务想请你帮忙。"子儒大吃一惊，忙问："买高层公寓？"林采菲想了一下，快速环顾一下四周，才小声道："别墅。"子儒回答："要在菲律宾买房子不难，只要在菲律宾中国银行开设账户，存入5万美金，这5万是不能随便动用的钱，不管是旅游签证、工作签证还是SRRV签证，便可以买房子，但不可以买地。所以买房子就只能买高层公寓，不能买别墅，别墅是带土地的，这是菲律宾政府规定的。"

这时，林采菲的丈夫插进话来："王先生，能不能麻烦你帮忙想办法？"他的声音洪亮而标准，让人听了很舒服，子儒想：这明显是部队训练出来的。他看了看对方，一时无言以对。林采菲马上介绍道："他姓谢，叫谢耀廉。"子儒微笑了一下："谢先生，这是菲国政府对外籍人士的规定，我一介草民，可能帮不上忙。"林采菲道："听说这里个别部门很腐败，不知能否用钱打通关系？"子儒觉得林采菲的说话措辞非常严谨，是训练有素的干部口吻。他认真思考了一下，说："我来菲之后，一直在社会底层打拼，没有接触高官、要员，真的没有这样的关系。但我有一位朋友，长期从事律师工作，接触的人多，各个阶层都有，我请他过来，咱们一起吃饭，具体问题、具体细节，你们好好咨询他，或者委托他办理，如何？"林采菲马上紧张也警惕起来，问："他是哪里人？可靠吗？"子儒如实回答："晋江人，非常可靠、真诚，是我几十年的老朋友。"林采菲看了看她丈夫，摇头道："还是……暂且……不要。我听说国内很多人到外面买别墅，不知是通过什么方式买的？"子儒摇头："可能每个国家都有自己的政策吧？我也确实听说有一些人到加拿大、美国买别墅。"

谢耀廉又开口说话了："还是听王先生的话，买高层公寓吧，安全第一。"林采菲的脸立马黑了，露出一副凶相。她丈夫道："先安顿下来，特殊时期，慎重为要。”林采菲还是闷闷不乐的，她丈夫补充了一句：“别墅的事再慢慢想办法，从长计议，或许，居住时间一长就有条件了。”子儒一听，眼睛睁得大大的：他们夫妻挖到金矿了呀？

他们夫妻说话简洁到严丝密缝，子儒感到还是转换内容比较舒服，便低头看了一下手表，邀请他们到餐厅吃饭。

席间，三人天南海北地聊天，随着话题的转换，气氛轻松了许多，子儒觉得自己对林采菲曾经那异样的感觉，如今已荡然无存，她就是曾经的相识、现在的陌生朋友了。从聊天中，子儒得知谢耀廉20世纪80年代初从部队转业到地方，先在国土局当局长，后来又升调到政协，在政协主席的位子上退休。林采菲随着丈夫转到地方，从妇联工作到工会，最后从工会主席的岗位上退休。夫妻俩育有二男一女，均已结婚生子，两个儿子均不在体制内，一起搞房地产开发，女儿、女婿吃政府薪水，女儿在国税局，女婿在工商局。子儒一听，觉得很是诡异，又说不出所以然。他们没有详谈，子儒不便过度打听。

用餐结束，子儒应他们要求，带他们看了马尼拉最好的两个大楼盘，林采菲均没有当场下单，而是要了联系电话，分手时，她又向子儒要律师朋友的电话，说：“留着，以备不时之需。”分手之后，子儒越想越觉得林采菲的精明中，有着明显的防备与不信任，有着神经质的多疑与狡黠。他觉得像不小心吃到一只苍蝇似的，有种恶心得不舒服之感。

过后，林采菲与她的丈夫便从子儒的生活中消失，好像不曾出现似的，没有留下一丝痕迹。子儒也很快就释然了，他知道很多人只是生命的匆匆过客，不会留下什么痕迹，也起不了什么波澜。

五十九

一天，子儒接到一个陌生的电话，他一时想不起是谁，对方用温婉轻柔的声音说：“王先生，打扰你了，我打电话到东方日报社，他们说你早就离开了，让我打这个电话，我真担心找不到你。”子儒这才想起来，是蔡大姐，蔡医生的姐姐。他忙说：“大姐，你好！对不起，这些年太奔波、折腾，就没有给你留个电话。”对方说：“太客气了，是我打扰你了。”子儒忙说：“不会，不会，大姐有什么事，尽管吩咐。”对方说：“我今天来菲律宾了，只好又找你帮忙。”子儒忙说：“大姐你在哪里？我马上过去。”

一个小时后，子儒到达指定的酒店，见到了蔡大姐。这么多年不见，两人都有点激动，都看出了岁月留在对方脸上、身上的深深痕迹，不禁唏嘘、叹惋不已。岁月不饶人呀！印象中，蔡大姐是个很漂亮的人，穿着打扮洋气又时尚，一看就是家境优渥的妇女。如今，她既苍老又干瘪，好像被岁月榨干了水分。

子儒请对方到一楼安静精致的咖啡座，要了两杯咖啡、三份甜点。音乐舒缓而曼妙，轻柔地弥漫其间，窗外阳光灿烂、树木扶疏，但子儒知道，这么美好的时光，却挡不住不美好事情的来临。

子儒问：“你自己过来的？”对方平静地回答：“我儿子和我一起过来的，他有事去办事情去了。我打算把我弟弟的骨灰带回国去。”子儒望着她，感觉她还是非常平静的。确实，人到了这个岁数，还有什么没有经历过？还有什么痛苦没有承受过？还有什么悲欢离合看不开？子儒问道："老人家……"对方点了点头："昨天去世了，很平静安详地走了。"子儒轻声安慰道："请节哀顺变！"对方点了点头，有点木然。

子儒说："你们不容易呀，骗了老人这么多年，其实比什么都累、都苦。"蔡大姐这才悲从中来，哽咽道："其实，我母亲很早很早就预感、猜测到了，所谓母子连心呀！她那么孝顺的儿子，如果还健在，怎么可能这么多年不回去看望她？但是，她任由我们骗她，也不揭穿我们，有时还跟着我们一起骗自己。"子儒惊骇到了，许久才说："她是为成全你们的孝心？"对方迟缓地点头又摇头，说："其实，也是心存一种念想、一种寄托吧，她更愿意儿子还活着，她让儿子活在她心里，只要不说破，他就活着。"

子儒震慑住了，久久无语。对方又道："后来，她就开始吃全斋、念经了，不再走出家门，闭门不出的，永远躲在家里，把她的房间当成佛堂，整天念经。我们都知道，她是念经给我弟弟，但我们也都不说。"子儒静静地听着，被这个故事背后的神秘力量吸引着。

"记得我弟弟过世不久，我经常梦见他，浑身是血，脸色灰白，非常恐怖。我母亲念经后，我再梦见他，他就是他原先的模样，健康开朗，脸色红润，满脸微笑。我相信，一定是我母亲念经超度了他的亡魂，让他脱离苦海了。"子儒惊讶道："唐山允许这么公开地搞迷信活动？过去曾经破四旧，什么都禁止的。"对方更加惊讶地问："这些年你没有回唐山去过？"子儒摇头："1973 年过来这里，就没有回去了。哦，也不是，回大陆过，但就是没有回老家。"蔡大姐睁着眼睛看了看子儒，无语。子儒感叹不已："很多人说我们闽南人迷信，其实宗教不是迷信，是一种信仰，是支撑我们活下去的力量。"对方点头称是。

子儒又感叹道："一代又一代的闽南人走出来，这背后，女性牺牲太大了。"蔡大姐不住地点头："其实，我弟媳更苦，我弟弟离开时，她三十几岁，那时我侄儿 10 岁左右吧，她就这样带着年幼的儿子，陪着我母亲，熬日子，一直熬到现在。”子儒惊道：“她也不知道？”对方摇头：“怎么可能？她配合我，一起骗我母亲，演了一辈子的戏，悲情、苦情戏呀！”子儒感慨道：“老人家长寿呀，生命力这么坚韧、顽强！”蔡大姐道：“是呀，但其实长寿，对她不是幸福，是痛苦。她走不出来，所以才会走入佛教的世界，一辈子也是非常孤独、寂寞的。”

子儒沉默了一会儿，说道：“其实你也非常不容易啊。”蔡大姐一听，感动得有点不知所措的样子。她说：“谢谢你说这样客观的话，从来没有人对我这样说过，大家都认为这是应该的。”子儒说：“这些年，你等于照顾着两个家庭？”对方点了点头：“所以我一直打两份工，不然应付不了。”子儒说道：“你老公也很好呀。”对方又点了点头：“他也不容易，周末就坐船到澳门，去赌场打零工。”子儒痛惜不已：“蔡医生这一走，影响着你们所有活着的家人，改变了你们的命运走向。”对方不住地点头。子儒又问道：“你几个子女？”对方回答道：“一男一女，出了这件事，就不敢再生了，怕养不起。”子儒深表理解。沉默了片刻，他忽然想到一个盘踞在心头多年的问题，便小心翼翼地问道：“你知道蔡医生当年为什么到山顶养猪？”对方摇头。子儒担心鼓起的勇气丧失，紧接着话题，又问：“你知道蔡医生为何被杀，是什么人？”对方仍然茫然地摇头，小声道：“就因为一无所知，所以这胸口郁闷了这么多年，很不甘心。”

不知不觉，两人都把咖啡喝了，子儒又点了两杯。过了一会儿，蔡大姐问道：“我打电话到报社，问起来，才知道当年接电话的那个女人也走了。”子儒说：“哦，你是说心怡？她很多年前就全家移居美国了，现在过得很好。”蔡大姐也“哦”了一声，一时无语。

子儒问：“你准备拿点墓土回去，还是拿骨灰？”对方干脆地回答：“骨灰。”她顿了顿，又说：“没有踏上这片土地，就没有这种人间悲剧，我不想让他留在这里。魂归故里，是人生最美好的结局、最完满的归宿。”子儒点头，表示赞同，说：“对，落叶归根，是多少人最美好的心愿，只有回到故乡，才叫停止漂泊。只是，如果要骨灰，麻烦一点。”对方急道：“怎么麻烦？”子儒说：“要到中国驻菲律宾大使馆办理一些手续，他们会安排专门的人员进行处理。还要向海关提前申请，因为这是比较特殊的物品。但请你放心，海关是可以过的，很多华侨处理过。”蔡大姐非常紧张地问：“办理手续很难吗？”子儒安慰她：“不会，需要死亡证明，还有殡仪馆开的火化证明，过海关时要用的。我有一位很好的律师朋友，如果有什么问题，我们请他出面跑一跑，帮忙疏通、处理，他这个人非常仗义，一定会帮忙的，都是我们唐山人。”蔡大姐忙不迭地道谢，眼泪潸然而下。

马尼拉机场熙熙攘攘，客人匆匆地来、匆匆地离去，一批又一批。子儒送蔡大姐与她的儿子到了机场，蔡大姐紧紧抓住子儒的手说：“谢谢你！我、我弟弟，还有我们全家，都感谢你！”子儒道：“大姐客气了。”对方说：“不是客气，是最真诚的内心话。看到我弟弟的坟墓那么干净，我心里感激极了，不知用什么话来表达，你是大文人，我怕说不好，让你见笑。总之，大恩不言谢了！”子儒感叹又安慰道：“大姐，其他的都不要说了，带他回去吧。他能回故乡，回到母亲的身旁，是他的福分，也是他的造化，一切入土为安吧。你也放宽心，逝者已矣，我们活着的人必须看开点。这不仅是对自己，也是对逝者的一种告慰。”

蔡大姐含着泪，挥手告别。

送走蔡大姐和她的儿子，还有蔡医生的骨灰，子儒驱车来到马尼拉湾，他已经很久很久没有来到这里了。

海湾依然无比美丽，海水碧蓝、天空湛蓝、风帆点点、清风吹拂、椰树摇曳，一切景致仿佛都没有改变。看到眼前这幅美景，他又想起故乡的海边来，听说那片有点荒凉的海岸线，已经开发成黄金海岸，建起了游乐园、海滨别墅、旅游一条街、酒店，非常漂亮。子儒知道澳大利亚的东部沿海有个假日游乐胜地，也叫黄金海岸，那里有明媚的阳光、连绵的白色沙滩、湛蓝透明的海水、浪漫的棕榈林……子儒无法想象只有木麻黄的故乡沙滩是如何变成黄金海岸的。他呆坐着，思绪万千，坐在树荫底下的他，已经不知不觉地步入老年。蔡医生走了，回去了，子儒觉得他的心里某个角落好像空出一角，又有一个念想更加强烈地催促他。他终于感到时光的无情，人生的仓促，时不我待呀！

六十

一天，菲中协会一位副秘书长打电话告诉子儒："唐山有个文化艺术团要来菲律宾访问、演出、交流，听说带队的团长还是你们凤亭人，到时候你过来一起接待吧。"子儒一听，爽快地答应了。

那天晚上的接待宴会，设在菲律宾花园酒店一楼一间大型的包厢里。子儒到达时，宴席还没有开始，里面人声鼎沸，大家忙着打招呼，介绍、结识新朋友……子儒在门口站了几秒钟才慢慢地走进去。这时，一位气质、气度都非凡的女性挤过扎堆的人群，来到他的面前，微笑着问："子儒，还认得我吗？"子儒认真一看，大吃一惊："你……你……林南乔？！"对方高兴道："谢谢，谢谢！你还记得我的名字。"子儒忙伸出手，两人紧紧地握在一起，这是20多年之后，他们首度重逢呀，而且是在异国他乡。

菲中协会秘书长赶紧过来，介绍道："这是艺术团的林团长。"子儒忙说："我们认识，我们是老相识了，过去我们还是一个宣传队的同事呢。后来她随家人去了山区，我来菲律宾，阔别20多年了。"秘书长一听，忙说："奇缘，奇缘！人生何处不相逢呀，相逢何必曾相识！"大家一听，激动极了，热情高涨起来，纷纷提议："为两位老朋友异地重逢干一杯！”很快就有人递来一杯葡萄酒，子儒接过来，在众人倡议下，共同举杯，一饮而尽。这是幸福的美酒呀！

两人被安排坐在主桌上，子儒这才静静地观察了一下对方：林南乔还是气质出众不凡，身材也保持得非常好，高挑匀称直板，没有中老年发福的肥胖臃肿，脸庞光滑饱满，几乎看不出皱纹。她高高地梳着光滑的发髻，身穿一条几乎曳地的大红丝质长裙，上面绣着牡丹、丹顶鹤等吉祥的充满中国元素的图案，非常漂亮、脱俗，那件不俗的长裙把她衬托得像女王一样富丽、尊贵、优雅。

子儒内心感慨不已：毕竟是搞歌唱、舞蹈出身的人，身上满满的艺术气息与韵味。和自己这种几十年在社会底层跌打滚爬的人，已经完全不一样了。从这一点上看，当年她与自己的关系，至今还是没有改变，两人之间的距离还是无法拉近。

欢迎晚宴非常拖沓冗长：介绍双方主要人物，双方代表上台发言，介绍活动的主要内容以及行程安排……一次次地鼓掌、一次次地举杯庆贺，气氛热烈而祥和，中途两人偶尔交流一两句，都是这次活动的一些问题，没有涉及个人话题。

宴席结束，子儒帮忙推着林南乔的行李，把她送到她入住房间的门口，再告辞离开。他觉得这是起码的绅士风度，无关风月。站在她的面前，子儒仍然有自惭形秽之感。

此后双边白天的交流活动，子儒均没有参加，非中协会每天安排几个人员处理事务，轮流行使职责，没有安排到他，所以他仍然忙着自己的生意。晚上的接待宴席，为了渲染隆重热烈的气氛，也为了表示诚意，作为理事的子儒便每晚都参加了。

一天晚饭席上，子儒对林南乔说：“明天下午你们有半天自由购物的时间，能否请你喝杯咖啡？”林南乔欣然答应。子儒觉得经过岁月的磨砺，林南乔身上那种凛然不可侵犯的高傲锋利减少了，变得温润、平和了许多。

第二天下午，子儒开着车载着林南乔来到 Cafe Shibuya，这是一家非常浪漫的咖啡屋，小甜品更是有名。两人选了一个僻静的角落坐下，子儒点了两杯 Premium Dark Chocolate Latte，又点了三样精美的甜品。咖啡上来了，除了品咖啡，要聊些什么，子儒突然有些迷茫、有些寡淡、有些怅惘，还有些失落。林南乔看了看子儒，也觉出有些无从说起的尴尬，毕竟两个人的人生轨迹已经往各自的方向延伸开去，伸向那么遥远的地方，没有任何的再交叉了。子儒看了看林南乔，发现她每次出现，都打扮得非常精致，比如坐在眼前的她，还是一袭长裙，黑底，上面绣着孔雀，开屏的孔雀，占据很大面积，整件衣服非常精美、生动，把她衬得非常有品位。

子儒终于想到一个话题，便微笑着问："你仍然从事这项工作，变成一辈子的事业了？"林南乔也松了一口气，微笑道："阴差阳错吧，也是命运使然。"子儒忙点头，问道："从山区一直唱着、跳着来到城市？"林南乔微笑道："没有，在山区是当农民，和当地老百姓一起，拿起锄头到田间劳动，面朝黄土背朝天的，俨然地道的农民。那时的生活太苦了，苦到几乎活不下去，我以为自己这辈子都废了。"南乔停了下来，端起咖啡，满满地喝了一口。子儒也沉默着，是呀，当农民太苦了，自己从唐山当到菲律宾。但是，他不敢说出来，也喝了一口咖啡，把苦涩咽下去。

南乔苦笑了一下："改革开放后，我父亲带着一家人赶紧迁回凤亭，他说再待下去，子女都废了。落实政策后，我被安排到梅海小学教书，就在海边，是所农村小学，教一些渔民的孩子。那时苦闷极了，觉得没啥前途，后来有同事帮忙介绍对象，是个华侨子弟，英俊又富有，就糊里糊涂结婚了。婚后才发觉没有共同语言，他是典型的公子哥儿，两人磨合不来，就干脆离婚了，我带着三个孩子，申请调回镇里，他申请去了香港，找他父母。调到镇上后，我干脆调到文化馆工作，后来认识了一位导演，就再婚了，再后来为了生活方便，便调到城里，到文联工作，就这样一直混到现在。”南乔有点干脆掏空的意味，省得对方挤牙膏似的，一点一滴地提问。

子儒点头笑道：“中途有波折，但还算顺利呀。”南乔道：“波折很多，一路都是坎，一言难尽啊。有人说，音乐是治愈心灵的良药……文学也是吧？”子儒点头，心想：家家都有一本难念的经，又或者，幸福的家庭都是相似的，不幸的家庭各有各的不幸。时代变化这么大，每个人都被裹挟着向前，哪有不磕磕碰碰的？便问道：“准备把这份工作做到退休？”南乔心想：他离开这么多年，可能也不了解国内一些问题了，便耐心地说：“我退休了，这艺术团的团长只是兼职，老有所乐、发挥余热吧，但这是吃力不讨好的活儿。”子儒问：“此话怎讲？”南乔说：“在国内，这种艺术团属于社会团体，经费自理，没有活动，这艺术团成立就毫无意义，要活动就得自筹经费，政绩是政府的、领导的，宣传也要围绕大主题、大使命，但活动是要自己去搞，经费也要自己去筹，是做龟孙子的事。”子儒听到最后这句话，笑了，他觉得当年的南乔是绝对不可能说这么平民、通俗的话的，说明她确实也变了，不再女神般矜持与高雅了，生活的阅历与磨炼，让她更接地气了。子儒便笑道：“菲律宾所有的协会、团体、组织都是这种情况，政府哪里管什么活动，哪里会掏钱负责、支持这种活动？这里还没有社会氛围、活动背景，所以组织活动更难，全靠华侨的爱心支撑着。”南乔“哦”了一声，两人再次陷入沉默。

过了一会儿，南乔打破沉默，关切地问：“你怎么样？故事一定更加曲折、坎坷吧？”子儒无奈地一笑：“我 1973 年过来这里，从社会的最底层开始打拼，经过无数次失败，跌倒了爬起来，再跌倒再爬起来，屡战屡败，屡败屡战，无数次差点饿死，就这样折腾到现在，除了卖盆栽、开矿赚钱，其他都失败了，也算是打磨出一身硬功夫，全身伤痕累累了。”南乔笑着问：“妻儿呢？”子儒回答：“前些年都过来了，有五个孩子，都长大了。”南乔好奇地问：“老婆是来这里娶的？”“在大陆娶的，不是番仔。”“闽南女子好呀，会吃苦又顾家。”子儒微微笑道：“是呀，她就像咱们闽南常见的防护林——木麻黄，简单朴素，但生命力顽强。”林南乔听到这个比喻笑了起来，说：“这个比喻有意思，文人的思维！你们一大家子出来不容易呀，我父亲总说，华侨的奋斗史，是血泪史。”子儒一听，很是震撼。

南乔又关心地问道：“当年你那支笔那么厉害，来这里还创作吗？”子儒听后震了一下，这些年几乎没有人会关心他这个问题，人们关心的都是money。他感慨地说：“刚来这里准备通过写作养活自己，后来才发现，写作会饿死，物质是基础，没有物质，谈什么精神、理想都是空的，所以只好停下笔，一停就是三年。直到柯峰来菲律宾，鼓励我坚持写下去，我才又拿起笔来，这些年已经出版两本书了。”南乔微笑道：“哇，这么厉害，出书了！那么，出书能养活自己？”子儒摇头：“更不行，政府不管这些，这里的印刷厂、出版行业等等，都是私人的，所以出书只能自费，我是朋友赞助的。”子儒苦笑了一下，补充道：“当时生意失败，吃饭都成问题。”南乔感叹道：“能坚持下来多不容易呀！恭喜你！在这片英文、菲语主宰的土地上，你还能让华文开花结果，精神可嘉、情怀可嘉！”子儒笑道：“文学是我的缪斯，是我的梦中情人。”南乔听了，看着子儒，很是感慨：眼前这个人既陌生又熟悉，还是那么平易、朴素，岁月在他的身上刻下深深的烙印，让他充满沧桑、疲惫之感，唯有对文学的执着、痴迷，使外表农民一样的他，还残留一点书生意气。她完全可以通过他的外貌变化，感受他这么多年的艰辛历程。

子儒问道：“看来，你的生活非常幸福？”南乔愣了一下，苦笑道：“幸福，怎样定义呀？第二次婚姻，你说还能要求什么，较真什么？你应该也知道，有的导演还有潜规则，睡女主演等等，嗨，凡事睁一只眼闭一只眼吧，太认真是跟自己过不去，人生苦短，何必呢？好在我有自己的事业、爱好，就如你，沉浸进去就可以忘了痛苦，在精神世界里得到解脱、得到疗愈。”子儒一听，很是震惊，他想：这是一个在精神世界里，可以与自己同步前行的人。然而，落到俗世生活，他们之间可能存在巨大的壕沟。但是，足矣！

窗外慢慢昏暗下去了，秘书长打电话过来，告诉他们用晚餐的酒店，请他们准时到达。子儒接听完后，对南乔说：“我想赞助你们团队10万元人民币，作为活动经费，你不用声张，一点心意。”南乔静静地看了看子儒，有点不知所措，最后，轻轻地道谢。

晚餐后，子儒再次把南乔送到她的房间门口，伸出手，紧紧握住：“明天我要去矿区办事，不能来送你们了，请原谅。钱我会兑换成美元，比较容易携带、过境，明天我让秘书长拿给你。再见了！”

南乔也轻轻地说道：“再见！”

“但愿……后会有期！”

“后会有期！”

子儒挥一挥手，走了。拐弯时，他回过头来，南乔还站在门口，目送着他。

六十一

一天晚上，子儒在餐桌上郑重地宣布一项重大决定：回乡，回故乡，回唐山！这是藏在他心里多年多年一直无法实现的愿望，如今他决定把它变成现实。他的理由是：所有的背井离乡、漂泊流浪，都是为了衣锦还乡、荣归故里。这一晚，他在文章里写道：漂泊异乡的游子啊，谁不愿意叶落归根，谁不愿意魂归故里，谁不愿永远安息在家乡的土地上？

他想：这一刻，终于到来了。

当他宣誓一样，表达出不惜一切代价的决心，雪华正从厨房里端出一锅煲汤，听了这话，双手一抖，汤水都往外溢，溅了一地。她惊呼："你说什么？"子儒再次认真地大声宣告："回唐山老家，一家子都回去，省亲！"当然，子儒说话是把小诗放在一起，但是他知道小诗不会回去，她一直不敢见生人，严重地自闭着，他们夫妻也不敢冒风险带她回家乡。让她留下，交给菲佣照顾，是最好的方案。

雪华赶紧把煲汤放在餐桌中央，紧张地问："你有没有估算一下，这一群鸡母狗儿一起回去，花费要多少？那可是会倾家荡产的。"子儒听到"倾家荡产"这个词，不禁一颤：是呀，回一趟老家如此艰难，负担如此之大，难怪过去一些华侨一辈子也回不去，不敢回去，不能回去。不说往返路上颠簸奔波一个多月，随时有葬身海底的危险；单纯储备往返车船费、伴手礼、见面红包等，很多工薪阶层一二十年也积攒不起来。但是，现在，他一定要回去，排除万难也要回去。他故作轻松地说："咱们一家的飞机票，以及吃、住的费用，还有请客、红包等应酬，以及祭祀、迁墓等活动，我想，200 万菲币够了吧？"雪华再次惊呼："200 万？那么回一趟老家，我们口袋不是又空了，又没钱了？"子儒潇洒地说："我们经历过无数次有钱、没钱，还怕再来一次？况且，这一次与以往完全不同，我们还清债务后，又有了房子，跟过去一无所有完全是两码事。即使花光家底，咱们也是有底气的。"子儒停下筷子，指了指餐桌上摆满的美味佳肴，说："你们看，我们现在吃的、喝的，生活多好，多幸福，也不知你们阿嬷在阴间地府有没有钱花、有没有饭吃？这么多年，该回去给她老人家扫扫墓，祭祀一下了。你们明珠姑姑死得很惨，很可怜，当年太穷了，就几块薄木板打了一个小箱子……葬在田头，一个小土堆。这些年，水土流失，不知会不会……我们回去把她迁到你们阿嬷身边，让她们做个伴。也回去看一看老家的房子，这么多年，不知荒废成什么样子了。这是你们阿嬷最牵挂的两件事，身为人子，我必须完成她的心愿，将来才敢去见她的面呀。”子儒哽咽着说不下去。大家都安静下来，默默地吃饭，因为对他们来说，特别是对小楚、小风来说，唐山完全是个陌生的词汇、陌生的称呼，他们对那里没有感情，只是不断听父母说起。

过了一会儿，子儒又说：“小楚、小风还从来没回过老家呢，虽然你们在这里出生，但唐山才是你们的根。爷爷、爸爸、妈妈都是从那里来的，说明你们是从那里繁衍出来的，也该回去认祖归宗了。作为人，我们最起码要知道自己来自何方。”

大家听后都纷纷点头，虽然这些话，他们不太懂，但看父亲的态度，他们也觉得不能反驳、忤逆。回乡之事，就这样敲定下来。

接下来便是各种繁杂、忙碌的准备工作。办手续、签证、购买机票……大家都充满期待，热情地响应着，一起去购买东西、添置衣服、准备礼品。

小雅说：“礼物我来准备吧，我当回购物狂。”雪华笑道：“你知道准备什么呀？”小雅说：“你告诉我，我不就知道了？”雪华笑道：“好的，大家分工，任务就轻，咱们这是大兵团活动呢。”

雪华确实非常激动，从确定要回乡的那一天起，她就开始失眠。她错过了父亲的葬礼，而如今母亲已垂垂老矣，这么多年因经济窘迫无法尽到孝心，无法膝前承欢，八十几岁的老母亲还有几年光阴？家中兄弟姐妹变化如何？人生苦短，一晃这么多年过去了，故乡怎样了？每当她躺在床上时，往事就一幕幕、一件件地浮现在眼前……

终于回到老家了。

经过两个多小时的飞行，飞机降落在晋江机场。子儒走下舷梯，感慨万千道:“过去你们爷爷坐船过去，要十几天；1973年，我坐车到深圳，等了一个星期左右才转入香港，然后由香港飞菲，整个过程也要十几天。现在居然只要两个多小时。”高大、阳光、帅气的小风笑道:“掀过去，快点掀过去！那是老皇历了，整天忆苦思甜。”大家听了哈哈大笑，忙着去提行李。

故乡已经发生了翻天覆地的变化。当年落后、贫穷、破败的滨海小镇，早在1988年就华丽转身，升格为市，变成集制造、商贸、港口、旅游于一体的现代化新型县级市。如今，放眼望去，高楼大厦鳞次栉比，公园里的景致美轮美奂超市里的商品琳琅满目，夜晚的灯火辉煌璀璨山间田野里的植物茂盛蓬勃城乡之间的道路四通八达，平坦的公路上车水马龙……一派欣欣向荣、繁华热闹的景象。子儒、雪华都惊呆了，这完全不是自己记忆中的故乡。故乡变了，变得太快，变化太大了。子儒喃喃地说:“难怪小颂要回来，难怪小颂这么热爱祖国，难怪小颂能赚到钱，原来家乡变了，彻底变了！”

小楚、小风看得眼花缭乱，一再感叹:“哇塞！这是我们的故乡？！”

他们直接入住位于市中心、四星级的荣耀大酒店。酒店毗邻着市政府办公大楼，市政广场、东辉大商场、美食街都相距不远，确实是最繁华的地段。而决定入住酒店，也是经过深思熟虑的，这么庞大的队伍，谁也接待不了，哪家也住不下，所以他们干脆选择酒店，订了三间客房，简单、方便、省事。看到孩子们兴高采烈地从这间房间跑过来，又向那间房跑过去，激动得不想睡觉，子儒、雪华夫妻俩都觉得这趟回乡回对了。

当晚，小颂也从义乌飞了过来，与他们团聚。大家又是一场兴奋与激动。

这一晚上，感触万千的子儒在日记里匆匆写下几行字：对于一个漂泊的游子而言，他乡可以有无数个，而故乡只有一个。从脐带脱落、呱呱坠地的那一刻起，故乡的灵山秀水、地脉乡情，便在他身上打上了终生不会消褪的印迹。

六十二

第二天早晨，阳光格外明媚，一切清新如洗。他们迫不及待地出发，回家了。子儒早已联系好亲堂，一大早便有几个亲堂赶到酒店来等待他们，带他们回家。大家见面，当然非常激动，好一阵寒暄。

当子儒带着一家子站在自家门口，他再也控制不住簌簌而下的眼泪，他心里一遍遍呢喃道："我回来了，我回来了，我终于回来了！"

本来就没有完工的房子已经破败、萧瑟、荒凉不堪，与周边矗立起来的崭新漂亮的楼房、别墅形成鲜明的对比，老屋显得更加寒碜、颓废，让人心情无端地沉重下来、悲伤起来。大家从一开始的各种惊讶、感叹到最后一致的沉默，都围着观看深井里的那棵榕树：它早已长出屋顶，有两层楼的高度了，长得枝叶茂盛、葱郁葳蕤、生机蓬勃。大家惊讶于它的生命力，也惊讶于它如此突兀地长在深井里。它的根须已经四处蔓延，延伸到地底下，深深地扎根于地下……

孩子们终于明白父母为什么把他们安顿在酒店里：家，已经不能住了；家，已经没有家的温度与温馨了；家，已经满目疮痍、破败不堪了。

唯有那副眠床还在，蒙满灰尘，静静地安放在屋子里，诉说着几代人对美好生活的憧憬与向往，也诉说着几代人跌宕起伏、坎坷辛酸的命运……

他们到达的第二处，便是淑端的墓地。荒草萋萋，淹没膝盖，墓碑上字迹的红漆早已脱落……子儒一看，跪倒在墓碑前，放声痛哭。一下子，雪华和四个孩子也跟着齐刷刷地跪下，哭声一片，响彻在宁静的山上……

一会儿，全家动手清理墓地，用红漆对墓碑上的字进行描红，然后贴纸钱、献花圈、摆供品、点燃四炷清香，之后，全家人又一齐跪下。子儒含着热泪念道："唯，公元2006年农历8月10日，湖后村中正房，先慈蔡氏淑端我母：今，不孝子王子儒，偕家眷雪华，儿子小颂、小楚、小风，女儿小雅，千里迢迢从菲岛回国，薄备五果、糖果糕饼、四时鲜花，前来坟前，祭奠我母，聊表哀思！感念慈母一生辛酸，操劳持家，任劳任怨、克勤克俭；伺奉高堂，孝心不怠，尊老爱幼、和蔼可亲；漫长一生，与夫三聚，牵肠挂肚、忠贞不渝；三从四德、循规蹈矩、五常俱备、女德模范；抚育子女，废寝忘食，嘘寒问暖、仁爱慈祥；待人接物，热情谦恭，与人为善、慈悲为怀；无奈，晚年凄苦，孤身一人，独居寒舍，孤灯长夜，猝然病逝，令人痛绝，扼腕叹息。呜呼哀哉！愿慈母在天之灵，保佑子孙全家平安、身体健康、事业兴旺、万事如意！呜呼哀哉！伏祈尚飨！"

大家一听，悲从中来，便又放声痛哭。

亲堂在一旁帮忙焚烧纸钱、燃放鞭炮，祭祀仪式总算结束。

大家站在墓埕上，茫然四顾，仍觉意犹未尽。亲堂甲赞叹道："到底是文化人、大作家，连祭拜都与普通人不同。你念了一大串，有的我听得懂，有的还真不知你在说什么呢，但很好听，也让人很感动。"子儒说："相当于祭文吧，也是脱口而出，有感而发。还有一件事，还得请大家帮忙处理。我打算把我姐姐迁到这里，葬在我母亲的旁边，了却老人家的一桩遗愿。"亲堂乙说："火葬已经实行十几年了，不知能不能处理？"亲堂丙说："火葬是针对刚去世的，像这种过世很久的，好像管得不严，我看过很多家庭迁过墓，只要有地，该迁的还是允许人家迁的。"亲堂甲考虑了一会儿说："现在政府大肆在征地，开发建设，土葬将来有一天还得再迁呢。”子儒说：“且战且跑吧，现在这片还没开发到，就先土葬吧，将来遇到问题再想办法解决。”亲堂乙说：“你们是华侨，政府对华侨的政策比较宽松，可以通融，申请一下，应该可以通过的。”子儒一听，很高兴：“那请你们务必帮忙跑一跑，需要公关、走关系、拜托人等等，一切费用均由我来出。再麻烦你们帮我打听一下，西边这一块地是谁的，我想买一小块，多少钱都不要紧。一旦拿下地，迁墓事宜，也麻烦你们帮忙安排、筹办。”亲堂们诺诺答应。

第三天晚上，子儒一家在荣耀大酒店二楼大厅设宴30桌，宴请亲堂与内外亲戚、亲朋好友。主宾觥筹交错、把酒言欢、喜气洋洋、互道离情别绪。

完成这些重大活动后，子儒、雪华开始走朋访友、迎来送往，忙得不亦乐乎。用雪华的话说：子儒忙着分红包，她忙着送东西。她送的洋货有衣服、化妆品、香水、珍珠，更有菲律宾最主要的特色：杧果干、椰子油、拖鞋、T恤。大规模宴请之后是不定时的小聚会，兄弟、姐妹、侄儿、外甥等等，大家纷纷过来看望她，她总是把他们留下来一块儿吃饭。遇到姐妹，她还会请她们带自己逛街、买东西。在会面中，她了解到这些兄弟姐妹发展很不均衡，有的开工厂办公司，赚得盆满钵满，有的每个月就领一份固定工资，勉强处于温饱状态。在感叹各自的经历、遭遇之外，也感叹自己能力的有限、力量的单薄。总体来说，她还是过得相当愉快的，当然，也有不愉快的时候，那是后话。

四个子女则开始游山玩水，他们决定把故乡的山水风光游览一番，也领略一下故乡的风土民情，尝一尝故乡的风味小吃，看一看故乡的传统戏曲，听一听故乡凄美婉约的南音。他们游走了清泉山、开元寺、东西塔、清真寺、洛阳桥、五里桥，品尝了肉粽、牛肉羹、水煎包、芋圆、面线糊、甜粿，观赏了《陈三五娘》《李亚仙》《春草闯堂》《三千两金》《管甫送》等戏剧。闽南的一切均让他们沉醉、着迷、流连忘返。

迁坟之事也很顺利，很快就得到落实。按亲堂的提示，他们选了个黄道吉日进行迁移。站在姐姐明珠的新坟前，子儒心情沉重而悲伤，他告诉妻儿："我人生的第一个记忆，就是饿，来到这个家时，最深刻的印象也是饿，饿得躺在地上哭闹、打滚，后来姐姐背着我走到外公外婆家，吃了一顿饭。这个印象太深刻了，我至今好像还能想起那米饭的清香。姐姐对我特别好，有好吃的就留给我，自己舍不得吃，就连吃番薯，整块的都要夹给我，她自己喝汤；她整天背着我，在村里到处玩，别人欺负我，她就保护我，有一次还被人打破了头，血流得满脸都是，我以为她会死，吓得大哭……"子儒哽咽着："她过世那一年才13岁呀，人长得特别瘦小，好像《红岩》里的小萝卜头……"大家都流泪了，为自己从未谋面的姑姑。

美好的时光总是显得尤为短暂，离开的日子到了。大家都依依不舍，小颂、小雅一再感叹："我们怎么不知道故乡这么美呀！"子儒说："你们离开时还小，你妈又忙，什么时候带你们出来逛过？"雪华不服："那时破破烂烂的，有什么好看的？"子儒想想也是，故乡的巨变，真的可以用沧海桑田来形容呀。

四个子女们都深深地爱上了自己的故乡，还没离开就许诺着将来再来。

六十三

这趟回乡，对雪华来说，虽然累，但她感到特别兴奋、满足，带回来的东西超过一半被她分给了娘家人，子儒还拿了5万元人民币给她，让她处理娘家的人情世事。她没有想到子儒这么慷慨、这么贴心，高兴极了。除了宴请兄弟姐妹以及他们的家人，她还包给兄弟姐妹每人3000元，侄子、外甥辈的一人500元，孙儿辈的一人200元。她觉得自己这样做，全面、公正、大方，心里美滋滋的，觉得自己做得尽善尽美。但是……

有一天晚上，她到大哥家看望母亲，母亲把她拉进自己的卧室，悄悄对她说："你大弟、大弟媳说你变成番仔了，没有内外之分，一个标准，都是3000元。"雪华吃惊又生气道："你生了这一大堆子女，你都没有男女之分，一视同仁的，我为何要分内外，区别对待？"老人家一听，"哦"了一声，又道："你二姐说你给小孩200元，不是给乞丐一样？老番客了还这么小气。"雪华气糊涂了，急道："她赚得金屋银屋的，还从来没给过我家小孩一分钱呢，我是给她的孙子、外孙女见面礼，她给过我们见面礼吗？她还敢嫌少？"老人家说："她说你是华侨呀。"雪华觉得人到了一定年龄，其实智商差不多就等于零，比如她母亲，就专门说这些让她心堵的话，平白给她不痛快。她气得要命，便也直率道："早知道她嫌少，我就不给了，钱我还懂得花呢，我们在吕宋穷得一日三餐不保时，她这里赚得油腻腻的，怎么从来不懂得给我寄点东西，帮助我一回？"老人说："大家都认为你们去吕宋，变成华侨了，哪里需要帮助。"雪华惊道："天啊，老妈，吕宋很穷，穷人很多呢，不是所有的华侨都有钱呀，有钱人只是少数，多数人都没有赚到钱呢。国内这些年发展这么快，比吕宋富裕多了。"老人家还是固执地说："反正大家认为你们是华侨了，在闽南，从来都是华侨荫庇唐山人，哪里有唐山人庇荫华侨的？不然，何必出去呢？"

雪华被噎住，简直无语，她没有想到自己高高兴兴地送礼物、发红包，反而惹来一大堆不是。老人家一不做二不休的样子，又说："他们都说你出去这么多年，都没有应付这里的人情世事，省下多少人情钱，好不容易回来一趟，就给这么一点。"雪华简直气晕，她说："老妈，这些年我们其实很穷很穷，子儒做什么生意都失败、都赔钱，如果这次不是他跟人家合作开矿，赚了一笔钱，我们仍然没有能力回来呢。”老人家“哦”了一声，有点终于听明白的样子。

雪华忽然觉得无趣极了，为什么居然变成这样了？想当年，家里那么穷，他们兄弟姐妹的感情却是那么好，谁在外面弄点钱、弄点吃的，都赶紧拿回家，一起分享，有时别人惠（赠送之义）一块煎粿，他们就切成九块，一人一小块，一口吞。她们六个姐妹，衣服经常轮流穿，借着换洗，搭配过来、搭配过去，穿到哪件衣裳与哪条裤子是原配都忘了。他们三个兄弟也是一样，一件军装上衣，更是抢着穿。那时穷是穷了一点，但多亲密、纯真、快乐呀！

母女俩沉默了片刻，老人家又说：“你三姐、四姐都让我打听，说能不能帮忙把她们没出路的子女带过去，一两个也行，到那边去赚番仔钱。”雪华知道还有些外甥、侄子没有出路，有的在开港田仔载客。但是，冷静了一会儿，雪华说：“现在来往非常方便，他们有手有脚，要过去闯一闯，我也拦不住呀。”老人家说：“是叫你带他们过去。”雪华故意装着不解道：“脚长在他们身上，为何要我带？”“就是让你提供食宿、安排工作呀。”雪华急了，小声喊道：“妈，如果他们真的想过去尝试一下，我可以提供食宿，大家挤一挤，总有一角床铺给他们睡觉；至于吃饭，也不要紧，就跟我们吃大锅饭，我可以保证让他们不饿肚子。但工作我就无能为力了，你一定不知道，我和小雅现在还在摆地摊，做下贱活。大家不是笑话我，说我黑得像非洲人？我解释说菲律宾是热带，人怎么能不黑？其实也可以不晒黑呀，整天躲在空调房里不就白了？可是我没那个命。不怕你见笑，我真的不如在唐山这边的他们，这里生活条件那么好，社会已经发生了翻天覆地的变化了。你看，国内现在这么好赚钱，都不流行出去当华侨了。”老人家沉默了，好像还不太高兴的样子。雪华只好撇开这个话题，跟老人家聊些家长里短，最后悻悻地告辞回酒店休息。

雪华上有一个哥哥、下有两个弟弟，每个月母亲便上、中、下旬，分别到三个儿子家过日子。雪华把小妹叫到酒店，这是兄弟姐妹中和她关系最好的，她打算和小妹商量母亲的赡养问题。小妹说："老妈除了看她们的脸色，还被她们当皮球一样，踢过来踢过去的。"雪华知道"她们"指的是谁，叹了一口气，说道："老妈一辈子也很不容易，生了这么一大堆，过太多苦日子了，本以为养儿可以防老，所以就拼命生，硬要多生两个儿子出来，结果变成三国了。我也一样，生了三个儿子，将来不知会不会被踢来踢去，让人嫌弃呢。"小妹笑着安慰道："老人有钱才是宝，没有钱就是草。你和老妈不一样，你会赚钱，所以就值钱。"雪华知道小妹是他们九个孩子中最孝顺、最听话的，母亲也最喜欢她，便对她说："我们去银行一趟，我在这里办一张银行卡，卡上存些钱，你每个月帮我领出 3000，一家给 1000，当妈的生活费。今后，兄弟姐妹间的人情世事，大家出多少，你也帮我领多少出来应酬，不必多，就一样的水平，谁也没意见。过去，太穷了，活着都艰难，真的顾不上。"

小妹表示理解，也非常高兴，欣然接过这个任务。

雪华知道小妹其实并不宽裕，丈夫在一个半死不活的老国企工作，她只是家庭妇女，偶尔打点短工补贴家用 . 好在只生育一个女儿，拖累不大，但日子还是过得紧巴巴的。那张脸从来不涂抹一下，完全是原生态，双手因操劳过度而粗糙不堪，打扮也是过时而落伍。但她做人硬气，不卑不亢，不羡慕不攀比，这也是雪华欣赏她的地方。雪华记得小时候小妹是最机灵、最活泼的，因为当时有这么多哥哥、姐姐疼爱她，所以她也是最娇气、最爱打扮的，但现在放眼望去，小妹朴素又憔悴，是踏踏实实的家庭妇女的模样。如今，母亲老了，手脚不灵便了，她便每周给母亲洗澡、换洗衣服，母亲轮到哪一家，她就到哪一家去处理，从不间断。连挑剔、薄凉的哥嫂，都一致公认这个小姑子最好。

雪华沉吟了一下，说道："兄弟姐妹这么多，我能力有限，帮不过来，就负责老妈吧。她养育了我们，我也该尽点孝心，不然对不起良心。"小妹感慨道："老妈在，还像一家人，将来老妈一走，就是亲戚，矛盾就更多了。不信，你等着瞧。"雪华点了点头，拿出5000元，塞给她："这点给你，不好意思，这次没多带来，你别让其他人知道，他们会嫉妒的。"小妹硬塞还给她："我不要，我过得去，为何要你的钱？你也不容易，你硬要给我，我就不让你托付了。"雪华一听，愣住了，感慨不已。

六十四

时光悄然而逝，日子不断翻新。

镍矿开采成功后，子儒乘胜追击，和洪志伟继续联合做矿产的业务，他们仍然选择与中国方面合作，因为中国方面有实力、市场大，又讲诚信、讲效率。这次他们找到一位股东，人在泉州，通过他联系、介绍，终于与中钢集团合作，由中钢集团收购60%的股份。子儒知道：中钢集团，这可是国务院国有资产监督管理委员会管理的中央企业，来头不小，实力很强。所以对这次合作更有信心了。

子儒作为菲律宾合作方的一位股东，仍然负责管理矿区。这是辛苦活，也是危险活。

有一次，中钢集团派出三个代表到达菲律宾，对矿区进行考察，子儒负责全程接待。他们从马尼拉乘坐飞机到树尔爻，再乘坐木船到依拉沓小岛。子儒带着尊贵的客人登船时，已发觉风浪很大，因为习惯了风里来浪里去，子儒并没有特别在意，而中钢集团的代表也急于赶往现场勘察情况，他们便冒着风浪出发了。

木船驶入海里，风浪更大了。浪涛将木船推向10多米高的浪尖，随后又冲向浪底，他们坐在船上，感到惊心动魄，十分惊险……木船过山车似的，忽上忽下，在风浪中剧烈颠簸，他们被颠得东倒西歪，只好拼命抓住缰绳、樯桅，以免被甩出船去。此情此景，让子儒想到美国作家海明威的小说《老人与海》，人与大自然殊死搏斗，大概就是这种情形。下午三点半，他们终于靠岸，大家终于舒了一口气，像捡回一条命似的无比庆幸，都有劫后余生的狂喜。中钢一位代表惊魂甫定，惊问子儒："往返到这个岛上只有这种水路？"子儒说："是的。"对方无比感慨："惊险！太惊险了！"子儒说："没办法，生存艰难，什么都有风险啊。"

子儒与中钢勘测队的三个人驻守在岛上，一起工作、生活，这是他感到最安全、最愉快的日子，因为有伴，还有人沟通、交流，遇到问题，大家共同协商。工作之余，他带着他们到岛上玩，岛上到处都种植着椰树、槟榔、杧果、木瓜和香蕉，真是瓜果飘香。很多没人采摘，瓜熟蒂落，慢慢烂掉了，中方的人看了，直说浪费。子儒解释说："这里植物生长很好，加工业没有跟上来，吃不完的只能烂掉。"岛上的房子都像鸽子笼，架在一根根木柱上。在岸边，他们经常看到一些土著人，驾着小木船，在海里打捞。男男女女都光着棕黑色的上身，男的也穿着筒裙，有的中年妇女露出下垂的乳房，有的孩子一丝不挂，简直像原始社会；他们还看到土著人用竹筒煮饭，用手抓着吃……这些独特的异国风光，对于中方的代表来说，都是十分新奇的。

这趟考察，中方三位代表感到非常满意。

为了方便管理，减少往返的危险，子儒独自在海滨租下一座小木屋。这木屋，如果从旅游角度来看，会觉得非常好玩、浪漫，是呀，沙滩上、椰树林里，静立着一座小木屋，可以躺着听潮汐的声音，看看书；也可以临水垂钓，然后烧烤，吃着最鲜美的海鲜；还可以躺在沙滩上晒太阳、跑到水里游泳……这确实就是热带迷人的风光。但是，为了工作、生存，那就另当别论了。一天半夜里，熟睡的子儒被一阵急促的敲门声惊醒，他吓得不敢开门。对方说："警察，别怕。"子儒只好壮着胆子开了门。那位警察神色慌张地吩咐道："市长刚才被人用刀砍伤了，肠子都流出来了，非常恐怖。你绝对不能出去，今晚有危险。"说完，匆匆走了。警察走后，子儒再也睡不着了，如何是好？他考虑再三，还是连夜赶紧转移到另一座老旧的木屋里躲避起来，他担心坏人趁乱来骚扰、敲诈或绑架。

第二天一大早，子儒赶到依拉沓岛的政府机关去打听情况，才获知事情经过：市长去舞厅消遣，遇到一位不同派别的农民，便斥骂他滚出去。那农民怀恨在心，回家拿了一把"武士刀"，躲在市长回家的路旁，当市长半夜坐摩托车回家，他便趁机冲上去，对准市长的肚子狠狠地捅了下去……

子儒赶紧问："后来呢？"对方做出惊悚的表情："吓死人了，市长顿时倒在路上，鲜血溅得满地都是……"

子儒再次紧张地发问："后来呢？"对方说："后来？后来大家连忙租了一艘大船，准备将市长送往树尔爻进行抢救。可惜，可惜呀，快达到树尔爻时，市长就断气了，血流光了，身体凉了，死翘翘了。大家只好掉转船头返程，把尸体运载回来。现在，正在家里设灵堂呢。"

子儒赶紧赶到市长家，家里已设了灵堂。市长的家是一座非常漂亮的海岛别墅，热带植物掩映其中，有一个很大的游泳池，像碧蓝色的小湖泊。子儒呆呆地站着，前一天，他还和市长在一起聊天神侃呢，如今他已经再也睁不开眼睛。这人生真是无常啊！他默默地凭吊了一会儿，掏出 5000 菲币送给市长夫人，作为奠仪。在岛上，他得到市长诸多的照应，如今，少了一个可以交谈的朋友，一个关心、保护自己的人，怎不让他感到唇亡齿寒、兔死狐悲、心有戚戚焉？

此后，子儒独自一人时，总是被恐惧纠缠着，心头始终笼罩着不安、惊恐，他担心坏人、暴徒、小混混来抢劫、杀人。为了更好地保护自己，确保自己的人身安全，他特意结识当地大队部的头儿，叫卯笼雅的，与他交友，然后一起出入，借助他的威风来保护自己。他知道这种行为就是“狐假虎威”，但是，不这样，自己将时刻处于危险之中。

依拉沓市长被暗杀的恶性事件很快传播出去，引起轰动。传到马尼拉，雪华等家人听了，也时刻为子儒捏一把冷汗。但是合同签订下来，矿区正在开发，没有任何退路，只有硬着头皮干下去。靠天吃饭，也靠天保佑了。

除了危险，岛上的日子还很寂寞、很漫长，为了打发时间，子儒经常捧着书，躺在海岸边的木躺椅上，一看就是大半天。有时他独自垂钓，钓到鱼儿，就学岛上的原住民，用竹筒烧烤了吃。晚上，岛上的番婆会偷偷来敲他的门，他死也不敢开门，担心番仔女人缠着他要钱，更担心遭到报复，像市长一样糊里糊涂就命丧黄泉。

保护好自己，是在岛上生活的第一要务。而赚钱养家，是他人生的第一要务。

在岛上谋生之余，子儒难以放下心中的文学情结，便提起笔来，一方面倾诉感情，一方面也借以抵挡孤独、打发寂寞。

一天，子儒等几位菲律宾股东应中钢集团邀请，到大陆参观集团公司。看到祖国辉煌的建设成就，特别是看到中钢集团战略转型与跨越发展所取得的一个个业绩，看到实践者的拼搏精神，看到整个集团执行队伍的大无畏奋斗气概，看到新一代中国建设者无私无畏的爱国情怀，子儒深为震撼、深受鼓舞，回菲律宾后，他便在商务之余投入到文学创作中，以抒情诗歌的形式写下中钢艰难、曲折的发展历程，写下中国人奋发有为的斗志，写下中国发展的灿烂前景。但是这次创作不同于以往，因为这是一次大胆的尝试，篇幅冗长又采用抒情笔调，子儒时常感到力不从心，又因年事已高、家中琐事干扰，他几次三番地搁浅下来，后来他便打算识趣地放弃。

中钢集团有关人士得知子儒手头正在以他们公司的历史与故事为素材进行创作，纷纷表示鼓励与支持。一天，公司副总裁托人送来中钢征文集《跨越》，中钢矿业公司多次从北京给他寄来《中钢报》，中钢新加坡公司的宋总听说子儒的创作主题，也很感兴趣，马上赠送《中国中钢集团公司考察》等书籍。收到这些沉甸甸的宝贵资料，子儒知道自己没有退路，必须交出一份令人满意的答卷，这是压力，也是使命。好在这些丰厚的素材给了他信心与更多的灵感，他更加投入，也更加自如地驾驭材料，进行创作。

经过一年多的加班熬夜、绞尽脑汁，子儒写出一部抒情长诗来，共4600多行。当他把一大摞稿纸放在中钢总裁的办公桌上，总裁十分惊奇与感动，爽快地答应资助他出版。于是，很快地，《中国魂》正式出版，这是子儒创作的另一块里程碑式作品，也是他文学创作的高峰，他感到非常欣慰。

六十五

小颂被中国义乌琳琅满目的小商品所吸引，他惊诧于居然有这么一个神奇的地方，奇迹般地崛起，奇迹般地制造出如此之多的式样繁多、价格便宜、美观精致、让人爱不释手的小商品，奇迹般地吸引这么多人来到它身边，到这里追求财富，到这里创造财富。他深深地被吸引，也深深地爱上了这个地方。

义乌，位于浙江省中部，是中国首个也是唯一一个在县级市搞国家级综合改革试点的城市，是中国六大强县（市）之一，人均收入水平在全国占居首位，是中国最富裕的地区之一，也是全球最大的小商品集散中心。

小颂决定从义乌起家，开创自己的事业，实现自己的理想与抱负，展示自己的人生价值。于是便从义乌拿货，总是一大货柜一大货柜地大肆进入菲律宾。货物来了，怎么卖？小颂说："学中国，做电商生意。"雪华、小雅收起地摊，回归家庭，不再早出晚归，也不再风吹雨淋。这时，全家人除了子儒、小楚，其他人全部动员，都投入到这项生意中，他们将从义乌入口的货物挂在电脑上，在电脑上做广告，客户需要，在电脑上订购。有的接单、有的包装、有的贴快递单，忙得不亦乐乎。他们将货物包装好，交给菲律宾最大的快递公司，由它负责运送、分发。购买者可以先把现金汇入银行，也可以货到付款，每过一段时间，他们便与快递公司结账。

子儒仍然负责管理矿区开发，这是大宗的项目，不能随便丢开不管。

小楚大学毕业后，执意去新加坡微软公司上班，他学习计算机专业，总觉得新加坡更有发展前途。他去新加坡旅游过，觉得新加坡环境优美、政局稳定、经济发达，从而喜欢上了它。他告诉父母自己过去试一试，如果适应得来，就移民新加坡。子儒、雪华拦不住，就放手让他出去打拼了。其实，他们也认同"鸡蛋不能全部放在一个篮子里"的道理，既然有三个儿子，最好兵分三路，形成三国鼎立之势。子儒想：天下局势这样最稳固，家庭成员这样分配也应该最有利。

负责看家的小诗，也可以帮忙包装了。能和大家一起忙碌，她逐渐地快乐起来、开朗起来。只是依然话语不多，也怕见生人，但可以一整天默默地帮忙干活。子儒总是要求家里的人不能冷落小诗，要经常跟她谈话，买东西一定要有她的一份，吃的、穿的由她先挑选，他总是安慰她："我们小诗是最纯洁、漂亮、乖巧的姑娘！"一旦看到小诗脸上有笑容，他也不由自主地舒畅起来。

一天，小颂飞回菲律宾，告诉父母，他要结婚了。对象是义乌一位中学校长的女儿，独生女，北京外贸大学毕业，回义乌创业，两人在生意中相识、相知、相爱，对他帮助很大。听了这么简单的概述，子儒有点疑虑：“是否在菲律宾找一个华裔比较合适？生活习惯、价值观念、语言等等，更容易沟通。”小颂很干脆地说：“爸，你落伍了。她会英语，我会汉语，我们有两种共同的语言，沟通完全没有问题。”子儒又想到一个问题：“但是，独生女不好，很娇气……”小颂反驳道：“在中国，他们这一代很多都是独生子女的，难道都娇气？都不能结婚？”子儒看到这个高大、帅气的儿子，居然这么成熟、理智，便不再反对，家里其他人更没有意见了，因为小颂是大哥，是很有思想与主见的大哥，对家庭有重大贡献的大哥，也是逐渐成为家里顶梁柱的大哥。

小颂结婚了。这是他们一家到菲律宾后筹办的第一件婚事。如果买别墅、乔迁新居是第一件大喜事，那么这是第二件大喜事。

子儒、雪华夫妇对这个大儿媳非常满意：不仅学历高、会英语，人也长得漂亮、有气质，还很温柔、贤惠、大方，又聪明能干，简直集女性的优点于一身。雪华很高兴地对小楚、小风说：“以后你们眼睛睁大、擦亮一点，就学大哥这样找对象，妥妥的人生大赢家。”

因五月是菲律宾丰收的季节，有着吉祥如意的寓意，所以他们的婚礼选在五月举行。虽然子儒、雪华是闽南人，信仰佛教，但他们还是尊重小颂的意愿，也尊重菲律宾当地的风俗，在教堂举行婚礼。

小颂采取包机的方式，邀请女方及其父母、亲戚、好友前往菲律宾，参加他们的婚礼。这些客人提前一天到达，他们把客人安排住进菲律宾花园大酒店，当晚先设宴接风。

婚礼当天，男女双方的亲人、亲戚、朋友都被邀请到教堂，所有人都盛装出席。神父在台上带领众人唱歌祈祷，庄重优美的歌声在高大的教堂里回旋环绕，让人感到神圣而庄严。祈祷结束后，神父请新人吃圣餐。新人在主、神父和亲朋好友的见证下，签署婚姻契约。而后，是各种组合的合影。雪华激动地说："多拍一些，寄几组回唐山给他们看看。"过去，她看过华侨寄回去的结婚照，羡慕极了，没想到自己也能等来这一天。仪式结束后，举办婚宴，地点移到花园大酒店，又是一番喜庆与隆重。

这场庄重、豪华的婚礼，耗资巨大，但是小颂执意为之。他认为婚礼一生只有一次，必须隆重。至于金钱，诗人李白说过：千金散尽还复来。

婚礼过后，小颂还包了一辆大巴士，载着国内的客人疯狂地游玩菲律宾，他们的足迹遍布黎刹广场、马尼拉大教堂、圣·奥古斯汀教堂、西班牙王城、王彬街、马尼拉湾、圣地亚哥城堡、唐人街、美军空军基地、美军海军基地、长滩岛……足足玩了一个星期。离开时，又赠送了大包小包的礼品。搞得子儒、雪华都瞠目结舌：小颂到底赚了多少钱?

婚后，小颂偕妻子殷可心长住义乌，拿货、发货给菲律宾家里。电商成功后，小颂说："开超市吧，毕竟还有很多人不会、不习惯网购，实体店的生意应该更好。"子儒问："选什么地址开超市好？"小颂说："选人流量大的商场，最好是商场的出入口附近。"依照小颂的观点，子儒返回华人区的王彬街，找到一座三层的超级市场，看到三楼拐角处有个店面没有出租，马上联系房东租下，然后装修、布置、招收员工、货物上架，随即开工。正如小颂预测：商场出入口是客人必经之地，人流量非常大，时时有人进店购买，生意非常红火，天天爆满，货物供不应求，搞得经常断货。经营一个月进行盘点，居然把投入的100万元成本赚了回来，扣除员工薪金，还有剩余。子儒完全傻了眼，对雪华说："开超市赚钱如此之快？那还等什么？马上扩张！"于是，第二家、第三家……遍地开花，一年之中便开设了十几家，开成了连锁超市。

一天，子儒路过面粉店，又进去看望何天祝，老人正坐在破沙发上打瞌睡。子儒望着他，看到他好像缩小了似的，腰也弯成弓了，不禁一阵心酸，过去轻轻摇醒他。何老先生睁眼看见是子儒，非常高兴，忙站起来，说："听说你开了十几家连锁超市？"子儒很紧张，嘘了一声："小声点，不要张扬，危险！"何先生嘿嘿一笑，压低了声音："哈哈哈，你小子厉害了！咱们唐山有句老话：一个人九个尾，确实如此呀，乞丐都可以当皇帝，所以千万别狗眼看人低！"子儒低声说："都是大儿子的功劳，他顶上来了。这小子会交际、会英语，结交了很多朋友，都是靠朋友帮忙、支持、关照的。他这个人思路广、头脑活、性格豪爽大方，我活了大半辈子，这才真正明白什么叫后生可畏。"何先生说："是呀，我们这一代传统保守，多少人一辈子就守着一爿小货铺，像你父亲……"何老先生意识到什么，赶紧刹住话题。子儒潇洒地摆了摆手，表示一切都过去了。何老先生起身泡咖啡，递给他一杯咖啡，笑着说："吴明棠昨天还过来这里，不服气呢，问我，听说王子儒开了十几家连锁超市，骗鬼！一个人看管一家都看不过来，哪里看得了十几家？"子儒笑道："格局、视野。"何老先生说："我要告老了，三个儿子瞧不起这爿小店，他们办公司赚大钱，我大女儿出嫁那时家里还很穷，嫁个垃圾货，如今是九个子女中最困难的，我打算把这摊生意给她，看她造化，或许还可赚点钱将来养老。你可别小看这脏兮兮的小店哦，这可是我发家致富的起点呢，所以我一直舍不得关。"子儒惊喜道："好啊，早该如此，中国的父母特别奇怪，喜欢'劫富济贫'，总是偏向弱的、穷的，其实这样也好，才不会贫富太悬殊。大自然有规律、法则，普通家庭也是的，贫富太悬殊，一定会出问题。过几天，我送你几盆盆栽，你回家栽花养草，颐养天年。"何老先生说："好，一言为定！"

六十六

庭院里的竹柏一寸一寸地往上长，菲律宾的气候、环境，让植物生长得飞快，让人有点猝不及防的感觉。孩子也一个个长大，一年年添岁数了。

小雅自由谈恋爱了。这是菲律宾年轻人最流行的方式。小雅回家告诉父母，子儒第一个反对，他简洁地说了三个字："不理想。"小雅不解地问："怎么不理想了？当初大哥找大嫂，你不是也说不好，劝他最好找在菲的华裔？"子儒说："你找华裔是对了，但对方家境如此普通，一旦结婚，你要过苦日子。"小雅无所谓："我们家过去不是比他们家还穷？我早就过惯了苦日子。"子儒生气了，加重语气道："就是因为你们跟着我过了这么多年的苦日子，我才想不让你们继续过苦日子，懂吗？"小雅还是乐观道："我不怕，我们现在不是富起来了？我相信凭借我们的双手，也是可以发家致富的。"子儒被噎得无语。

他只好背后跟雪华耍脾气："小雅这么听话的孩子，怎么在这件事上就一根筋了？我告诉你，这婚事，我不同意！你想办法去说服她。"雪华说："如何说服？现在的年轻人能听父母的话？咱们看不住的，他们早晚在一起，你有什么招？"子儒无奈道："那你总得赶紧去了解一下，摸清对方的具体情况。"雪华道："死丫头告诉我，对方祖籍是福建南安的，祖辈先过来，后来父母过来，他们都是这里的出生儿，他最小，上面有两个哥哥、两个姐姐，都结婚、独立出去了。他父母这几年在王彬街开一家闽南特色的快餐式小餐馆，他在那里帮忙。过去也是很穷，现在可以了。”子儒听了很不悦，纳闷道：“以我们现在的条件，就不能找一个更好一点的吗？”雪华叹道：“女儿像大麦子，随便撒吧，今后靠她的八字、造化了。”子儒沉默了一会儿，问：“这年轻人，你见过吗？”“见过一次，那天躲在大门旁等小雅，我出门时被我撞到了。”子儒好奇道：“长得怎样？”雪华笑道：“高高大大的，还很帅。”子儒生气道：“帅有啥用？能当饭吃？人要勤劳、老实、可靠、懂得打拼才重要。”雪华不再理他，忙自己的事了。子儒不死心，又追问道：“小雅怎么认识他的？”雪华道：“还不是请朋友去吃私房菜，他过来服务认识的。”子儒惊道：“这样就走到一起了吗？”雪华扔下一句：“少见多怪，老古董！”就走出去了。

子儒坐在沙发上，喃喃道：“这孩子跟着我吃了二三十年的苦呀！”他心情久久不能平静。如今日子好起来了，已经有条件找个理想的对象了，她怎么偏偏走回穷日子去了呢？难道这是她的命？不，甘蔗还有一头甜呢。

子儒发现小雅傍晚总会打扮得漂漂亮亮的，然后找各种借口、各种理由跑出去。他知道阻挡不了了，只好对小雅说：“你带他来家里吧，我看一看。”

接触后，子儒便改变了态度，接纳了对方。他看出对方身上三个优点：诚实、善良、勤劳。

女大不中留，他们选择当年的五月花节把大女儿小雅嫁了出去。子儒跟雪华商量：“在我们能力允许的范围内，多给她一点陪嫁吧，这孩子，我们欠她的。”雪华点头答应，给她准备了丰厚的嫁妆。

五月花节，时间是五月份的最后一个星期日，是菲律宾最隆重、最热闹的节日之一，由于在百花盛开的五月举行而得名。这一天，菲律宾要举行圣母像大游行，少女穿上白色缀满鲜花的长袍，跟随在圣母像之后，游行后把花束献给圣母玛利亚。

小颂是大哥，又与小雅年龄近，在大陆一起长大，所以感情特别深。

这次他又包机，带着妻子、刚出生的儿子以及一大群朋友、同事到菲律宾参加婚礼。

子儒、雪华终于见到自己的大胖孙子，心里甭提多高兴了。连小雅都开玩笑说：“这臭小子是存心要来抢我的镜头、风头的。”

小雅的婚礼结束后，小颂仍然带着客人四处玩耍。子儒悄悄对雪华说：“你这大儿子是自己印钞票呀？总是这么大方，花钱不手软。”雪华也感到心疼：“钱再怎样好赚，也是血汗钱呀，他这人会不会太疯狂、太阔气（慷慨大方）了？”子儒摇摇头：“是呀，有钱也不是这样阔气的，我终于明白什么叫挥金如土了。”雪华忙说：“我找个时间劝劝他。”子儒沉吟了一会儿，摇摇手：“算了，儿孙自有儿孙福，我们没办法烦恼那么多，他敢这样花应该是有这能力吧，不至于打肿脸充胖子。小颂是很务实的人，这点我心里有底。”雪华听他这么一说，才放心了。

小楚回来参加姐姐的婚礼后，小声告诉父亲：“我不去新加坡了。”子儒忙问：“为什么？”小楚皱了皱眉：“那头家狐臭，很严重，受不了。”子儒差点笑出声来，他知道小楚跟小颂是两个极端，他极其文静、内敛、腼腆，不善交际，是另一种犟脾气，便说：“那就回来吧，家里也非常需要人手。”小楚很平静地说：“我打算去香港，再试一试。”

子儒无语，对于这个二儿子，他只能这样冷静、平和地处理，他知道小楚虽然沉默寡言，但也是认死理的人，不让他碰壁他不会回头。他心想：那就再浪费一年吧。其实也不算浪费，不是说，人生阅历也是非常宝贵的财富？再说，没有放飞出去，他永远都有单飞的渴望。

小颂领着一大群人飞回义乌的时候，小楚也飞往香港。家又恢复了往常的平静，也恢复了往常的忙碌。大家继续忙着赚钱。

子儒非常忙碌，除了关照生意，他比家人多一样工作，那就是脑力劳动——创作。因栽种着姿态万千的花草，在日常精心侍弄的过程中，慢慢培养出感情来，总觉得眼前每一株树、每一朵花都是活生生的，有自己的特色与魅力，也有自己的精神与风骨，于是他采用散文诗短小精悍的形式进行创作，选择300种花草树木，写出整整300篇文章，汇成一部书，名叫《芬芳世界》，交由中国文化发展出版社出版。这是他两种专业的完美结合：种植、写作，即物质生活、精神生活的完美结合。

六十七

有一天，湖后村菲律宾同乡会召开理事会，理事长在会上征询大家的意见："王子儒这些年赚大钱了，人又很有才情，我建议把他提上来，当副理事长，不知大家意见如何？"大家你一言我一语，都说有道理，最后，36个参加会议的人一致举手，顺利通过。

在菲律宾，同乡会很盛行，也发挥很大的作用，起到很大的影响。它是同乡之间的聚会，既可沟通感情，搭建朋友之间的人脉关系平台，又可促进同乡之间的商务交流与合作，往往是人们在异乡客居的精神纽带与慰藉。一些成功人士往往会被推为同乡会的领导，而捐款、做善事是他们行使职责的标志之一。

会议一结束，子儒就得到消息。他知道这是一种荣誉，也是身份、地位的象征，非常高兴。他想：从此以后，我就是一个有身份、有地位的商人了。可是，第三天，就有人偷偷告诉他："你的名字被踢掉了。"子儒愣了一下，忙问："谁的主意？"对方笑道："村里的遗老遗少呀。"子儒诧异地问："为什么？当时筹备会上不是都举手同意了？"对方说："有'台独'分子暗中反对，说你是左派分子，倾向大陆观点，所以，又暗中召开历届当过理事长的'大佬'会议，散布你的谣言，当场取消你的资格，选择台湾观点的人顶替你这个名额。"子儒义愤填膺，无奈又悲哀地沉默了，灰溜溜地回家，心情极其愤慨。

一周后，小颂回到菲律宾，看到子儒闷闷不乐的，便问雪华："妈，我爸怎么了？生意出问题了？"雪华气愤地告诉他："湖后村的人看不起他，说他坏话，还不让他当副理事长。"接着说了来龙去脉。小颂听后发火了："我来的飞机上，遇到一个人，他告诉我，凤亭市同乡总会近日要召开。村里的这种小会，我们还不参加呢，要参加就参加市级的大会。他妈的，欺人太甚，狗眼看人低！我们出500万元，出出这口恶气！"雪华惊呼道："钱那么容易赚呀？这些年看不起他的人还少吗？管他呢，我们过我们的日子，不让当就不当，烧钱的事，谁稀罕！"小颂说："我咽不下这口恶气，我们就捐500万元，替老爸要回面子。"雪华惊呼道："真的捐？有必要吗？要捐也不必那么多吧？那可是真金白银，血汗钱呀！我们还有多少事需要钱呢，你不花，我可懂得花。"小颂说道："妈，你别捣蛋，这是面子、尊严，是男人的大事，你不懂。你需要多少钱，我给你。这笔钱一定要出，所谓不鸣则已一鸣惊人，既然要捐，就要有轰动效应。500万元，让爸扬眉吐气一下，值！"说完，马上行动，打出500万元的支票给了子儒。雪华站在一旁，不停地唠叨："想想我们这些年这么苦，赚钱这么不容易……"

子儒拿着支票，手一直颤抖，彻夜难眠，多少往事浮现在眼前，历历在目，他感慨万千。

凤亭市菲律宾同乡总会如期在花园大酒店隆重召开，嘉宾云集，盛况空前。子儒出席了会议，会上，他光荣、自豪地走上台，送出两块红牌：一张上面写着200万元，捐给同乡总会，作为总会的活动基金；另一块红牌，上面写着300万元，捐作教育基金。

台下，是如雷般的掌声，是大家惊诧的感叹声、赞叹声，是大家羡慕的眼光。子儒激动极了，他何曾想过自己也有今天，可以作为一个自尊、自豪的人，站在众目睽睽之下，如此荣耀！这时，他眼里泛起一层迷雾。

湖后村的几个大佬、“台独”分子，不敢等到会议结束、也不敢留下来吃酒宴，提前悄悄溜走了。

当子儒走下台来，许多相识、不相识的领导都走过来，与他拍照合影。子儒从没有在镁光灯下这样频频亮相，不禁有点拘谨，他这才深深体会到有能力回馈社会、做出贡献，是多么光荣、自豪、幸福的事。

仅仅过了一周，湖后村同乡会换届，会上冷冷清清，所募捐的款项少得可怜。理事长气愤地对那些反对者说：“就因为你们反对，我们同乡会损失惨重呀！不然王子儒准备捐1000万呢，今日收到的钱款这么少，以后活动很难开展了。”那几个反对派听了，懊悔不已，噤若寒蝉。

仅仅过去三个月，小楚就拉着推杆箱从香港回来了。他每周在菲律宾与香港之间往返飞行，被移民局怀疑，抓了进去。小楚不解地质疑：“为什么关我呀？我犯了什么法？”原来移民局怀疑他贩毒、走私等等，小楚哭笑不得，放出来后，便不去香港了。

子儒宽厚地笑了笑，宽容地说：“不要紧，这样往返飞行也很累，那就在菲律宾发展吧。”随后，他带着小楚四处寻找写字楼。小楚要求高大上的写字楼，很快，他们找到了位于帕西格的甲级高端写字楼，全部唯美落地窗，皇家式服务管理，办公室毗邻富人区BGC，环境优美，周围就是高端商业街，欧洲各大奢侈品牌云集，各种风格的美食让人垂涎欲滴。小楚看了非常满意，兴奋得脸都红了，但是他看到租金，退缩了：“太昂贵了，还是再找一找吧。”子儒果断地说：“不用，就这里。你要像大哥一样，霸气、有信心、做事有气魄。不同地段，象征不同的身份、地位，你接触到的人群就不一样，谈的生意也会不一样。只要物有所值，就应该当机立断，这才是男人的气概。”小楚觉得有理，就点了点头。

很快，小楚的公司成立了。子儒扶着他上马，他知道又一个孩子成长起来，至于将来如何，就靠孩子的努力与造化了。

小风看到二哥开起一个像模像样的公司，心也痒痒起来，跟子儒说："爸，我也要开公司。"子儒很不解，道："你二哥是学电子计算机编程的，他独立出去开公司有道理，你闹什么独立？"小风说："我也需要独立、锻炼呀，你不是常说经风雨才能成才吗？"雪华最疼爱这个小儿子，看到小风受阻，便劝子儒："三个都是儿子，你要一碗水端平，既然给小颂、小楚自由的机会，也应该让他试一试。"子儒想一想，问小风："你小子有什么打算？"小风说："我要开国际贸易公司。"子儒思考了一会儿，爽快地答应道："好，我支持你。"小风得寸进尺道："那就和二哥租同一座写字楼吧？"子儒还是爽快地答应："行。但是有一个条件，你要和小楚一样，自己的公司是专职，家里的活儿是兼职，家里需要你，要义不容辞回来帮忙。"小风说："遵命！"不久，小风的公司也成立了。

而小雅婚后，很快就与丈夫独立出来，开了一家经营私房菜的餐馆，生意非常红火。她的肚子更是争气，快速顺溜地生了两个儿子。子儒苦笑着对雪华说："小雅在什么事上，都发扬勤劳、不怕苦不怕累的精神呀！"雪华白了他一眼："这是美德。"

大家庭的连锁超市，也如雨后春笋似的发展，很快就拓展为20多家，他们租下一层1000多平方米的办公室，作为发货平台，又租了两个巨大的仓储，存放货物。雇佣的各类员工超过200人。

子儒万万没有想到，做梦也没有想到，生活会发展成这样，他居然会有这样的晚景。他有点忐忑、有点不安，也非常感恩，所以，回报社会是他表达感恩之心的方式。当他听说菲中协会经费困难，想到自己多次得到协会的帮助，忙捐了10万元……出门时，他口袋总会装几千块现金，遇到乞丐、老人，就塞几张给他们。到餐馆吃饭，遇到熟人、朋友，就抢着帮忙付钱。什么组织、机构请他募捐，他都会慷慨解囊。但是，子儒也不是无原则地慷慨大方，自己那么苦、那么艰难地一路走来，这是他每每想起都忍不住掉眼泪的过去呀，所以该节俭就节俭，该拒绝他也会直截了当地拒绝。

有一次，一位深沪的朋友向他借钱，开口就是30万，这是一个经济上从来没有过交集的人，子儒坦率地说："我身上没有这么多钱。"这位朋友脸上有点挂不住，尴尬地说："我有一位朋友答应要借给我，但他人在宿务，太远了。"子儒听后，故意不解道："不是可以通过银行汇过来？"朋友难堪得脸上红一阵紫一阵的，子儒于心不忍，只好掏空口袋："我身上就这5万，你拿去吧。"朋友悻悻地接过钱，走了。此后，从没有谈还钱的事，子儒也只当救济他，不当一回事。他知道自己困难的时候、走投无路的时候，很多人帮助过自己、扶持过自己，这也是一种偿还的方式，他更为自己能这么轻松地帮忙别人而感到自豪、幸福。

人生路漫漫，经历太多，吃过太多的苦，他深知苦的滋味。他的心态慢慢地平和下来，脚步更加舒缓而从容。

这一年，还有一件事，让子儒格外自豪、自信，他的一部散文诗集，书名叫《绝代佳人》，有点像致敬著名电影《乱世佳人》，由文化艺术出版社正式出版发行了。他创作这部作品，完全是匠心独运，他总觉得漫漫历史长河，芸芸众生像一颗颗璀璨的星星，点缀在银河两岸，执着又孤独地闪烁着光芒，光耀千秋，使漫长的中国史显得更加缤纷多姿，特别是那些风情万种、命运各异的女子，光彩更是难以泯灭，于是他心里蠢蠢欲动。有一天，他吟道"桃花得气美人中"，便联想起六朝古都金陵，秦淮河畔，那个歌姬才女柳如是，于是便付诸笔端，用散文诗的方式把这名奇女子的一生写了出来。接着，一个又一个人物出现，走进他的视线，也走进他的笔端，他共选取中国古代60位女性，有贵妇、闺秀、荆钗、风尘女郎，她们身世命运迥异，或工诗文或精书画或善琴剑或胜歌舞，才华均杰出卓越，但大多事迹突出、命运坎坷、结局让人叹惋。子儒不做人物传略，而尝试以散文诗方式进行着墨，勾勒出她们不同的个性、亮点，描绘她们的风姿、才情，合为群芳谱。在成书之前，这60篇散文诗先交付菲律宾《商报》，连载刊出，反响不凡。菲律宾大洋食品工业集团公司总裁陈公富先生是一位古典文学的爱好者，他看后击节赞赏，便联系到子儒，主动提出要出资帮他结集出版。子儒非常感动，他知道陈先生古典文学造诣很深，便提出一个不情之请，请他代写序言。陈先生爽快答应，马上赋诗一首，作为序言。

雪华与子女对于子儒这个爱好是支持的。雪华说："人有个爱好也是不错的，比如，你爸这个爱好就很好，抽烟、喝酒都要钱，只有这个爱好不要钱。"小风狡黠道："这个也要钱，出书是花大钱。"雪华不好意思地笑道："那是花别人的钱。"因为，子儒出书，都是别人赞助的，过去穷，确实需要别人赞助，现在虽然不穷，但他仍然乐意接受别人的赞助——这表示这本书不是自费的。雪华认为，越是商业社会，文人越无法生存，就显得越是稀有，也就越值钱。所以她总是笑着对子女说："你父亲是稀有动物呢。"看到子儒一间卧室到处是书，连床上也堆着书，她总是笑着开玩笑："你爸晚上总是抱着小情人睡觉。"子女对子儒写书、出书，总是持一种暧昧的支持态度："爱玩就玩呗。"当然，子儒让他们开车送他去赠书，他们也是乐意干的，毕竟有一个作家父亲，也是自带书香气息。

六十八

一天，小颂与爱人殷可心带着一双儿女飞回菲律宾，子儒看到他们，眉开眼笑的，能与子孙团聚，享受天伦之乐，这是人生最大的幸福呀。他想到自己有这个心理，证明自己的确老了。

大家到泰国风情餐馆聚餐，小颂宣布此行的最重要目的："我打算买一座别墅。”子儒问：“买哪里的？”小颂说：“菲律宾，最高级的。”买一座别墅，子儒表示赞同，现在居住的这座别墅确实显得拥挤、狭窄了。但是买最高级的，子儒不敢苟同，所谓树大招风，显富在菲律宾等于拿命开玩笑，低调才是做人的根本。小颂却坚持，这世界变化太快，如果没有达到目前最高标准，很容易就out了，不能永远奔跑在路上，最好达到一个较远的目标。因为：没有最好，只有更好。子儒想一想，便缄默了，江山代有才人出，这是社会发展的规律。再说，小颂的霸气与野心也是他所欣赏的。

有了明确的目标之后，他们开始寻找，还得悄悄打听，不能张扬。但是，赚钱的事，总是传得特别快。经中介朋友介绍，说有一座别墅，位于马尼拉富人区。中介朋友说：“这个别墅区有别于其他地方，不仅集中有钱人，更集中了一些议员、银行家等有身份、有地位、有名望的人，所以档次更高，入驻的身份更显赫、更神秘、更高端，轻易入驻不得的。”

小颂一听，说：“其他的不用看了，就看这一套。”于是约定时间赶紧看房。汽车进入别墅区，整个世界一下子安静极了，把外面的喧嚣、烦杂、热闹一并摈弃在外，呈现在眼前的是一幢幢风格各异、精美典雅、贵气逼人的建筑物，掩映在繁茂葳蕤的树木下，簇拥在姹紫嫣红的花草间，庭院深深、围墙高耸、房子均门窗紧闭，不见人影，院子里繁花似锦、树木参差、曲径通幽。林荫小道纵横交错、寂静无人，偶尔车辆驶过，倏然不见。车子行走其间，仿如进入童话世界、人间仙境。

七拐八弯，中介朋友的汽车终于停在一个围墙外，小颂也找了车位停下。大家纷纷下车，这时大门徐徐拉开，他们走了进去。一下子，所有人都被惊艳住了，屏住呼吸，不敢喘气。

中介朋友介绍：“这房主是一位西班牙人，大银行家，所以他完全按照西班牙风格来设计、建造，因为娶了六个老婆，生了一大堆子女，所以建得特别大，房子特别多。你们看，它是呈‘工’字形的，分成两大板块，中间用回廊链接起来。现在家庭起了内讧，六个老婆整天争风吃醋，子女也不思进取，都想啃老，他受不了了，准备卖掉，跑去美国养老。这是不得已的贱卖，你们买到就是赚到。有福之人才能住这样的房子呀，所谓福人居福地。”朋友带着子儒、雪华、小颂、可心，从第一层参观到第三层，从东边参观到西边。

偌大的客厅、小型的会客室、书房、开放式的厨房、封闭式的厨房、美容室、棋牌室、大酒吧、小酒台、接待室、餐厅、主卧、次卧、大套间、衣帽间、起居室、一整排的客房、佣人房、储藏间、回廊、长廊、楼道、各式阳台……整座房子像迷宫一样，处处展露出让人意想不到的惊喜与精美；庭院有长廊、游泳池、养鱼池，种着花草树木，摆着精美的雕塑、奇形怪状的盆栽……

美轮美奂，只能用这个词来形容。

他们多想惊叹、赞叹几声，但是都努力地保持缄默，因为一旦发声，就怕价格压不下来。经过几轮的讨价还价，最后，小颂花了2亿菲币买下，成为这座别墅新的主人。

西班牙银行家带着好几百万美元，飞往美国去了，把妻儿都扔下了。听说，他打算去美国弄个农场，做农场主，安安静静地过退休的生活。特别是，经历妻妾成群、儿女成堆后，他决定做个有钱的孤家寡人，守着一大笔财富过日子。至于六组妻儿，均拿着一份安家费，各自保平安了。

拿到钥匙，小颂对别墅进行了全方位的修缮，风格保持不变，但人家的气息、气味必须清除掉，不能生活在别人的阴影下、故事里。所以，从门窗重新上油、上漆，破漏修补，家电更换、添置，从植物移植到布置摆设、日用品增添……他定下标准与事项，带着妻儿又飞回义乌，把任务留给父母，让父母全权负责，雇请工人进行处理。

在一个细节上，他们父子产生了很大分歧，争得脸红耳赤：子儒认为外观保持原样，不做任何修缮；小颂觉得窗户的油漆已经褪去光泽，有的漆已经剥落，应该重新油漆、上光。最后，两人各退一步：向内以及里面的门窗均重新油漆、上光；向外的保持原貌。

经过半年的整修，耗资近千万，别墅焕然一新。小颂便带着妻儿、一大群亲朋好友，又飞回菲律宾，举行隆重的搬家仪式，开Party、摆宴席，热烈庆祝一番，然后又浩浩荡荡地飞回去。小颂的高调与张扬，子儒很不赞同，但儿子大了、自己老了，他不敢表示反对。好在小颂大多数时间都在大陆，与菲律宾的朋友、同学鲜有接触，所以极少有人知道他的别墅。子儒、雪华从不敢对外提及，以防引来不必要的麻烦。

此后，这座别墅成为会所式的所在，平时由两位菲佣看管、打理。子儒、雪华带着小诗、小楚、小风仍然生活在老别墅里，那是他们在菲律宾的第一个家，也是发迹的地方。每个周末，他们夫妻回一趟新别墅，给菲佣带去吃的东西、发放工资，巡视检查一番，有时当天返回，有时给菲佣放假，让她们回家，自己则留宿下来。直到第二天菲佣回来，他们再回旧家。

有了这一座新的别墅，子儒觉得人活得更加自信、更加有底气，这时他开始考虑一个深埋心底的愿望。

六十九

一天，子儒趁着小颂回家，庄严地宣布："我打算回唐山老家翻建那座旧厝，你们意下如何？"三个儿子几乎是异口同声地说："好！"子儒笑道："好是好，那你们要表现呀。"雪华、小楚、小风又几乎异口同声道："你不是有钱？搞什么鬼？"子儒认真道："我有钱是我的事，那座老房子是咱们共同的家，是你们的根，你们也要表示一下，这是对祖宗的怀念，也是一种家族观念。同时，也只有你们出钱了，你们才会觉得那是你们的家，才会有感情，才会想着回去。"小颂慷慨地说："不然全部都我来出吧。"子儒说："不行，他们两个也是王家的子孙，也要承担家庭的义务与责任，每个男的都必须出。"

雪华提醒子儒道："你不要自作主张，那房子当年是你父亲寄钱回去建造的，你们兄弟都有份，你应该告诉小叔，跟他商量一下，他应该也要出一份钱吧？"子儒道："我当然会与他沟通、商量，但是，让他出钱……"雪华笑道："你可别小看他，他好歹也是香港客，比你还早三年出来打拼呢。"子儒当作没听懂雪华的调侃，平和地说道："他在香港是打工，不是做生意的，埔头钱埔头用，又要培养三个孩子，能攒下多少钱？"雪华不服气道："难道说翻建祖家的古厝，他不用出钱？"子儒道："所谓亲兄弟不论算，人家还要相互庇荫呢。再说，他前些年在香港攻下一套房子，欠银行一大笔钱，现在要还按揭呢，你叫他回老家出钱翻建旧厝，能力上可行吗？"雪华沉默了一会儿，便问道："那翻建后，房子怎么分？"子儒不解道："分什么？谁回去就谁住，我们还能回去几趟？房子闲置着荒废得更快，谁愿意回去休闲度假，就由谁住。有人气，它才是厝，才是家；没有人，它就只是一些钢筋水泥、石头砖瓦。这房子主要是纪念性而不是实用性的。一家人何必计较那么多！"雪华听后还是不太痛快，还想争辩一番，小颂忙劝道："妈，这是我们男人的事，你就不用管了，你们女人就等着住新厝吧，何乐而不为？"雪华一听，便沉默了。她最听小颂的话，子儒对付不了的，只要小颂出面，总能搞定，真的是一物降一物。比如现在就是典型的一例，小颂用四两拨千斤的手法就搞定了。子儒在一旁松了一口气，偷偷笑了。

大家纷纷发言，对老家未来的房子充满期待，有的开始谈起还没去过的景点，还没尝过的小吃……

雪华对子儒道：“你要拟个方案，比如要建多大、几层，总共需要多少钱，你准备让他们一人出多少钱，要让他们心里有数呀。”子儒说：“你们三兄弟一人出40万吧，其他的由我来捧尾。”小楚轻声地问：“40万菲币？”子儒回答：“不，人民币。”小风惊叫道：“人民币？那不是要250多万菲币？”子儒知道小风也很会赚钱，这些钱对他来说不是大数目，便笑道：“只有让你们伤筋动骨一下，你们心里对这钱才有印象，对新建的房子才有感情。”小颂觉得父亲这一招挺有意思，第一个表示赞同，小楚、小风便不敢反对了。子儒速战速决道：“那就一言为定，你们近期把钱如数汇给我，我转到你妈唐山的那个银行账号上，我要马上回去翻建房子了。”

雪华忙又问：“你呀，一辈子风风火火的，说风就是雨。你打算建什么款式的？别墅还是新中式？”子儒说：“都不。那房子当年就有设计图纸，既然当年没有建成，我就按那图纸重新建。一模一样地把它建起来，不是特别有纪念意义？”雪华嗤之以鼻道：“老思想、老古董！我可提醒你，那是1948年的方案，那时房间里是没有什么浴室的，厨房是红砖灶的，现在你就是要建红砖灶，也没有人懂，找不到土师了。另外，中间留个深井，非常浪费空间，整天风吹雨打，台风一来就吃苦了，那房子我住了十来年，深有体会。”

小颂也想到这实际的问题，便问：“能不能多加两层？不然，这么多人一旦都回去扫墓、祭祖，不够住。”子儒断然道：“不行，我就想按原貌建起来，这是你们爷爷、奶奶一辈子的心愿。”雪华道：“外貌可以保持原样，里面应该可以改变吧？功能更齐全，住着更舒适。”子儒否定道：“不行，我就是要原样，不能改变。”小颂说：“我想起来了，你过去不是说过，那房子旁边有块空地，也是咱们家的？我就用那块地建一座别墅，怎么样？这样就够住了，也住得舒服。”子儒一听，高兴道：“那更好，什么愿望都实现了。”

雪华泼冷水：“真有必要吗？我们一年也不一定回去一趟，投那么多钱在那里，值得吗？那可是一大堆的真金白银，也是血汗钱呀！”子儒慨然道：“有意义，值得！回故乡建造一座漂亮的房子，历来是华侨最大的心愿，故乡那些洋楼、大厝不是这样来的？更何况，我们现在的条件、能力比过去好上无数倍了。”小颂也慨然道：“富贵不返乡，等于锦衣夜行。”子儒感慨道：“还是大儿子最了解我。有一天，我看到一篇文章，题目叫《所有的背井离乡，都是为了荣归故里》，老实说，我一下子热泪盈眶，这就是我最强烈的心声呀！”小颂说：“我支持老爸，无条件支持老爸。你想怎样就怎样，钱不够我来捧你的底。”说得大家都开心地笑了。

雪华也笑道：“太好了，我不花一分钱，住现成的。以后回去就不用住酒店，可以住自己家里，还可以选择住中式还是西式的，一个字：爽！”小风也兴奋了：“那里还有好多景点我都没去看过，我以后每年都要找个时间回去住，说不定还能找个女的回来，给你们当儿媳妇。”雪华最喜欢这个长相非常富态、像佛祖的小儿子，便轻轻地敲打着他：“别急，还有你二哥呢，轮不到你。”可爱的小风装着委屈地说：“我先找还不行吗？我又不是说要抢先结婚，我先雪藏着，等二哥有了对象，我再献宝。”大家又开怀大笑了。

雪华又警告道：“我和你爸的观点是一致的，我们既然来菲律宾了，还是找这里的华裔比较合适。”小风说：“我觉得大陆女的最好。奶奶、你，还有大嫂，不是吗？”雪华又敲了他的头，笑道：“少拍马屁！说正经的。”小风说：“这是我有史以来说得最正经的一句话。”小颂也劝道：“妈，你不要有地域偏见，大陆的女人好，聪明、勤劳、贤惠。”雪华忙打哈哈：“好，大陆的女人好，以我为代表。现在，你们饿了吧？我们出去吃夜宵。”

大家经她这一提醒，都有了吃东西的欲望，于是散会、出门，找乐子去了。

七十

子儒又回到老家来了，这次和他一起回来的只有雪华。孩子们都说："等房子建好了，一定回来，还要住上一阵子，痛痛快快地玩一玩，真正感受一下故乡的味道。"子儒是专门为建造房子的事兴冲冲回来的，满怀激情与自信回来的，雪华更主要的是为了看望母亲。他们仍然入住荣耀大酒店，这已经成为他们的不二选择。

提前电话联系，雪华得知母亲住在大弟家，大弟媳接的电话，热情洋溢的口吻："你们先回家吧，在家里吃晚饭。"入住酒店后，雪华便不停地催子儒："走吧，免得他们一家人等我们吃饭。"子儒有点不太情愿："你就打电话告诉他们吧，我们就在酒店吃，省得麻烦，就说刚到，也有点累了。"雪华生气了："她已经说过要准备的，我也答应了，不去，她还会怪我们不给他们面子呢。失吃失怪，何必好人不做，白白得罪人？走吧，也算是陪我妈吃一顿饭吧。"子儒一听，叹了一口气，说："那就走吧，早去早回，今天早点休息，今后有的是时间，要聚再慢慢聚。"雪华听后，很高兴，两人打了的士，直奔雪华大弟家。他在香榭丽舍小区买了一套房子，三房、两厅、两卫、两阳台，非常不错。

进入大弟的套房，没有扑面而来的香气，没有明亮璀璨的灯光，没有人声鼎沸的氛围，他们夫妻睁眼一看，傻了：除了来开门的大弟媳，就是坐在沙发上打瞌睡的老人……以为走错了家门，认真一看，没错。怎么办？既来之则安之，只能进去，雪华快速地往餐桌上瞟了一眼：一碗剩饭盖在桌罩里。年迈的母亲看到女儿、女婿当然非常高兴，子儒、雪华便坐了下来，围坐在老人身旁，和老人聊天，肚子却咕咕直叫。一个小时后，子儒再也忍不住了，站起身以疲惫为由告辞。雪华忙也起身，告诉母亲："我明天再过来看你。"大弟媳没有挽留，从头到尾没有提到请客吃饭一事，雪华知道她是故意放自己鸽子，给自己难堪，但在丈夫面前，又能如何？

夫妻俩走下楼来，子儒笑着道："我们去钟楼脚下吃海蛎煎、猪肠丸子汤吧？"雪华马上答应，心里很是感激：还好他没有怪罪自己，没有给自己难堪！夫妻俩打的士到钟楼附近，步行到大排档，吃完晚饭后，再慢慢散步回酒店。

回到湖后村后，子儒发现旧厝旁边那块空地上居然矗立着一座崭新的四层高楼，气派又堂皇，气势逼人，把他们的旧厝压得更加低矮，使之显得更加破旧。旧厝深井那棵榕树更加高大、茂盛了，像华盖一样，笼罩着屋子，形成一大片绿荫。他呆住了：这不是小颂准备建别墅的空地吗？

他气呼呼地跑到村居委会，想问个清楚明白。村领导说："在中国，土地是国有的，长期没有人使用的土地就是国家的，所以村里把那块地批给村民建房，这符合正规程序。"子儒还是不依不饶："那是我家的，怎么成为国有的了？国家难道不保护国民的私有财产？"村领导说："你有什么可以证明是你家的？"子儒说："1948 年，我父亲从菲律宾回来建房子，就买下了那块地皮，当时准备建埕，因为建房子的钱被交代帮忙的人吞占了，房子没建完，当然也没钱建埕围了，所以就这样一直空着。"村领导说："1948 年，我还没出生呢，那还是旧社会。再说，这几十年间，村干部换了一轮又一轮，你手上又没有土地证，谁帮你证明呢？"子儒据理力争："那块地我母亲、老婆过去总用来养鸡养鸭、晒东西。"村干部说："在农村，谁不是放养家禽、牲畜，谁不是随处晾晒？"

子儒一听，完全蔫了，只好灰溜溜地回来。确实，自己手上没有土地证，无可奈何也！随即，他打听到，建那座高楼的，是村里一位大企业家，搞漂染的，算是镇级的纳税大户。子儒气愤又悲哀，心想：如果母亲在世就好了，她一定会第一时间通知自己回来处理的，那就不至于丧失一块土地了。

第二天，子儒和雪华买了供品、香烛、纸钱、鞭炮等，带着雇来的外来工，到母亲、姐姐的墓地，打扫墓地，进行祭拜。子儒把重建房子的事一五一十地告诉母亲，祈祷母亲在天之灵保佑。子儒心想：如果母亲得知他回来重建房子，不知会多么高兴呢。站在墓地，他想起了往日的生活。那时一到夏天，母亲就犯愁，因为夏天台风多，有时非常猛烈，刮风下雨，屋子漏雨、渗水，像发了水灾一样，台风过后，总要大规模地打扫、清理；冬天母亲也犯愁，北风呼呼叫，直从门窗灌进来，无论哪个角落都不暖和，冻得手脚冰冷……他内心是多么悔恨，如果自己早一些时日赚到钱，早些时日把房子重建起来，母亲就不会在这风雨飘摇的房子里凄凉地离世……想着想着，他又泪流满面。

子儒得知，改造房子，并不是随便要改造就能改造的，必须申请。打听后，才得知必须向所在的镇政府申请。子儒忙打了一份报告上去，既陈述事实，又表达愿望，写得情真意切。他相信这是一个海外赤子的情结与夙愿，政府是会理解并成全的。

等待答复的时间里，子儒决定去了却另一桩心愿，他要去拜访那个叫“福鼎”的男人。他们一家已经不在原址了，一打听才知道建了新居。附近村民告诉子儒：“福鼎已经过世多年了，家里其他人在，我带你去。”福鼎的老婆热情接待子儒，她说：“福鼎过世前，可能也猜到你早晚有一天会来问这件事，所以特意交代我。当时他说，你父亲早去世了，母亲还在，兄弟姐妹都很困难。”子儒急切地问：“福鼎去世几年了？”对方想了一想：“应该有十年了吧，我记不清楚了。”子儒又问：“你说我亲生母亲还健在吗？”对方笑道：“我哪里知道，我又没有带佛。”子儒只好又问：“福鼎有没有告诉你，我的故乡叫什么名字？我的亲生母亲叫什么名字？”对方摇了摇头：“没有。”“那么你知道福鼎是哪里人？”对方理直气壮地说：“福鼎呀。”子儒只好耐心地说：“福鼎很大，你能不能想一想是哪个村庄？”对方还是干脆地说：“我不知道。”子儒只好直白地问：“你和福鼎一起去过他老家吗？”对方还是很坦率地回答：“没有，他入赘我们家，我跟他回去干什么？他自己一辈子也不过回去两三趟呢，太远了，要转几趟车，还要走一段土路，回去一趟太难了。”子儒忽然觉得胸口发闷，气喘不顺，便起身告辞，临走时他塞给福鼎妻子1000元，福鼎妻子激动得说了一大箩筐的好话，子儒一看居家环境便知道她过得并不宽裕。

走在回家的路上，子儒非常惆怅、非常遗憾，自己认祖归宗的愿望，看来难以实现了。茫茫人海，何处寻找故国家园、血缘亲人？自己这辈子算是断线的风筝了。这时，他更意识到把老家的房子修建起来的必要性，以后孩子才能找到自己最初的家园，找到自己的根，这就是乡愁呀！

这一趟，带来的礼物少了，第一趟才需要大面积赠送礼物，此后就不必来一趟赠送一回，这也是闽南的风俗。但是自己的亲人还是要送的，除了物品，雪华仍然按照第一次的标准，给兄弟姐妹每人3000元，其他全部省掉。这样一改变，当然意见就很多了，有的嫌她吝啬、抠门，有的说她精明小气……雪华都不理会，自家的房子要翻建，这就是最大的理由。她是豁达之人，说不放心上就不放心上，仍然与大家热热闹闹、欢欢喜喜的，谁来都笑脸相迎。

让雪华心里真正不好受的是另外一件事。有一天，她去看望母亲，母亲把她拉到自己的卧室，笑着说，几个侄儿、外甥听说他们开了连锁店，想申请去菲律宾，到他们店里干活。雪华惊呼道：“妈，这点我做不到，会乱了套的，失败案例太多了。中国人喜欢把公司、企业搞成家庭式的，这很容易闹出矛盾，也会把亲戚关系搞得比陌生人还糟糕，变成仇人，吕宋不流行这种模式。你看，小楚、小风都独立出去，自己办公司，自己去打拼，这是外国人的处事风格。如果让他们到我们店里做店员，他们肯定无法接受，因为番仔工价很低，他们哪里愿意拿那种工资？如果给他们的工资高，给番仔的低，会破坏规矩，番仔会造反、抗议、罢工。再说他们不懂菲语，也无法当店员。如果他们要加盟我们的连锁店，倒也可以，但亲兄弟明白账，这是合作的基本条件。加盟一个店，需要 100 万元，还是人民币，他们愿意吗？”老人家沉默了。

雪华想了一想，开导道：“妈，你就当作不知道也没有说，真的，手心手背都是肉，帮谁、不帮谁，你两头都不是人。你忘了，凤亭最早就是从家庭作坊、家庭模式发展起来的，到后来怎样了？还不是适应不了形势，倒的倒，合并的合并，失败的失败？弄得人仰马翻的也有，闹得老死不相往来的也有。所以，凡事都必须先小人后君子。我现在丑话说在前头，他们生气一阵子，但如果一味做好人，大包大揽地带过去会生事的，到时变成仇人，我就连一个亲戚都没有了。”老人听了，不服气的样子，说道：“你现在变得很会说话呀，大道理一套又一套的，比律师还伶牙俐齿。”雪华回答道：“在家日日好，出门步步难，我没有进步，就被淘汰了。”老人家心情不太好的样子，雪华便有了索然无味的感觉，坐了一会儿便告辞回酒店了。那晚，她百感交集，彻夜难眠。

申请很快得到批复：同意。事情如此顺利地得到解决，看到白纸黑字的批复，还有两个大大的红印章，一个村里的，一个镇里的，子儒欣喜若狂，马上赶回酒店，告诉雪华：“这趟回去后，记得马上把钱汇过来。”雪华嗔道：“你这急性子，见风就是雨。”子儒气呼呼道：“妇道人家，一点儿钱就拽得紧紧的，没见过世面。”雪华只好投降：“好，好，好，回去后马上汇，免得落个不是，成了吝啬鬼。”子儒马上打电话告诉在义乌的小颂，小颂听了也非常兴奋，大呼：“国内办事就是神速啊！”

晚上，子儒、雪华在荣耀酒店宴请几位有头有脸的亲堂，组成一个临时性的筹建小组，多方听取他们的意见，打算将来由他们帮忙处理具体事务。

当他们夫妻准备就寝时，小颂突然降临，倒把他们吓了一跳。子儒大声道：“你怎么来的？”“开车呀。”“从义乌开车到这里？”“是呀，700多公里，10个小时。”子儒笑道：“你真是疯了。”小颂说：“老夫聊发少年狂！”子儒轻轻撞了他一下：“在老子面前，称什么老夫？越级了！走，我们先到大堂办理入住手续，我再带你到老城区去吃小吃。”小颂说：“烧肉粽、海蛎煎、大肠猪血……”子儒说：“放心，什么都有，我和你妈经常溜出去吃，就在钟楼脚下，离这里不远。”

第二天早上，他们父子吃了油条、面线糊，就来到湖后村，雪华则与姐妹聚会，三人兵分两路。

父子俩站在颓败的老屋前，子儒对小颂说：“我是长子、你是大孙，我们合起来就是闽南人所说的‘大子大孙’，家族的责任、重担就落在我们肩上，需要我们支撑门户呢。”小颂点了点头，他在这里出生，童年就在这里度过，他对这里的一切有深深的感情，看到房屋倒塌、大门倾颓、墙壁破裂、榕树根须四处乱窜，他确实都呆了，不住地问：“怎么会这样？”子儒说：“70多年的风雨洗礼呀。”小颂还是不敢相信：“国外很多城堡不是几百年不坏？”子儒说：“是呀，没法比。可能国外人建房子使用的材料更好，而且他们懂得不断修缮、维护；中国人建房子喜欢用杉木、砖瓦，扛不过岁月侵袭。”小颂沉默了，当子儒告诉他第二件事：那块空地没了，他建别墅的心愿泡汤了，小颂一下子火了。

不听子儒劝告，小颂还是跑了一趟村委会，村领导仍然是那一番论调，小颂说：“国家领土寸土必争，对于我们来说，家族的土地也是要寸土必争。”村领导说：“你是见过大世面的，大道理我说不过你，我只能告诉你，那地儿被人建房子了，这是不能更改的事实。”小颂说：“你们当时卖给他多少钱？我十倍给你们、十倍给他。”村领导气道：“你以为有钱就能使鬼推磨？你知道他建那幢房子花了多少钱？两三百万呢！还有，你知道他那个漂染厂提供了多少就业机会？每年交政府多少税收？”小颂一时答不上来。子儒拉着小颂出来说：“算了，如果真要建别墅，我们另外买地皮吧。有的事必须争，头破血流也要争；有的事要学会妥协、放弃。我们那老房子在那里，祖辈生活的印迹在那里，必须就地翻建。至于那块空地，我们手上确实没有证件，无法自证，又过去这么多年了，那就不要强求，就当收归国有，由政府重新处理，这点咱们服从。”小颂听父亲这么一说，觉得有理，火气也就消了。

父子俩回到酒店，就翻建老屋事宜进行了一番商量、探讨：如何避免当年建房的失败，如何在保持原貌的基础上，加入现代的元素，特别是现代生活所需的设施、功能等。

第一步，就是拆房，没有拆，就无法建，所谓无破不立。亲堂甲介绍来一组拆迁队，工钱很快谈妥，子儒要求：大门、雕砖留着，其他拆掉。榕树也砍掉，虽然这决定让子儒很不舍，但是不砍掉榕树，无法建造新房。亲堂们说，这么大的榕树，可以卖个好价钱，没有上万也有好几千。子儒搞了这么多年花草树木，知道不止这个价位，但没点破。既然请人帮忙，就必须给点甜头，便让他们去联系买主，钱多钱少都给他们，由他们去分配。

因为生意繁忙，他们都无法过久地逗留，具体事宜交代亲堂后，子儒、雪华匆匆飞回菲律宾，小颂驱车回义乌，又是10个小时的行程。三个人挥手道别，各奔西东。

七十一

一天，正当子儒吃完早餐，准备到公司的货物配给办公室上班，接到亲堂乙一个电话，告诉他："翻建旧厝遇到麻烦了。"子儒惊呼："什么麻烦？"对方说："昨天，镇里来了两位城监工作人员，强行让我们停建。"子儒再次惊呼："为什么勒令停建？""他们说，按市里文件精神，所有房屋建筑面积不能超过120平方米，你们家那房子原来面积有150平方米，要缩进去30平方米。"子儒大声吼道："什么狗屁道理？那是我家的土地，为什么要缩进去？这不是白白浪费、白白损失？我家原来就那么大，翻建为什么不能保留原来的面积？"对方回答："他们说这是政策、规定，谁也不能违反。"子儒又问："当时我让你们把一楼墙壁留着，你们拆了吗？"对方回答："没有，哪敢不听你的吩咐？如果拆了，如今更麻烦了，拿什么证明厝身原来就是150平方米？那不是死无对证了？"

雪华快步从屋里走出来："又和谁发脾气了？你怎么岁数越大脾气也越大？整天像吃火药了。"子儒不理睬她，气呼呼走回屋里，坐在沙发上喘气。

过了一会儿，子儒打电话给亲堂乙："麻烦你想办法弄到镇长的电话，我打电话跟他沟通一下。"

一会儿，子儒拨通了镇长的电话，客套几句后，他用焦虑而又真诚的口吻说明了情况。镇长一副公事公办的口气，一再强调这是市里的规定，是政策，无法更改与通融。子儒火气又上来了，一连串地追问道："华侨旧屋倒塌，按原来规格重建，为何不行？华侨想寻祖归宗，让下一代海外子孙找到‘摇篮血迹’，为何不行？中央与地方的华侨政策为什么完全不一样？”他的手抖个不停，他不能不激动，他无法做到很平静、很理性了。镇长在电话里，语气平和地说：“老先生，您别生气、别激动，也别动怒，注意身体。我们欢迎海外华侨认祖归宗，返回故乡建设家园，但是，国有国法、市有市规，所谓没有规矩不成方圆。市里这样规定，我们下面只能按照政策办事，望老先生理解、体谅。”子儒说道：“我永远理解、体谅不了！”对方无奈地说：“那我就无可奈何了，违反政策的事我不能办，我必须保住铁饭碗，望老先生理解！”子儒气得直打哆嗦：“我要上北京告你们！”说完气呼呼挂了电话。

过了几天，子儒听说这是国土与规划建设局直接管理的，便托人问到相关的电话号码，打电话过去咨询。接电话的人让负责这项事务的科长回复他，子儒听到的还是那套说辞，火气就上来了：“过段时间我要到北京参加一个会议，我要到大使馆告你们！”“你告呀！上北京我就怕你？吓唬三岁小孩呀？华侨有什么了不起的，为什么所有人都建120平方米，你们就可以搞特权？你对家乡有什么贡献，为什么可以高人一等？”子儒被噎住了，气得直发愣，对方趁机挂了电话。

雪华在一旁，坐着发呆：“难道说，空欢喜一场，如今要泡汤了？”

子儒呆坐着，故乡昔日的一幕幕又在眼前浮现，且历历在目，这时化成一把利剑、尖刀，直戳过来，他的心揪着疼……

雪华劝道：“慢慢来，再想一想办法。所有政策都是人制定的，不是死的，也不是原来就有的，事在人为。”子儒一听，有道理，赶紧拨打了香港的电话，把遇到的情况告诉子侨，请他想办法。子侨在电话里说：“必须得行贿。我知道有人拿钱通过人去走关系，后来批准了，要建多大就多大。就有吕宋华侨回去建了七层高楼，家里还配置电梯；还有一个回去建了一座大城堡，大得惊人，搞个人收藏馆。不信你去打听打听，保准很多人都知道是谁。”子儒恍然大悟：“可能吗？这不是太腐败了？

我们没有任何过分的要求，就是在原来的地基上重建呀！”子侨道：“我的大哥，你变老番了，不了解大陆的人情世态了。”子儒听出他的调侃，还是耐着性子说：“不然你出面，打个电话问一问你老丈人，或许他有老部下或老关系，帮忙沟通一下？”子侨马上回答：“他早就退休了，人走茶凉，现在谁还会买他的账？”子儒听他推得一干二净，窝了一肚子气。

放下电话，子儒感慨良多，看来得自己亲自跑一趟了。但是如何跑？这条路该怎样走？他陷入迷茫、无助又愤慨之中。

一天，子儒听说，当时反对他担任同乡会副理事长的那位“台独”分子，正率领同乡会现任的理事长、理事等几位领导，到台湾进行所谓的“观光”，还接受“台独大佬”的接见。他感到很惊诧，也对时局感到非常迷茫、困惑，而其中一人，居然回大陆建造了一座气派的别墅，这就更让他感到郁闷了。

雪华看到子儒把那么多的时间与精力花在这件事上面，生气了：“你也该花点心思在生意上呀，这才是根本。还有，也该关心关心小楚了。”子儒紧张地问：“小楚怎样了？”雪华生气道：“你这当父亲的，他今年几岁了，你忘了？多少亲朋好友帮他介绍对象，有的条件非常好，他连看都不看，一副无所谓的态度，也不知他存的什么心思，太可惜了！我告诉你，很多好姻缘就是这样拖掉的，你也该过问、关心一下。”子儒啃着比萨，轻描淡写的样子：“急什么，姻缘天注定，儿孙自有儿孙福。”雪华用力扔下手中的鸡翅，急呼呼道：“你整天不关心孩子，就等着享清福！”子儒被噎住了，兴致索然地放下干巴巴的比萨，喝了一大口冰冻的可乐，才说：“你关心就够了，我们观点总是不合，你我都插手，事情只会更糟糕。”雪华气得走开，不理睬他。

子儒看了看餐桌上的食物，食欲全无，便招手让菲佣拿去吃。现在生意太忙，雪华几乎三餐都不煮饭了，不是叫外卖来家里吃就是去外面吃，子儒觉得要在家里吃到一顿像样的中餐都有点困难了，一家人要聚在一起吃顿饭都成了奢望。他了无兴趣地坐在大大的长长的餐桌旁，孤零零一个人，心里落寞极了：难道这就是生活？生活的意义是什么？当初穷到几乎活不下去时，是那么渴望赚到钱、快点富裕起来；如今富起来了，自己快乐了吗，满足了吗？

机会，终于来了。2017 年 10 月，是凤亭建市 30 周年，9 月 30 日举行大型的庆典活动，邀请海内外嘉宾参加。子儒随着菲律宾凤亭同乡联合总会代表团返乡，参加了隆重的庆祝活动。他感到这是无上的荣耀，他为祖国的建设成就骄傲，也为故乡所取得的辉煌成果自豪，他更有叶落归根的强烈愿望。

活动结束后，子儒马不停蹄地回到湖后村，老屋已经不在，只剩下一楼的断壁残垣，原来要求保留的大门、砖雕也拆除掉了，榕树不见了……看到面目全非的一切，站在废墟上的子儒，流下了混浊的眼泪……为什么要求保留墙根却不保留呢？他感到不解又气愤、遗憾又可惜，完全是百感交集。

回到酒店，子儒拿出当时盖着两个印章的申请书、老屋原来的照片，开始上访。他到村里讨说法，村里负责人说，他们没有权利，帮不了忙。他到镇里，镇长、书记都说，这是市里的政策，他们只有执行权，只能按政策办事，不能自作主张。子儒跑到市里，秘书说，市长、书记都很忙，市庆期间，很多剪彩、奠基项目，根本没有时间接待个人来访。

子儒疲惫地回到酒店，一筹莫展。冷静之后，他想：不能当无头苍蝇到处乱窜，那只能碰壁，自己的身份是华侨，应该找组织。于是，他便跑到侨台外事局。那位局长耐心听他讲述事情始末，委婉地表示理解与同情，也深表遗憾与愧疚。他说这不是他职责范围内的事，实在帮不了忙。子儒告辞时，局长把他送到电梯口，一再表示：对不起，爱莫能助。

子儒又想起另一个组织——侨联，这不是专门为华侨服务、联络感情、架设海内外关系的友谊桥梁吗？他急匆匆地来到侨联，才得知原侨联主席已退休多年，换上来的是新主席，是陌生的脸孔，又一派官腔。他只好找到已退休的吴先生，这是多年的老交情了。

吴先生一辈子搞侨联工作，从工作一直到退休，没有换过工作岗位，一来二往地，跟很多华侨成为老朋友。他年过七十，身体瘦削，但精神矍铄，见到子儒非常热情，忙着泡茶："稀客呀！我们几十年没见面了吧？"子儒点头："在外漂了几十年……你这身材……多少人羡慕呀！"吴先生笑道："那当然，十年前胃出了点问题，动了一次小手术，其他都很好。"子儒说："你不用泡了，我有事麻烦你呢。"吴先生笑道："你还是那急性子，真是江山易改本性难移。茶要喝，话慢慢说。"子儒听后，畅快地笑了。几杯热茶下去，子儒心里好像通畅了许多。

吴先生耐心听完事情的来龙去脉，便真诚地说："你这次回来，身份特殊，那么咱们就打一份申请报告，尽量把申请原委说清楚，还要说得情真意切。我跑一趟市政府，争取见到市长，看能不能特事特办，特别关照一下海外华侨。"子儒听后，非常高兴，一再表示感谢。回到酒店后，他马上奋笔疾书，洋洋洒洒就把申请报告写出来，交给吴先生，拜托吴先生出力援助。

为了表达谢意，子儒特意到吴先生家，邀请他们一家一起吃顿饭，但吴先生很干脆地拒绝了："吃饭就不必了，什么时候不是吃？用不着客套。这事我尽力而为吧，你放心。"子儒不好意思地笑着说："我当然放心，就是想和你们一起坐一坐，聊聊天。"吴先生也笑道："我们现在不是坐着聊天吗？不必虚礼了。"子儒笑了，不便勉强。

闲聊中，子儒忽然想起一个问题，便问道："你认识一个名叫谢耀廉的人吗？"吴先生大吃一惊："怎么，你也认识他？"子儒只好轻描淡写道："在菲律宾见过一面。"吴先生说："他们一家逃到菲律宾好多年了。"子儒听到"逃"字，虽然心里早有各种怀疑、猜测，但还是非常震惊。

吴先生说："这人是巨贪，在S市国土局当局长时，利用手中权力，一手遮天，大肆割地、卖地，圈地给他儿子，让两个儿子开发房地产，大赚特赚了一回。贪的数字惊人呀，有好几个亿。到了另一任领导上台，这领导很有魄力，是个雷厉风行的人物，准备查他，他得到风声，赶紧带着家眷跑路了。"子儒"哦"了一声，久久缓不过神来。吴先生看他神情异样，便问："怎么了？有深交？"子儒忙说："没有，没有，一面之交。突然想到闽南一句俗语：贪字贫字壳；又道是，权力是双刃剑。"吴先生感慨道："是呀，很多人经过了枪林弹雨的洗礼，却在改革开放的特殊时期，经不起权、财、色的诱惑，变成共和国的蛀虫。我想，他之所以会成为巨贪，和他老婆有很大关系。"子儒不太敢苟同："可能吗？一个行伍出身的大男人，本不应该犯这么大原则、大立场的错误。"吴先生说："怎么不可能？就像菲律宾前总统夫人伊梅尔达。"子儒听了笑了，现学现卖："色即是空，空即是色。一切有为法，如梦幻泡影，如露亦如电，应作如是观。"吴先生听后哈哈大笑："几时研究起佛法来了？禅悟了？好像变化有点大呀。"子儒说："研究不敢，只是人生如梦，很多东西把握不住，又深感人的渺小，很多时候，总觉得无能为力。特别是年龄一大，更有乏力感。"吴先生劝道："很多时候，越执着越痛苦，想开点，一切都会好起来的。"他沉吟了一会儿，又安慰道："短短三十年，凤亭的发展是巨大的，成就是有目共睹的，说明一代又一代领导干部都是优秀的，出了几只蛀虫或一两个不担当、不作为的干部，也是难免的，林子大了什么鸟都有嘛，我们要乐观、客观地看待事物。"子儒表示理解地点点头，心情舒畅了许多，两人又闲聊了一会儿，子儒便告辞离开。

因国庆放假一周，也就是所谓的黄金周，子儒没有等到结果，怀着复杂、焦虑的心情，一周后随着代表团飞回菲律宾。

不久，他等到吴先生的电话，说："市长签字了，请镇级酌情处理。我非常高兴，以为有了眉目，毕竟市长松口了。拿着市长的签字跑到镇里，但镇领导说他们不敢随意更改政策，市长没有明确表态，他们无法酌情，所以还是要按政策办事。我跑来跑去，几趟都是这样推诿，看来没戏了。对不起，尽力了。”

子儒听后，嘴里说着“谢谢、谢谢”，心却不住地往下沉……

七十二

经过深思熟虑，子儒跑去找菲律宾同乡联合总会的秘书长，把事情原委再讲了一遍，请他帮忙出谋献策。秘书长既气愤又不解：“这是搞什么鬼？这是什么华侨政策？不是寒了华侨的心、破坏华侨对故乡的印象与感情？”子儒摇头表示无奈。秘书长递给他一杯咖啡，又说：“凤亭是著名侨乡，自古以来，华侨对故乡的贡献还少吗？多少家庭靠外汇生活？从教育、医疗到修桥造路等各项公益事业，这些年参与经济建设、带动经济发展，贡献多大呀！你看发展了那么多外资企业，提供了多少就业机会？”子儒还是无言以对，还是摇头叹息。秘书长沉吟了一会儿，说：“不然，你再打一份报告，我们以同乡联合总会的名义申请、盖章，帮你再去争取一下？这个头衔这么大，影响力也很大，他们考虑到整个华侨的意见，以及产生的影响，或许会认真对待，给予特殊处理的。刚好，元旦期间，唐山家里有点事，我打算回去一趟，直接帮你送到市里去试一试。”子儒一听，感激得语无伦次，一迭声地说：“谢谢，谢谢！我有希望了，这次有希望了！”

送走秘书长，子儒又开始焦虑地等待，他渴望事情出现转机，迫切希望早日见到重新建好的美丽家园。雪华劝道：“你还是别太当一回事，到公司帮忙吧，赚钱要紧。事情多如牛毛，你心心念念只牵挂这件事，烦不烦？”子儒生气了：“这还是小事？天下事还有什么比故国家园更重要的？家如果丢了，人活着还有什么意思？”雪华表示不敢苟同：“神经病！我们这里不是有住不完的房子？”子儒反驳道：“不是所有的房子都叫家，我们这里是客居，那里才是摇篮血迹。”

雪华听后不敢再多嘴，她知道这老头子越来越倔，说一点不中听的，那火气就冒出来，火烧火燎的。其实，她何尝不渴望自己在唐山有座房子，有个归宿，回老家可以舒舒服服地住在自家的房子里？但是，既然努力又尽力了，该放弃就得放弃。所谓：谋事在人，成事在天。不然又能如何？胳膊能扭得过大腿？

子儒得知秘书长返回菲律宾，马上带着贵重的礼物上门拜访，探听消息。秘书长说：“你客气啥？难道我是为了你的礼物？等会儿给我拿回去！”子儒尴尬地说道：“我又不是贿赂你，你吓成这样？让你跑了一趟，我表达一下感激之情，你紧张什么？这是心意。”秘书长笑了，又叹口气说：“我找到市长，市长很客气，说这是小事，他已经交代下面酌情处理了。言外之意是，不必再找他了。当领导的，话只能说到这个份上。我便跑到镇里，镇里回复的还是那一套，背书一样，完全没有改动一个词呀。”

子儒没辙了，希望而去，失望而归。秘书长把他送到别墅门口，安慰道：“这是怎么回事，连我都弄蒙了，怎么这么一件小事会办得如此困难？到底是什么地方出现差错了？想开点，不然，就退一步吧，所谓退一步海阔天空，120 平方米就 120 平方米吧。”子儒摇摇头，轻轻说：“不，我不能退。不然我到地底下，怎样向父母交代呀？”子儒内心的郁闷、愤慨可想而知，但他又无可奈何。

连锁超市又不断地扩张，这一年，他们向马尼拉南北两条高速公路的市镇之超市开设商铺，终于突破 40 家，达到 48 家之多。生意欣欣向荣，财源广进。这年年底，他们还向餐饮行业进军，开了几家蛋糕面包店，同样形势喜人。但是，故乡的这件事却成了子儒心里的死结。

小颂得知后，豁达地劝道："老爸，放弃吧，中国之大、世界之大，有钱何处不能安身？人生短暂，何必纠缠于此事？不能返乡就算了，我鄙视故乡这么冷漠的世态，我们在其他地方好好发展吧。"子儒说："可那是我们的故乡，养育我的地方呀！"小颂潇洒道："我们这一代开疆拓土，等到子孙那一代，他们也就是原住民，等于故乡了。很久很久以前，我们的祖先不是从中原来到闽南的？你不是告诉我们，我们的开闽始祖叫王审知，是从河南固始入闽的？也就是说，我们原本是河南固始人。要不然，我们去河南固始买套房子，也算是认祖归宗了？"子儒被呛得哭笑不得："那不一样。祖祖辈辈生活过的地方，才有记忆和回忆，才有痕迹、情感，奶奶等亲人的坟墓也在那里呢。""不然，我们学韩先生，在菲律宾建造一座一模一样的房子？"子儒摇摇头："那只是一个空壳，没意义。唐山那房子，才是阿太、阿嬷的心愿，我这辈子如果不能完成，任务就交给你了。"小颂点了点头。子儒叹息道："嗨，一座普普通通的房子，需要四代人去完成，那不是很不可思议？"

小风也很沮丧，调侃道："我们爱故乡，没想到故乡不爱我们，还这样伤我们的心。"子儒忙解释道："不是故乡不爱我们、不接纳我们，是某些人、个别人，他们思想僵化、工作方法生硬，这两者不能混为一谈。故乡永远欢迎它的游子。"在一旁的雪华翻了翻白眼，对小风笑道："你看，还不能嫌弃呢，一说故乡不好就跟人急。"子儒解释道："这是大原则的问题，爱故乡是我的精神支柱。"母子俩互看一眼，小风吐了吐舌头。

不久，小颂把钱投在义乌，买了一座别墅，把家安在那里，继续风风火火地做着生意。

在雪华的唠叨下，小楚终于松口，说自己已经有女朋友了。雪华惊讶道："那你为什么不说？难道对象是番仔？家境很穷？"小楚看着母亲惊恐万状的表情，平静得出奇地说："她父亲是华为驻菲律宾公司的领导。"雪华再次惊诧万分："奇怪，那你为什么不敢告诉我们？你们怎么认识的？"小楚道："大学同学。谈恋爱就要有一点神秘感，没有十拿九稳，为何要告诉你们？你们哪里藏得住事儿？"雪华笑道："那现在你们定了，准备结婚了？"小楚平平静静地说："差不多吧。"雪华马上跳起来："那我们赶紧买座别墅吧！"小楚皱了一下眉头："看你，又来了，你什么时候跟爸一个性子了，见风就来雨了？咱们家还需要买房子吗？"雪华道："当然需要，一旦结婚，你们要有自己的房子。兄弟再好，结婚后也不能住在一起，各自要独立，才不会有矛盾，才不会磕磕碰碰，这是维持兄弟关系的一个好方法。反正我着手准备，免得到时候手忙脚乱的。"小楚装出一副惊悚的表情。

有一天，有人告诉子儒一个事例，给他出主意，让他模仿："凤亭市翔宇镇丘下村，有两个兄弟，也是遇到你这样的情况，他们兄弟便联合申请，上面批准了，合起来建了240平方米。你与子侨兄弟两个人合起来申请150平方米，不是还不超标吗？你就这样申请，看他们还怎样为难你。"

子儒一听，心又活过来了。他赶紧联系侨联的老主席，请他务必再帮忙一次。吴先生一听，觉得很有道理，便爽快地答应再走一遭，沟通一下，做最后努力。

一天、两天……一天天过去，没有接到信息，子儒又从希望的浪尖跌到失望的谷底。吴先生后来回电了，还是那些话，除了再次道歉，两人都无语了，彻底无语了。

当时汇过去准备建房的钱，也慢慢地消耗掉了。雪华简单、轻松地说："给我妈了。"对于雪华的轻描淡写，子儒真的无语，那是一百多万呀，给一个八九十岁的老人，她要干啥？她能干什么？她已经多少年没有走出家门了，她能去处理那些钱？他懒得问了。老房子没了，钱也没了，这真是双重打击。说不心疼，当然是假的，那是可以建成一座两层楼房的钱呀，他仿佛看到一块块的砖、一片片的瓦慢慢地分崩离析。

雪华把一百多万元推到母亲身上，让子儒无以对证。其实她也有自己的难言之隐，兄弟姐妹九人之多，除了其中三个日子过得比较宽裕，其他的都有这样那样的困难，碰到这样那样棘手的事，她能袖手旁观？特别是他们知道她现在处境好了，有能力帮忙了，一旦遇到事情，自然而然地就找上她。比如大姐夫到上海动了一次大手术，她支持10万元；比如四姐的儿子开车撞死一个人，赔偿40万元，她出；比如，大哥家庭比较困难，要娶儿媳妇，她除了公开包出去的一万元贺礼，又偷偷给了10万元赞助；又比如小弟要买房子，首付不够，她偷偷帮忙20万元；预先给母亲买了一块墓地，15万元……总之，这笔建房款成为一块肥肉，大家都想切一小块。雪华经不住他们哭穷，心一软就大手一挥：给，给，给……她小妹比她还心疼，总是唠叨："又少了，又少了！"雪华只好说："如果可以翻建，到时我再找小颂帮忙，拉他来填这个窟窿。"小妹调侃她："原来是背后有个大款，你才敢这样大手大脚的。"雪华说："得过且过吧，翻建房子的事也不知要拖到猴年马月呢，船到桥头自然直。"

确实，翻建房子的事，就这样无期限地拖下去，谁也不知道这件事的走向，因为皮球踢来踢去，便悬浮在半空中，无法着陆了。

又到了菲律宾的"亡人节"，子儒买了鲜花、丰富的供品，带着家眷，到山上去祭祀父亲。跪在父亲的墓前，他汇报了家庭的发展情况，汇报了回唐山准备翻建房屋的经过，以及不能翻建的缘由……他不知父亲在地下听了，作何感想，会有什么意见。他渴望父亲在天之灵给他一点提示、一些帮助、一股力量……

小颂发展很快，在义乌买别墅之后，第二年就建起公司办公大楼——一座非常高大、气派的现代化建筑物。落成典礼时，他邀请父母、弟妹前去参加。子儒带着全家飞往义乌，给他捧场，他为儿子而自豪、骄傲，他知道：青出于蓝而胜于蓝，长江后浪推前浪，人生就是这样新陈代谢，各领风骚数十年。该放手了，也该放下了，包括许多。

在义乌团聚三天后，他们决定启程，游历祖国的大好河山。子儒提议游漳州，几个儿女听了都“啊”的一声：“老爸，你档次怎么这么低，为什么不选首都北京？”子儒说：“几年前我看了一部电影，叫《云水谣》，就取景于漳州。故事太感人，那地方也太有诗意了，我想去看一看。”小风颇聪明地说：“电影与现实一定存在很大的差距，你会失望的。”子儒说：“反正只是走一走，不然心里一直牵挂着，难受。”雪华出面协调：“我理出一条折中的线路来，大家讨论一下是否合适：先北上，游北京，再由北京飞厦门，由厦门去漳州，最后返回厦门，由厦门飞菲律宾，如何？你爸的小情人在漳州，不去一趟，他心里痒痒的。这样皆大欢喜了吧？”大家哈哈大笑，一致同意。

由梦引魂，他们插上轻盈的翅膀，飞过青溟的蓝天，飞过浩瀚的大海，飞向祖国辽阔的土地，飞往双塔凌空的闽南故乡。

尾声

一年后。

有一天，子儒半躺在院子树荫下的藤椅上，闭目养神。他刚做完前列腺手术，身体非常虚弱。手机响起，他接过来一听，电话来自故乡唐山，是侨联老主席，两个老友嘘寒问暖唠叨了一阵，对方激动地告诉他：凤亭市换了领导，有一天新领导来拜访他，他就这个问题提出自己的观点，领导应允回去后好好调查，妥善处理，尽快给予答复。最后，老主席安慰道：“赶紧把身体养好，争取回来建房子吧！”

子儒听后，感觉眼里含着热乎乎的东西，却掉不下来。

时间悄然而逝。子儒一直焦虑地等待着，唐山那边没有再传来什么消息。他心里盘算着：等忙完圣诞节就亲自回老家看一看，出现什么关卡好好处理，自己经不起这样拖了呀。

12 月初，家里所有人都忙碌起来，和往年一样，开始为圣诞节做各种准备。子儒觉得身体恢复得不错，硬要去看管仓库。他的犟脾气一上来，家里人怎样劝都没用。

下午三点多，雪华接到仓库管理员的电话，那番仔大呼小叫的，她好不容易才听清楚：子儒忽然倒地，不省人事。

他们以最快的速度把子儒送往医院进行抢救，儿女们则以最快的速度从四方八面汇聚而来，等待在手术室外面。一个小时又一个小时地煎熬……

5 个小时过去了。医生无力地摇头：通往大脑的三条大血管，95% 被堵住了。守在外面的家人异口同声：抢救，不惜一切代价进行抢救！他们决定：用钱买他一条命。

一天又一天过去……

子儒再也没有睁开眼睛，他走了，12 月 18 日凌晨，离圣诞节还有一周。

按照他的遗愿，他的骨灰运回故乡，葬在故乡的怀抱里。

魂归故里，魂归故里。

2020 年 1 月 1 日至 4 月 27 日（初稿）

2020 年 6 月 1 日至 10 月 17 日（二稿）

后记

我至今仍感到恍惚与梦幻，前年九月初，我会只身一人到美丽的千岛之国、蕉风椰雨的迷人国度——菲律宾，以文学的名义。

也许，在每个写作者的心中，都会有一块神奇、神秘的地方，默默地潜伏在心灵深处，成为自己写作的另一个地理坐标，那么，菲律宾于我，无疑是这样独特、奇特的存在。

我的故乡石狮，地处福建闽南的沿海地带，由于人多地少，土地贫瘠，资源匮乏，早在唐朝，便有先民冒着生命危险，沿着曲折的海岸线闯荡出来，杀出一条生存之路。慢慢地，在血与泪中，先民们在异国他乡站稳了脚跟，生活、繁衍、发展了下去，有了一个光鲜的身份，叫华侨，而故乡也一样有了光鲜的称呼，叫侨乡。

我有幸降临在闽南侨乡。从小，就被告知，大姑、二伯、外公、大舅、二舅等等都在吕宋（闽南称菲律宾为吕宋），我没见过他们，只见过他们寄回来的照片，确实很光鲜，男的西装革履，女的裙裾飘飘。他们都长年不回家。问大人，回答是路途太远、交通不便；有时又语焉不详地说，娶了番仔婆，不让回来。那时觉得吕宋很富有，因为他们寄钱、寄物品回家，慷慨大方地资助着亲人，赡养着家中的长辈，有的还盖大厝、起洋楼。我身边比比皆是这样的人、这样的家庭。在侨乡，很多家庭依靠侨汇生活。就这样，华侨开发、建设着侨居地，又供养着故乡，这两个地方也因为华侨的存在，紧密地相连着。

当我拿起笔来，在白纸上涂鸦，作为业余爱好，我命中注定要写侨乡，要写华侨，这是独特的素材，也是绕不过去的人生命题，是生活给予了我丰厚的馈赠，也是生活给了我取之不竭的创作源泉。于是我写了长篇小说《大洋楼》，写了中短篇小说《被诅咒的家族》《阳宅阴气》《玉生肖》《嫁衣裳》《倾城 91 小时》（香港回归前，我们习惯把批准去香港，也叫出国，把香港客也叫华侨，时至今日，非官方的叫法，仍然有人把香港客称为华侨）等等，这些作品都涉及华侨、侨乡的内容，这是生活乃至生命的自然呈现，是奔涌在我心里不得不倾吐的情感，是我情不自禁去描绘、去触摸的角落。我感谢生活在这富饶的土地上，那独特的生活景观、生活阅历滋养了我、启迪了我，让我笔下的世界活色生香。

但是，我有一个遗憾，也就是我可以自如地描写侨乡，但我不能驾驭侨居地，这是我不熟悉的领域、不熟悉的存在，所以，踏上这陌生的土地，到亲人们奋斗过甚至挣扎过的地方走一走、看一看，成为我心中的一个向往、一种渴望、一种需求。冥冥之中，有时会听到它亲切的召唤。去年九月初，我如愿以偿！第三届旅居文化国际论坛——千岛之国与华人文化足迹在菲律宾召开，我应邀参加。但是，当我终于踏上这片土地，生活在这片土地上的亲人都已过世，特别是我大姑，我没有机会见她一面，这是终身的遗憾。大姑是我的作品《大洋楼》《嫁衣裳》的人物原型，我凭着父母的介绍、自己的想象，一次次写她。她活在我的记忆里，活在我的作品里。

我本是一名中学教师，2007 年借调到地方志办公室工作，在编写志书时，我才真正明白，作为著名的侨乡，我们的华侨居然有 80% 是在菲律宾，也就是小时候所听说的吕宋，我后来渴望一睹真面目的菲律宾。而当我以为华侨这个独特的群体总有一天会消失，成为一个独特存在、独特符号载入史册时，生活告诉我，这些年，由于内地经济发展不均衡，一些地方的发展遇到瓶颈，个别人居然又踏着先辈的足迹，来到这里寻求出路与发展，甚至有的村庄居然是倾巢而出，其中不乏我的亲戚、朋友、学生。这让我惊讶不已：这片土地是如何吸引着他们，又是如何无私地滋养着他们？他们在这里是怎样一种生存状态？这都是生活给我的新命题，是我渴望去探索、挖掘的新方向。

虽然时代洪流滚滚向前，历史的步伐不可阻挡，万水千山可以轻松飞跃，世界已经融为整体，成为地球村，但是真正走进另一个国度，有时还是要费一番波折的，所谓天时地利人和。我认为没有身临其境，是感受不到它的气息、韵味和风情的，也是把握不了它的脉搏的。没有生活的真实，就不可能有文学的真实，这是创作的规律与前提。所以，当我终于走到它的腹地，我调动了身体所有的感觉器官，努力去触摸它、了解它、亲近它，让一个真实、生动、有温度的菲律宾在心中矗立起来。

我感谢这次独特的旅行，因为这不仅是一次心灵的游走，更是一次生命的游历。

回来后，我先是写了一组散文，以便快速地把所见所闻记录下来，同时也完成了邀请方交付的作业。后来，由铁皮屋——菲律宾最独特的一种蜗居形式，一种最接近原始、自然的生存状态，写出在物欲不断膨胀后人性的拷问与思索，即短篇小说《寻找铁皮屋》。完成后，我知道真正的艰巨的任务还在后头，我不敢贸然开启新的篇章，便静下心来阅读几本关于菲律宾的书籍，做足功课与准备。去年年初，疫情爆发，关在家里，极度清闲、悠闲几天后，劳碌命的我觉得这种无所事事的日子是浪费生命，便强迫自己坐在电脑前，于是进入这部长篇小说的创作。虽然创作起来有点吃力，但我坚持每天完成两三千字，日子看似了无痕迹地过去，故事却一天天发展……终于有了这部我很陌生的长篇小说。

我感谢主办方（世界华文旅游文学联会、菲律宾华文作家协会）给我提供这么宝贵的机会！感谢菲律宾华文作家黄春安、柯清淡帮我争取到这个难得的机会！时过境迁，但情怀未改，我依然由衷地感谢他们！因为有他们，才有这部小说的诞生。我终于从不断书写侨乡，到书写侨居国，这是一种跨越，也是一种飞跃，至少对我而言是如此，我无比自豪和欣慰！

但是，这部书初稿完成后，黄春安先生因病猝然离世，他没有机会看到这飘着墨香的书，这是他的遗憾，也是我深深的遗憾！

高寒

2021年8月18日